人間嫌いが笑うとき

ヤーロム博士が描くグループセラピーにおける生と死の物語

著
アーヴィン・D・ヤーロム
訳
鈴木孝信

星和書店

The Schopenhauer Cure

by
Irvin D. Yalom, M.D.

Translated from English
by
Takanobu Suzuki, Ph.D.

もくじ

第1章

1

生と死について、一般的に言われていることをユリウスは知っていた。【人は生まれるが早いか、死出の旅に出る】とストア派は言い、【私がいるところには死はない。死があるところには私はいない。だとしたらなぜ死を恐れる?】とエピクロスは言った。内科医そして精神科医として、ユリウスは死にゆく患者たちにそう言って慰めを与えてきた。患者にはこういった暗い格言が役立つだろう。ユリウスはそう考えてはいたが、自分とは縁のない言葉だと思っていた。ユリウスの人生を変えてしまった4週間前のあの瞬間までは。

それは毎年行っている健康診断でのことだった。検診を終え、ユリウスは着替えてから診察室に戻るよう促された。内科医は、医学校に通っていたときのクラスメイトであるハーブ・

カッツであった。

「65歳の爺さんにしては、概ね上出来だ」

ハーブはユリウスのカルテに目を通しながら言い、そして続けた。

「わしのもそうだが、あんたの前立腺も若干腫れてる。血液の値、コルステロールと脂質はいい感じだ。薬と食事療法が効いてる。リピトールの処方箋を出しておくよ。ジョギングとの組み合わせで、コルステロール値はずいぶんと下がったようだ。卵をもう少し食べても大丈夫だよ。わしも日曜の朝食には卵を二つ食べてる。それと、チロキシンの処方箋。甲状腺は少しずつ機能が悪くなってきてるようだ。良いチロキシン細胞が死んで繊維状の物質と入れ替わってる。でも完全に良好な状態。この程度のことは誰にでも起こる。わしだって甲状腺の薬を飲んでる」

「そうさ、ユリウス。老いの定めからは誰も逃れられやしない。甲状腺と同じように、膝の軟骨もすり減ってきてるし、毛包も腰椎板も昔通りではない。それと……肌も悪くなってきているみたいだ。上皮細胞が完全にやられていて、ほら、頬の大きな日光角化症。茶色いやつ」

ハーブは手鏡を取り出し、ユリウスの顔に向けた。

「前回の検診のときはなかったのに。どのくらい日に当たったんだ。言いつけ通り、つばの広い帽子をかぶっているのか？　ちょっと皮膚科で診てもらったほうがいいだろう。知っているかもしれないけど、ボブ・キングの腕はピカイチだ。隣の建物の。紹介状を書いておくから。ほら、これが電話番号」

ユリウスは頷いた。

「わしも先月やってもらったんだが、ニトロジン一滴で綺麗に焼いて終わり。大したことじゃない。ほんの5分か10分程度で終わる簡単なものだ。内科医なら誰でも自分でやってる。それと、ボブに診てもらえるといいんだが、背中。自分では見えないと思うが、右側の肩甲骨の横側の下。ここにあるやつは、他のやつとちょっと違うように見える。色にむらがあって、にじみがある。大丈夫だと思うが、診てもらうといい。いいね？」

「大丈夫だと思うが、診てもらうといい」

ユリウスはハーブの言葉に、さりげなさを装った緊張を感じた。医者の間で話される【色にむらがあって、にじみがある】は【大丈夫】ではない。それはメラノーマ（ほくろのような皮膚がん）を言い表す暗号のようなものだ。ユリウスはその言葉を、気楽な生活が終わり【死を迎える瞬間】がやって来た、という現実として受け取った。死がやって来た。それはユリウスのそばから二度と離れることはないのだ。その後に生じる恐怖もすべて予期できるものだった。

ユリウスは30数年もの間、サンフランシスコの精神科領域で活動を続けており、多くの医師が彼のクライアントであった。カリフォルニア大学の精神科の教授として、ユリウスは多くの学生の指導にあたり、また5年前には、米国精神医学会の会長も務めた。ボブも数年前に、ユリウスのセラピーを受けていた。ユリウスの【医師の医師】としての評判には疑いがない。患者を援助するためなら手段を選ばない【神】と呼ばれる凄腕の医師だ。その評判を聞きつけたボブは、長く続く睡眠薬への依存をなんとかしたいとユリウスを訪ねた。妻との関係が悪化し、それは彼の仕事にも大きく影響し、睡眠薬を飲まなければ寝られない状態であった。

ボブはセラピーを受けようとしていたが、癒しへの道は開かれてはいなかった。どのセラピストも回復を援助する公のプログラムを受けるように主張するのだった。ボブはグループ・セラピーに参加することで、自分の個人情報が他の参加者に漏れることをひどく嫌った。だから参加を拒んでいた。だが、もし公のプログラムを勧めずに、薬物依存の問題を抱える臨床医を治療するとしたら、医道審議会から処分を受けることになったり、訴訟を起こされたりする（例えば、クライアントの医師が、医療行為時に失敗や誤った判断をしたときなど）。だからセラピストたちはあえてリスクを冒そうとはしなかった。

仕事を辞め、カリフォルニア郊外の街にしばらく治療のために滞在することになる前に、ボブは最後の手段としてユリウスに治療の依頼をした。ユリウスはリスクを負い、自ら睡眠薬を減らしていくボブを信じた。依存の問題では稀ではないが、この治療は難しいものだった。ユリウスは回復プログラムの力を借りずにボブの治療を3年間行った。これは公表されたり出版されることは決してない功績であり、精神科医なら誰でも一つは持っている秘密であった。

ユリウスは内科の診察を終え、車のシートに身を沈めた。車が揺れているのではないかと思うほど強い動悸を感じた。押し寄せる恐怖をなんとか鎮めようと、何度も何度も深く呼吸をし、震える手で携帯電話を取り出し、ボブによる診察の予約をとった。

「あまり良くないですね」

翌朝、皮膚科医のボブ・キングはユリウスの背中を大きな丸い拡大鏡で丹念に調べていた。

「ユリウス、これを見てくれますか。二つ鏡があるから」

ボブはユリウスを鏡のそばに立たせ、大きな手鏡にその【ほくろ】を映した。ユリウスは鏡越しにその皮膚科医を一瞥した。黒髪に日焼けした顔、そして分厚い眼鏡がでんと構える鼻にかけられている。ボブは子どもの頃よく【鼻でか】の大合唱で他の子どもたちにからかわれていた。そんな話をセラピー時に語っていたことをユリウスは思い出した。ボブはこの10年間でまったく変わってはいなかった。彼はせわしなく見えた。それはユリウスのセラピーを受けていたときもそうだった。鼻息が荒く、いつも数分だけ遅刻してセラピーにやってきていた。不思議の国のアリスに登場する白いウサギの【とても大切な日に遅刻してしまう】というフレーズが、ボブがオフィスに駆け込んでくるときにはいつも頭に浮かんでいた。ボブは太ったし、そしてチビなことには変わりなかった。彼はまさに皮膚科の医者に見えた。背の高い皮膚科医なんていないだろう。そう思っている最中、ユリウスはボブの瞳孔が大きくなっているのを認めた。これは、心配をしている眼ではないだろうか。


「ここを見てもらえますか」

と消しゴム付きの鉛筆で指したその場所をユリウスは鏡越しに見た。

「右肩の肩甲骨の下、この平たい母斑、見えますか？」

ユリウスは頷いた。

そこに定規を当てながらボブは続けた。

「1センチより小さい影。医学校の皮膚病学の授業で習ったＡＢＣＤのルールを覚えていると思いますが……」

「いや、覚えてないから、普通の患者にするように説明してもらえないか」

「そうですね。Ａは左右非対称（Asymmetry）。ここを見てください」

ボブは鉛筆を母斑の一部へ移動させた。

「これは背中にある他のほくろとは違って、円形じゃない。これとこれを見比べてくれますか」

と、母斑の近くにある二つの小さなほくろを指した。

ユリウスは気持ちを落ち着かせようと深呼吸をした。

「ABCDのBは境界線（Border）。ここを見てみると、境界線がはっきりしていません」

肩甲骨の母斑をボブは改めて指した。

「上の部分は境界線が明確なのに対して、この真ん中あたりの端ははっきりしていません。だんだんと薄れていき、母斑と周辺の皮膚が混ざっているような感じです。そしてCですが、色合い（Coloration）。こちら側が薄い茶色をしているのがわかりますか？　拡大すると、少し赤みがあったり黒っぽかったりしますし、灰色の部分もあります。Dは直径（Diameter）です。これはたぶん7～8ミリくらいの大きさ。大きいですが、これがどのくらいの速さで大きくなったのかはわかりません。カッツ医師の紹介状によると、去年の検査の際にはなかったみたいですね。それとももう一つ。拡大してみると、中心が間違いなく潰瘍化しているように見えます」

手鏡を下ろしながら、ボブは上着を着るようユリウスに言った。上着を着終わると、ユリウスは検査室の小さな椅子に座った。ボブは話し始めた。

「ユリウス、このほくろが何を意味するのか、きっとおわかりですよね」

ユリウスは答えた。

「ボブ、言いにくいことなのかもしれないが、はっきり言ってくれないか？　今、怖さを通り越して、もうパニックを起こしそうだ。医者として、患者をケアしてもらいたい。セラピーでは、キミに対してそう努めた。それと、お願いだから、目を逸らさないでもらえないか！　目を逸らされると、恐怖で押しつぶされそうだ」

「そうですね」

そう言うと、ボブはしっかりと目を見つめながら言った。

「あなたには、とてもお世話になりました。私も同じことをしたいと思います」

言い終わると、咳払いを一度した。そしてこう言った。

「私の臨床経験上、これはメラノーマだと思います」

ユリウスの怯えるような反応を見て、ボブは付け加えた。

「だからといって、診断名だけではなんとも言えないところもあります」

「例外もありますが、ほとんどのメラノーマは簡単に治療できます。病理医の見解が必要です。これは本当にメラノーマなのか、もしそうなら、どのくらい深いのか、広がっているのか、とか。まずは生検。そして病理医に検体を届けましょう」

「診察後すぐ、病変部を切除してもらうよう外科医に依頼します。その後、病理医に検証してもらいます。もし陰性なら一安心です。もし陽性なら、そしてメラノーマなら、一番疑いのあるリンパ節を取り除いたり、また可能なら、いくつかのリンパ節を切除します。すべて外来でできるので、入院する必要はありません。皮膚移植はないと思いますが、かかったとしても一日程度。しばらく不快感は避けられないですが。後は生検の結果が出ないことにはなんとも言えません。何も心配しなくてもいいですよ。私に任せて。経験がありますので、私の判断を信じてもらって大丈夫です。日時や場所などについての詳細は、後で看護師に連絡させますから。いいですか？」

ユリウスは頷き立ち上がった。ボブも立ち上がった。

「本当にお気の毒です。どうにかしてあげたいですが、これぱっかりは」

ボブは冊子をユリウスに手渡した。

「必要ないかもしれませんが、同じような状況の患者には渡すようにしているんです。書いてあることに喜ぶ患者もいれば、受け取らず部屋を出ていく患者もいます。生検の後、何かもっと明るい話ができればよいのですが」

しかし、【何かもっと明るい】が来ることはなかった。その後に知らされたことは、さらに暗いものであった。生検の3日後、ユリウスはボブ・キング皮膚科医に再び会った。

「ご自分で読まれますか？」

ボブは病理医からの報告書を差し出した。首を横に振るユリウスを見て、ボブは再び報告書に目を通し、そして口を開いた。

「では読みます。あまり良い報告ではありません。結論から言うと、これはメラノーマです。それと……いくつか顕著な特徴があって、つまり、4ミリ以上の深さで、潰瘍化していて、5つの陽性のリンパ節があります」

「つまり？　ボブ、お願いだから、遠回しな言い方をしないでもらえるか？　顕著な4ミリの潰瘍化した5つのリンパ節。はっきりと言ってもらいたいんだ。医療者じゃなくてもわかるように」

「つまり、悪いってことです。これは結構な大きさのメラノーマです。リンパ節まで転移している。遠くまで転移していたら、それが一番危険ですが、CTスキャンをしなければ、それはわかりません。明日8時で手配しました」


2日後、ユリウスとボブのやりとりは続いた。CTスキャンの結果は陰性であり、身体への転移の根拠は認められなかったとボブは説明した。これは不幸中の、初めての良い知らせであった。

「ユリウス、それであってもこれが危険なメラノーマであることには変わりはありません」

「どのくらい？」

ユリウスの声が裏返った。

「危険って、生存率は？」

「個人差はありますが、統計学的に言うと、４ミリの深さで潰瘍化しており、５つのリンパ節への転移があるメラノーマでは、５年生存率は25％以下です」

ユリウスはうつむき、胸に動悸を感じ、目に涙を浮かべながら、しばらく動けずにいた。ユリウスは説明を続けるよう、キング医師を促した。

「そのまま続けてくれるか。クライアントに伝える必要がある。私はどうなっていく？　何が起きる？」

「メラノーマが身体のどこかに現れるまでは何も起きないので、正確に答えることはかなり難しいです。考えられるのは、もし転移が起きたとしたら、その後は急速にことが進むということです。たぶん数週間、数カ月間単位で。ユリウスのクライアントたちのことを考えると、何とも言えませんが、最低でも一年間、今のような健康的な状態が続くと考えてもよいと思います」

ユリウスは頷き、それからうつむいた。

「ご家族はどこに？　そばにいてもらってはどうですか？」

「妻が10年前に他界したことは知っていると思うが、息子は東海岸に、娘はサンタ・バーバラにいる。彼らの負担になるのは嫌だから、まだ何も言っていないし、一人のほうが気楽だ。もし伝えたら、娘はすぐに来ると思う」

「こんな辛いことをお伝えすることになって、本当に残念です。少しでも希望が持てる話で今日は終わりにしましょう。メラノーマに関しては現在、国内外問わず精力的に研究が行われています。この10年間で、原因は不明ですが、メラノーマの発現は2倍にもなっていますから。だから、いつ効果的な治療法が発見されてもおかしくはないと思います」

次の一週間、ユリウスはまったく生きた心地がしなかった。古典学の教授でもある娘のイブリンは、授業を休講にしてすぐに駆けつけた。そして数日間、父親と共に過ごした。ユリウスはことの詳細を娘に、息子に、兄や妹に、そして身近な友人たちに話した。その一週間は、恐怖のため、叫び声と共に午前3時に目を覚まし、はぁはぁと息を切らした。二週間は、個人セラピー、そしてグループ・セラピーをキャンセルし、クライアントたちに何をどう伝えればよいのかを考えた。

鏡に映る自分の姿は、人生の終わりにいる人間には見えなかった。毎日5キロのジョギングを続けていたが、そのおかげで、身体は若く細身の体型を維持していた。目や口の周りには、ほんの数本だけのしわ。ユリウスの父親も若く見え、他界したときにも顔に一切しわがなかった。翡翠を思わせる深みのある緑色の自分の目を、ユリウスはとても気に入っていた。力強く誠実な目であり、それは人から信頼される、人を引きつける目であった。ユリウスにとっては、その目は16歳のユリウスの目のままであった。死に近い男と16歳の若人が時を超えてお互いを見つめ合っていた。

ユリウスは鏡に映る自分の唇を見つめた。この絶望の時でさえ、人懐っこい唇をしており、温かく微笑んでいるかのように口角がやや上がっている。頭には真っ黒でふさふさのくせっ毛。もみあげ周辺に若干の白髪が見える程度だ。頭を見ていると、白髪だらけで赤い顔をしていた、反ユダヤ主義の床屋のおじさんのことを思い出した。10代の頃は、ニューヨークのブロンクス区に住んでおり、その床屋はメイヤーの駄菓子屋とモリスの肉屋の間にあった。その床屋のおじさんが、とかしたりカットしたりするのに苦戦をしていたほどのくせっ毛だ。今となっては、その床屋のおじさんも、その両隣のメイヤーやモリスもすでに亡くなっている。そして16歳の翡翠の目を持ったユリウスも、今まさにそこに向かっていた。

ある午後、ユリウスは母校の医学部が管理する図書館を訪れ、メラノーマに関する文献に目を通した。少しでも達観したような気分になりたかったのだが、それは無駄な試みだった。むしろ、もっと恐ろしくなった。その恐ろしさの本質について知るにつれ、ユリウスはメラノーマを、自らの身の中に潜む黒味がかったつる植物のような生き物と考えるようになった。自分がもはや最上級の生命体ではないという突然の考えは、ユリウスをひどく動揺させた。ユリウスは今やただの栄養であり、細胞が鼠算式に増えていく生物に喰われるためのただの食べ物。その生物は、原形質の隣に位置して数を増やし、今となっては血液へと、また肝臓や肺など、離れた場所にある臓器に流れ込もうとしている。

ユリウスは手に持っていた文献を机の上に静かに置いた。あれから一週間が過ぎた。もう過去から離れないと。自分に起きたこととしっかりと向き合うべきだ。静かに座れ、ユリウスは自身にそう命じた。座って、死にゆくことについてしっかりと考えるんだ。ユリウスは目を閉じた。

死の舞台がついに見えてきた。ユリウスは考え始めた。それにしてもなんて平凡な始まりだ。あのずんぐりむっくりの医者。ぼてっとした鼻で、拡大鏡を手に持ち、胸ポケットのところに藍色で名前が刺繍された白衣をまとう皮膚科医。あいつに突然幕を切って落とされた感じだ。

舞台の終わりの場面はどうだろうか。残念ながら、これも同じように平凡だろう。衣装はと言えば、着古してヨレヨレになった、縦縞のニューヨーク・ヤンキースのTシャツ。背中にはジョー・ディマジオの5番が輝く。舞台は整ったのか。30年使い続けたいつものクイーン・サイズのベッド脇の椅子にはしわくちゃになった服がかけられ、サイド・テーブルの上には、ついに紐解かれることのなかった小説の山。すすり泣きと後悔が渦巻く最後。そんなのは嫌だ。私の輝かしい人生の旅路の最後は、何かもっとマシなものに値するのではないか。マシな何かって……？

数カ月前のハワイ旅行で目撃したある光景が脳裏に浮かんだ。ハイキングをしている途中に、偶然、大規模な仏教のリトリート施設を見つけた。ユリウスはそこで、若い女性が小さな溶岩石で造られた円形の迷宮を歩いているのを目撃した。迷宮の中心にたどり着くと、そこで立ち止まり、じっと動くことなく瞑想にふけり始めた。そういった宗教的な儀式へのユリウスの反応は概して、寛大ではなく、嘲笑と嫌悪の間にあるようなものだった。

ところが今、その瞑想にふける女性のことを考え、ユリウスは柔らかな気持ちになっていた。それは、彼女やその他のすべての人間へ向けられていた。私たちは気まぐれな進化のねじれによって自己意識を持たされた。しかしながら、束の間の存在であるがゆえの苦しみを和らげるための能力は持たされなかった。その犠牲者である私たちへの慈愛であった。私たちは長い時間をかけて、この有限性に対する徹底的だが間に合わせの否認を作り出した。こうして、私たちの誰もが、それと融合して永遠に存在することのできるハイヤー・パワーや、神からの啓示、大いなる計画のしるし、儀式や式典を求めることに終始しているのだろうか。

死に直面しているユリウスにとっては、ささやかな儀式は悪いものではないかもしれないとも思えた。ユリウスは自分を戒めるかのようにその考えから離れた。長年、宗教的儀式を嫌ってきた。それとまったくもってそぐわない考えだ。宗教的なものが、理性や自由をその従事者から奪うことに対して、ユリウスは軽蔑さえしていた。儀式で使う衣装、香り、聖なる経典、グレゴリオ聖歌、回転式経典、御祈り用の絨毯、ショールや頭蓋帽、司教冠や杖、聖餅やワイン、死者への祈り（最後の秘跡）、聖歌に合わせて揺れる信者の頭と身体など。ユリウスはこれらすべてを、人類史上最も強制力があり長く続いているまやかしであり、無駄なものだと感じていた。というのも、それらはキリスト教の指導者に力を与え、またその支配欲を満たすものであると感じていたためだ。

しかし死と隣り合っている今のユリウスには、その宗教を激しく嫌うこともできなかった。たぶん、強要された儀式を嫌っているだけかもしれない。もっと個人的で創造的な儀式には、良い点もあるかもしれない。新聞の記事にも心を動かされた。そこには、世界貿易センタービルの瓦礫の中から新たに運ばれる遺体輸送用の袋を前に、消防士たちが作業を止め、直立し、帽子を脱いで敬意を示す様子が記されていた。死者に敬意を示すことはなんらおかしなことではない。だがそれは死者ではなく、その死者が歩んできた人生への敬意だ。それともこれは、敬意を示したり神聖なものと見なしたりすることよりも、もっと重要な何かだったのだろうか？　消防士の行為は、つながりを意味しているのではないだろうか。犠牲者との一体感を示すつながりを。

例の皮膚科医との運命的な出会いの数日後、ユリウスはつながりに関する個人的な体験をした。同業者のセラピストたちが集うサポート・グループで、ユリウスはメラノーマが見つかった旨を話した。その知らせに、参加していたセラピストたちは言葉を失ったのだ。ユリウスの言葉に耳を傾けた後、それぞれの参加者は衝撃と悲しみの想いを語った。そしてユリウスもメンバーも、それ以上語ることができなかった。時折誰かが話し始めようとするも、すぐに途切れた。グループの誰もが、もう言葉は必要ないと思っているようだった。最後の20分間は、皆が黙したまま座っていた。それほど長く続く沈黙は大抵非常に気まずいのだが、この沈黙は違って感じられ、心地よいと言ってもいいほどだった。これは認めたくはなかったのだが、ユリウスにさえ、その沈黙は【神聖】なものに感じられた。後になってからだが、メンバーは深い悲しみを感じていただけでなく、消防士のように、帽子を脱ぎ、そこに直立し、ユリウスの人生に入り込み、そして敬意を示していたようにもユリウスには思われた。

もしかしたら、言葉なくただそこにいるというのは、自分の人生に敬意を払う術でもあるのではないか、そうユリウスは思った。人生に敬意を払うために、他に何ができるだろうか。もし何かあるとしたら、単純にただ存在しているということではないか。命には限りがある。人生には意味がない。定められた運命がない。そう言って、人生に絶望するのは甚だひどい罰当たりだ。また、全能の創造主を崇めて人生を神への献身に捧げるのは、意味がないように思える。それに人生の無駄のように思える。事実として、地球は愛にあふれていないのに、なぜ想像上の存在に対して愛を与えないといけないのだろう。それよりも、スピノザやアインシュタインの考えを受け入れたほうがよいだろう。単純に、優雅な自然の法則とその不思議に対して、会釈をして敬意を示す。そして生きるという仕事を全うする。

これらは昔にも考えたことだ。命に限りがあることや意識の儚さに関しては、ユリウスはよくわきまえていた。しかし、知識として知っているのと、わかっているということは違う。死に直面しているユリウスは、本当の意味で死をわかることへと近づいていた。これはユリウスが賢くなったということではなく、単に気が散らなくなっただけだ。それはつまり、人は野心を抱き、性を渇望し、お金、名声、良い評判、そして人気を求める。ユリウスはこれらを失ったので、以前よりも純粋な洞察を持ったのだ。これは仏教の真実が語るところの煩悩を捨てるということではないだろうか？　そうかもしれない。だがそれよりも、ギリシャ人のように何事もほどほどに、のほうがいいのではないか。人生にはたくさんのことがありすぎるが、コートを脱いで楽しむことがなければ、多くのショーは見過ごされてしまうのだ。終わりの時が来る前に、急いで終わりに向かう必要はない。

数日の後、パニックになる回数も減り、落ち着きを取り戻した。その頃ユリウスは、未来を考え始めた。【一年間】と皮膚科医のボブ・キングは言った。【最低でも一年間、今のような健康的な状態が続くと考えてもよいと思います】。でもその一年間をどう過ごせばいいのだろうか。少なくとも一つ思いつくのは、その一年間を一年しかないと絶望して無駄にするのは避けたいということだ。

寝付けずにいたある夜、ユリウスは気持ちを少しでも楽にしたいと感じた。特に意図せず、書斎の本棚に近寄り、詰め込まれている本を眺めた。しかしながら、彼の分野である精神医学関連の書籍の中には、今の状況や、生き方、残りの人生を生きる意味について、少しでも関連がありそうなものは見つからなかった。しかし、古ぼけたある書籍にユリウスの目は止まった。それはニーチェによる『ツァラトゥストラはこう語った』であった。ユリウスはこの本の内容にはとても精通していた。数十年前にユリウスは、あまり知られてはいないが、ニーチェがフロイトに与えた多大なる影響に関しての論文を書いたことがある。その際にこの本を徹底的に読み込んでいたのだ。ツァラトゥストラは、人生を讃え祝福する方法を教えるという点では、最も素晴らしい本である。そうだ、これが何かのきっかけにはなりそうだ。最初から順に読むのは不安だったので、出鱈目にページを開き、過去に赤線を引いていた部分を読んでいった。【過去はああだった、を、そうしようとしたのだ、と改めること。私はそれだけを救済と呼ぼう】

自分の人生は自分で決めなければならない。ユリウスはニーチェの言葉をそう理解していた。私たちは、人生に生かされるというより、自分の人生を生きる必要がある。つまり、自分の運命を愛する必要がある。とりわけニーチェは次のような問いを頻繁に提示している。自分が歩んできた人生とまったく同じように、永遠に何度も生きたいだろうか？　これは面白い思考実験ではあるが、少し考えてみれば、ニーチェのメッセージは明白である。【永遠に何度も繰り返したくなるような人生を生きよ】ということだ。

ユリウスはページをめくり続け、そして派手な蛍光ピンクの線が引かれた二文があるページで手を止めた。【人生を完成させなさい】【正しい時に死になさい】

これは的中だ。人生を成し遂げ、そしてその時に死ぬ。決して後悔をしないように。ユリウスはよくニーチェの言葉をロールシャッハ検査になぞらえる。ニーチェの言葉は、たくさんの対立する視点を提供するので、読み手の心の状態が解釈に強く反映される。死を目の前にした今、ユリウスは今までとは違う、深い洞察をもたらす読み方をしていた。以前読んだときにはあまり理解できなかった汎神論的なつながりの根拠を、ページをめくるたびにユリウスは認めた。『ツァラトゥストラはこう語った』は、孤独を称賛し、孤独に栄光を与えもする。他人から隔離された時間が物事をよく考えるためには必要だからだ。一方で、ユリウスは人を慈しみ、人を成長させ、そして自身の経験を他人と分かち合う仕事に専念してきた。経験を他人と分かち合うということ、この考えはユリウスの心を明るく七色に輝かせた。

『ツァラトゥストラはこう語った』から気持ちが戻ると、ユリウスはただ暗闇の中で座った。座って、ゴールデン・ゲート・ブリッジを通る車のヘッドライトをただ見つめた。そしてただニーチェの言葉について考えた。

……数分後。

ユリウスは【辿り着いた】。残りの一年間の過ごし方がはっきりとわかったのだ。去年や一昨年やその前の年と同じように、今までしてきたのと同じように生きよう。ユリウスはセラピストであること、人とつながること、そして人の人生を豊かにすることが好きだった。たぶん、これは失った妻とのつながりと関係するのかもしれないし、人から承認されたいのかもしれない。あるいは手助けをした人からの肯定や感謝が欲しいのかもしれない。仮にそうであったとしても、彼は自分の仕事が好きだった。セラピストの仕事は、彼に与えられた恵みであった。

ユリウスは複数の書類戸棚の前を何度も行ったり来たりし、思い立ったかのように過去のクライアントのカルテや録音テープなどを保管している引き出しを引いた。引き出しの中には、クライアントの氏名ごとにカルテが整理されているのだが、それぞれのカルテは、かつてまさにこの部屋で起きた人間の苦しみのドラマの記念碑である。次から次へとカルテに目を通すと、ほとんどのクライアントの顔が脳裏に浮かんだ。記憶がおぼろげだった人も、カルテのメモが手がかりとなって、その顔が浮かび上がってきた。残念ながら、顔も話も思い出せないクライアントも数人はいた。

多くのセラピストと同様に、セラピーの分野で絶え間なく生じる【攻撃】をユリウスは忘れることができなかった。そういった攻撃はさまざまな方向からやってくるものだ。薬物療法と短期療法の効果を示そうと躍起になっている製薬会社や管理型医療、セラピーを笑い物に仕立てるメディア、行動療法家、扇動家、スピリチャルの実践家やカルト集団など、心悩める者たちへの癒しの実践家。そして内部からの攻撃も見逃せない。分子神経生物学の新たな発見はその数を増しつつあるため、経験豊かなセラピストでさえ、自らの仕事に疑念を抱くようになっている。ユリウスにはこれらの攻撃への免疫がなく、彼自身が提供するセラピーの効果について疑いを持つと同時に、そんな自分をなだめ、安心させてもいた。当然のことながら、ユリウスは腕利きのセラピストであり、当然のことながら、多くの患者、あるいはすべてのクライアントに価値のあるものを提供している。

しかし、いたずら好きな小悪魔は、耳元でこうささやく。【お前は本当に良いセラピストなのか？　治りそうなクライアントだけを選んでいるだけじゃないか？】

それは違う！　私はいつだってチャレンジ精神を持ってセラピーをしている。

【何を寝ぼけたことを。お前には限界がある。限界を超えて頑張ったのはいつだ？　重篤な境界性パーソナリティー障害や統合失調症や躁うつ病の患者にセラピーを提供したのはいつだ？】

昔のカルテに目を通し続けると、ユリウスにはちょっとした驚きが生まれた。セラピーの終結後、経過観察の目的や一時的な心のメンテナンスのためのセッションを実施することもあった。また、クライアントとばったり街であったり、紹介されたクライアントから紹介者の話を聞いたこともあった。いずれにしろ、セラピー終結後の情報がカルテに多く含まれていたのだ。それであっても疑いは拭いきれない。彼は、長く続く変化をクライアントに起こすことはできたのだろうか？　ひょっとしたらセラピーの効果は一時的なものだったかもしれない。また多くのクライアントがセラピー後に再発したとしても、ユリウスに気を遣ってそのことを言わなかっただけなのかもしれない。

カルテには失敗も記録されていた。ユリウスが提供する形のセラピーにはまだ十分に心の準備ができていないだけ、と彼自身に言い聞かせるクライアントたちの記録だ。待て、考えてみろ、ユリウスは思った。失敗したクライアントは本当に失敗だったのか？　その後も失敗だったのか？　その後会ったこともないから、それを知る術はないはずだ。セラピー後にセラピーの効果が出てくることだって十分あり得る。

ほどなくフィリップ・スレートの分厚いカルテに目が止まった。フィリップ・スレート。ユリウスにとっての過去の大失敗だ。20年以上前のクライアントだが、フィリップ・スレートの顔は鮮明に目に浮かぶ。オールバックの明るい茶色の髪に、優雅な細く整った鼻。そして高くに位置する頬骨。これらは高貴な印象を与えた。そしてなんと言っても、カリブ海を連想させるくっきりとした深緑の目。ユリウスはフィリップとのセッションを心から嫌っていた。その美しい顔を見ること以外は。

フィリップ・スレートは自分を振り返ることがない男で、表面的な人生を生きることを好んでいた。そして女性を抱くことにすべての情熱を注いでいるような男だった。彼は顔が良いので、彼に手を出されてもいいと思う女性は絶えなかった。フィリップのカルテをパラパラとめくりながら、ユリウスは首を振った。3年の間、フィリップのセラピストとして、彼との関係を良好なものに保ち、彼を支持し、彼に関心を持ち続けた。しかし残念なことに、結果として何の進展も認められなかった。これは実に不愉快なことだ。私は実際には思っているほど良いセラピストではないのかもしれない、ユリウスはそう思わざるを得なかった。

しかし結論づけるのはまだ早い。何も得られるものがないのに、フィリップはなぜ3年間もセラピーを続けたのだろうか。セラピーが無駄だったとしたら、彼はセラピー代を支払い続けてまでセラピーを続けただろうか。特に、彼はお金を無駄遣いするのをとても嫌っていたというのに。もしかしたら、セラピーによってフィリップは成長したのかもしれない。もしかしたら、フィリップは【遅咲きのクライアント】だったのかもしれない。遅咲きのクライアントは、セラピストから得た栄養を消化するのに時間がかかる。セラピストから得たものを溜め込み、犬が埋めておいた骨を後でかじって楽しむかのように、後でそれを味わう。改善が起きているにもかかわらず、セラピストを喜ばせたり、セラピストを力関係において優位に立たせたりしたくないので、それを隠し続けるクライアントがいることをユリウスは心得ていた。

そう考えていると、もはやユリウスは頭からフィリップを追い払うことができなくなった。フィリップはユリウスの心に穴を開けて入り込み、そこに深々と根を下ろした。それによってユリウスの中では、フィリップの失敗はセラピーにおけるユリウスのすべての失敗の象徴となった。しかし、なぜ彼はセラピーを続けていたのだろうか。フィリップ・スレートのケースには腑に落ちない点があったことも、彼がユリウスの中に根を下ろした理由であろう。ユリウスは25年前に自身が書いたフィリップのカルテの最初のメモを読み出した。

フィリップ・スレート　1980年12月11日

デュポンで化学者として働く26歳の白人男性。新しい殺虫剤の開発をしている。驚くほどにハンサムな青年。センスが悪い格好ではあるが、リーガルの靴を履いている。礼儀正しく、微動だにせず座っている。感情は見られず、真剣な眼差し。ユーモアのセンスはない。笑顔も照れ笑いもない。ビジネスのスタイル。社交スキルは低い。ウッド内科医からの紹介。

主訴：自分の意志では止められない性的な衝動がある。

なぜ今？：彼は機械的にセラピーを受けようと思ったきっかけを話した。

彼は学会のために飛行機でシカゴ入りをした。飛行機を降りると公衆電話へと走り込み、彼の女性リストからシカゴ在住の女性を探した。その夜の性的な関係を持つ女性を。残念ながら、その晩空いている女性は誰もいなかった。金曜の夜だったので、もちろん彼女たちは忙しかったのだろう。シカゴに来ることはわかっていたのだから、もっと前から手筈を整えておけばよかった。そして最後の番号に電話をかけた後、電話を切り、【これでやっと文献を読めるし、夜もゆっくりと休める。これが本当はずっとしたかったことだ】と思ったと話した。

クライアントが語る【これでやっと文献を読めるし、夜もゆっくりと休める。これが本当はずっとしたかったことだ】は逆説的であり、一週間、クライアントは悩み苦しんだ。これが具体的なきっかけとなり、セラピーを受けようと思った。【文献を読み、ゆっくり休むことがどうしてできないのか】とクライアントは必死に訴えた。

フィリップ・スレートとのセラピーの細部がゆっくりと脳裏に浮かび始めた。ユリウスはフィリップによって知的好奇心をかき立てられた。初回セラピーの際に、ユリウスはちょうど心理療法と意志についての論文を執筆中であったこともあり、フィリップの【どうして本当にしたいことができないのか】という問いは、論文の興味を引く序文となった。それ以上に、フィリップにまったく変わる様子がなかったことが思い出された。3年後も、フィリップはまったく変わっていなかった。3年前と同じように、性的衝動に駆られていたのだ。

フィリップ・スレートはどうなったのか？ 22年前に突然フィリップが来なくなって以来、彼からは何の音沙汰もない。はたして私はフィリップの役に立っていたのだろうか。すると突然、ユリウスはその答えを知る必要があると思った。それは生きるか死ぬかの問題であるかのように思われ、ユリウスは電話に手を伸ばし、電話番号案内の411をダイヤルした。

第2章

「もしもし、フィリップ・スレートさん？」

「はい、フィリップ・スレートです」

「私は医師のハーツフェルド。ユリウス・ハーツフェルド」

「ユリウス・ハーツフェルド？」

「昔に会っていたのを覚えているかな」

「そんな……信じられない。20年も前のことですよね。ユリウス・ハーツフェルド先生。どうして……？」

「フィリップ、実はセラピーの支払いについてなんだが。最後のセッションの代金をまだ全部は受け取っていなかったと思う」

「え、最後のセッション？　でも確かに……」

「冗談だよ、フィリップ。悪かった。変わらないな。20年経っておじさんになっても、ノリが悪くガードが硬い。で、電話をした理由だが、簡単に言うと、実は今、健康上の問題を抱えていて、引退することを考えている。その中で、過去の患者と会ってその後どうなったかということを知りたくなっている。もし協力してくれるなら、またそのとき詳細は話すつもりでいる。取り急ぎ今知りたいのは、会ってくれるかどうかということだ。どうかな？　小一時間でいい。過去のセラピーについて話し合い、キミに何が起きていたのかを聞かせてもらいたい。私にとってはとても役立つし、ひょっとしたら、フィリップ、キミにとってもそうかもしれない」

「小一時間ですか……。いいでしょう。お金はかかりませんよね？」

「もちろん。払いたいなら話は別だが。フィリップ、これは私からのお願いだと受け止めてもらいたい。今週末はどうだろうか。例えば金曜の午後とか？」

「金曜？　大丈夫です。問題ありません。1時から2時まででどうですか？　お代をいただくことはしませんが、私のオフィスで会いましょう。場所はフランクリンの近くで、住所はユニオン・ストリート沿いのユニオン4‐31です。ビルの案内板で、私のオフィス番号を確認してください。スレート博士と記してあります。私も今はセラピストをやっています」

電話を切り、身震いを覚えた。ユリウスはゴールデン・ゲート・ブリッジを見ようと回転椅子を回し、首を伸ばした。あんな電話の後だ。何か美しいものを見たい。同時に、何か手に温かさを感じたかった。ユリウスはメシャム・パイプにバルカン・ソブラニーを詰め込んだ。そしてマッチで火をつけ、吸った。

ああ、暖かい大地のような風味のラタキアの葉。ラタキアの蜜のように甘くピリっとするような香りは、この世には他に存在しない。長らく喫煙をしていなかったことが信じられないくらいだ。彼は夢想に沈みながら禁煙を決意した最初の日のことを考えていた。それはすぐそばの歯科医、20年も前に亡くなったデ・ブール医師のところに行った直後だった。20年も前だなんて……。ユリウスは今でも、あのオランダ人特有の長面と金縁のメガネを鮮明に思い出す。デ・ブール医師は土の中ですでに20年を過ごしているが、ユリウスは未だ土の上で過ごす。少なくとも今は。

「あの口蓋の水ぶくれはちょっと気になりますな。生検が必要ですよ」

デ・ブール医師はわずかに首を横に振った。生検の結果は陰性だったものの、ユリウスは気になっていた。というのも、同じ週にテニス仲間で喫煙者だったアルが、肺がんで亡くなり、ユリウスはその葬式に出席していたからだ。それだけではなく、当時ユリウスは、フロイトの医師であったマックス・シューア著の*Freud, Living and dying*（フロイトの生と死：未翻訳）を読んでいた。その著書には、フロイトがどのように喫煙からがんを発症し、彼の口蓋、顎、そして最終的に命を奪われたかが鮮明に綴られていた。シューア医師は、フロイトの死に関して、その時が来たら死ぬのを手伝うとフロイトに約束した。そしてその時が訪れ、生き続けることが苦しいとフロイトはシューア医師に訴えた。シューア医師は約束を守り、致死量のモルヒネをフロイトに投与した。それが素晴らしい医師というものであろう。今日、シューア医師のような医者はどこを探せば見つかるのだろうか。

ユリウスは20年以上の間、煙草、卵、そして動物性の油を絶っていた。健康的で幸せな自制であったはずだ。あの忌まわしい健康診断までは。喫煙、アイスクリーム、スペアリブ、卵、チーズ、すべて控えていたのに。仮に控えていなかったとしたら、何かが違っていたのだろうか。控えたことで、どんな違いがあったというのだ？　あと一年もすれば土に埋まる運命だ。そして分子は分散し、次の定めを待つのみだ。どうせ遅かれ早かれ、あと数百万年のうちに、太陽系のすべてが灰になる。

絶望を感じ始めたので、ユリウスは気を逸らそうと、すぐにフィリップ・スレートとの電話のことを考え始めた。フィリップがセラピストだと？　不可能に近い。フィリップは冷たい人間で、人には無関心だし、おまけに他人に敵意を向ける。電話から判断すると、彼は前と変わっていないように感じる。ユリウスはパイプを口から離し、フィリップのカルテを開きながら頭を振り、そして最初のセッションの様子を読み続けた。

現在の病理：13歳の頃から性的衝動に駆られる（思春期から現在まで続く強迫的な自慰行為。時には一日に4回から5回。性交の強迫観念から逃れるための自慰行為）。人生の大部分が性交への強迫に費やされている（彼は【女を追いかけることで失った時間で、哲学と中国語と、そして天体物理学の博士号を取れていただろう】と言う）。

対人関係：一匹おおかみ。小さなアパートで犬と暮らす。男性の友だちは皆無。過去の知り合い（高校、大学、大学院の）とは連絡を一切取らない。孤立している。女性との長期的な関係を持ったことがない（継続的な関係を意識的に避ける。一晩の関係を好む。一カ月ほど続く関係もあるが、大抵女性のほうから別れる。（女性がフィリップに身体の関係以外のものを求めるか、利用されたことに怒るか、フィリップが他の女性に会っていることに腹を立てる）。新しい刺激を欲する（次から次へと新しい女性と関係を持つが、決して満たされない。出張中など、時に現地で女性を見つけ、性交をし、すぐに別れる。その一時間後、ホテルの部屋を出て再び女性を見つけに行く)。性交した相手を評価し、スコア・シートに記入する。この一年で90名もの女性と性交をした。これらのことを平然と話す(恥や自慢などはない)。夜一人だと不安に感じる。大抵は性交がその不安を軽減させている。性交をすると、その夜は安心でき、心地よく読書ができる。同性愛の活動や妄想はない。

理想的な夜の過ごし方：まだ早い時間に外出してバーで女性を見つける。夕食の前に性交をする。大抵夕食を共にすることになるが、夕食をせずできるだけ早く女性と別れたい。寝る前に読書の時間をできるだけ長く取りたい。テレビ、映画、社交、スポーツなどを楽しむことは一切ない。唯一の楽しみは読書とクラシック音楽。古典、歴史、哲学の書籍を好む(フィクションや今どきのものは読まない)。最近の関心であるゼノンやアリストテレスの話をしたがる。

生活歴：コネチカット州で育つ。中流階級で一人っ子。父親は銀行投資家で、フィリップが13歳の時に自殺する。父親の自殺の背景は知らないが、母親との不仲があったので、漠然とした考えは持っている。幼児期健忘(初期のことはほとんど覚えていない。また父親の葬儀の記憶がない）。フィリップが24歳の時、母親が再婚。学校では他の子どもと関わろうとせず、勉強に明け暮れた。親友はいない。17歳でイエール大学に入学するが、その頃から家族と絶縁。年に一度か二度の母親への電話。義父と会ったことはない。

仕事：有能な化学者（デュポンにてホルモンを基盤とした新しい殺虫剤の開発に成功）。業界への関心はあまりなく、一切残業はしない。仕事に退屈さを感じ始めている。勤務時は業界の最新研究は読むが、休みの日には読まない。良い賃金と株。貯蓄家（財産の一覧を作ること、そして財産管理を楽しむ）。昼休みは一人で過ごし、株に関する文献を読む。

印象：統合失調質。性的衝動性。距離を置いている（目が一度も合わない）。関わりが機械的で事務的。対人関係のスキルがない。私の第一印象についてその場で質問したところ、私がカタロニア語やスワヒリ語を話しているかのようにうろたえた。イライラしているかのようで、私が居心地の悪さを感じた。遊び心は皆無。知能は高いが、言葉足らずで理解するのが難しいところもある。セラピー代について気にし、値引きを提案する（十分払える額であるため断った）。数分開始が遅れたことに気分を害し、遅れた分セッション時間を延ばすようためらいなく提案する。キャンセルの場合は、いつまでに知らせれば違約金が発生しないかを二度質問して確認する。

ユリウスはカルテを閉じた。ここから25年が経ち、今やフィリップはセラピストをやっている。これほどセラピストに適さない人材が他にいるだろうか。何も変わってはいないように思える。遊び心がなくお金に執着する（セッション代の冗談は言わないほうがよかったかもしれない）。遊び心がなく冷たいセラピスト？　そして自分のオフィスに来させるあの態度？　そう思うと再び身震いがユリウスを襲った。

第3章

ユニオン・ストリートは生き生きと心躍る雰囲気だった。シルバー・アクセサリーを扱う雑貨屋の賑わいが広がる。プレゴ、ビートルナッツ、エキゾチック・ピザ、そしてペリーズなどの飲食店のテラス席から、食事を楽しむ客たちのはずむ会話が聞こえてくる。そして、アクアマリンとマゼンダの色をした風船が道沿いの駐車メーターにつながれ、人々の購買欲をそそっている。しかしフィリップのオフィスに向かうユリウスの足取りは重く、レストランや、店の外に積まれた夏物セールのTシャツなどに興味を引かれることはなかった。それどころか、日本の骨董品屋、チベットの商品を扱う店、そして幻想的な女性戦士が華やかに描かれた18世紀の屋根瓦が展示されている財宝屋など、いつもなら覗かずにはいられないところも、その日はただ通り過ぎるだけだった。

死についても考えてはいなかった。フィリップ・スレートに関する謎は、死にまつわる不穏な考えから気を逸らしてくれていた。謎その一は、なぜ不気味なほどはっきりと、いとも簡単にフィリップの顔を思い出せたのかということ。フィリップの顔、名前、そしてフィリップとの体験のさまざまな記憶は、この20数年間、私のどこに潜んでいたのだろうか。神経化学的に、それらの記憶が私の脳に保持されていたとは考えにくい。フィリップは、複雑神経細胞のつながりに【フィリップ】ネットワークを作り出して、そこに潜んでいた。そして、そのネットワークが正しい神経伝達物質に刺激を受けて、視覚野のスクリーンにフィリップのイメージを映し出したのであろう。脳の中にとても小さな投影者が隠れていると思うとゾッと寒気がした。

しかしもっと興味深いのは謎その二である。それは、なぜ私はフィリップを再び訪れようと決めたのか、という謎だ。過去のクライアント全員の中で、なぜフィリップを深い記憶の貯蔵庫から引き出したのだろうか。単にフィリップのセラピーが悲惨な結果に終わったからだろうか？　それ以上に何かあるはずだ。フィリップ以外にも、あまり役に立てなかったクライアントはいる。けれど、セラピーがうまくいかなかった多くのクライアントの顔と名前は思い出すことができない。おそらく、そういった失敗の多くが早期終結だったからかもしれない。そんな中でフィリップは続けた。特別な失敗だったのだ。そう、彼は続けた！　このイライラするような3年間、彼は一度もセラピーをキャンセルしたことがなかったのだ。そして一度も遅刻することがなかった。一分でさえ！　そしてある日、何の前触れもなく、セッションの最後に【これで最後です】と、たったそれだけの言葉で終わったのだ。

フィリップとのセラピーが終結した後も、ユリウスは、フィリップは改善可能であると信じていた。誰でも改善が可能である。ユリウスはそう考えがちではあった。なぜ失敗したのだ？　フィリップは自分の問題解決に真面目に取り組んでいた。抜け目がないし、賢かった。そしてリスクを負って取り組んだ。しかし、まったく好きになれないタイプの人間だった。ユリウスは嫌いなタイプのクライアントは受けないことにしていたが、フィリップに関しては違っていた。フィリップは誰もが嫌うタイプの人間だ。人生を通じて友だちがいないという事実を考えればわかりきったことだ。

フィリップのことは好きではなかったが、フィリップが提示する知的な謎に関してはとても興味を惹かれた。彼の主訴は【なぜ本当にしたいことができないのか】だったが、それ自体が痺れるような知的な謎の好例である。フィリップにとってセラピーは役立つものではなかったかもしれないが、ユリウスの執筆は大いにはかどった。ユリウスの傑作論文「セラピストと意志」、そして彼の大作本『願望、意志、そして行動』には、フィリップとのセッションから得たアイデアが散りばめられていた。ひょっとしたら私がフィリップを利用したのかもしれない。ユリウスの脳裏にそんな考えが浮かぶ。ひょっとしたら、フィリップとのつながりが強まっている今、フィリップに償い、そして過去にできなかったことをすべき時なのかもしれない。

ユニオン4‐31は角地にある、漆喰塗りの2階建の建物だった。ユリウスは玄関ホールの案内板にフィリップの名前を認めた。そこには【フィリップ・スレート博士　哲学的カウンセリング】とあった。哲学的カウンセリング？　なんだそれは？　ユリウスは荒々しく鼻から息を吐き出した。それなら扁桃腺を治療する床屋や、豆のカウンセリングをする八百屋の看板もあるのでは。そんなことを考えながらユリウスは階段を登り、そしてフィリップのオフィスの呼び鈴を押した。

呼び鈴が鳴ると鍵が開き、そして扉が開いた。ユリウスは小さな、コンクリート壁が剥き出しの待合室に入った。そこには樹脂製プラスチックで作られた薄汚れた灰色の二人掛けの椅子のみが置かれていた。そこから数メートル離れたところにフィリップは立っていた。近寄って握手することもなく、フィリップはその場でユリウスを部屋に招き入れた。

ユリウスは、記憶上のフィリップと目の前のフィリップを比較してみた。目の周りの柔らかな小じわや若干の首の弛み以外は以前と変わっていないようだ。以前と同じようにオールバックの明るい茶色の髪と鮮やかな緑色の目。以前と同じようにその目が私の目と合うことはない。3年間のセッションを通じて、目が合ったことはほとんどなかったことを思い出した。

フィリップと会うと、尊大な態度でノートをとらずに座っていた同級生のことが思い出された。そういった子は、ユリウスや他の生徒たちがテストのために一生懸命に板書をしている間も、ノートなしで簡単に授業を理解できていた。

フィリップのオフィスに入ったユリウスは、セラピーの部屋としてはスパルタ的な内装に対して皮肉じみた冗談を言おうと考えた。すり減った、物で散らかっている机と、いかにも座り心地が悪そうな、形も色も合わない二つの椅子。そして壁にはフィリップの卒業証書のみが飾ってあった。ユリウスは考えを改め、促されて椅子に座り、誠実に振る舞おうと、フィリップが口を開くのを待った。

「久しぶりですね。本当に」

フィリップはフォーマルで専門家的な声で語った。そこには面接の主導権を握ることにまったく不安を感じていない様子が表れていた。過去のセラピーとは役割が逆の形となった。

「22年だ。過去の記録を見た」

「どうして今会おうと？　ハーツフェルド先生」

「もう雑談は終わりなのかな」

ああ、まずい。言わないほうがよかった。ユリウスは、フィリップには遊び心が一切ないことを思い出した。

フィリップはそれを気にするふうでもなかった。

「基本的な面接技法です。ハーツフェルド博士。ご存じですよね。まずはフレームを構築する。私たちは場所も、60分という時間も、そしてセッション代金をいただかないということも、すでに設定してきました。ですから、次のステップは目的とゴールを設定することです。ハーツフェルド博士のために、この時間をできる限り効率的にして差し上げようとしているだけです」

「ありがとう、フィリップ。それには感謝をしたい。キミの【どうして今】という質問は良い質問だ。私もよく使う。それはセッションに集中させ、すべきことへと一直線に向かわせてくれる。……電話で話した通りだが、健康上の問題、大きな健康上の問題を抱えている。その結果、過去を振り返り、評価し、自分の仕事の価値を見出したいと思った。これは年齢的なことで、キミも65になったらわかるだろう」

「過去のクライアントに会いたいと思った理由が、私には理解し難いです。自分だったら絶対にそうは思いません。クライアントは費用を支払い、そしてそのお返しに私は私の専門であるカウンセリングを提供します。それで取引は終了です。セッションが終わる頃には、私は最善を尽くしたし、そしてクライアントは価値あるものを得たと思っている。その後にクライアントとまた会うなど、想像すらできません。でも、おっしゃることをその言葉通りに受け止めたいと思います。あなたの時間ですので、話を伺いましょう。どこから始めますか？」

　フィリップのぶっきらぼうで失礼な態度にユリウスは唖然とした。それはフィリップ側の問題であるが、そんなことは今はどうでもいい。面接において、ユリウスは少し引き下がることがある。それは彼のセラピストとしての力の一つであり、人が彼のことを正直な人であると信じる要因でもある。しかし今日は、彼は意図的に自分のことはあまり言わないよう努めた。過去のセラピーに対するフィリップの正直な見解を知るために今日は来た。そのためには、自分のことはあまり言わないのが得策だ。私が絶望しており、余命を生きる目的を探求しており、またフィリップの人生にとって役立っていたらと願っていることを知ったとしたら、もしかしたらフィリップは善意で聞こえの良いことだけを言うかもしれない。あるいは、そのひねくれた性格から、まったく逆のことをするかもしれない。

「まずは何よりも会ってくれてありがとう。そして今日望んでいることを伝えよう。それは３年間にわたるセラピーに対するフィリップ、キミの正直な見解を聞きたい。それがどのように役立ったのか。または役立たなかったのか。そして難しいかもしれないが、セラピーが終わった後からのキミの人生を教えてもらいたい。私には、結末をどうしても知りたいところがあるということは、キミも知っているかもしれないね」

　この要求には驚いたのだろうか。フィリップはしばらくのあいだ目を閉じ、両手の指先を合わせながら黙って座っていた。注意深く計算されたようなペースで、彼は話し始めた。

「まだ私の人生は終わっていないし、むしろここ数年で大きく方向性を変えました。なので、今が再出発だとも感じています。時系列で話しましょう。まずセラピーからです」

フィリップはためらいなく続けた。

「セラピーは完全な失敗でした。時間と金銭がかかった失敗です。私はクライアントとしてしっかりやったと思います。思い出せる限りで言うと、私は協力的でしたし、努力しましたし、休まず行きましたし、セラピー代も払いました。そして夢を思い出し、先生が提供する方法に従いました。そうでしたよね？」

「キミが協力的なクライアントだったかどうか？　もちろんそうだ。それ以上に言うなら、キミは勤勉なクライアントだった」

天井を再び見上げると、フィリップは頷き、そして続けた。

「思い出してみると、きっかり3年だったと思います。その中で、週に二度会うことが多かったと思います。費用は2万ドルほどだったでしょう」

思わず口を挟みそうになった。クライアントがこのように不満を語るとき、ユリウスは【焼け石に水】状態のクライアントに反射的に対応しがちだった。そしてセラピーで取り組んでいるのが厄介な問題であり、クライアントの人生で長い間問題だったのだから、【期待するほどすぐには】変化は起きない、と伝えていた。最後の点に関しては、週5回のセッションを3年間（700時間）続ける精神分析のトレーニングの経験を話すこともあった。しかしフィリップは、今はユリウスのクライアントではないし、フィリップを説得するためにここに来たのでもない。ユリウスは衝動を制して、ただ静かに口を閉ざしていた。

「セラピーを始めたとき、私はどん底にいました。いや、溝にはまり込んでいたと言うほうが適切でしょう。化学者として働いており、虫を殺す新しい方法を模索していました。そんな仕事が、人生が、そしてすべてが退屈でした。ただ、哲学書を読み、歴史の大きな謎について考えることは退屈ではなかった。でも、セラピーを受けようと思ったのは性的な衝動のためでした。覚えていますよね」

ユリウスは頷いた。

「自分ではどうすることもできなかった。性交以外、欲しいものがなく、それに取り憑かれているようでした。欲が枯れたことなど一度もありませんでした。その頃のことを思い出すと身震いさえします。できるだけ多くの女性を誘っていました。性交後にだけ、性への囚われが一時的に安らぎました。でも、すぐにまた衝動が襲ってきました」

ユリウスは、フィリップの【性交】という硬い言葉に笑いを堪えた。フィリップは肉欲に溺れていたわけだが、汚い言葉を慎んでいたというおかしな逆説を思い出したからだ。

「性交の直後、ほんの短い時間だけでした」

フィリップは続けた。

「その時間だけ、生きている感覚があり、バランスが取れていました。そんな時だけは、歴史上の偉大な思想とつながることができました」

「アリストテレスとゼノンを読んでいたことは覚えている」

「そうです。それらは一部ですがね。ただ、衝動のない時間はあまりにも短すぎました。けれど、今は違います。解放されました。今は高い次元にいる感じがします。でも今はハーツフェルド博士とのセラピーを振り返りましょう。それが主なリクエストでしたよね」

ユリウスは頷いた。

「セラピーに執着していたことを覚えています。セラピーは私の別の囚われにもなっていたくらいです。しかし残念なことに、それが性的強迫に取って代わることはなく、ただ混在するにすぎませんでした。毎回、次のセッションが待ち遠しく、毎回終わるたびにがっかりもしていました。正直なところ、あまり思い出すことができません。たしか生い立ちを振り返ることで、私の問題を理解しようと努めていたと思います。常にその理解を得ようと努めていたのです。けれど、どの仮説も強く疑っていました。十分に話し合われず、かつ根拠に乏しく感じていました。最悪だったのは、それらが問題解決になんら役に立たなかったことです」

「それ自体が囚われだとはわかっていたし、それをきっぱり止める必要があることもわかっていました。時間はかかりましたが、ハーツフェルド先生は結局私を助ける方法を知らないのだと思い始めてから、セラピーに期待できなくなりました」

フィリップは感情なく続けた。

「そういえば、対人関係、特に私とハーツフェルド先生とのセラピー関係について、かなりの時間をかけていたと思います。それには納得がいきませんでした。はたして意味があるのだろうかと。今でもそう思います。セッションを重ねるにつれ、先生と会い、関係性について話し合うのが苦痛にもなっていきました。あたかも関係が【リアル】であり強いものであるかのように。本質的には【サービスの購入】でしかなかったのに」

フィリップはそこで話すのをいったんやめ、ユリウスを見つめた。あたかも【正直に聞きたかっただろうから、正直に話した】とでも言っているかのように。

ユリウスは愕然とした。しかし、気持ちを抑えながら答えた。「正直でよろしい。ありがとう、フィリップ。次はその後の話だ。それ以降、キミはどうしていた?」

フィリップは手のひらを合わせ、その指先に顎を乗せた。そして考えをまとめるかのように天井を眺め、それから話を再開した。

「そうですね。仕事のことから始めます。虫の産卵を防ぐホルモン薬を開発しましたが、それが会社にとって重要な結果をもたらし、給料が上がりました。けれど、化学にはもう飽き飽きしていました。そして30歳の時、父親の信託投資が満期となり、私が譲り受けました。それが自由になるきっかけでした。数年間は生活していけるだけの貯蓄もあったので、化学雑誌の購読を止め、仕事も辞め、本当にやりたいことを考え始めました。それは知の追求です」

「まだ惨めで、不安で、性的衝動にかられている時期でもありました。他のセラピストにも会いましたが、何も変わりませんでした。ユングを学んでいたあるセラピストからは、心理学的なセラピー以外に何か必要だと言われました。そのセラピストは、私のような依存症に悩む者には、スピリチュアリティーへの献身が有効だと言っていました。それを聞き、私は宗教哲学を学びました。特に東洋の思想と実践でしたが、それ以外はまったく無意味であるかのように感じました。他の宗教は、神という概念を用いて、根本の哲学的な問いを避けているようでした。数週間の瞑想リトリートにも参加しました。囚われは何も変わることはありませんでしたが、ただ何か重要なものがそこにあるのではと思えました。ただ、その時はまだよくわかりませんでした」

「そういった実践の場で要求される禁欲の時間は別として、まあ、そういった中でも隠れて性的な強迫行為は続いていました。それより前と同じように、数十から数百の女性と性交をしました。いつでもどこでも見つけられさえすれば、時には日に二人と性交をしていました。ハーツフェルド先生とお会いしたときとまったく同じです。一人の女性と一度か、時には二度性交をして、次の女性を探していました。それ以上はつまらなくなりました。よく言いますよね。同じ女は二度抱けない、と」

フィリップは指先から顎を離し、ユリウスに顔を向けた。

「最後の言葉はユーモアのつもりでした。ハーツフェルド先生。昔、言っていましたよね。これだけ話していて、私は一度たりとも冗談を言ったことがないと」

軽々しく言葉を発する気分ではなかったので、フィリップのちょっとした冗談には気がついてはいたが、ユリウスは口を結んだ。フィリップのことは、頭のてっぺんからネジ巻きの取っ手が突き出た、ゼンマイ仕掛けのロボットのように思えていた。もう一度巻いてやらないと。

「それから?」

天井を見つめながら、フィリップは続けた。

「そしてある日、重要な決断をしました。どのセラピストも手助けできなかったので、失礼ながらハーツフェルド先生も含まれていますが……」

「その重要な決断とは?」

ユリウスは口を挟み、そして付け加えた。

「謝罪はいらないよ。キミはただ私の質問に答えているだけだ」

「では続けます。セラピーは私にとっての答えではなかったので、自分で自分を癒すことにしました。歴史上最も賢い者から関連する言葉を吸収するという読書セラピーです。私は、ギリシャのソクラテス以前の哲学者から順に、ポパー、ロールズ、そしてクワインに至るまでの哲学書を読み始めました。一年間読みあさり、それでも強迫は変わらずにありました。しかし、私は正しい道を歩んでいる、そして哲学は私に落ち着ける居場所を提供してくれるものであるという重要な結論に達したのです。落ち着ける居場所がないということを散々、先生と話し合いましたよね」

ユリウスは頷いた。

「もちろん覚えている」

「どうせ哲学を読み続けるのなら、それを専門職にもできるだろうと思いました。いつまでも貯蓄で生活するわけにもいかなかったので、コロンビア大学の博士課程に入りました。無難にこなし、満足のいく博士論文も書き終え、5年後には哲学で博士号を取りました。そして教職へと進み、数年前からは応用哲学にも興味を持ち始めました。というよりは、臨床的な哲学、と言ったほうがいいでしょう。そして今があります」

「癒された部分に関してはまだ聞かせてもらっていないようだが、その部分をもう少し聞かせてもらえないか？」

「コロンビア大学にいた頃、哲学を読む中で、ある最高のセラピストとつながりを持ちました。誰も私に与えてくれなかったものを、そのセラピストは与えてくれました」

「ニューヨークで？　その人の名前は？　コロンビアなら、どの施設に属していた？」

「名前はアーサー……」

フィリップは間を置いてユリウスを見た。フィリップの口角はやや上がっているようだった。

「アーサー？」

「そう、アーサー・ショーペンハウアー」

「ショーペンハウアー？　冗談だろう？」

「いえ、真面目ですよ」

「私だってショーペンハウアーについては、暗い悲観主義だってことは知っている。セラピーとは無関係に思えるが。どうやって？　何を……？」

「途中で申し訳ないのですが、次のクライアントが来る時間です。時間に正確なのは今も変わりません。私の名刺を差し上げます。別の機会に、ショーペンハウアーに関してはお話しします。彼は私にとってのセラピストです。天才アーサー・ショーペンハウアーに恩があると言ってもいいくらいです」

第4章

フィリップのオフィスを出ようとするユリウスは途方に暮れていた。手すりを支えに、おぼつかない足取りで階段を下り、そしてよろよろと、弾けるほどの眩しさが降り注ぐ屋外へと出た。建物の前に立つと、右に行こうか、左に行こうかと考えた。予定のない午後を自由に楽しめることを喜べもせず、ユリウスは困惑していた。彼は常に目的を持って生きていた。クライアントに会わないときは、その他の重要なプロジェクトや活動、例えば執筆や指導、テニスや研究などに時間を費やしていた。しかし今日は、何もかもが重要であるとは思えなかった。今までは単に、心がでたらめに、かつ抜け目なく、彼の活動を重要だと思わせていただけじゃないか。すべてのものは重要ではないのではないか。そうユリウスは思った。今日、彼には人生のたくらみが見えてしまったようだ。今日は重要なことは何もない。ユリウスは当てもなくユニオン・ストリートを歩き始めた。

フィルモア・ストリートを過ぎてビジネス街も終わりに差し掛かるところで、ガタガタと音を立てながら、歩行用の手押し車を押す高齢の女性がユリウスに近寄ってきた。

(なんてざまだ)

ユリウスは思った。最初は顔を背けたが、よく見てみることにした。女性の身なりは、何枚ものセーターがぶかぶかのオーバーコートの下に重なっている。こんな陽気にはまったくそぐわない。その丸々とした頬はモゴモゴと動いており、入れ歯を口の中でフィットさせているのであろう。何よりもひどいのは鼻の上の大きなイボだ。葡萄の大きさの半透明のピンク色をしたイボであり、そこから数本の長く太い毛が飛び出ている。

(哀れな婆さんだ)

そんなことを思ったが、すぐに訂正した。

(たぶん、私よりも年上だろう。私にもきっとあんなイボができて、手押し車を押したり、やがては車椅子に乗る未来が待っているのだ)

彼女が近づくにつれ、何かモゴモゴと言っているのが聞こえた。

「あそこの店には何が売ってるんだ。何があるのか。何が見つかるかな」

「すみませんが、私にはさっぱり。ただこの辺りを歩いていただけなので」

ユリウスは彼女に大きな声で言った。

「あんたにゃ話しかけてねぇよ」

「でも他に誰もいませんよ」

「だからといってあんたに話してることにはならんだろ」

「私でなかったら、誰?」

ユリウスは手を目の上にかざし、誰もいない通りを見渡す真似をした。

「あんたにゃ関係ねぇだろ、このクソじじい」

そうつぶやいて、手押し車をガチャガチャ鳴らしながら老婆はユリウスを通り越していった。

ユリウスは唖然とした。そして辺りを見回し、今のやりとりを誰かに見られていなかったかどうかを確認した。ああ、何をしているんだ、私は。唯一救いなのは、今日の午後はクライアントがいないということだ。仕方がないことだ。フィリップ・スレートと一緒にいたのだから。

スターバックスから漂う芳醇な香りに誘われ、フィリップに会ったご褒美にダブル・エスプレッソを楽しもうと考えた。窓側に席を取り、通りを歩き去っていく人々を眺め始めた。白髪混じりの人は、店内にもテラス席にも、通りにもいない。まだ65歳だが、今ここでは自分が一番の年寄りであろう。そして身体の中は、メラノーマの静かな侵略を受けて、どんどんと老いぼれていく。

女性アルバイト店員が男性客とおしゃべりをしている。ああいう女性がユリウスを気にかけることはないし、談笑することもない。それに、ユリウスの視線に気づくわけでもない。期待なぞもうするものではない。ああいった、年頃で胸が大きく、白雪姫のように肌の綺麗な女の子は、ユリウスに向かって恥ずかしそうな笑みを浮かべて、【こんにちは。このお店初めてですか？　何かご用があったらいつでも呼んでくださいね】なぞとは決して言わない。人生は歪みのない真っ直ぐな直線であり、戻ることは決してあり得ない。

もう十分だ。悲観は止めよう。ユリウスは、泣き言を漏らす人にどう関わればよいか知っている。別の方向を見てもう少し頑張ろう。そうだな。そうしなきゃ。そう、こんなくだらないことを貴重なことに変える道を見つけないといけない。書いてみてはどうだろうか。日記だとか。だとしたら、もっと人の目に映るもの。例えばアメリカ精神医学会の雑誌への論文だとか。タイトルは「死に直面する精神科医」。それとも、例えばサンデー・タイムズ・マガジンへの大衆的な記事がいいだろうか。それならできるだろう。あるいは、書籍はどうだろうか。『死の自伝』などは悪くないだろう。優れたタイトルを思いついたときは、たいてい文章も自然に書けるものだ。ユリウスはエスプレッソをオーダーし、ペンを取り出し、そして床に落ちていた紙袋を広げた。書き始めると滑るように筆が進むので、口元には笑みが浮かんでいた。

2005年11月2日（金曜日）死の宣告から16日後

フィリップ・スレートを探し出したのは大きな間違いだった。何か得られるだろうと思ったのも、会ったのも間違いだった。もう二度と会いたくない。フィリップがセラピスト？　冗談にしか思えない。共感、繊細さ、そして思いやりのないセラピストなんてあり得ない。フィリップは電話で、私が健康上の問題を抱えており、それが彼に会いたいと思う理由の一つであるということをしっかりと聞いていた。なのに、そんな私に健康面などの個人的な質問を一つもしなかった。握手すらなかった。冷たくて人間味がない。3メートル以上も距離を置いていた。3年間も気にかけ、すべてを与え、できる限りのことをしてきた。恩知らずも甚だしい。

どうせ彼は【取引は終わった】のようなことを言うんだろう。彼がいなくても、耳に聞こえてくるようだ。

【私と先生は商業的な取引をしたのです。私は代金を支払い、先生は専門的なサービスを提供しました。私はきちんと代金を支払いました。取引はもう終わったのです。私たちは今や平等な立場であり、借りなど一切ありません】

さらにフィリップは加えるであろう。

【むしろハーツフェルド先生に貸しがあるくらいです。大儲けだったでしょう? 先生はすべての対価を得ましたが、それに対して私は何も得ていないのですから】

彼がまったく正しいのだから、さらに腹立たしい。彼は私に借りなど一切ない。私はセラピーを【人生に影響を与える仕事】として考え、愛を持って提供するものであると豪語している。彼に対する留置権など持ち合わせていない。彼から何かを期待する理由はない。私が何を欲しているにせよ、彼はそれを持ち合わせていない。

【彼はそれを持ち合わせてはいない】

何人のクライアントに対してそう言っただろうか。クライアントの夫や妻、または父親について。けれども私はフィリップを無視できない。この容赦なく無神経で自己中な男を。

どうしてこんなに気になるのだろう。そしてなぜ過去のクライアントの中から彼に連絡をしたのだろう。まだそれはわからないが、カルテにはヒントが書き記してあった。若かりし頃の自分の幻影と話をしている感覚があったのだ。性欲に動かされていた10代、20代、そして30代の私に、フィリップの影がいくつも潜んでいたのだろう。フィリップがこれからたどる道を知っていたような気がしたし、自分の経験の中に、彼を癒す道があると思っていた。彼に対して一生懸命になったのはそのため?

なぜ彼に対して、他のクライアントよりも関心を持ち、エネルギーを注げたのか？どんなセラピストにも、多大の関心やエネルギーを投資させられるクライアントはいる。あの3年間、フィリップは私にとってその類のクライアントであったのだろう。

その晩、冷たく暗い自宅へと戻った。息子のラリーがここ3日間一緒にいてくれた。今朝、神経生物学の研究を行っているジョンズ・ホプキンス大学のあるバルチモアへ帰っていった。ラリーが帰り、ユリウスはほっとした。息子の苦悩の表情を見なくて済むし、愛らしくも不器用に慰められると、落ち着くというよりはもっと悲しくなってしまうからだ。ユリウスは、同僚であり自助グループのメンバーでもあるマーティーに電話をしようとしたが、気分が沈んでしまい、結局は電話をかけることなく受話器を置いた。その代わりにパソコンを立ち上げ、スターバックスで走り書きをしたくしゃくしゃの紙袋のメモを入力し始めた。するとほどなく【メールを受信しました】というメッセージが現れた。それは驚くことにフィリップからのメールだった。ユリウスはすぐに読み始めた。

今日の話し合いの最後に、先生はショーペンハウアーについて、また彼の哲学がどのように私の助けになったのかについてお尋ねになったと思います。またもっとショーペンハウアーについて学びたいとおっしゃっていたとも思います。そこで思いつきました。私が教えるコスタル大学の授業にご興味がおありでしたら、ご招待します。来週の月曜の夜7時です（フルトン・ストリート340のトヨン・ホール）。ヨーロッパ哲学の入門講座を教えており、来週の月曜にショーペンハウアーについての概要を話すことになっています（2千年の歴史を12週間で話すことになっています）。授業の後に少しお話できると思います。

フィリップ・スレート

ためらうことなく、ユリウスは【ありがとう、ではその時に】と返事をした。予定帳を開き、次の月曜日の欄に【フルトン340、トヨン・ホール、夜7時】と書き記した。

◆ ◆ ◆

毎週月曜の午後4時半から6時まではグループ・セラピーを実施していた。その日の午前中、ユリウスはメラノーマのことをグループに伝えるべきか否かについて考えていた。個人のクライアントには、もう少し落ち着きを取り戻すまでは言わないことに決めていたが、グループでは別の問題へとつながるかもしれない。グループのメンバーはユリウスにも着目するので、彼の気分の変化に気づかれ、それについて言及される可能性は高い。

しかしその心配には及ばなかった。メンバーたちは、過去2回のキャンセルは風邪のためだという言い訳に疑いを持つことなく、この二週間のそれぞれの人生について話し合った。背が低く丸々とした小児科医であるスチュアートは注意が散漫で、プレッシャーを感じているように見えた。話を聞いてもらいたいと、彼はグループにそう申し出た。これは滅多にないことであった。スチュアートはグループに参加して一年になるが、今まで助けを乞うたことはなかった。そもそも彼は仕方なくセラピーを始めたのだった。セラピーを受け、何かしら今と変わらないなら離婚をすると妻にメールで迫られたのだ。メールで、というのは、電子端末でのコミュニケーションにばかり気を取られており、直接言っても聞いてもらえないという経緯があったからだ。この一週間で妻が行動を起こし、寝室を別にし始めた。スチュアートはそう話した。グループのほとんどの時間が、スチュアートの妻に対する気持ちに費やされた。

ユリウスはこのグループを気に入っていた。彼らは新しい境地を切り開き、リスクを負うようなことを頻繁にしていたので、彼らの勇気にあっと驚かされることもしばしばだった。今日も例外ではなかった。スチュアートが心を開いたことを誰もが支持した。そして時間は矢のように過ぎていった。セッションが終わりに近づく頃には、ユリウスの気分は良くなっていた。一時間半のセッションで起きたドラマにのめり込み、ユリウスは自分の絶望をすっかり忘れていたのだ。それは稀なことではなかった。グループ・セラピーを手がけるセラピストなら誰でも、問題に取り組むグループの雰囲気の中に、潜在的な癒しの要素があることを知っている。ユリウスは落ち着かない気持ちでセッションを始め、気分が良くなってセッションを終えた。もちろん、彼自身の個人的な問題が解決されたわけではないのだが。

オフィスのそばの寿司屋で手早く夕食を済ませるだけの時間があった。彼は常連だったので、席につくと寿司職人であるマークに大声で歓迎された。一人でいるときは、多くのクライアントと同じように、カウンターの席を好んだ。一人のときは、テーブルで食べる気分には到底ならないからだ。

ユリウスはいつもと同じものを頼んだ。カリフォルニア・ロール、蒸した鰻、そしてさまざまな野菜巻き。寿司は好きだったが、寄生虫の恐れを感じていたので、生の魚は避けた。今となっては、そのような外部からの侵略者との戦いが馬鹿馬鹿しく思えた。ユリウスはマグロやハマチなど、生魚の寿司を頼み、マークを驚かせた。寿司を美味しく食べ、急いでトヨン・ホールへ、アーサー・ショーペンハウアーとの【出会い】へとユリウスは向かった。

第5章

衣服についたパイプの灰をはらうと、ユリウスは午後7時5分前にトヨン・ホールの大講義室へと入っていった。4列目の通路側の席に座り、ひな壇式の聴衆席を見回した。演壇は講堂への入り口と同じ高さにあるが、そこから20列ほど聴衆席が後ろにのびて、大きな高低差を作り上げている。そんな中、200ほどある席のほとんどが空席であり、30席ほどは壊れており、黄色のプラスチック・テープがぐるぐると巻かれている。一番上の列の座席には、二人のホームレス男性が寝そべり、彼らの持ち物であろう新聞紙などが広がっている。一番手前の列を除いて30席ほどに、だらしのない格好の学生たちがまだらに座っていた。

グループ・セラピーもそうではあるが、誰もリーダーのそばには座りたくない。その日のグループでも、ユリウスの両隣は空席のままであり、遅れてきたメンバーがそこに座った。それに関して、ユリウスの両隣は遅刻者への罰であると冗談すら放ったほどだった。すると、グループ・セラピストの間で語られる裏話がふと頭に浮かんだ。グループ・セラピーでは一番依存的なメンバーがリーダーの右隣に、一番妄想的なメンバーが真正面に座る傾向があるというものだ。だが、ユリウスの臨床経験では、リーダーの隣にみな座りたがらないということだけが確かに言えることだった。

トヨン・ホールに見られるみすぼらしさと荒廃は、カリフォルニア・コスタル大学でもよく見られる光景だ。この大学は夜間のビジネス学校として始まり、学部大学としてしばし栄え、そして今や明らかに衰退期に差し掛かっていた。講義のために大学へ向かう途中で見かけたホームレスたちと、このホールに座すだらしない学生たちとの見分けがつかないほどだった。この環境でやる気を維持できる講師はいるのであろうか。フィリップは大学教員から臨床家に移りたいと述べていたが、その気持ちはユリウスにもわかるような気がした。

ユリウスは時計を見た。ちょうど7時で、それに合わせてフィリップが講堂に現れた。カーキのパンツとチェックのシャツ、そして肘当ての付いたコーデュロイのジャケットという講師らしい姿であった。適度に使用感のあるブリーフケースから講義用のメモを取り出し、学生たちには一瞥もくれず話し始めた。

西洋哲学入門の18回目の授業です。今日はショーペンハウアーについて学びます。今日は少し違ったやり方で、少し脱線しながら進めたいと思います。もしわかりにくいところがあったとしても、少しだけ辛抱してください。必ず大筋には戻ってきます。それでは、歴史上重要なショーペンハウアーの到来について見ていきましょう。

誰かしらが頷くことを予期し、学生たちにちらっと目をやったフィリップであったが、一切の頷きや反応も認めることはできなかった。フィリップは一番近くの席に座っていた学生を手招きし、黒板を指さした。そして【脱線】【辛抱】【到来】の意味を話し、前に出てきた学生にそれらの語句を黒板に書かせた。さらに、席に戻ろうとした学生に対して、フィリップは一番前の列を指差し、そこに座るよう指示した。

重要な到来についてですが、こんな大袈裟な表現で始める目的は、すぐにみなさんにもわかると思います。モーツァルトが9歳の時にチェンバロを完璧に弾きこなしてウィーン王宮を驚かせたことを想像してみてください。もしモーツァルトにピンとこないなら、もっと身近なもの、例えばリバプールの観衆を前に、ビートルズが演奏しているところを想像してみてください。

別の素晴らしい到来には偉人であるヨハン・フィヒテが含まれます（ここで先の生徒に黒板にフィヒテと書くように合図をする）。前回の講義から、フィヒテを思い出せる生徒はいますか？　前回は、カントを引き継ぎ、18世紀後半から19世紀初めにかけて活躍したドイツの偉大な観念論の哲学者たちの話をしました。そこにはヘーゲルやシェリング、そしてフィヒテが含まれます。この中でフィヒテの生涯と到来が最も重要であると話しました。ランメナウという小さな村の農家に生まれ、貧しく無学な羊飼いだった彼は、毎週日曜の聖職者の説教を聞いて育ちました。

ある日曜、裕福な貴族が村に辿り着きましたが、説教はすでに終わっていました。教会の外でがっかりして立ち尽くしていると、村の老人が近寄り、まだ若い農家の子のヨハンが同じ内容の説教をできると貴族に話しました。村人はヨハンを連れてきて、そして彼は説教を正確に繰り返したのでした。これに感心した貴族は、ヨハンに教育の支援を申し出て、そして有名な全寮制の学校で、後にニーチェを含むドイツの著名な哲学者たちが通うことにもなったプフォルタに入学できるよう手配しました。フリードリヒ・ニーチェに関しては、次回の講義でお話しします。

ヨハンはプフォルタやその後の大学で良い成績を収めていましたが、金銭的援助をしてくれていた貴族が亡くなると生活ができなくなり、ドイツで家庭教師の仕事を始めました。

そこでヨハン自身もまだ読んだことのなかったカント哲学を若い男性に教えることになりました。そしてすぐにカントに魅了されました。

フィリップは突然、講義用のメモから顔を上げ、学生たちの様子を窺った。カントの名前に対して誰も反応していないことを認めると、舌打ちをし、黒板に【カント】と書く動作をしてみせた。

みなさん、聞いていますか？　カントですよ。イマヌエル・カント。カント。カント。覚えていますか？　先週2時間、カントの話をしましたよね。プラトンと並んで、世界で最も偉大な哲学者です。言っておきますが、カントは期末試験に出ます。そう、ヒントですよ。やっと動き出しましたね。目を開けたり、メモを取ったり。

どこまで話しましたかね。そうそう、農家の息子、ヨハンです。フィヒテは次にワルシャワで家庭教師の仕事を見つけました。無一文の彼は徒歩でワルシャワにやっとのことで到着したのですが、そこで仕事を断られました。そこはカントの住まいがあるケーニヘスベルグまでそれほど遠くはなかったので、彼と対面しようと、フィヒテはそこまで歩いて行くことにしました。2カ月でケーニヘスベルグに辿り着きました。カントの住まいのドアを叩きましたが、残念ながらカントには会うことはできませんでした。カントは自分で決めた習慣で生きていた人間だったので、見知らぬ来客者とは会うこともありませんでした。彼のスケジュールの規則性については前回話しましたよね。街の人たちは、カントが日課である散歩をする姿を見て、自分の時計を合わせられるほどでした。

推薦状を持っていなかったので会うことができなかったのでは、とフィヒテは思いました。そこで彼は自分自身で推薦状を書くことにしました。驚くべき創造性のエネルギーで、フィヒテは有名な処女作『あらゆる啓示批判の試み』を書き上げました。それは、カントの倫理と義務の視点を応用して宗教を解釈するという内容でした。これに感心したカントは、会うことに同意しただけではなく、それを出版するよう勧めたのでした。

おそらく出版社のマーケティング上の戦略でしょうが、妙な手違いがあって、この『批判の試み』は匿名で出版されました。非常に優れた作品だったので、批評家や一般の読者はこれをカントの新しい作品であると勘違いをしました。最終的にカントは『批判の試み』は彼が執筆したものではなく、フィヒテという才能あふれる若者の著作であるとの声明を出さざるを得なくなりました。カントの賞賛はフィヒテの哲学上における未来を保証しました。そして一年半後、フィヒテはイェーナ大学の教授のポジションを得ることになりました。

「それが……」

フィリップは恍惚の表情でメモから顔を上げ、鋭く言った。

「それが到来です！」

雰囲気にそぐわない形で、フィリップは興奮している様子を学生たちに見せた。これに対して顔を上げたり何かしら反応した生徒はいなかった。学生の無反応にがっかりしたのかもしれないが、フィリップはそれを表に出さず、淡々と話を続けた。

諸君にとってもっとなじみある例を考えてみましょう。例えばスポーツにおける到来です。クリス・エバート、トレーシー・オースティン、そしてマイケル・チャンの到来を忘れてしまった人はいないでしょう。彼らはわずか15、16歳でテニス大会のグランドスラムを達成しました。あるいはチェスにおける若き天才であるボビー・フィッシャーやポール・マーフィーはどうでしょう？　また、11歳でチェスの大会で優勝したホセ・ラウル・カパブランカはどうですか。

最後に、文学における到来について見てみましょう。歴史上で最も聡明な、文学における到来です。20代半ばで崇高な小説を書き、文学界を盛り上がらせた……。

ここでフィリップは期待を持たせるために口を閉じ、顔を上げた。彼の表情は自信にあふれているようだった。彼は自分のやっていることに確信がある。それがよくわかった。ユリウスは信じられない思いでそれを見ていた。フィリップはいったい何を期待しているのだろうか？　好奇心で震え、【それって誰なんだよ】と思わず口に出てしまう生徒たちを期待しているのであろうか？

5列目に座るユリウスは、講堂内の様子を窺うために辺りを見回してみた。どこもぽかんとした表情の学生ばかりだ。座席に深く身を沈めたり、いたずら書きをしたり、新聞やクロスワード・パズルを開いたりしている。左側には、二つの座席に体を横たえて寝ている学生もいれば、同じ列の右側には二人の学生が抱き合って長いキスをしている。前の列の座席では、二人の男子学生が肘をつつき合って、講堂の後ろの方をいやらしい目つきで見ている。興味はあったが、彼らが見ているところを見る気にはなれなかった。きっと女性のスカートでも覗き見しているのであろう。ユリウスはフィリップに再び注目した。

その天才は誰か？　彼の名前はトーマス・マンです。諸君と同じくらいの年齢、そう、同じくらいの年齢で彼は大傑作を書き始めました。『ブッデンブローク家の人々』という素晴らしい小説ですが、それは彼が26歳の時に出版されました。トーマス・マンは、みなさんに知っていただきたいのですが、20世紀文学の逸材であり、文学部門でノーベル賞を受賞しました（ここでフィリップは黒板に【マン】と【ブッデンブローク】と書く）。『ブッデンブローク家の人々』は1901年に出版されましたが、ドイツのブルジョア一家の人生を描いたものです。4世代にわたるある家族の暮らしと人生の浮き沈みが描かれています。

では、これが哲学や今日の授業とどう関係があるのでしょうか。お約束した通り、少し脇道にそれましたが、それは今日の主題を引き立てるためでした。

ユリウスの耳に足音が聞こえてきた。ユリウスの目の前の席で肘をつつき合い、覗き見をしていた学生二人が、荷物をまとめて講堂を出ていったのだ。端の席で抱き合っていた学生たちも去り、そして黒板を任されていた学生も消えていた。気づいているのかいないのか、それともどうでもよいのか、フィリップは続けた。

私にとって、『ブッデンブローク家の人々』の中で最も注目に値する一節は小説の後のほうで、主人公であり家長でもあるトーマス・ブッデンブロークの死が近づいた辺りにあります。人生の最後に対する洞察と感受性が20代前半の著者にあったのは驚くべきことです（折り目のある本を取り出すフィリップの口元にはかすかな笑みが見られた）。死が間近に迫っている人たちにとっては、この一節が役に立つでしょう。

二人の学生が講堂を出る際、タバコに火を灯そうとした。マッチの摩擦音がユリウスの耳に流れ込んでいた。

死が訪れたとき、トーマス・ブッデンブロークは戸惑い、絶望に打ちひしがれた。彼の如何なる考えも慰めにはならなかった。宗教的な見解、懐疑主義、そして唯物論も、彼の精神的なニーズを満たすことがなかった。マンの言葉によれば、死にゆく者に【死ぬ間際の静けさ】を提供することができなかったのだ。

ここでフィリップは顔を上げた。
「次に起きたことはとても重要です。ここから今日の主題に入っていきます」

絶望の最中、トーマス・ブッデンブロークは数年前に古本屋で購入した安価でボロボロの哲学書を本棚から取り出す機会がありました。読み始めると、彼はすぐに落ち着きを取り戻しました。トーマス・ブッデンブロークは【偉大な知能が、人生と呼ばれる恐ろしくて馬鹿げたものを理解している】ことに驚きを感じました。

その哲学書に記された驚くほどの明確なビジョンは、トーマスを魅了しました。そしてそれから何時間も、休むことなくその哲学書を貪るように読みました。そして「死と死に関する人格の不滅」と名付けられた章に辿り着くと、トーマスはその文章に酔いしれ、あたかも命がけでもあるかのように読み続けました。そして読み終えたときには、トーマス・ブッデンブロークは別人になっていました。安らぎと心の安寧を感じていたのです。

死にゆく男が見出したことはどんなことだったのでしょうか（この時点で、フィリップは突然に威厳のある声となった）。では聞いてください、ユリウス・ハーツフェルド先生。今から言おうとすることが、人生の終わりには役立つかもしれない……。

公の講義で名前を呼ばれたことにユリウスはショックを受け、席に座ったまま身体が硬直した。そのまま緊張した面持ちで辺りを見回してみると、驚くことに、講堂には他に誰もいなかった。ホームレスの男たちでさえ講堂から姿を消していた。

それにもかかわらず、フィリップは動揺した様子も見せず、冷静に話を続けた。

（彼はよれよれになった文庫本を取り出した）。宿題は、この小説を読むことです。特に第9章を注意深く。きっと役立つでしょう。過去のクライアントの記憶から何か意味を見出すよりも、きっともっと役立つでしょう。

フィリップは講義のためのメモに戻った。

では、トーマス・ブッデンブロークを変えた哲学書の著者はいったい誰でしょうか。マンは小説の中では、その著者の名前を明らかにはしませんでした。40年後、マンは素晴らしいエッセイを書きましたが、その中でアーサー・ショーペンハウアーがその著者であると明かしました。そして、23歳の時にショーペンハウアーを読んで至上の喜びを得たという経験について述べています。【ショーペンハウアーはドイツの哲学史上、最も完璧に一貫して明確であり、洗練されている。彼の表現と言葉はとても力強く、エレガントで、疑いなく適切である。彼は著しく聡明であり雄大でありながら、快活な厳格さもあわせ持っている】

このようにマンはショーペンハウアーの言葉に惹かれましたが、言葉だけでなくショーペンハウアーの思想のエッセンスにも惹かれました。マンはそれを【情緒的であり、息を呑むようで、本能と精神、情熱とあがないという激しい対比の間を彷徨うもの】と述べています。そしてマンは、ショーペンハウアーを発見したことが貴重すぎる体験だったので、自分のものだけにしたくないと思いました。そして直ちに創造的に、苦しむ主人公を救うという形でショーペンハウアーを使ったと述べました。

トーマス・マンだけでなく、多くの偉大な思想家たちがアーサー・ショーペンハウアーに助けられたことを認めています。トルストイはショーペンハウアーを【最も優れた人と同等の天才】と呼んでいますし、リチャード・ワグナーにとっては【天からの贈り物】でした。ニーチェはライプツィッヒの古本屋でよれよれのショーペンハウアーの著作を買ってから、人生は変わったと言い、【その動的で暗い天才の思想を私の心に入るがままにした】と述べています。ショーペンハウアーは西洋の知性を永遠に変えました。彼がいなかったら、フロイトも、ニーチェも、ハーディもヴィトゲンシュタインも、ベケットも、イプセンも、そしてコンラッドも、私たちが今日知るような偉業を成し遂げられなかったことでしょう。

フィリップは懐中時計を取り出し時間を確認すると、過度に厳かに講義を締めくくった。

これにてショーペンハウアーの紹介を終わりにしたいと思います。彼の哲学は幅と奥行きを兼ね備えており、簡単には言い表せないものです。したがって、60ページにわたる第9章を読んでもらえたらと思い、興味をかき立てるような話をしました。講義の最後の20分は質問を受け付け、ディスカッションをしたいと思います。ハーツフェルド先生、何かご質問はありますか?

フィリップの言葉にゾッとし、再度誰もいない講堂を横目に見た。そして気を使いながら言った。

「フィリップ、学生がいなくなっていると思うのだが……」

「あの連中のことですか?」

フィリップは、学生など眼中にないとでも言うかのように、彼らが講堂にいるかいないかはまったくもってどうでもよいことだと言うかのように、軽く手を払った。

「先生が今日の聴衆です。今日の講義は先生のためのものです」

洞窟のように寂れた講堂の10メートル先に位置するユリウスにそう語りかけるフィリップには、その距離にひるむ様子はまったくみられなかった。

「いいだろう。なぜ私が今日の聴衆なんだ?」

「考えてみてください、ハーツフェルド先生……」

「ユリウスと呼んでもらいたい。キミのことはフィリップと呼んでいるだろう？　それなら、キミは私のことをユリウスと呼ぶのが妥当だ。ああ、デジャブーだ。以前も『私のことはお願いだからユリウスと呼んでくれ。他人同士ではないのだから』と言ったことがあるのをはっきりと思い出した」

「私はコンサルタントであり、クライアントの友だちではないので、下の名前では呼び合わないことにしています。しかしそう希望されるなら、ユリウスさんであるか。ユリウスさんと呼びましょう。では質問に戻りますが、なぜ今日私が意図した聴衆がユリウスさんであるか。それは、私は単に助けを求められ、それに応えているにすぎないのです。ユリウスさん、考えてみてください。あなたは私の話を聞きたいとやってこられましたが、そこには別の要求も含まれています」

「つまり？」

「そう、もう少し詳しく話しましょう。まず、あなたの声には緊急性が感じられました。私と会うことが特別重要なことなのでしょう。私の経過を単に知りたいということが理由ではあり得ない。それ以上のものを求めていたと思います。そしてユリウスさんは健康上の問題があると言いました。65歳ですから、それは死に直面しているという問題に違いありません。とすると、考えられるのは、あなたは恐れを抱き、そして慰めを求めていた。今日の講義はその要望にお答えしたものです」

「ずいぶんと遠回しだが……フィリップ」

「ユリウスさん、あなたの要望より遠回しではありません」

「参った！　けれど記憶が正しければ、キミはそういう人ではなかったが」

「今はそうなのです。あなたは助けを求めた。そして私は最も助けとなる人を紹介する形でそれに答えました」

「すると、キミの意図は私に慰めを与えること。そのためにマンのブッデンブロークがどのようにショーペンハウアーから慰めを得たかを詳しく述べたわけだ」

「その通りです。それはいわば前菜であって、その後に現れるものの見本にすぎません。ショーペンハウアーのガイドとして、私がユリウスさんに提供できるものはたくさんあるでしょう。ですから、提案をしたいと思います」

「提案？　キミには驚かされるな。聞かせてくれるか」

「カウンセリングの免許のことです。学校の授業も他の条件もすべて満たしています。ただあと200時間のスーパービジョンがまだ残っています。もちろん、臨床的哲学者としてこのまま臨床をしてもよいと思っています。この分野には州の規制はありません。ただ、カウンセラーの免許があると保険に加入できますし、自分自身をカウンセラーとして宣伝できます。

ショーペンハウアーとは違って、私を支援してくれる団体や学校からの援助はありません。ご覧の通り、この不潔な大学には哲学に興味を持っている学生などいません」

「フィリップ、もっと近くで話さないか？　講義は終わった。椅子に座ってもっと堅苦しくない形で話そうじゃないか」

「いいですとも」

フィリップは講義メモを集めるとカバンに入れ、最前列の座席に腰をかけた。少しは近くなったが、間の4列の席が二人を隔てていたので、フィリップはユリウスと話すために不自然な形で振り向かざるを得なかった。

「だとしたら、交換条件ということだな。私がスーパービジョンを提供し、キミがショーペンハウアーについて教えてくれる」

ユリウスは声を低めた。

「その通りです」

フィリップは振り返ったが、その不自然な姿勢ゆえに、目が合うほどには顔を向けられなかった。

「この交換条件を具体的にどうやっていこうと思っている？」

「十分に考えています、ハーツフェルド先生……」

「ユリウスだ」

「そうでした。ユリウスさん。私が言おうとしていたのは、実はあなたにスーパービジョンを依頼しようと考えていたということです。しかし、主に経済的な理由で連絡をすることができませんでした。ですから、ユリウスさんから偶然電話をいただいたときには非常に驚きました。具体的なプランとしては、毎週会って時間を半分に分けることを考えています。半分の時間で、私のカウンセリングに対して専門的なアドバイスをもらう。そして残りの半分の時間で、ショーペンハウアーについてお伝えする」

ユリウスは目を閉じ、思いを巡らせた。

フィリップは一分ほど待ってから言った。

「私の提案に対してどう思いますか？　学生は来ないとは思いますが、授業のあとはオフィスにいないといけないことになっています。管理棟へ戻らないと」

「フィリップ、これは簡単に返答できることじゃない。もう少し考える時間が必要だ。今週の中頃もう一度会おう。水曜の午後は休みにするつもりだ。4時はどうだ？」

フィリップは頷いた。

「水曜は3時に授業が終わります。私のオフィスで会いますか？」

「いやフィリップ、私の事務所だ。住所はパシフィック・アベニュー2-49で、私の家のオフィスだ。昔のオフィスからそれほど遠くはない。名刺を渡しておこう」

ユリウスの日記からの抜粋

短い時間でも彼が目の前にいると、彼に関する深い記憶と、彼によって引き起こされる状態が一瞬のうちに戻ってくる。彼は傲慢で人を見下す。そして他人のことを気にしない。しかしながら、何か彼の中の強いものが、それは何かまったくわからないが、私を惹きつける。彼の知能？　それとも高慢さと宇宙人のような世俗離れした感覚？　それらが驚くほどの純粋さと絡み合っているからであろうか。もしくは、22年経っても何も変わっていないからであろうか。いや、それは違う。彼は性的衝動からは解放されている。地面に鼻を近づけながら、女性の匂いを探し求めるようなことはしていない。今は、彼は自身が以前望んでいたような高みにいる。しかし、彼が操作的であるのには変わりない。独特であり、自分がどう見られているかについてまったく気にしない。特に、私が彼のオフィスに行くことや、ショーペンハウアーについて教わる代わりに200時間も提供することや、私がそれを必要としていると堂々と言うこと。ショーペンハウアーに若干の興味があることは否定できないが、今の状況ではフィリップとそんなに長く一緒にいたくはない。そして、もしあの死にゆくブッデンブロークの章がショーペンハウアーの言わんとすることの良い例であるとしたら、あまり期待はできない。私や私の記憶や固有の意識の存続なしに宇宙と一つになるような考えには我慢ならないし、それは慰めとは無関係だ。絶対に慰めにはならない。

それであるなら、どうして私はフィリップに惹かれる？ セラピーで損失したとされる2万ドルに関する彼の心の傷が関係しているのであろうか。彼はまだ何らかの見返りを求めているのかもしれない。

フィリップをスーパーバイズする？ 彼を本物のセラピストにする？ 難しさしか感じない。私は彼を金銭面で援助しなければならないのか。人嫌いが誰かの役に立つとは思えないのに、その人嫌いに私の知識と経験を伝授しなければならないのだろうか。

第6章

山と海と建物が騒々しく入り混じるパシフィック・ハイツ。そこに位置する広々としたユリウスの住居は、今ではとても購入できないほどの価値がある。30年前、ユリウスの妻であったミリアムが得た3万ドルの相続金も合わせて購入したが、その後価値が鰻登りに上がった。ユリウスは運の良い億万長者となったのだ。ミリアムが亡くなった後、一人で生活するには大きすぎたため、ユリウスはこの家を手放そうとも考えた。しかし手放すのをやめ、代わりに彼のオフィスを家の一階に移動することにした。

通りから4段の階段を上がると、真夏の海岸を思わせる蒼のタイルで装飾された噴水のある踊り場があり、左手にはユリウスのオフィスに続く数段の階段、右手には住居へと続く長い階段がある。フィリップはちょうどの時間に現れた。ユリウスは玄関で彼を出迎え、オフィスまで案内した。そしてよく鞣《なめ》され光の反射が鮮やかな赤褐色の革のソファに座るよう促した。

「コーヒーか紅茶は？」

フィリップは辺りを見回すこともなくソファに腰掛け、ユリウスの気遣いを無視して話し始めた。

「スーパービジョンについての決断はどうなりましたか」

「ああ、いきなりか。実は、なかなか判断するのが難しかった。わからないことが多すぎる。キミの提案には何かしら深い矛盾があるように感じる。それで悩んでいるんだ」

「がっかりさせられたセラピストに、なぜスーパービジョンを依頼するのかを知りたいようですね」

「そうだ。明確な言葉で、キミはセラピーが失敗であり、時間の無駄であり、そして投資の無駄だったと言った」

「矛盾は一切ありません」

フィリップは即座に答えた。

「たとえ特定のクライアントで失敗をしたからといって、それは有能なセラピストやスーパーバイザーではないという意味ではありません。研究では、3分の1のクライアントはセラピーでうまくいかないと示唆されています。そして、私自身がその失敗の大きな要因であったことは言うまでもありません。私の頑固さと柔軟性のなさゆえです。唯一の失敗と言えば、私に合わない治療法を選択し、それに固執したことです。私を助けようと努力してくれたことや、関心を持ってくれたことに気づかなかったわけではありません」

「よくわかった、フィリップ。とても論理的だ。それであっても、キミに何も提供できなかったセラピストからスーパービジョンを受けることには変わりない。私なら絶対にそんなことはしないし、誰か他の人を探すだろう。ひょっとしたら、まだ何か言っていないことがあるのでは？」

「少し撤回をしないといけないと思います。まったく何も得なかったというのは正しくありません。セラピーで言われたことで、私の心に残ったものが二つあります。それは私の回復の助けとなりました」

　瞬間的にユリウスはムッとし、詳細を聞こうかどうか迷った。フィリップは私がそれを聞きたがるとは思わなかったのか。彼はそれに気がつかないほど間抜けではない。結局ユリウスは聞くことにした。

「その二つのこととは？」

「一つ目はちょっとしたことですが、いくらかの影響力がありました。私が典型的な夜の過ごし方について話していたときです。つまりどこかで女性をつかまえて、食事に誘って、そして自宅で同じムード音楽と手順で女性をその気にさせるということですが、そのことで意見を伺ったことがありましたよね。それが不快であったり道徳に反するのかと」

「どう答えたかはちょっと思い出せないな」

「不快でも反道徳的でもないけれど、ただつまらないと言われました。そう言われて、私はつまらない繰り返しの人生を送っているのではないかと考え始めました」

「それは興味深い。それでもう一つは?」

「どうしてその話になったかはわかりませんが、墓跡銘について話していたときに言われたことです。私が自分の墓にどんな言葉を刻みたいか考えてみてはどうかと言われました」

「それはあり得る。行き詰まって何か刺激的な介入が必要だと思うときに、そういった質問をよくする。それで?」

「ユリウスさんは次のような言葉を墓石に刻んでもらってはどうかと言いました。【やりまくった男】と。そして、その碑文は私の犬にもぴったりだと付け加えました。つまり、私とペットの犬で同じ墓に入ってはどうかということです」

「それは強烈だな。私はそんなに厳しくあたっていたのか?」

「それが厳しいかどうかはあまり関係ありません。大事なのはその効果です。ずいぶんと後になって、たぶんそれから10年後にその言葉が役に立ちました」

「時間差の介入！　それは大事だとずっと思っていたし、研究されるべきだとも思っていた。でも今は今日の目的に立ち戻ろう。聞かせてくれるか、フィリップ。なぜ前回会ったときにそれを言わなかった？　つまり私が、たとえ少しだったとしても、キミの役に立ったということを？」

「話していることと今回の件がどう関係があるのかがわかりません。つまり、私のスーパーバイザーになってくれるのかどうか、そしてその交換条件として私がショーペンハウアーを教えるのかどうかということですが」

「キミがこの関係性を見出さないというのは、むしろ関係があるということだ。フィリップ、私は外交官のようには話さない。正直なところを言おう。キミにセラピストとしての資質がそもそも備わっているのかどうか、私には確信が持てない。だからスーパービジョンには意味がないのではないかと疑っている」

「私には備わっていないと？　もう少し明確にしてもらえますか」

　フィリップは微塵の動揺もなくそう言った。

「わかった。私はセラピーを専門職というより天職であると考えている。他人を気にかける人の生き方だと。キミには他人への気遣いが欠けているように私には見える。良いセラピストは他人の苦しみを和らげたいと感じるし、他人を成長させたいと感じる。しかしキミには他人への軽蔑しか見られない。学生たちへの態度を見ればよくわかる。セラピストは、クライアントと関わる必要があるが、キミはクライアントがどう感じるかを気にかけない。私たちの関係を見れば明確だ。電話の様子から考えると、キミは私が死に至る病にかかっていると推測した。それに対する慰めや同情の言葉は一つも出てこない」

「そういったものが役立つとは思えません。そんな空虚な同情の言葉を述べる？　私はもっと有意義なものを提供しました。あの講義です。私はあなたのためにあの講義全体を構成したのです」

「今はわかっている。しかしすごく遠回しだ、フィリップ。気にかけてもらっているのではなく、操作されているように感じる。直接的な心からのメッセージであってほしい。何か飾られたものではなく、ただ単に私の状況とか心境とかに関する問いでいい。単に『先が長くないなんてお気の毒です。とても心苦しいことでしょう』などというのでもよかった」

「もし私が病気だったら、そのような言葉は必要ありません。私が望むのは、ショーペンハウアーが死に直面する者へ与えてくれるような手段や考え方、またはビジョンです。それをユリウスさんにお伝えしました」

「フィリップ、キミは今となっても、私が死に至る病であるという前提を確認しようとしていない」

「間違っていますか？」

「フィリップ、聞いてみてくれ。私を傷つけることにはならないから」

「あなたは、重大な健康上の問題を抱えていると言っていました。それについて聞かせてもらえますか？」

「そうだ、フィリップ。開かれた問いこそが最善だ」

ユリウスは口を閉じ、どの程度フィリップに話すか、考えをまとめた。

「最近聞かされたのだが、悪性のメラノーマという皮膚の癌で、非常に深刻な状態だ。医師によると、私はあと一年間だけは健康でいられるそうだ」

フィリップは答えた。

「講義でお話ししたショーペンハウアーのビジョンが役立つとより強く思います。セラピーの中でかつて、人生は【恒久的な解決策と共にある一時的な状態】とユリウスさんは言いましたよね。それが紛れもなくショーペンハウアーです」

「ショーペンハウアーは冗談だけにしておいてくれ」

「冗談と言えば、フロイトもそうでしょう。いずれにしても、私が言いたいことは、ショーペンハウアーの知恵は役立つということです」

「今はキミのスーパーバイザーではない、フィリップ。まだ決めてはいないんだが、セラピーにおける教訓その一を無料で教えよう。セラピーで大事なのは、考え方でも、ビジョンでも、手段でもない。セラピー時間の最後にセッションの振り返りをするとしたら、クライアントは何を覚えているか。考えであることはなく、クライアントが覚えているのは常に関係性だ。セラピストが提示した重要な洞察を覚えていることは稀で、概してセラピストとの個人的な関係性について思い出すんだ。ひょっとしたら、キミのケースでもこれは正しいのかもしれない。どうして何年も後になって私のことを思い出し、私とのセラピーに価値を見出して、スーパービジョンを依頼しようと思ったのだろう？　それは二つの発言のためではないと思う。もちろん、二つの発言にはそれなりの価値があったのだろう。だがそうではなく、キミが感じた私とのつながりのためだと私は思っている。キミは、心の底では私に対して愛着を感じており、難しい関係ではあったが、この関係性には意味があり、そのために何かしらの受容を求めて私にスーパービジョンを依頼しようと思った」

「すべての点において間違っています、ハーツフェルド先生……」

「わかってる、わかってる。受容と一言言っただけで、私と距離を置こうとするほどに間違っている」

「すべての点において間違っています、ユリウスさん。第一に、その視点が正しいと思い込むのは誤りであると注意を呼びかけたいです。他者にその視点を課してはいけない。ユリウスさんは関係性に価値を置き、そしてそれを求めてもいます。そのため、私やすべての人が同じようにしなければならないと誤解しています。私が同意しないとすれば、それは私が関係性への欲求を抑圧しているからだ、と考えるのでしょう」

フィリップは続けた。

「哲学的なアプローチは、私のような人間にとっては、もっと効果的なのです。根本的に、私とユリウスさんは違った人間であり、私は他人といて一度も楽しいと思ったことはありません。人の戯言、要求、束の間のくだらない努力、意味のない生き方。そういったものは私にとっては迷惑です。私に重要なことを伝えてくれる世界の偉大な精神たちとのコミュニケーションを阻むものでしかありません」

「なら、どうしてセラピストなんかに？　世界の偉大な精神と一緒にいればよいではないか。なぜ意味のない人生へ手を差し伸べようとするのだ？」

「ショーペンハウアーのように遺産などがあったなら、今日ここでこんなことはしていないと思います。経済的な理由でしかありません。博士号を取ることで貯金は全部使いましたし、破産寸前の大学の給料など生活の足しにはなりません。おまけに来年は雇用されないでしょう。質素な生活には、週にほんの数人のクライアントと会うだけで事足ります。私にとって本当に重要なものを追求する自由以外は何も欲しくありません。読書、思考、瞑想、音楽、チェス、それと愛犬のラグビーの散歩さえできればいい」

「まだ私の質問には答えていないようだ。私のやり方がキミのとはまったく違うとわかっているのに、どうして私のところに来た？　それと、私たちの過去のやりとりに何かしらキミを惹きつけるものがあったのではないかと思うのだが、それにもキミはまだ答えていない」

「まったく論外なので、それには答えませんでした。ただ、ユリウスさんにとっては重要なことのようですので、その推測について考えてみようと思います。人間には基本的な対人関係の欲求があることを疑っているわけではありません。ショーペンハウアー自身、二足歩行する生き物は、暖を取るために火の周りに群がる必要がある、と言っています。しかしあまり群がりすぎないようにと注意を喚起してもいます。ショーペンハウアーは、暖を取るために群がるが、その針のおかげでお互いの距離を保てているハリモグラを好んでいました。彼は他人との距離を保つことを重視し、自分の幸福のために外部に依存することはありませんでした。この考えはショーペンハウアーだけのものではなく、モンテーニュなどの偉人も同じ考えでした」

フィリップは続けた。

「私も二足歩行の生き物が怖いです。ショーペンハウアーは正しく物事を見ていると思います。他の人間を避けることができる者が幸福な人であると。ユリウスさんは同意しないでしょうね。

しかし、二本足の生き物が地球上で不幸を作り上げているということに同意しないわけにはいかないでしょう。ショーペンハウアーは【人間は人間にとっての狼である】と信じていました。サルトルの戯曲『出口なし』はショーペンハウアーの影響によるものでしょう」

「言いたいことはわかった、フィリップ。けれど、キミは私が言わんとすることを肯定しているにすぎない。キミはセラピストとして働くには、まだ十分ではない。キミの視点には、人と人との友情関係は見られない」

「人と関わると、毎回自分が損をします。大人になってからは友だちを作ったこともないし、そのつもりもありません。私に興味を持たない母親、そして不幸で、結局は自殺をした父親と私は幼少期を過ごしました。孤独でした。正直に言うと、今まで私に興味を持ってくれる人などいませんでした。それは探さなかったからではなく、誰かと親しくなろうとすると、いつもショーペンハウアーと同じような結果になったからです。惨めで下劣な、無能で、邪心のある、意地悪な人しか見つからないとショーペンハウアーは言っています。それは過去の偉大な思想家ではなく、生きている人間たちのことです」

「キミは私に会ったじゃないか、フィリップ」

「それはセラピー上の関係であって、社会的な関係ではありません」

「キミを見ていればわかる。キミの他人に対する軽蔑と、それに由来する社交スキルの欠如。

セラピーで人と関わることはとても難しい」

「それに関しては、否定しません。社交スキルを身に付けないといけないことは事実です。少しの親しみやすさと温かさがあれば、蝋を温めて溶かせるように、人を操ることができるとショーペンハウアーは言っています」

ユリウスは首を横に振って立ち上がった。自分のカップにコーヒーを注いでから、辺りをウロウロし始めた。

「蝋を溶かすというのは悪いたとえだ。むしろセラピーの最悪なたとえと言える。最悪だ。キミは手加減を知らないようだ。それとも、ついでにキミの友だちでありセラピストでもあるアーサー・ショーペンハウアーの悪い印象を私に与えたかったのか?」

椅子に戻り、コーヒーを一口すすると、ユリウスは言った。

「もうコーヒーを勧めることはしないよ。キミは、スーパービジョンに関する私の答え以外のことは聞きたくないみたいだ。キミはとても執着しているようだから、私も寛大になってキミの望む話題に戻ろう。スーパービジョンの件は……」

今までずっと視線を外していたフィリップが、初めてユリウスに目を合わせた。

「フィリップ、キミは良い頭脳を持っている。いろいろと物事を知っている。おそらくやがてその知識をセラピーで活かす術を見出すだろう。もしかしたら、人々に対して素晴らしい貢献をするようになるかもしれない。私はそう心から望む。だが、キミはまだセラピストになる準備ができていないようだ。だから、スーパービジョンもまだ早い。対人スキル、敏感さ、そして気づきをもう少し開発する必要がある。大変だろう。だが手助けをしたいと思っている。一度は失敗した。今が二度目のチャンスだ。私のことを仲間だと思うことはできるか？　フィリップ」

「その質問には、提案を聞いてから答えたいと思います」

「キミって奴は！　まあいい。私、ユリウス・ハーツフェルドは、キミが私のグループ・セラピーに6カ月間参加した場合にのみ、キミのスーパーバイザーになる」

このときばかりはフィリップも驚いたようだった。フィリップはこのような事態を予測していなかった。

「本気ではないですよね」

「これほど本気になったことはない」

「長年、私は必死でもがいてきました。そしてショーペンハウアーと出会い、今やっと自分の人生が一つになったと思っています。私はセラピストとして生計を立てたいと思っていますし、そのためにはスーパーバイザーが必要です。それが私の望むことです。この提案は私にとって必要ないものであり、経済的にも難しいことです」

「繰り返す。キミにはスーパービジョンはまだ早い。そしてセラピストになる準備もできていない。しかし、グループ・セラピーはキミに今足りないものを補ってくれると思う。これが私の条件だ。最初にグループ・セラピー。その後にスーパービジョンだ」

「グループ・セラピーの費用はいくらですか?」

「高くはない。90分のセッションで70ドルだ。休んだとしても、支払ってもらう」

「グループには何人いるのですか?」

「7人になるようにしている」

「7人かける70ドルで490ドル。一時間半で。興味深い商いですね。どこが売りなのですか? そのやり方?」

「売り? 今まで話してきたことだよ。フィリップ、はっきり言おう。キミと他人との間に何が起きているかわからずに、どうやってセラピストになれる?」

「いえ、その点はわかっています。質問が不明確でした。私はグループ・セラピーの授業を取ったことがないので、それがどう機能するのかを明確にしてもらいたかったのです。他の人がその人の人生や問題について語るのを聞くことが、私にどのような利益をもたらすのですか。ショーペンハウアーは、人が自分よりも苦しんでいると知ることは気分の良いことである、と指摘していますが、たくさんの惨めな話を聞いても、私は嫌悪しか感じません」

「グループ・セラピーの説明をしてもらいたいのか？　それは正当なリクエストだ。グループに参加するクライアントには説明をするようにしているし、どのセラピストもそうすべきだと思う。では聞いてもらおう。まず、私のアプローチは、対人関係に重点を置いており、参加者は関係性に悩んでいるがゆえにグループに参加していると考えている」

「しかし、私は関係性を希望もしないし必要ともしていない……」

「わかっている、わかっている。そこは合わせてくれないか、フィリップ。単に対人関係上の苦しみがあるだろうという推測を話しただけだ。それはキミが同意しようがしまいが、私のただの推測だ。グループ・セラピーのゴールに関してははっきりと断定できる。セラピストも含め、お互いがお互いとどう関わり合っているかについて理解することだ。グループでは【今ここ】の体験に集中する。ちなみに、キミが学ぶべき中核的な概念はそれだ、フィリップ。つまり、グループでは今に集中し、それぞれのメンバーの過去を深く探る必要はない。グループの今この瞬間とグループの関係性に集中する。グループのメンバーは過去の困難だった状況でしたのと同じような行動をグループの中でするると想定されるし、グループの関係性で学ぶことをやがて、グループ以外の関係性にも汎化させていくとも想定される。どうかな。読んでおくとよいものもあるが、必要ならお渡ししよう」

「大丈夫。明確です。グループのルールは？」

「まず、守秘義務。誰にもメンバーのことを話してはいけない。次に、隠さず正直に、他のメンバーについて考えたことや感じたことを話す。三つ目に、すべてグループ内に留めておく。もしグループの外で接触があるようであれば、グループの中で話題として取り上げ、話し合う必要がある」

「そして、これをしなければ私にスーパービジョンを提供するつもりはないと?」

「そうだ。もし私から学びたいのなら、これが必要条件だ」

フィリップは静かに座ったまま目を閉じ、組んだ両手に額をあずけた。そして目を開け、口を開いた。

「グループ・セラピーの時間をスーパービジョンの時間に含めてくれるようでしたら、この提案に従います」

「難しいな、フィリップ。倫理的な問題が起きるということはわかるか?」

「ユリウスさんの提案で私もジレンマに陥ることはわかりますか? 他人に何も期待していないのに、私の注意を他人との関係性に向けるのですよ。その上、効果的なセラピストになるためには、社交スキルを向上させる必要があるともおっしゃる」

ユリウスは立ち上がり、コーヒーを流しに置いた。そして頭を振りながら、(私は何をしているのだろう)との疑念を抱いた。席に戻り、深呼吸をして、そして言った。

「いいだろう。グループ・セラピーの時間をスーパービジョンの時間に含める」

「もう一つ、ショーペンハウアーをお教えする交換条件について話し合っていません」

「それについては後回しにしよう、フィリップ。セラピーにおいて重要な点だ。クライアントとは多重関係を避けるべきだ。セラピーの妨げとなる。さまざまな関係性のことを言っている。例えば恋愛関係、ビジネス関係、そして教師と生徒の関係もだ。キミのために、複雑でない関係性を維持したいと思う。それがグループを先に初めて、そして将来的にスーパービジョン、それから可能であれば、約束はできないが、哲学だ。現時点では、ショーペンハウアーを学びたいとは感じていない」

「それであっても、哲学のコンサルテーションの値段を設定しておいてもよいでしょうか」

「それはどうかな。ずいぶん先の話だぞ、フィリップ」

「それでも設定したいです」

「呆れたよ、フィリップ。そんなに金が大事か？」

「以前と同じです。いくらぐらいが妥当ですか？」

「私の場合、スーパービジョンでは個人カウンセリングと同じだけ支払ってもらってる。学び始めの学生には割引するがな」

「成立です」

フィリップは頷きながらそう言った。

「待て、フィリップ。ショーペンハウアーを学ぶことには、あまり乗り気ではないと言ったのをちゃんと聞いていたのか確認したい。その話題が最初に出たときは、ショーペンハウアーがキミをどう手助けしたのかということにちょっとした興味を持った。キミはそれに基づいて交換条件が成立すると仮定した」

「興味をもっと持ってくださると嬉しいです。私たちの分野にとってとても価値がある考えをたくさん与えてくれます。ショーペンハウアーのアイデアを無断で大量に借用したフロイトを、多くの点で先取りしていたのです」

「それは興味深いところだが、ショーペンハウアーをもっと学ぼうという気にはなれないことは繰り返しておこう」

「私が講義で話した、彼の死についての見解を含めてですか？」

「特にそれだ。人の根本的な在りようが最終的に、曖昧で空気のような宇宙の生命力と一体化するという考えを聞いてもまったく慰めにはならない。もし意識が続かないとしたら、そこからどんな慰めを得られるというのか。同じように、私の身体の分子が宇宙に飛び散り、そして最終的に私のＤＮＡが別の生命体の一部になるという考えを聞いても何も感じない」

「ショーペンハウアーの死と不滅についてのエッセイをぜひ一緒に読みたいです。そうすれば必ず……」

「それは今ではない、フィリップ。今は残りの人生を可能な限り十分に生きようとしている。だから死にはそれほど興味がない。それが今の私の心境だ」

「死はいつもそこにあります。すべての心配事の彼方に。ソクラテスが最も明確にそれを述べています。【幸せに生きるためには、幸せに死ぬということを最初に学ばなければいけない】と。またセネカは【人生をやめる意思がある者以外は、本当の人生の味を楽しむことはできない】と言っています」

「わかった、わかった。そういった説教は知っているし、抽象的な意味では正しいのかもしれない。それに、心理学に哲学の知恵を組み込むことには何の問題も感じない。賛成だ。そして、キミにとってショーペンハウアーは長年影響を与えてきたのだろうということもわかる。でも十分ではない。もう少し癒しの取り組みが必要かもしれないということだ。グループ・セラピーがそれに当たるだろう。来週の月曜４時半に、キミにとっての初めてのセッションで会えるのを楽しみにしているよ」

第7章

フィリップはグループ・セラピー開始の15分前に現れた。シワがあり使用感のあるチェックのシャツ、カーキのパンツ、そしてコーディロイのジャケットというユリウスとの過去2回の対面の際と同じ服装であった。フィリップが、服装にも、オフィスの内装にも、学生たちにも、そしておそらく彼と関わるすべての人にも無関心であることにユリウスは驚きながら、彼をグループに参加させようとしたことは間違いだっただろうかと思った。これは専門家として正しい選択だったのか？　それとも、ユリウスの中のフッパーがまた顔を出しただけなのか？

フッパーとは未熟な厚かましさのこと。フッパーとは、自身の両親を殺し、法廷で頭を下げ、孤児であるということから赦しを乞うた有名な少年の話によって説明されることが多い。フッパーは人生への向き合い方について考えるとき、しばしばユリウスの心に入り込む。おそらく生まれつきフツパーはユリウスに染み込んでいるのであろう。それに気がついたのは、15歳の秋に、家族がブロンクスからワシントンD.C.に引っ越したときだ。経済的に困窮し、父親がワシントンのファラガット・ストリートにある長屋に家族を移したのだ。父親の経済的な困窮の中身については知りようがなかったが、それはアクエダクト競馬場と、彼のポーカー仲間であるヴィク・ヴィセロと共同で所有していた馬に関係するであろうとユリウスは確信していた。ヴィクは捉え所のない人物で、黄色のスポーツ用ジャケットをピンクのハンカチで飾るような出立ちで、家に自分の母親がいるときは、決して家に入らないように気をつけている男だった。

ユリウスの父親の新しい仕事は酒屋を経営することだった。その酒屋は45歳の時に心臓発作で亡くなった従兄弟が所有していたものだ。サワー・クリームと脂肪分の多い牛バラ肉で育った50代のアシュケナージ系ユダヤ人の多くが、心臓発作で後遺症を受けるか、あるいはそれによって亡くなっている。ユリウスの父親は酒屋の仕事が大嫌いであったが、家族はそのおかげで生活することができた。それだけでなく、ユリウスの父親は長時間の勤務を強いられていたので、地元の競馬場であるローラルやピムリコなどに通うこともできなかった。

1955年9月、ルーズベルト高校への登校初日、ユリウスは大きな決断をした。新しい自分になろう。ユリウスはワシントンに知り合いがまだいなかったので、過去に囚われる必要がなかった。彼のブロンクスの中学時代は誇れるようなものではなかった。ユリウスは学校の活動よりもギャンブルが好きで、放課後はボーリング場で親友で左利きのマーティー・ゲラーとボーリングの勝負に勤しんでいた。また、野球選手が特定のヒット数を打つかどうかに関するのみ屋を営んでもいた。他の生徒たちに、1～10のオッズで、特定の日の合計ヒット数が6になるよう、3人のバッターを選ばせた。だが、どのバッターが選ばれようとも――例えばマントルやクライン、アーロンやヴァーノン、スタン・ミュージアル（男の中の男という愛称）――生徒たちは賭けに勝つことはできなかった。当たったとしても、20回から30回に一度くらいであった。ユリウスは賛同する怠け者たちと一緒に賭けを行い、喧嘩が得意な強者のオーラを身にまとい、約束を守らなさそうな生徒に圧をかけていた。クラスでは自分を低く見せ、おとなしめな生徒として振る舞い、放課後はヤンキー・スタジアムで野球観戦をして過ごした。

しかし、校長に家族と共に呼ばれ、数日前に見当たらなくなった賭けの会計帳簿について問われた日にすべてが変わった。学期の残りの2カ月間、夜の外出、ボーリング、ヤンキー・スタジアムでの観戦、放課後のスポーツなどが禁止され、そして小遣いなしという罰が与えられたが、父親にとっては罰を与えることは本意ではなさそうだった。父親はむしろ、ユリウスが考えた野球の賭け事の詳細に関心を持っていた。だが、ユリウスは校長のことは尊敬していたので、その校長に叱られたことで目が覚め、自分を取り戻そうと思った。しかし、遅きに失し、できることとしては成績を少し上げることだけだった。新しい友だち関係を築くことは難しく、彼の役割は固定されてしまっていたので、新しい自分になったユリウスと関わろうとする生徒はいなかった。

この出来事の結果として、役割の固定という現象にユリウスは敏感に反応するようになった。グループ・セラピーのクライアントが劇的な変化を遂げたにもかかわらず、他のメンバーからは同じ人間として認識され続けるというのをユリウスは何度も目撃している。これは家庭でも生じることだ。状態が改善したクライアントが実家に帰ると、散々な目に遭うことになる。彼らはかつての家族内の役割に引き戻されないように必死に防御を張る必要があり、そして両親や兄弟に対して膨大なエネルギーを費やして変わったということを説得せざるを得なくなる。

ユリウスの自分を変える試みは、家族の引っ越しを機に始まった。9月の暖かな日、ユリウスは楓の落ち葉をザクザクと踏み鳴らし、自分を変える方法を考えながら、ワシントンD.C.のルーズベルト高校の門をくぐった。講堂の外壁に貼られた学級委員の募集広告に気がついたユリウスはピンときた。ユリウスは自分の氏名を書き込み、学級委員に応募した。これは男子トイレの場所を確認するよりも先のことであった。

選挙で勝つ見込みは非常に薄かった。ルーズベルト高校のことは何も知らないし、まだ一人の生徒にも会ったことがない。ブロンクス時代のユリウスなら立候補したであろうか。否、絶対になかったであろう。それこそ新しいユリウスが飛び込んで行こうとした理由である。最悪、何が起こるであろうか。彼の名前が知れ渡るので、ユリウス・ハーツフェルドは潜在的なリーダーとして、侮れない存在として認識されるであろう。何より、ユリウスはこの行為が気に入った。

もちろん、反対派は、ユリウスのことを何も知らないよそもの、悪い冗談として彼を退けるであろう。そういった批判を予期しながら、新参者だからこそわかる【灯台下暗し】的な点を見極める能力について、即座に気の利いたことを語る準備はできていた。話術はそもそも得意であったのだ。ボーリング場で、勝負をする際にうまいことを言って相手を丸めこむことを長らくしていたので、話術の能力はさらに研ぎ澄まされていた。新しいユリウスは何も失うものがないので、生徒の集団に近寄り、「やあ、僕はユリウスだ。引っ越してきたばかりだ。クラスの学級委員を決める選挙で僕に投票してくれたら嬉しいな。この学校のやり方についてはまだ知らないけど、新しい面子が時にはベストの面子っていう場合もあるだろ。それに僕は誰ともつるんでいない。誰のことも知らないから当然だけどね」などと言うことにも恐れはなかった。

そして、ユリウスは新しい自分になっただけでなく、選挙にもほぼ勝利という事態になってしまった。ルーズベルト高校は、フットボール部は18試合連続で負け、そしてバスケットボール部も同様な不運に見舞われたこともあり、意気消沈していた。そのため、ユリウス以外の二人の候補は不利な立場に立たされていた。一人目の候補のキャサリン・シューマンは、牧師の娘であり、毎回の全校集会の前に祈りを捧げる小柄で顔の長い聡明な娘であった。しかし、口うるさいためにあまり人気がなかった。二人目の候補のリチャード・ヘイシュマンは、赤髪でハンサムだが、いかにも体育会系のサッカー部員で、彼を嫌っている生徒は多かった。ユリウスは確固たる抗議票の波に乗ったのだ。また驚いたことに、ユリウスは学生の30%を占める、学校政治に無関心であったユダヤ人学生全員から熱烈に支持された。彼らはユリウスを気に入った。臆病で、ためらいがちで、波風を立てたがらないユダヤ人の生徒たちが、ガッツがあり、向こうみずなニューヨークのユダヤ人への愛着を感じたのであろう。

この選挙はユリウスの人生の分岐点でもあった。自分の厚かましさに対して多くの支持を得たので、ユリウスは生きるフッパーとなって、アイデンティティーの大部分を作り変えたのだ。ユリウスはガッツと青年期の子が理想とするような【個性】の両方を持ち合わせていると周囲からは思われていたので、三つのユダヤ人学生クラブが彼を得ようとして争った。ほどなく、ユリウスは昼食のカフェテリアでは友だちに囲まれ、放課後には愛らしいミリアム・ケイと手を繋いで歩いているのが目撃された。ミリアムは学校新聞の編集者であり、卒業生総代の候補として、キャサリン・シューマンと肩を並べるほどに賢い女の子であった。すぐにユリウスとミリアムは離れ難い関係となり、ミリアムは芸術と美的な感性をユリウスに教えてくれた。ユリウスはボーリングや野球の面白さについては、ミリアムに語ることは決してなかった。

そう、フッパーは長くユリウスの中にいた。ユリウスはそれを育み、それを誇りにも思っていた。そして大人になってからは、ユニークで、独創的で、そして他のセラピストが失敗したケースにも挑むガッツを持ったセラピストだと言われるのを聞くと、フッパーはいっそう輝きを放った。しかし、フッパーにも悪い面があった。誇大妄想的なところである。ユリウスができること以上のことをやろうとして失敗したのは一度だけではない。クライアントに本来可能な変化以上の変化を求めたり、クライアントに長く、最終的には実りのないセラピーをやらせようとしたり、といったことである。

そういった経緯があるので、ユリウスには、フィリップに改善の余地があると思うのは単なる同情であるのか、あるいは臨床家としての執念なのかわからなかった。あるいは、それは誇大妄想的なフッパーの仕業であったのだろうか。ユリウスには知りようがなかった。フィリップをセラピーの部屋へ案内する際に、ユリウスはその気乗りしない様子のクライアントをじっくりと見た。栗色のオールバックと頬骨付近の緊張、警戒した眼差し、また重い足取りを見ると、あたかもフィリップは死刑台に向かっているかのようだった。

ユリウスは同情が押し寄せてくるのを感じ、最も優しい、最も慰めを伝える声で言った。

「フィリップ、知っているかもしれないが、グループ・セラピーは無限大に複雑だが、絶対に予測可能なこともある」

フィリップは黙ったままだったが、ユリウスはがっかりせず、あたかもフィリップが興味を示しているかのように話し続けた。

「それは、初回はそれほど不快ではなく、予想以上に皆が積極的に関わってくれるということだ」

「私は不快ではないです、ユリウスさん」

「そうか。まあ、頭の隅にでも置いておいてくれ。そうなった場合のために」

数日前に二人が会った部屋のドアの前でフィリップは立ち止まったが、ユリウスはフィリップの肘に軽く触れて合図をし、隣の部屋まで案内した。その部屋は三方が床から天井までの本棚で覆われており、残る一面には三つの木枠の窓があった。そこからは五葉松や庭石、そして金色の鯉が泳ぐ小さな池のある、小さいが本格的な日本庭園が見渡せた。部屋の中は、ドアの側の小さなテーブル、円になって座るよう配置された籐の椅子が七つ、そして部屋の隅に予備の椅子が二つ置いてあるだけのシンプルで機能的な内装だった。

「さあ、着いた。ここが私の図書室であり、グループ・セラピーの部屋だ。他のメンバーを待つ間、この部屋の管理について簡単に要点を教えよう。まず月曜だが、グループの時間の10分前にドアの鍵を開ける。メンバーはそれぞれ勝手に部屋に入り席につく。そして私は4時半にここに来てほぼ時間通りに始め、そして6時に終わる。支払いと帳簿の工程を単純にするために、支払いは毎回のセッション後だ。小切手をドアの側のテーブルの上に置いておいてもらえばいい。何か質問は？」

フィリップは首を振り、深く息を吸いながら部屋を見渡した。そして本棚まで真っ直ぐ歩いて行き、革とじの書籍が並ぶ段に鼻を近づけ、再び深く息を吸った。その表情は喜びに満ちていた。フィリップはその場に立ったまま書籍のタイトルを眺め始めた。

5分の間に5名のメンバーが現れた。皆がフィリップの後ろ姿を横目で見て、そして席についた。みな賑やかに入ってきたのだが、フィリップは振り向くことなく、また邪魔されることもなく、ユリウスの書籍を丹念に調べていた。

ユリウスには35年間グループを実施してきた経験があり、さまざまなクライアントがグループに参加するのを見てきた。その経験の中で、少なからずのパターンがユリウスにはわかっていた。まず、新しいメンバーは不安な面持ちで部屋に入室する。そしてそのメンバーを招き入れ、自己紹介をしてくれる他のメンバーに対しては、丁寧に振る舞う傾向がある。作られたばかりのグループでは、セラピストからの注目が多ければより効果的であると誤解しがちで、そういう場合は新しいメンバーを嫌う傾向がある。一方で、すでに出来上がっているグループは、新しいメンバーを歓迎する傾向にある。メンバーが定員に達しているほうが、効果が減るというより高まると考えるからである。

時に新しいメンバーが話し合いに加わることもあるが、大抵の場合、すぐには積極的に話さない。グループのルールを把握しようとし、そして誰かが促してくれるのを待つのである。しかし、他人に関心を持たずに背を向けて無視する新しいメンバーはどうだろう？　そういうクライアントは実際見たことがない。精神科の精神病患者であっても、他人に関心を持たないということはない。

ユリウスは思った。フィリップを参加させたのは絶対に間違いであった。癌であるとグループに伝えるだけでも精一杯なのに、フィリップのことを心配しないといけないのは、余計な負担だ。

フィリップはどう思っているのだろう。単に心配や内気さが勝っているのだろうか。それはない。おそらくグループに参加するよう促した私に怒っているのだろう。受動攻撃的なやり方で、私やグループに対して中指を立てているのかもしれない。ああ、もうフィリップを追い出したい。いや、ただ見ていよう。沈むか泳ぐかは彼次第だ。ただ大きく構えて待ち、グループからの辛辣な攻撃をじっくりと楽しもうではないか。

ユリウスはジョークのオチをすぐ忘れてしまうほうであるが、数年前に聞いたものを今思い出した。それはこんな感じのジョークだ。


ある朝、息子が母親に行った。

「今日学校に行きたくない」

「どうして？」

母親は尋ねた。

「二つの理由があるんだ。まず生徒が嫌い。そしてあいつらも僕を嫌っている」

母親は応じた。

「お前が学校に行かないといけない理由も二つあるんだよ。まずお前は45歳であり、そしてお前は学校の校長なんだから」


そう、ユリウスはもう大人だ。そしてグループのセラピストである。そして新しいメンバーをなじませること、そしてメンバーを守るという役目がある。ユリウスはメンバー自身にグループの流れを委ねることを好むので、自ら口火を切ることはほぼないのだが、今日は選択の余地がなかった。

「4時半になった。始めよう。フィリップ、席に座ってもらえるかな」

フィリップは向き直ったが、椅子に座ろうとはしなかった。彼は耳が聞こえないのか？ それともそれほどに空気を読まないのか？ ユリウスは思った。ユリウスが空いている席へとはっきりと視線を送ると、それでようやくフィリップは席についた。

ユリウスはフィリップに向かって言った。

「これが私たちのグループだ。もう一人、パムというメンバーがいるが、今日は欠席だ。彼女は2カ月の旅行に出ている」

そしてグループ全体に向き直り、続けた。

「数回前に新しいメンバーを紹介するかもしれないと話していたと思う。先週フィリップと会い、今日初めてグループに参加することになった」

もちろん、今日が最初だ。ユリウスは思った。まったく馬鹿で無能な発言だ。これで終わり。気遣うのはやめよう。沈むか泳ぐかだ。

ちょうどその時、勤め先の病院の小児科から、白衣を着たままのスチュアートが駆け込んできた。彼は急いで部屋に入ると、椅子にどかっと座り、小声で遅れたことを謝罪した。その後、メンバー全員がフィリップに顔を向けた。その中の4人、レベッカ、トニー、ボニー、そしてスチュアートが自己紹介をし、フィリップに歓迎の言葉を述べた。

残りのメンバーであるギルは、薄茶色の髪の生え際がかなり後退してはいるが、屈強な身体を持つ、とても魅力的な男性だ。その彼が驚くほど柔らかな声で言った。

「こんにちは。私はギルです。フィリップさん、無視するわけではないんですが、今日はどうしても話を聞いてもらいたい事情があるんです。今日ほどグループが必要だと思ったことはないくらいなもので……」

フィリップは何の反応も示さなかった。

「大丈夫ですか、フィリップさん？」

ギルは繰り返した。

フィリップは驚いて目を見開き、そして頷いた。

ギルはグループの慣れ親しんだ顔ぶれに向き直り、そして話し始めた。

「実はたくさんありすぎて……。午前中の妻の精神科医とのセラピーの後、いろいろ考えることがありました。ここ数週間、その医師が妻に小児虐待の本を渡したことを話してましたよね？　それで妻は子どもの頃に虐待を受けたと思い込んでしまったみたいで。それは固定されてしまった考えというか、なんでしたっけ？　強……かん……？」

ギルはユリウスに助けを求めた。

「強迫観念」

フィリップが即座に口を挟んだ。

「それです。ありがとう」

ギルはちらっとフィリップを見て、そして小声で言った。

「驚いた、即答だ」

そして話に戻った。

「そう、ローズは小さいとき、父親から性的な虐待を受けたという強迫観念があって、それをどうしても考えてしまうみたいです。そういう出来事を思い出すこともできないし、誰も現場を目撃した人はいません。でも、うつ状態で身体の関係を持ちたがらず、注意力や抑えられない感情、特に男性への怒りの問題があるなら、性的な虐待をされた可能性が高いと。それがこの本を渡した意味なんだと。妻の医師はそう言っています。この数カ月間、何度も話させてもらいましたが、夫婦の会話はこれだけです。妻のセラピーのことで落ち着けずに、他のことは何もできていません。他の話題もないし、夫婦生活もうまくいっていない。もう正直なところ、勘弁してもらいたい、と思ってしまいます。それと数週間前、妻が私に、義父に電話してセラピーに来るよう話してくれと頼んできました。おまけに、義父から妻を【守る】ために私にもセラピーに来るように言ってきたんです」

「それで電話をし、義父はすぐに同意してくれました。それで昨日、使い古しのスーツケースを持って義父はポートランドからバスで来てくれました。そして午前中の妻のセラピーに同席してくれたんです。セラピー後すぐにバスに乗って帰るつもりで。で、セラピーのほうはめちゃくちゃでした。ほんと、ひどかった。ローズは際限なく本気で義父を責め続けて。義父は妻の90分のセラピーのために遠くから来てくれたというのに。妻は全部義父が悪かったと責め立てていました。義父が近所の人やポーカー仲間、消防署の同僚（彼は当時消防士だった）を家に呼んで、そして子どもの頃のローズをレイプしたとも言っていました」

「お父さんはどうしたの？」

前かがみになりギルの話を真剣に聞いていたレベッカが尋ねた。レベッカは40歳の女性であり、背が高くてほっそりした極上の美人だ。

「義父は紳士のように振る舞っていました。70くらいの、優しくて、良い人です。私は初めてお会いしましたが、あんな父親がいたらいいのにと思いました。ただ座ってローズの批判を聞いて、もし怒りがあるなら吐き出したほうがいいって。あの人は妻の無茶苦茶な批判を優しく否定し、妻が本当に怒っているのは、妻が12歳の時に、彼が家族を捨てたことだと思っていると言いました。父親に不満を持っていた母親のせいで、妻の怒りは大きくなったのでは、とも。それと、自分は出て行かざるを得なかったと。義母との生活は気が狂いそうで、もし残っていたら今頃死んでいただろうと。義母のことは知っていますが、本当にその通りだと思う。義父はよくわかっていると思います」

「それと、セラピーの終わりに、バス・ターミナルまで車で送ってもらえないかと義父に頼まれたときのこと。私が何か言うよりも早く、妻は義父と同じ車に乗るのは不安だと言うものだから、彼はわかったと言って、スーツケースを持って立ち去りました。10分後、妻と私がマーケット通りを車で走っていたとき、白髪で腰の曲がった義父がスーツケースを重そうに引きずっているのが見えたものだから、雨も降ってきていたし、最悪だと思いました。義父ははるばるポートランドからやってきてくれたのに。こんな雨の中だから、彼をバス・ターミナルまで送っていきたいと妻に言って路肩に車を停めて義父を車に乗せました。妻は私を睨みつけ、義父が乗るなら降りると言うので、「ご自由に」と言い、通りのスターバックスを指差して、数分後に戻るのでそこで待ってもらいたい旨、伝えました。妻は車を降りました。それが5時間ほど前のこと。でも結局、妻はスターバックスにはいなくて。車でゴールデン・ゲートパークに行って、私はそこをずっと歩き回っていました。もう家には帰れない」

そこまで言うと、ギルは疲れ果てた様子で、椅子に深く座り直した。

メンバーのスチュアート、レベッカ、ボニー、トニーは大合唱でギルに共感を示した。

「よくやりましたね、ギルさん」

「やると思ってたわ、ギル」

「うわー、本当にやったんですね」

「いいんじゃない？　あの女と距離を置けたってことだよね」

そうトニーが言うと、ボニーがさらにギルに援助の手を差し伸べた。

「もし泊まる場所が必要なら……」

ボニーは縮れた茶色の髪に手を回して、ゴーグル型の黄色いレンズのメガネをいじりながら言った。

「うちに空いてる部屋があるの」

さらにクスクス笑いながら付け加えた。

「でも心配しないで。何もしないから。あっ、私はおばさんすぎるか。それに娘の家だし」

グループの反応にユリウスはやや不満を感じた。グループの意向と異なる意見や気持ちを持っているメンバーがいた場合、グループをがっかりさせたくないので、そのクライアントは自分の意見を言わずにいる場合がある。ユリウスは過去にそういうケースを多く見てきたのだ。

ユリウスは最初の介入を試みた。

「ギル、キミは皆からのフィードバックを受けて、どう感じているかね？」

「嬉しいです。本当に。でもみんなに気を悪くしてもらいたくないとも思います。さっき起きたばかりだから、まだ気持ちが追いついてきてないです。落ち着かないし、手も震えています。

どうすればいいか、正直わからない……」

ユリウスが口を挟んだ。

「つまり、単純に奥さんがキミに望むことを無視して、グループが望むことをしたくない、ということかね」

「ああ、たぶんそうです。そう。両方かもしれない。グループからのこの励ましを必要だと感じるし、とてもありがたい。それと、意見を聞かせてもらいたいです。ここで人生が大きく変わるかもしれないから。ユリウスさん以外からは聞きました。もちろん新メンバーの……フィリップさん？」

フィリップは頷いた。

「フィリップさんが私の状況を知らないのはわかっていますが、ユリウスさんは知っている」

ギルはユリウスの方を向いた。

「どうなんでしょう。私はどうすればよいと思いますか？」

ユリウスは思わずたじろぎ、ばれていないことを願った。他のセラピストと同じように、ユリウスは助言を求めるこの類の質問が嫌いだった。どう答えてもうまくいかない質問だ。ユリウスにはそのように思えていた。

「ギル、キミは私の答えを気に入らないだろう。だが私の意見はこうだ。それはキミの仕事であり、キミが決めることであり、私が決めることではない。キミがここに来た理由の一つは、自分の判断を信じることを学ぶためだ。もう一つの理由は、ローズとキミのことに関しては、全部キミを通して聞いたことだからだ。そこには情報の偏りもあるだろう。それは避けられない。私にできることは、キミ自身が人生の苦難にどう関与しているのか、そこに焦点を当てられるよう支援することだ。私たちがローズのことを正しく理解したり変えたりすることはできない。大事なのはキミの感情や行動であって、キミが変えるのはそれだ」

グループは黙り込んだ。ユリウスは正しかった。しかし、ギルも、他のメンバーもユリウスの言ったことが気に入らなかった。バッグから二つのヘアクリップを取り出し、それを付け替える前に黒髪をなびかせていたレベッカがフィリップに向き直って沈黙を破った。

「フィリップはここに来たばかりで、他のメンバーが知っているようなことはまだ知らないだろうけど。そういう人から何か聞くのもいいかも……」

フィリップは黙って座っていた。レベッカの話を聞いたのかどうかもわからない。

「フィリップ、あんたどう思う？」

トニーは彼にしては珍しく優しい口調で言った。トニーは日に焼けた肌の男で、頬に深いニキビの跡がある。その引き締まった、優雅なスポーツ選手のような身体は、サンフランシスコ・ジャイアンツの黒いTシャツとタイトなジーンズによく映えている。

「話を聞いて、少し助言があります」

フィリップは手を組み、頭を後ろに傾け、目を天井に向けて言った。

「ニーチェは人間と牛との大きな違いについて書いています。牛は存在する方法を知っている。つまり牛は過去にとらわれることなく、未来を恐れることもなく、祝福された今の中で不安なく生きる術を知っている。しかし、私たち不幸な人間は、過去と未来に取り憑かれていて、今をほんの少し歩き回ることしかできない。楽しかった子どもの頃を懐かしむことがあるかもしれないが、それは幼少期が気楽な日々だったからだとニーチェは言います。何も気遣う必要のない日々、過去の残骸、痛みを伴う記憶が重くのしかかる前の日々だったからです。今はニーチェのエッセイを参照していますが、実のところ、ニーチェはショーペンハウアーの思想を盗用しているのです」

彼はいったん口を閉じた。大きな沈黙がグループ内に広がった。ユリウスは椅子にもたれて頭を抱えた。ああ、だめだ、フィリップを連れて来るなんて、私は頭がおかしくなっていたに違いない。今までのグループでの経験上、一番おかしな光景だ。

フィリップに視線を向けて、ボニーが沈黙を破った。

「それはとても面白いわ、フィリップさん。子どもの頃を懐かしむのはわかるけど、子どもの頃が自由で輝いているのは、過去の重荷を背負っていないからっていうふうに思ったことはなかったわ。ありがとう、覚えておく」

「私もです。興味深い話でした」

ギルが言った。

「でも助言もあるって言いましたよね？」

「そうです。これから話します」

フィリップは目を合わせないまま、静かに話した。

「あなたの奥さんは、過去の重荷を背負っているために、今に生きることができない人のようです。彼女はいわば沈みかけている船です。私からの助言は、船から飛び降りて泳ぎ始めることです。沈むときには強力な波紋が生じるので、できるだけ早く、全力で泳ぎ去ることをお勧めします」

沈黙が広がった。グループ全体が唖然としているようにも見えた。

「ええと……考えてみます」

ギルは言った。

「助言ありがとう。感謝します、とても。グループに入ってくれて嬉しいです。他に何かコメントをもらえないですか？　もっと聞きたいです」

フィリップはまだ上を向いたままで言った。

「それなら、念のためにもう少し話しましょう。キルケゴールは【二重絶望】に陥っている人について述べています。二重絶望に陥っている人は、絶望していますが、絶望していることにすら気がついていません。あなたも二重絶望に陥っているのではないでしょうか。つまり、人の苦しみのほとんどは、欲望に突き動かされた結果です。一度欲望が満たされれば、瞬間的に充足感を味わいますが、それはすぐに退屈へと変化します。すると別の欲望が湧き上がるので、充足感はすぐに中断されてしまうのです。ショーペンハウアーは、これが人間の普遍的な状態であると考えました。つまり、欲望、一時的な充足、退屈、そして別の欲望です」

「話を戻しますが、あなたは自分自身の、この終わりのない欲望のサイクルについて、まだよく考えたことがないのではないでしょうか？　おそらく、奥さんの願いに翻弄されていて、自分の欲望に気づいていないのではないでしょうか？　それが、今日ここにいる他の人たちがあなたに拍手を送った理由ではないですか？　それは、あなたがついに奥さんの願望に縛られることを拒否したからではないでしょうか？　つまり私が聞きたいのは、あなたが奥さんの願望に気を取られて、自分自身への取り組みが遅れたり、脱線したりしていないかどうかということです」

ギルはぽかんと口を開けてフィリップを見つめていた。

「深い話ですね。今言われたことには、何か重要なことがある気がします。その二重絶望の考え。全部はわからないけれど」

皆の視線はフィリップに注がれていた。彼は天井だけを見続けていた。

「フィリップ」

レベッカがヘアクリップの交換を終えて言った。

「ギルの個人的な取り組みは、ローズから解放されないと始まらないって言ってたわね」

続けてトニーが言った。

「それか、あんた、奥さんと関わることで、自分の本当のダメなところを見ないようにしているとか？　でもこれは俺自身とか俺の取り組みにも当てはまることだな。最近考えるんだけど、俺は大工をやってて、低所得。見下されていることが恥ずかしいんだ。そのことばっかり気になって、本当にやらないといけないこと、考えてなかったかもって」

フィリップの言葉をもっと聞きたがっているメンバーたちを、ユリウスは驚きを隠せない様子で見ていた。

ユリウスは競争心が湧くのを感じた。一方でユリウスは、グループの目的が果たされていると考えることでそれを鎮めた。落ち着け、ユリウス。ユリウスは自分に言い聞かせた。グループは私を必要としている。フィリップがいるからといって私を見捨てたりはしない。ここで起きていることは素晴らしいことだ。彼らは新しいメンバーを受け入れているし、それぞれが将来取り組むべき課題のための計画を立てている。

今日、ユリウスはグループでメラノーマの話をしようと思っていたが、それはある意味で強制的なものになっていた。フィリップにはすでにメラノーマを思っていることを話しているが、彼と特別な関係にあるような印象を与えてはいけない。グループ全体でそれを共有しなければならないからだ。しかし、先手を打たれていた。まずギルの緊急事態があり、次にフィリップへの大注目だ。時計を見た。残り10分。時間がない。ユリウスは次のグループの最初にこの悪い知らせを伝えようと決意した。彼は黙ったまま、時間が過ぎるのを待った。

第8章

頭の中にリピート再生されるフレーズを止めようと、ユリウスは頭を振りながらベッドの上で身体を起こし、目を開けた。午前6時。あの日から一週間が経った。次のグループの日だった。頭の中でループするオグデン・ナッシュのその詩は、ユリウスの眠れぬ夜の子守唄でもあった。

人生は喪失の連続であるというのは誰もが認めるところだが、人生の晩年に待ち受けている深刻な喪失の一つが熟睡の喪失であると知っている人は少ない。ユリウスはそのことをよく知っていた。彼の典型的な夜は、浅い眠りでほぼ成り立っていた。デルタ波の深い眠りの領域に入ることはめったになく、しばしば眠りが中断されるので、ベッドに潜り込むのを恐れるほどであった。不眠症に悩む多くのクライアントと同じように、睡眠時間の誤認があった。実際の睡眠時間よりもはるかに短い時間しか寝ていない、あるいは一晩中起きていたのでは、という思いと共にユリウスは目を覚ましていた。大抵の場合、ユリウスは夜中の思考を振り返り、目覚めている状態ではそのような奇妙で不合理なことを延々と考えたりはしないだろうと思い直すことで、自分が眠っていたことを確かめるようにしていた。

しかし今朝は、ユリウスは自分がどれだけ眠っていたのかわからなかった。オグデンの子猫の詩は、夢の領域から出てきたに違いないが、夜中に考えていたその他のことは不明瞭な領域のものだ。本格的な意識の明快さと目的意識があったわけでもなく、また夢の思考の風変わりな気まぐれさがあったわけでもない。

ユリウスはベッドの上で、目を閉じたままこの子猫の詩を思い出した。そしてクライアントをリードするのと同じように、夜中の空想、イメージ、夢を自ら呼び起こそうとした。この詩は子猫好きな人向けであって、成猫好きの人向けではない。しかし、それはユリウス自身とどう関係しているのだろうか。彼は子猫も成猫も好きであるし、父親の酒屋にいた二匹の成猫も、その子ども猫も孫猫も大好きであった。なぜ子猫の詩がうんざりするほどに頭に残るのか、ユリウスには理解ができなかった。

次に思ったのが、詩はユリウスの人生すべてが誤った前提のもとに回っていたことを示しているのでは、ということだった。つまり、彼の財産、名声、栄光など、ユリウス・ハーツフェルドに関するすべては、どんどん上り調子に高まり、人生はいつも、より良い方向に向かうものであるという前提。そして今、彼はその逆が真実であるということに気がついた。何もかも素晴らしい時代は未来ではなく過去にすでに来ていたのだと。罪悪感、悪意、知識の有無、義務に縛られず、彼の純粋で子猫のような遊び心に富んだ人生の始まりの中で、かくれんぼや、鬼ごっこ、父親の店の酒の空き箱で隠れ家を作ったりしたのが人生最高の時であった。そして日が経つにつれ、ユリウスの中に灯る炎は弱まり、人生の厳しさは増すばかりとなった。最悪は最後の最後にとっておかれたのだ。ユリウスは幼年期に関するフィリップの言葉を思い出した。間違ってはいないだろう。ニーチェとショーペンハウアーは、その部分に関しては間違ってはいなかった。

ユリウスは悲しさを噛みしめて頷くことしかできなかった。確かに、彼は本当の意味で【今この瞬間】を味わったことがなく、【今この瞬間】に留まったことがなかった。【これだ、今この瞬間、今日というこの日、これこそ私が求めていたものだ。今だ。今この瞬間に留まらせてくれ、永遠にここに根を張らせてくれ】と思わずこぼれ出てきたことはなかった。そうではなく、彼はいつも人生のメインディッシュはまだ味わっていないと思っていたし、常に未来、つまり年をとって、賢くなって、有名になって、豊かになる未来を熱望していた。そんな中、突然に激震と大転倒が起き、理想の未来が粉砕した。そして過去への郷愁が始まったのだ。

その転倒はいつのことだったのか？　ノスタルジアが、約束された素敵な未来に取って代わったのはいつだ？　大学ではない。大学では、すべてのことが医学部入学への前奏曲であり障害であるとユリウスは考えていた。医学部時代でもない。医学部の1年目の頃は、いち早く教室から出て、白衣をはおり、聴診器をポケットや首からさりげなくぶら下げたりして、実習生として病棟で働きたいと思っていた。医学部生3年目と4年目にようやく病棟での勤務に就いたときには、さらにもっと高みを望んだ。重要な存在になり、臨床上の重要な決定を下したり、緊急外傷手術を行うために患者を担架に乗せて廊下を走り、手術室まで搬送し、青い手術着を着て人の命を救ったり、などという大きな権限にユリウスは恋い焦がれた。その後、精神科の主任研修医になって、型にはまったセラピーの内幕を知るようになると、自分の選んだ職業の限界と不確実性に唖然とした。そんな時でさえも、その転倒は起きてはいなかった。

ユリウスの現状に満足しないという傾向は、間違いなく結婚生活に悪影響を与えた。高校一年の時に目をつけた瞬間からミリアムに愛情を感じていたが、同時に、自分から女性を遠ざける障害物としてミリアムのことを疎んじてもいた。ユリウスは結婚相手をもっと選びたいと思っていたし、欲望のままの自由さがなくなってもいいとは思っていなかった。インターンシップが始まったとき、看護学校の寮が病棟医の宿舎に隣接していて、医師に憧れる若い看護師たちであふれていることに気づいた。それはまさに駄菓子屋のようなもので、彼は虹のような味の飴玉を嫌というほどに楽しみたかった。

その転倒は、ミリアムのことで起こったに違いない。交通事故でミリアムを失ってからの10年間、ユリウスはミリアムが生きていたとき以上に彼女を大切に思っていた。彼女との美しく舞い上がるような満ち足りた時間を完全に味わうことなく見過ごしていたと考えると、時にユリウスは絶望感にさいなまれた。10年経った今でも、彼は彼女の名前を滑らかに発音することができず、一音ごとに区切って発音しなければならなかった。ユリウスはミリアム以外の女性はあまり重要ではないことを知っていた。彼の孤独を和らげてくれる女性もいたが、それは一時的でしかなかった。そういった女性がミリアムの代わりになることはないと、すぐにユリウスは気がついたのだ。最近では、精神医療関係のサポート・グループに所属する数人の男性や自身の子どもたちといった、主に男性の友だちに関わることでユリウスは孤独の慰めを得ていた。ここ数年の長期休みは、2人の子どもと5人の孫と一緒に過ごしていた。

しかし、これらの考えや回想はすべて、夜中に見る予告編や短編映画にすぎなかった。それらは、夕方のグループで話す内容のリハーサルとなっていたのだ。

ユリウスはすでに多くの友人や個人セラピーのクライアントに自分の癌のことを告げていたが、奇妙なことに、グループで【カミングアウトする】ことには何かしらの執着があった。グループに対する強い愛着が関係しているのだろう。25年間、ユリウスは毎回のミーティングを楽しみにしていた。グループは人の集まり以上のものであり、それ自体が命や性格を持っているかのように思われた。無論、ユリウス以外に最初のメンバーは残っていないが、グループには安定した、継続的な性格があり、文化（専門用語で言えば、独自の「規範——つまり不文律」）があった。誰もグループの規範を暗唱することはできなかったが、何かしらの行動が適切か不適切かは誰もがわかっていた。

グループは多くのエネルギーを必要とする仕事であり、ユリウスはそのエネルギーを維持するために多大な努力を払ってきた。尊く慈悲深い船は苦しんでいる多くの人々を安全で幸せな港に運んでいた。どれくらい？　グループへの平均的な参加期間が2～3年なので、少なくとも百人はいるだろう。時に、卒業したメンバーのことが思い出され、彼らの顔や出来事の断片が代わる代わるイメージとしてほんの一瞬浮かぶこともあった。これらの記憶の断片が、生命と意味と感動のある、豊かで活気に満ちた時代として思い出せることのすべてであると考えると、ユリウスは悲しさを感じた。

何年も前、ユリウスは実験的にグループをビデオに撮り、特に問題のあったやりとりを次のミーティングで見せたことがあった。これらの古いテープは、もはや現代のビデオ再生機器とは互換性のない古いフォーマットのものであった。時々、地下の倉庫からそういった古いビデオを取り出して変換を依頼し、過去のクライアントとの思い出を蘇らせようかと空想することもあった。しかしユリウスはそうしなかった。人生の幻想的な性質がはっきりとしてしまうことは耐え難かったからだ。その輝くようなビデオ・テープに過去が詰め込まれ、そして現在とこれから来るべきすべての瞬間も、電磁波という虚無の中に収められてしまう。

グループが安定して、メンバーがお互いを信頼するためには、それ相応の時間が必要となる。大抵新しいグループでは、やる気や能力の低さのためにグループで行うべき課題（つまり、他のメンバーと関わり、その関わり方を分析する）に取り組めないメンバーが出る。その後、メンバーたちは支配力や注目、影響力をめぐって良いポジションを争い、それにより、不穏なセッションが何度か続くことがある。しかし最終的には、信頼が深まり、それによりグループによる癒しの力が強まっていく。ユリウスの同僚であるスコットは、かつてグループ・セラピーを、戦場に架けられる橋にたとえていた。多くの犠牲者（つまり脱落者）は初期に犠牲になる（戦場の橋を作るために敵にやられる）。一度構築されると、その橋は多くのメンバーをより良い場所へと導いてくれる。

グループがクライアントの力になることについて、ユリウスは学術論文をいくつか書いてきた。しかし、本当に重要な要因（グループが持つ癒しの環境）を説明するための言葉をなかなか見つけられずにいた。ある論文では、その重要な要因を、重度の皮膚傷害に対するオートミール風呂の治療にたとえて論じたこともある。

専門的な文献には書かれていない事実ではあるが、グループを運営することで得られる副産物の一つは、強力なグループはしばしばクライアントだけでなくセラピストをも癒すことがあるということだ。ユリウスはしばしばグループの後に安らぎを経験したことがあるが、なぜそうなるのかははっきりとはわからなかった。それは単に90分間自分の問題を忘れた結果なのか、利他的な行為の結果なのか、それとも自分の専門知識を楽しみ、自分の能力を誇りに思い、他人から高い評価を受けているからなのか。あるいはそれらすべてによるのか。ユリウスはついに正体を突き止めようとすることを諦め、ここ数年はグループの【癒しの水】に浸かるという通俗的な説明を受け入れていた。

グループにメラノーマのことを知らせるのは、とても重要な行為のように思えた。家族や友人、またはグループと関係のない知り合いに開示することと、ユリウスがセラピスト、医師、司祭、シャーマンの役割を担っているグループに開示することは、まったく別ものののように感じられた。それは後戻りのできない一歩であり、彼が老年であることを認めることであり、彼の人生はもはやより大きく明るい未来に向かっているのではないと告白するということである。

ユリウスは、現在旅行中であり、まだ一カ月はグループに戻ってこないメンバー、パムのことをよく考えていた。メラノーマのことを開示しようと思っている今日、その彼女がグループにいないことを残念に思っていた。ユリウスにとって、彼女はグループの鍵となるメンバーであった。パムはいつも他のメンバーを慰め、癒してくれる存在であり、彼にとってもそうだった。パムは強い怒り、そして夫と元恋人への強迫観念に苦しんでいたが、グループがその助けにはならなかった。絶望のなか、パムはインドの仏教瞑想のリトリートに助けを求め、旅立って行った。ユリウスはそのことに悔しさを感じていた。

その日の午後4時半、こういった感情を胸いっぱいに抱えながら、ユリウスはグループの部屋に入った。メンバーはすでに着席しており、プリント用紙に目を通していた。入室したユリウスを見て、メンバーはその紙を各々さっとしまった。

奇妙だと思った。遅刻したのだろうか。彼は時計を見た。いや、4時半を指していた。彼はそのことは置いておいて、今日のために事前に暗記していた内容を話し始めた。

「では始めようか。ご存じのように、グループを私から始めることはあまりないが、今日は例外的にそうしたいと思う。実は、言いにくいことではあるが、みなに伝えたいことがある。始めていいかな?」

「約一カ月前、率直に言って重篤以上の、命を脅かす皮膚癌、つまり悪性のメラノーマを患っていることがわかった。自分は健康だと思っていたのだが、この間の定期健康診断で……」

ユリウスは口を閉じた。何かがおかしい。メンバーの表情や態度がおかしい。彼らの姿勢も何か違った。今はユリウスの方を向いて、ユリウスに集中すべきはずだ。けれど誰もユリウスに体を向けて視線を合わせようとはしなかった。視線が避けられ、ユリウスに焦点が合っていない。密かにプリント用紙を読んでいるレベッカを除いては。

「何が起きている？」

ユリウスは尋ねた。

「誰も話を聞いてくれていないような気がする。何か別のことに気を取られているように感じる。レベッカ、何を読んでいるんだ？」

レベッカはすぐにプリント用紙を折ってバックにしまい、ユリウスの視線を避けた。トニーが沈黙を破るまで、みな黙ったままだった。

「じゃ、俺が言うよ。レベッカの代わりというわけではないけど、俺が話す。今あんたが話そうとしている……健康上のこと、もう知ってるんだよ。だから見てられなかった。知らないふりをしてた。それを知っていたと言いたくても、口を挟むことができなかった」

「どうやって？　私が何を言おうとしていたかを知っていたとは？　今日はいったい何が起こっているんだ？」

「ユリウスさん、すみません、私が説明します」

ギルが言った。

「ある意味、私のせいでもあります。前回のグループの後、私はまだ焦っていて、いつ家に帰ればいいか、どこで一夜を明かせばいいか、わかりませんでした。グループの後、みんなからカフェに来るよう促され、そこでグループの続きをしたんです」

「わかった。それで？」

ユリウスは、オーケストラを指揮するかのように手で小さく円を描いた。

「フィリップさんが事の真相を教えてくれました。ユリウスさんの身体のこと、それとミエロー……何でしたっけ」

「メラノーマ」

フィリップがそっと口を挟んだ。ギルは手に持ったプリント用紙をちらりと見た。

「そう、メラノーマ。ありがとう、フィリップさん」

「ミエローマ（多発性骨髄腫）は骨の癌です」

フィリップは言った。

「メラノーマは皮膚の癌です。メラニンのこと、つまり皮膚を着色する色素のことを考えればわかりやすいでしょう」

「で、そのプリント用紙は……」

ユリウスが口を挟み、手ぶりでギルかフィリップに説明してくれるよう求めた。

「フィリップさんが病状の情報をダウンロードして要約を作成してくれたんです。さっき部屋に入ったとき、みんなに配ってくれました」

ギルはユリウスにプリント用紙を差し出した。それは悪性メラノーマと題されている。

よろめきながら、ユリウスは椅子に深く座り直した。

「どう言っていいかわからないが……。先を越された感じがして、大事な知らせを伝えようと思っていたのだが。私の人生の、私の死の知らせを。でも、出し抜かれた気がする」

フィリップの方を向いて、ユリウスは直接話しかけた。

「私がどう感じるか、考えなかったのか」

フィリップは無表情で、答えようともユリウスを見ようともしなかった。

「わかるけど、ちょっとフィリップがかわいそうだわ、ユリウス」

と、レベッカはヘアクリップを外し、長い黒髪を解いて、頭の上でねじって巻いた。

「彼は悪くないわ。フィリップはグループの後、カフェに行きたがらなかった。人付き合いしたくない、授業の準備があると言って。私たちが無理に彼を連れて行ったのよ」

「その通りです」

ギルが話を引き継いだ。

「私と妻の話や、その晩の寝所についての話がほとんどでしたが、フィリップさんがなぜセラピーを受けているのか、みんな興味を持っていました。新しいメンバーなら誰でも聞かれることです。そして病気がきっかけでユリウスさんがフィリップさんに電話をしてきたことを知りました。私たちはみんな動揺して、彼が知っていることを話すようにお願いしたんです。そんな状況だったから、フィリップさんは仕方がなく言うしかなかった……」

「フィリップはこんなことも言ったのよ」

レベッカが付け加えた。

「ユリウスがいないなかで、こうしてみんなが会うことが適切なのかどうかって」

「適切？　フィリップがそう言った？」

「いいえ」

レベッカは言った。

「適切っていうのは彼の言葉じゃないわ。けど、フィリップの意味するところだった。だから彼に、私たちはよくカフェでグループの後に話し合うし、次のセッションで秘密がないように報告するのであれば問題ないと伝えたわ」

レベッカとギルが話したことで、ユリウスは自分を落ち着かせることができた。彼の心の中は否定的な考えで揺れていたのだ。あの恩知らずのクズ野郎、卑劣な奴。こいつのために何かしようとしているのに、それがこのざまだ。正直者がバカを見るとはこのことだ。フィリップ自身のことや、そもそもなぜ彼が私のセラピーを受けていたのかということは、きっと話さなかっただろう。容易に想像できる。なんの気遣いも思いやりもなく、千人もの女性とやったことを、こいつは都合よく忘れてしまったのだろうな。

しかし、ユリウスはこれらの考えを内に留めておいた。そして、レベッカとギルが話した、前回のミーティング後のことを考慮し、徐々にフィリップに対する怒りを収めていった。グループがカフェでの話し合いに参加するようフィリップに迫り、彼がそのプレッシャーに振り回されていたであろうと気がついたのだ。ユリウスは自身の失敗にも気がついた。フィリップに、グループ後にメンバーがしばしば集まって話の続きをすることを伝えていなかったのだ。そしてもちろん、ギルの言う通り、グループはなぜフィリップがセラピーを受けているのかについてフィリップに質問した。さらに、フィリップはその経緯を話す必要もあっただろう。ただ、メラノーマに関する医療情報を配ったのは、フィリップ自身の考えであり、グループから受け入れてもらうための方法であったことは間違いない。

ユリウスはふらつきを感じ、笑顔を浮かべることができなかった。だが気を取り直して続けた。

「では、話させてもらえるかな。レベッカ、その紙をよく見せてくれ」

ユリウスはプリント用紙に目を通した。

「ここにある医学的な説明は正確なようだから繰り返しはしないが、私自身の経験を付け足そう。話は私の主治医が背中に普通ではないホクロを見つけたことから始まった。生検で、それが悪性のメラノーマであることが確認された。もちろん、それがグループをキャンセルした理由でもあるのだが……。そこからの数週間は本当に辛かった」

ユリウスの声が震えた。

「見ての通り、まだ辛くなる」

一度間を置き、深呼吸をしてから次のように続けた。

「皮膚科医は、将来を予測することはできないが、私は少なくとも一年は健康でいられると、自信を持って言った。だから、このグループを12カ月間は通常通り実施したいと思う。いや、それよりもこう言ったほうがいい。身体が許すのであれば、私はもう一年、みなと会いたいと思う。そしてグループを終了する。うまく言えなくてすまない。練習してないんだ」

「ユリウス先生、命に関わるほど悪いの？」

とボニーが尋ねた。

「フィリップのインターネット情報だと、その、メラノーマのステージに基づいた統計だけど……」

「率直な質問なので、率直に答える。答えはイエスだ。間違いなく重篤だ。将来的にはこれにやられる可能性が高い。聞くのには勇気が必要だったと思うが、率直に聞いてくれて感謝する、ボニー。大きな病気を抱えている人は誰でもそうだが、腫れ物に触るような態度をとられたくない。孤独に感じるし、怖くなるだけだ。嫌なことだが、新しい現実に慣れる必要がある。健康で心配事のない生活に終わりが来ているから」

レベッカが口を開いた。

「フィリップが先週ギルに言ったことを考えてるの。ユリウス、あなたにとって何か役立ちそうなことがありそうだわ。カフェでのことだったか、このグループでのことだったかは覚えていないけど、執着によって自分や人生を定義することと関係してたわよね。そうでしょ、フィリップ?」

「先週、話をしたとき」

フィリップは目を合わせようとせず、慎重な口調で話した。

「執着を持てば持つほど人生には重荷が増え、執着から離れる際に経験する苦しみが増すと指摘しました。ショーペンハウアーも仏教も、執着から解放されなければならないと説いています。そして……」

「役立つとは思わない」

ユリウスはフィリップをさえぎった。

「これが今日のグループが向かうべき方向であるのかもわからない」

ユリウスはレベッカとギルの間で交差している意味深な視線に気がついたが、そのまま続けた。

「私の意見はそれとは反対だ。つまり、執着は充実した人生の不可欠な成分であり、予想される苦しみのために執着を避けていては、部分的にしか生きられないと考える。レベッカ、キミの言おうとしていることを邪魔するわけではないが、基本的なことに戻ろう。つまり、キミの反応や、みなの反応、そして私の話したことに戻ろうではないか。明らかに、私が癌であると知って、感情がかき立てられているかもしれない。もう知り合って長いことでもあるから」

ユリウスは話すのを止め、彼のクライアントたちを見回した。

椅子に座り込んでいたトニーが体を起こした。

「グループを引き続けることが重要だとあんたは思ってる。それには驚いたよ。何か自分の奥深くで、申し訳ないという思いがあるような気がするんだ。そんなことが浮かんだけど、でもそれよりも、ユリウス、あんたにとってどんな意味なんだい。つまり、はっきり言うと、あんたは、……本当に、俺にとって大事な人で、辛いときに助けてくれた。……その俺たちに何かできることはないかい？　これは大変なことだと思うから」

「同じです」

そうギルが言うと、フィリップを除く皆が口々に同意を示した。

「それに対して、トニー、返事をするつもりだが、その前に今キミが話してくれたことを聞いて感激したことを伝えたい。数年前のキミだったら、こんなにも直接的に、とても優しく私に手を差し伸べることは不可能だったと思う。では、キミの質問への返事だが、私にとっては本当にひどく辛いことだった。私の気持ちは波のように寄せては引いてを繰り返していた。グループをキャンセルした最初の数週間はどん底にいた。友人やサポートしてくれる人たちには本当にたくさん話を聞いてもらった。それと比べると、今この瞬間はだいぶ気持ち的にも軽い。致死の病にさえ、人間は慣れるものだ。昨夜、【人生は喪失の連続にすぎない】という言葉がずっと頭にあったよ」

ユリウスは間を置いたが、誰も話さなかった。みなが、ただ床に目を落としていた。ユリウスは続けた。

「オープンに話し合いたいと思ってる。つまり、どんなことでも話すつもりだ。恥ずかしくもない。けれど、具体的な質問がない限り、少し話し疲れたし、今日のグループの時間を全部使いたいとも思わない。私にはいつものようにここでキミたちの問題に取り組むだけのエネルギーがあることは伝えたい。そう、私にとって重要なのは、いつものように続けることだ」

短い沈黙の後、ボニーが口を開いた。

「ちょっと言いにくいけど、話したいことはあるの。でも、これはユリウス先生の問題に比べると本当に取るに足らないことのように感じる」

ギルは見上げて言った。

「私にも。妻との対話の仕方を学ぶか、妻と一緒にいるか、または沈没船を離れるか。でも、比較すると大したことではないように思えます」

フィリップはそれを聞いて即座に話し始めた。

「スピノザは【永遠の観点から】を意味するラテン語を使うことを好みました。日常の不愉快な出来事を永遠の観点から見ることができれば、動揺は少なくなるとスピノザは示唆しました。セラピーにおいて、この考え方は過小評価されていると私は信じています。おそらく……」

ここでフィリップはユリウスに向き直って続けた。

「今直面している深刻な事態にさえ、それは慰めになるかもしれない」

「フィリップ、キミが何か提供しようとしているのはわかる。それには感謝する。しかし今の私にとって、宇宙の視点で見るという考え方は、口に合わない薬のようなものだ。なぜだか話そう。昨夜はよく眠れず、悲しく感じていた。人生で何かを得たとしてもその時に感謝できていなかったことに気がついたからだ。若い頃は、常に先の目標に向かって頑張っていた。そして、何年も経って、突然、逆のことをしていることに気づいた。懐かしさに浸っていた。私に必要なのは、一瞬一瞬を大切にすることだ。それが執着を手放すことに問題を感じる所以だ。執着を手放すことは、私にとっては、望遠鏡の逆の端から人生を覗き込むようなものだ」

「ユリウスさん、ちょっと一言いいですか?」

ギルは言った。

「今の様子を見てると、ユリウスさんはフィリップさんが何を言っても受け入れないように見えます」

「ギル、それは意見だ。様子として見えたのはどの部分?」

「それは、ユリウスさんはフィリップさんが提供するものを尊重していないということです」

「ギル、ユリウスがあなたに言いたいこと、わかる?」

とレベッカ。

「それはまだ見えたものではないわ。それは彼の気持ちについての推測。私の観察によれば……」

レベッカはユリウスに目を向けた。

「ユリウスとフィリップがお互いについて話し合ったのはこれが初めてだということ。そしてユリウスは、フィリップが話している最中に何度か口を挟んだということ。他の人に対してそんなふうにしたのを見たことがないわ」

「参った、レベッカ」

　とユリウスは答えた。

「正解だ。直接的かつ正確な観察」

「ユリウス、私には全体像がまったく見えないわ。ユリウスとフィリップはどういった間柄なの？　本当にわからない。フィリップに突然電話をしたというのは本当？」

　ユリウスはうつむいていたが、しばらくして口を開いた。

「確かに、キミたちがよくわからなくてもおかしくないな。正直に話そう。正しく記憶している限りで。メラノーマと診断を受けた私は絶望した。死刑判決を受けたと感じ、心が折れた。暗い考えの中で、私は自分の人生でしたことに何か意味があったのだろうかと思い始め、その疑問に数日間頭を悩ませた。そして、私の人生は仕事とは切り離せないところがあるから、過去のクライアントのことを考え始めた。私は誰かの人生に、本当に永続的な影響を与えることができたのか。私には時間がないと感じたので、すぐに過去のクライアントの何人かに連絡することにした。フィリップがその最初の人で、それ以外の人には今のところまだ連絡していない」

「どうしてフィリップなんだい？」

　トニーは尋ねた。

「それは難しい質問だ。答えはよくわからない、だ。そのことは何度も考えた。もし自分に価値を感じたいなら、もっと良い候補者がたくさんいたのだから、賢明な選択ではなかったと言える。３年間試行錯誤をして努力したが、フィリップを助けられなかった。たぶん後になって効果が現れたことを期待していたのかもしれない。そういった報告をするクライアントもいるのだから。でもフィリップはそうではなかった。たぶん私にはマゾ気質があり、自分の失敗を何度もしつこく自分にわからせたかったのかもしれない。またはもう一度挑戦したいと思い、一番の失敗を選んだのかもしれない。認めざるを得ないが、率直に言って自分自身の動機がわからない。そして、私とフィリップの話し合いの過程で、彼が転職を考えていることを話し、私が彼のスーパーバイザーになれるかと聞いてきた。フィリップ」

ユリウスはフィリップと向き合った。

「この点についてキミから話してもらえないか？」

「必要な詳細はすでに話しました」

「そんなに秘密にしたいのか」

フィリップは目を逸らした。グループのメンバーも落ち着かない様子だった。長い沈黙の後、ユリウスが口を開いた。

「フィリップ、皮肉を言って悪かった。ただ、キミがそう答えたら私はどうすればいい？」

「先に言ったように、私は必要な詳細を話しました」

　フィリップは答えた。

　ボニーがユリウスの方を向いて言った。

「ユリウス先生のために言うけど、聞いていて、正直あまり気分が良くないの。喧嘩なんてする必要はないし、ユリウス先生は労られるべきだと思うの。お願い、私たち、ユリウス先生のためになにかできることない？」

「ありがとう、ボニー、その通りだ。確かに今日は落ち着きが足りない。キミの質問は素敵なものだが、答えられるかどうかはわからない。話したことがあったかわからないが、個人的な問題による不快な気分が、このグループに参加することで楽になったことが何度もある。たぶんこれがキミの質問への答えだと思うのだが。私が望むのは、キミたちにグループを活用してもらうこと。私のことでそれをやめないでもらいたいということだ」

　短い沈黙の後、トニーが口を開いた。

「難しいなぁ」

「私もそう思います」

　とギルが続けた。

「他のことを話すのは正直言って気まずい感じがする」

「パムがいてくれたら……」

とボニー。

「パムなら、どんなに気まずかったとしても、どうすればいいかわかるから」

「それは面白い。私もパムのことを考えていた」

ユリウスは言った。

「それはテレパシーかもね。ほんの少し前に、私もパムのことを考えていたから。ユリウスが成功と失敗について話していたとき」

レベッカがユリウスに目を向けた。

「この家族の中で、パムがユリウスの一番のお気に入りだってことは知ってるわ。わかりきったことだからそれは問題じゃないんだけど、ただ、私が気になっているのは、パムのことで、ユリウスが失敗したように感じているんじゃないかということ。私たちが彼女を助けることができなかったから、パムは休みをとって他のところに行ってしまった。だから自尊心が傷ついていたとしてもおかしいことじゃないと思うの」

ユリウスはフィリップの方を指さしながら言った。

「フィリップにパムのことを話してあげてくれないか？」

「このグループでは、パムはなくてはならない存在だったわ」

レベッカはフィリップに向かって言った。依然としてフィリップは視線を合わせようとはしなかった。

「パムは結婚生活も恋人との関係も、両方がうまくいかなくなったことでここに来たわ。パムは離婚を決意したけど、恋人は離婚しないことを選んだから。それでパムは両方の男性に腹を立てて、昼も夜もその男性たちのことで頭がいっぱいになっていたわ。私たちもできる限り試してみたけど、彼女を助けられなかった。どうしようもなくなったパムは救いを求めて瞑想のリトリートを受けにインドに行ってしまったの」

フィリップは何の反応も示さなかった。

レベッカはユリウスに迫った。

「パムがここを離れたこと、どう思ったの?」

「15年くらい前までなら、神経質になっていたと思う。それだけでなく、別の方法を探すのは、変化に対する抵抗にすぎないと彼女に言っていたかもしれない。でも私は変わった。得られる助けはすべて得る必要があると感じる。他の方法への参加は、それが信用できないものであっても、セラピーに役立つ新しい領域が開かれることもあるとわかったから。パムにとってもそうであってほしいと願うだけだ」

「それは信用できないものではなく、パムさんにとっては最善の選択だったかもしれません」

フィリップが言い、そして続けた。

「ショーペンハウアーは、東洋の瞑想の実践と、それが強調するところに、とても好感を持っていたようです。それは精神を清め、幻想を見透かすこと、そして執着を手放す技術を教えることによって苦しみを和らげることなどです。実際、彼は東洋思想を西洋哲学に取り入れた最初の人物でした」

フィリップのコメントは誰に向けられたものでもなかったこともあり、それに反応する者はいなかった。ユリウスはショーペンハウアーの名前を何度も耳にすることに苛立ちを感じた。しかしフィリップの発言に頷くメンバーが何人かいることに気づき、それを自分の中に留めておくことにした。

短い沈黙の後、スチュアートが話し始めた。

「数分前、ユリウス先生はグループを続けることが最も自分のためになると言いましたが、そこに戻るのはどうですか」

「賛成、でもどこから始める?」

ボニーは提案した。

「スチュアート、奥さんとの関係のことはどう? 奥さんが離婚をしたいとメールしてきたところまで聞いたわ」

「その件は落ち着いて、現状に戻りました。妻はよそよそしいままですが、少なくとも事態は悪化していません。なので、他にまだ何か保留中のことがあるなら、それについて話し合いましょう」

スチュアートは部屋を見回した。

「二つ思い当たります。ギルさん、ローズさんとはどうですか？　今どんなことが起きてます？　それから、ボニーさん。小さなことに感じるけど、何か取り組みたいことがあると言っていましたね」

「今日はパスします」

ギルはうつむいて言った。

「先週たくさん時間をもらいましたから。ですが、要点だけを言うなら、敗北と降伏です。同じ状況で家に帰っていることを恥ずかしく思います。フィリップさんやみんなからの良いアドバイスを無駄にしました。ボニーさん、そっちはどうですか？」

「私が気にしてることが、今日は小さくて些細なことに感じる」

「私が考えるボイルの法則を覚えているだろうか。小さな不安でも、不安の穴を満たすほど膨れ上がるものだ。キミの不安は、目に見えて悲惨な状況からくる不安と同じくらいひどく感じられてもおかしくない」

そう言うとユリウスは時計を見た。

「時間も迫ってはきてるが、話してみるかね？」

「今話さないと、来週は怖気づいて話すのを止めるって思ってる？」

ボニーは尋ねた。

「まあ、いいよ。話そうと思っていたのは、私が地味で太っていて不器用だってこと。それに比べてレベッカさん、そしてパムさんは綺麗でイケてる。けど、レベッカさん、特にあなたといると私は過去の辛い気持ちをたくさんかき立てられてしまう。私は不器用で、地味で、魅力がない、そんな気持ちがずっとあるから」

ボニーはそこで止まり、ユリウスを見て言った。

「さあ、言ったよ」

「では来週話し合おうか」

立ち上がりながら、ユリウスはグループの終わりを告げた。

第9章

ボンベイからイガットプリへと向かう列車が、小さな村に停車するために減速した。ちょうどその時、儀式用のシンバルの音が耳に飛び込んできて、パムは汚れでくもった列車の窓越しに外を見渡そうとした。その窓を指さしながら、10、11歳くらいの黒い瞳の少年が、ぼろきれを掲げ、黄色いプラスチック・バケツを持って駆け寄ってきた。二週間前にインドに到着して以来、パムは勧誘を断るために首を横に振ってばかりいた。観光ガイド、靴磨き、絞りたてのみかんジュース、サリー、ナイキのテニスシューズ、両替。もちろん、物乞いや多くの性的な誘いなども断っていた。その性的な誘いはあからさまな場合もあるが、まばたき、眉を上げる、唇をなめる、舌をなめるなど、控えめに合図が送られることもある。やっとニーズに合うものが来た。大きく頷くと、その窓拭きの少年は大きな歯を見せ、笑顔で応えた。パムに見守られながら、彼は気分良く、くもった窓ガラスを綺麗にした。

パムはその窓拭きに気前よく代金を手渡した。そして彼女をうっとりと眺める彼を追い払い、落ち着いて外を眺めた。風でふくらんでいる緋色のズボンと黄色いショールに身を包んだ司祭に続いて、村人の行列がほこりっぽい通りを蛇行しながら進んでいた。彼らの目的地は町の広場の中心であり、そこにある象の頭と、背の低いふっくらとした仏のような身体が特徴のガネーシャ卿の大きな張り子の像であった。そこに向かう人たちには僧侶、純白の服を着た男性、橙と朱のローブをまとった女性なども含まれていたが、誰もが小さなガネーシャ像を持っていた。若い女の子たちは一握りの花を散らし、男の子たちは金属製の香炉が付いた棒を運んでいた。シンバルと太鼓が鳴り響く中で、みんなが【ガナパティバッパモラヤ、プルキアヴァルシラウカリヤ】と唱えていた。


「すみません、彼らが何を唱えているのか教えてくれませんか？」。

パムは、反対側に座ってお茶をすすっている、褐色の肌をした男性に話しかけた。彼はその車両で、パム以外の唯一の乗客であった。彼はゆったりとした綿の白いシャツとズボンを身につけており、上品で魅力的であった。パムの声に驚き、うまくお茶を飲み込めず、激しく咳をした。ボンベイから列車が出発して以来、彼は向かいに座っている綺麗な女性と話をしたいと思っていた。だから話しかけられたことに喜びを感じずにはいられなかった。咳き込んだ後、声を裏返しながら答えた。「お詫びします、貴婦人。身体は思い通りにはなりませんね。ここの人々、そしてインド全土で今日、皆が唱えているのは【モラヤの領主である最愛のガナパティが来年初めに再び来る】という意味の言葉です」

「ガナパティ？」

「はい、非常に紛らわしいですよね。わかります。もっと一般的な名前ならご存じだと思います。ガネーシャです。彼には他にも多くの名前があります。例えば、ヴィグネーシュヴァラ、ヴィナーヤカ、またはガジャナンなどです」

「このパレードは？」

「10日間のガネーシャ祭りの始まりです。来週もボンベイにいらっしゃるなら、ガネーシャ祭りの終わりとして、街の全人口が海に向かって歩き、ガネーシャの像を波に浸すのを見ることができます」

「ああ、あとあれは？　月？　それとも太陽？」

そう言いながら、パムは黄色の大きな張り子の球を運んでいる4人の子どもを指さした。

男性は質問を嬉しく思った。列車の停止時間が長くなり、この会話が続くことを望んだ。このような官能的な女性はアメリカ映画では一般的だが、彼は一度もそういった女性と話をする機会がなかった。この女性の優雅さと美しさは彼の想像力をかき立てた。彼女はまるでカーマ・スートラの古代のエロティックな彫刻から飛び出てきたかのようだ。そして、この出会いの結末は？　これは長らく求めていた、人生を変えるような出来事だろうか。彼は独身であり、運営する縫製工場のおかげで裕福に暮らしていた。2年前に10代の婚約者を結核で亡くしたので、両親が新しい花嫁を選ぶまでは、彼を邪魔するものはなかった。

「ああ、子どもたちが持っているのは月です。古い伝説を称えるために運んでいるんです。まず、ガネーシャ卿が食欲旺盛なことで有名だと知っておく必要があります。彼の大きなお腹を見てください。彼はかつてごちそうの場に招待され、ラドゥーと呼ばれるデザートをたくさん食べたと言われています。ラドゥーを食べたことがありますか？」

パムは首を横に振った。目の前のインド人が、スーツケースからそれを取り出すのではないかと恐れた。親しい友人がインドの喫茶店でお茶を飲んだことをきっかけに肝炎になったと聞いた。そのため、パムは医師のアドバイス通り、これまでのところ4つ星ホテルの食べ物以外は何も食べていなかった。ホテルを離れてからは、みかんやゆで卵、ピーナッツなど、皮をむくことができる食べ物だけに制限していた。

「私の母はよく、素晴らしいココナッツとアーモンドのラドゥーを作ったものです」

男性は続けた。

「ラドゥーは甘いカルダモンのシロップのかかった、揚げた小麦粉のボールです。面白みがないように聞こえますが、ラドゥーは、材料から想像するよりはるかに良いものです。ともあれ、ガネーシャ卿に話を戻しましょうか。ガネーシャはラドゥーを食べすぎて、きちんと立ち上がることができず、バランスを失って倒れ、そのはずみで胃が破れてしまい、ラドゥーが転がり出てきたと言われています」

「これは夜中に起きたことですが、月が唯一の目撃者でした。月はこの出来事に大笑いをしました。それに激怒したガネーシャは月を呪い、月を宇宙から追放したのです。けれど、全世界が月の不在を嘆き、神々はガネーシャ卿の父であるシヴァ神に、ガネーシャを説得してくれるよう頼みました。悔い改めた月も謝罪し、最終的にガネーシャ卿は月への呪いを解き、月が一カ月に一日だけ姿を隠し、他の日は部分的に姿を現し、そして一日だけ完全な姿を現すことを許可しました」

短い沈黙の後、男性は続けた。

「これが、ガネーシャ祭りになぜ月が現れるのかの理由です」

「ご説明ありがとう」

「私の名前はビジェイ、ビジェイ・パンデ」

「私はパム。パム・スワンビル。楽しい話だし、象の頭と仏陀の体なんて、すごく幻想的でおどけた神様ね。それでも村の人たちは、その神話をとても真剣に受け止めているみたいね。まるで本当のお話みたいに……」

「ガネーシャ卿の姿を図解してみると面白いですよ」

ビジェイはパムの話をさえぎり、ガネーシャの絵が刻まれた大きなペンダントをシャツの下から引っ張り出して言った。

「ガネーシャの姿には、人生の教訓が含まれています。大きな象の頭は、私たちに深く考えることが大事だと告げています。そして大きな耳はもっとよく聞くこと。小さな目は注意を集中すること。小さな口はおしゃべりをしすぎないこと。ガネーシャの像が示す教訓は常に私の心にあります。パムさんと話しているこの瞬間でさえ、ガネーシャの教訓を思い出し、あまり話さないように努めています。もし必要以上に話していたら知らせてください」

「いいえ、大丈夫。図解も、ビジェイさんのコメントも興味深いわ」

「他にもたくさんあります。ここ、よく見てください。私たちインド人はとても真面目な人種です」

ビジェイは肩にかけた革のバッグに手を伸ばし、小さな拡大鏡を差し出した。拡大鏡を手に、パムは身をかがめてビジェイのペンダントを覗き込んだ。そうする間、パムはビジェイから漂うシナモンとカルダモン、そしてアイロンをかけたばかりの綿の布の香りを吸い込んだ。ほこりっぽい車両の中で、どうして彼はこんなにも甘くて新鮮な香りがするのだろうか。

「牙が一つだけだわ」

パムは観察の末、そう気がついた。

「その意味は、良いものを保持し、悪いものを捨てる、です」

「ガネーシャは何を持っているの？　斧？」

「愛着をすべて断ち切るための斧です」

「それは仏教の教えみたいね」

「はい、仏陀はシヴァの母なる海から現れましたから」

「ガネーシャはもう片方の手にも何か持っているわね。見えにくいけれど。ひも？」

「ロープです。高い目標に人を近づけるためのものです」

そのとき列車が突然揺れ、そして前進し始めた。

「列車が動き始めましたね」

ビジェイは言った。

「ガネーシャの乗り物を見てください。足元にあります」

パムはレンズ越しにペンダントにさらに近づき、さりげなくビジェイの香りを吸い込んだ。

「ああ、そうだ、ネズミ。ガネーシャの彫像とか絵画で見たことがある。どうしてネズミなのかは知らないけれど」

「それが最も興味深い特徴なのです。ネズミは欲望を表しています。ネズミに乗ることができるとしても、それはネズミをコントロールできる場合に限ります。そうでなければ、それは大混乱を引き起こしますから」

パムは沈黙した。列車が走り、やせた木々、寺院、泥だらけの池にいる水牛たち、そして何千年もの時をかけて痩せてしまった赤土の農場を通り過ぎると、パムはビジェイを見て、感謝の気持ちが湧き上がるのを感じた。ビジェイは謙虚な姿勢で優しくペンダントの話をすることで、パムが彼の宗教について不適切なことを言って恥ずかしく思うことがないようにしてくれた。彼女が男性にそんなふうに扱われたのはいつだったろうか。けど、違う。彼女は自身に言い聞かせた。あの人たちのこと、不当に扱ってはいけない。パムはグループのことを思い出した。トニーは私のためにどんなことでもしてくれる。スチュアートは思いやりがある。それに、ユリウス。彼は愛情深い。けど、ビジェイの繊細さは普通じゃないし、エキゾチック。

ビジェイはと言えば？　彼もパムとの会話を振り返り、空想にふけっていた。珍しく興奮し、心臓が高鳴り、それを落ち着かせようとした。革製のショルダーポーチを開けると、ビジェイは古いしわくちゃのタバコのパッケージを取り出した。吸うためではない。パッケージは空だった。彼は単に、青と白に彩られ、シルクハットをかぶった男のシルエットと、しっかりとした黒い文字のブランド名【ザ・パシング・ショー】が刻まれたパッケージを眺めようとしたのだった。

ビジェイの宗教的な師の一人が、かつて彼に次のように指導したことがある。ビジェイの父親が吸っていたタバコのブランドであるザ・パシング・ショーに注意を向け、人生はパシング・ショー（過ぎゆく劇）であり、すべての物や経験、そして欲望を漂わせる意識の川であると考えてみるようにと。ビジェイは流れる川のイメージを思い浮かべることから瞑想を始め、無常という意味の「アニティア」という言葉を心の中で唱え、それに耳を傾けた。終わりのないものはない。列車の窓から見える通り過ぎていく風景と同等に、確かに、そして取り返しのつかないほどに、人生も経験も、すべては流れ去ってゆくのである。ビジェイは目を閉じ、深く呼吸し、頭を座席の背もたれに委ねた。そうして瞑想が深まるにつれ、脈拍が落ち着き始めた。

ビジェイを見つめていたパムは、床に落ちたパッケージを手に取り、ラベルを読んだ。

「ザ・パシング・ショー。タバコの商品名としては珍しいわね」

ビジェイはゆっくりと目を開けて言った。

「お話ししたように、私たちインド人は非常に真面目な人種です。タバコのパッケージにさえ、人生で心がけるべきメッセージが記されています。人生は過ぎ去っていくショーです。動揺を感じたときは、いつもそれを思い出して瞑想することにしています」

「それって今やっていたこと？　邪魔しちゃってごめんなさい」

ビジェイは微笑み、そっと首を横に振った。

「私の師はかつて、誰かが誰かに邪魔されることは不可能だと言っていました。自分の落ち着きを乱せるのは、自分だけだと」

ビジェイは彼自身が欲望にあふれていることに気づき、口ごもった。彼は旅仲間の注目を欲するあまり、瞑想を単なる好奇心をそそる道具としてしまった。目の前の素敵な女性の笑顔を見るために。彼女はしかし、ただの幻影であり、過ぎ去っていくショーの一部であり、すぐに彼の人生から去り、実在のない過去に溶け込む存在である。そして、これから語ろうとする言葉がビジェイを道から遠ざけるものだということもわかっていた。それにもかかわらず、彼は口を開いた。

「お伝えしたいことがあります。パムさんにお会いしたこと、そしてパムさんとの会話を、宝物として長らく心に留めておきたいと思います。もうすぐこの列車を降りて、アシュラムに向かいます。そこで10日間沈黙し、瞑想を実践します。その直前だったので、パムさんと交わした言葉や共に過ごした瞬間にとても感謝しています。死刑判決を受けた男が、最後の食事として好きなものを注文してよいとされていたアメリカの映画を思い出します。私にとっての最後の願いは、先の会話で叶いました」

パムはただ頷いた。彼女にとっては言葉が見つからないということは滅多にないことだったが、ビジェイの礼儀正しさに応じる術がわからなかった。

「アシュラムで10日間？　それってイガットプリのこと？　私、実はそこでのリトリートに行く途中なの」

「それなら、目的地と目標が同じということですね。高名なゴエンカ師にヴィパッサナー瞑想を教えてもらう。それもすぐに。次の停車駅がそうです」

「10日間の沈黙って言ったわよね？」

「はい、ゴエンカ師は常に高貴な沈黙を課します。スタッフとの必要な話し合いを除いて、生徒は言葉を発しません。瞑想の経験はありますか？」

パムは首を振った。

「私は、大学で英文学を教えているの。昨年、生徒の一人がイガットプリで癒しと人生が変わるような経験をしたの。その学生は、アメリカでヴィパッサナー瞑想のリトリートを開催することに熱心に取り組んでいて、ゴエンカに会うためのツアーも企画中なのよ」

「その生徒は、パムさんにプレゼントを与えたかったのですね。パムさんにも同じように、人生が変わるような体験をしてもらいたいと思ったのではありませんか？」

「まあ、そんなところね。あの子が私には変わるべきところがあると思ったわけじゃないけどね。自分が良い体験をしたので、私や他の人たちにも同じ体験をしてもらいたいと思ったんだと思うわ」

「そうですね。私の質問が良くなかったです。パムさんの人生には変容が必要だと言うつもりではなかったのです。その学生さんの熱意を興味深く思ったまでです。彼女から、このリトリートについて何か聞いていますか？」

「具体的には何も。その子自身、リトリートにはたまたま出合ったようだし、完全に心を開いて臨んだほうがいいとは言われたわ。首を横に振っているということは、賛成じゃないのかしら」

「ああ、インド人は同意するときは頭を左右に振り、同意しないときは上下に振るということを覚えておいてください。これはアメリカとは逆の習慣です」

「そうなの?!　ここの人たちと話していて、何かおかしいなと思っていたんだけど、それだったんだわ。きっと相手の人たちも困っていたと思う」

「大丈夫ですよ。西洋の方と話す場合、多くの人が合わせてくれます。パムさんの学生さんからのアドバイスに関しては、まったくの準備なしに臨むのがよいということには賛成しかねます。これは初心者のためのリトリートではないということは指摘しておきます。高貴な沈黙、朝の4時から始まる瞑想、少しの睡眠、一日一回の食事。簡単なことではありません。辛抱強さが必要です。電車のスピードが落ちてきたので、そろそろイガットプリに着きそうですね」

ビジェイは立って荷物をまとめ、パムのスーツケースを頭上の棚から下ろした。電車が止まり、ビジェイは立ち去る準備をしたうえでパムに言った。

「これからリトリートの体験が始まります」

ビジェイの言葉は慰めにもならず、パムはより不安になった。

「リトリート中は話せないということ?」

「コミュニケーションを取れません、文字でも、手話でも」

「メールも?」

ビジェイは笑わなかった。

「高貴な沈黙は、ヴィパッサナーの効果を得るための正しい道です」

ビジェイはさっきまでとは様子が違って見えた。彼の心はすでにリトリートに向かっているようにパムには感じられた。

「少なくとも」

パムは言った。

「ビジェイさんがいるとわかっていれば、少しは安心です。一緒に一人でいられるならまだマシだわ」

「一緒に一人でいる。うまい言い回しです」

ビジェイはパムを見ずに答えた。

「たぶん、リトリートの後、この電車でまた会えるかもしれないわね」

パムは言った。

「そのことについて、私たちは考えてはなりません。ゴエンカ師は、私たちが留まるのは今この瞬間だけだと教えてくれます。昨日と明日は存在しません。過去の記憶や将来への憧れは、不安を生み出すだけです。平静への道は今を観察し、それが意識の川を邪魔されることなく流れていくようにすることにあるのです」

振り返ることなく、ビジェイはバッグを肩にかついだ。車両のドアを開け、列車を降り、そして歩き出した。

第10章

皆の関心は、ボニーへと注がれていた。次のグループの始まりである。ためらいがちな声で、ボニーは話し始めた。

「やっぱり注目されるのは好きじゃない。この一週間、何を言おうかってずっと考えてた。ユリウス先生は、グループは自然発生的なほうが効果があるといつも言ってるから、準備しすぎるのはここではあまり良くないとわかっているけど、何度も練習した」

ボニーはユリウスをちらっと見た。

ユリウスは頷いた。

「ボニー、準備したプレゼンはよして、これから言う通りにやってみてくれるかな。想像してみよう。目を閉じ、準備した原稿を手に取り、目の前に持ち上げて半分にちぎり、さらにもう半分にちぎってみて。そしてゴミ箱に入れる。いいかな？」

ボニーは目を閉じたまま頷いた。

「そして今から、自然に湧き上がる言葉で、地味であること、そして美しさについて話してみてくれるか。キミ自身とレベッカ、そしてパムについても話してみてくれ」

ボニーは頷きながら、ゆっくりと目を開け、そして話し始めた。

「きっとみんな覚えていると思うけど、私は小学生の頃、太ってた。ぽっちゃりしてて、不器用で、くせっ毛で。体育がいつも苦手で、泣き虫で、親友がいなくて、いつも一人で家に帰ってた。怖かったから、わかっているのにクラスで手を挙げたこともなかった。なんでもわかっていたのに。そして、ここにいるレベッカさんは、私とはまったく違った異性体……」

「え、何？」

背中を丸めて椅子に座っていたトニーが尋ねた。

「異性体は鏡に映る像のようなもの」

ボニーは答えた。

「異性体とは、同じ比率で同じ成分を含んでいるが、原子の配置方法によって特性が異なる二つの化合物を指します」

フィリップは付け加えた。

「ありがとう、フィリップさん。異性体ってちょっと大げさな言葉だった気がする。トニーさんはわからないたびに知らせてくれるけど、それができて羨ましいと思う。数カ月前にトニーさんが学歴とブルーカラーの仕事を恥じているって話すのを聞いて、私も話してみようと思った。学生時代の話に戻るけど、レベッカさんと私は正反対。もしレベッカさんが私の友人だったとしたら、たぶん私、生きてられなかった。それが私の中で起こっていること。ここ数週間、子どもの頃の嫌な思い出がたくさん思い出されるの」

「そのぽっちゃりの女の子が学校に通っていたのは、ずっと昔のことだと思うが、何が彼女を今に連れ戻しているのだろうか」

ユリウスは尋ねる形ではなく、皆に向けて言った。

「そこが厄介なところなんですけど。レベッカさんを怒らせたくないし……」

「ボニー、彼女と直接話すのが一番だ」

ユリウスは口を挟んだ。

「そうね」

ボニーは言い、レベッカと向き合った。

「怒らないでね、レベッカさん」

「大丈夫よ」

レベッカはじっとボニーを見つめた。

「あなたがこのグループの男性と一緒にいて、どう男性を魅了し、どう虜にするのかを見ていると、自分は完全に無力だと感じる。昔の感情がすべて甦る感じ。自分はぽっちゃりだし、取るに足らない、人気がない、仲間外れだ、とか」

フィリップが口を挟んだ。

「ニーチェは、夜中に目が覚めたとき、ずっと前に倒した敵が取りつこうとして戻ってくるという趣旨のことを言いました」

ボニーは大きな笑みを浮かべて、フィリップの方を向いた。

「ありがとう、フィリップさん。とても素敵な言葉。理由はわかりませんが、かつて倒した敵が再び立ち上がってくると考えると、気分が良くなります。ただ見方を変えるだけで……」

「ちょっと待って、ボニー」

とレベッカは口を挟んだ。

「私が男性を魅了して虜にするって話、それ、説明してもらいたいわ」

ボニーは目を見張った。そしてレベッカの視線を避けた。

「違うの。レベッカさんを悪く言ったつもりじゃなくて。普通の女性がする行動に対して、私が敏感に感じてしまってるだけだから」

「どんな行動？　何のことを言ってるの？」

ボニーは深呼吸をし、そして言った。

「レベッカさんには……ちょっと……見せびらかそうとするところがあると思うの。私にはそう感じられる。前回、何回だったかわかりませんが、髪留めを出したり、髪を下ろしたり、なびかせたり、髪に指を通したり。数えてはいないけど、今までにないくらいだった。これって、フィリップさんがグループに参加したことが関係しているように私には思えていて……」

「何のこと？」

レベッカは尋ねた。

「昔の人が言ったじゃん。答えを知っているなら、質問は質問ではないって」

トニーはすかさず述べた。

「トニー、ボニーに自分で話させてみない？」

冷たい目でレベッカは言った。トニーは動じなかった。

「わかりきったことだよ。フィリップがグループに入って、あんたは変わった。なんていうか、あんたは男によって変わる……なんて表現が正しいんだろう？　彼に興味を持っているというか。ボニー、こんな感じで合ってる？」

ボニーは頷いた。

レベッカはハンドバッグからティッシュを取り出し、マスカラが崩れないようにしながら目を軽く拭った。

「本当にひどい言われよう……」

「こんなふうになるんじゃないかって怖かった」

ボニーは必死に弁解した。

「これは私の捉え方の問題なの、レベッカさん。本当にそうなの。レベッカさんは何も悪いことはしてない」

「そんなの気休めにもならない。アンパッサン（おまけに）私の行動について、不愉快に非難をしておいて。それが私の問題ではないと言っても、不愉快なことには変わりないわ」

「アンパッサン？」

トニーは尋ねた。

「アンパッサンとは、通過することを意味します。駒が最初の動きで2マスを取り、反対側の駒を通過するときに使われる、チェスの一般的な用語です」

「フィリップ、ひけらかすねぇ。それ、わかってやってる？」

トニーは言った。

「質問をしたのはあなたです。私はただそれに答えただけです」

フィリップは言った。喧嘩腰のトニーの言葉に動じる様子はまったく見られなかった。

「先ほどの、聖人ジュリアスの言葉のように、あなたの質問が質問でない限り」

「うお、これは一本取られたねぇ！」

トニーは皆の様子を見回してから言った。

「俺って頭悪いじゃん。本当に。これからもこんな感じ？　ここにフィリップがいることは、レベッカだけじゃなくて、他の人にも影響がありそうだ」

ユリウスは、グループ・セラピーにおいて一般的だが最も効果的な介入法を使うことにした。皆の着眼点を内容からプロセスに切り替えようとする試みだ。つまり、話されている言葉から、関わっている人間の関係性に着目するということだ。

「今日ここではたくさんのことが起きている。少し視野を広げて、何が起こっているのかを理解してみようではないか。まず、皆にこの質問をさせてもらいたい。ボニーとレベッカの間で何が起こっていると思うかね？」

「それは難しいですね」

ユリウスが投げかける質問にいつも最初に答えるのはスチュアートだった。スチュアートは医者らしい声で言った。

「ボニーさんが提示した問題が一つなのか、それとも二つなのか、どうにもわかりません」

「どういうこと?」

ボニーは尋ねた。

「つまり、ボニーさん、あなたが言いたかったことは何ですか? 男性との問題や女性との競争について話したいのですか? または、レベッカさんを攻撃したいのですか?」

「私には両方が見えてます」

ギルは言った。

「これがボニーさんの辛い思い出を蒸し返すのもわかるし、レベッカさんが動揺している理由もわかります。つまり、彼女は自分が髪を直していることに気づいていなかったのかもしれないけど、私的には、それほど大きな問題ではないと思います」

「気が利いてますね、ギルさん」

スチュアートは言った。

「ギルさんは皆を、特に女性をいつもなだめようとします。しかし、女性の視点を深く理解すればするほど、自分の意見は言えなくなるものです。先週、フィリップさんが言ったことですが」

「それは性差別ね。ムカつくわ、スチュアート」

レベッカは言った。

「言わせてもらうけど、医者はもっと賢くあるべきよ。この【女性の視点】の話は馬鹿げてる」

ボニーは手を挙げて、手でTの字を作った。

「タイムアウトしないと。もうこれ以上続けられません。大事なことだけど、現実離れしすぎてる。続けられない。ユリウス先生は先週、病気について話してくれたばかりなのに。これは私のせい。レベッカさんについて話すんじゃなかった。先生のことに比べると、本当にどうでもいいことなんだから。全部」

痛みを伴う沈黙がその場を覆った。皆がうつむき、永遠にその痛みが続くかのように感じられた。


沈黙を破ったのはボニーだった。

「話してもいい？　前回のセッションの後に、悪夢を見たの。それはユリウス先生に関係してることだと思う」

「続けて」

ユリウスは促した。

「夜だった。私は暗い駅にいて……」

「現在形を使ってみられるかね、ボニー」

ユリウスは口を挟んだ。

「そうね。そうする。夜。私は暗い電車の中にいる。動き始めそうな電車に乗ろうとして、早足になるの。食べたりワインを飲んだりする身なりの良い人でいっぱいの食堂車が通り過ぎるのが見える。どこに乗ればいいのかわからない。今、列車はもっと速く動き始めて、後ろのほうの車両は窓が板で塞がれていて、どんどんぼろぼろになっている。最後尾の車掌車はただの骨格だけで、すべてがバラバラになっていて、それが私から遠ざかっていくのが見える。列車の汽笛がとても大きく聞こえて、午前4時頃に目が覚める。心臓がドキドキして、汗びっしょり。それからはもう眠れない」

「まだその電車が見えるかね?」

ユリウスは尋ねた。

「はっきりと。動いています。夢は今でもまだ怖い。不気味です」

「俺の考えを言ってもいい?」

トニーは言った。

「列車はこのグループの象徴。ユリウスの病気は列車を崩壊させている」

「その通りだと思います」

スチュアートは言った。

「列車はグループです。列車は私たちをどこかに連れて行ってくれるし、走っている間は私たちを養ってくれるようです。食堂車に人が乗っていたんですよね」

「そう、でもどうして乗れなかったの？　走った？」

レベッカは尋ねた。

「走ってない。乗れないことを知ってたみたい」

「変ね。乗りたかったけど、乗りたくなかった？」

レベッカは言った。

「なぜか頑張って乗り込もうとはしなかった」

「怖くて乗れなかった？」

ギルは尋ねた。

「キミたちに、私が愛を感じていたことを話したかな？」

ユリウスは言った。

グループが静まりかえった。静寂。ユリウスは皆の顔を見回した。いたずらっぽく、困惑した、心配そうな顔で。

「そう、このグループに愛を感じている。特にこのグループが今日のように機能しているときにだ。夢に今皆で取り組んでいるのも素晴らしく感じられる。キミたちはすごい。私の推測についても話そうじゃないか」

　ユリウスは続けた。

「ボニー、その列車は私の象徴だと思う。その列車は、恐れと暗闇の匂いがぷんぷんする。そして、スチュアートが言ったように、列車は食べ物を与えてくれている。それは私がそうしようとしているのと同じだ。しかし、私が糧になるものを与えようとするのをキミは恐れている。キミは私に起こっていることを恐れているからだ。そして、その最後の車両、骨組みだけの車掌車。それは私の劣化の象徴であり、予測ではないだろうか」

　ボニーは込み上げるものを感じ、部屋の真ん中にある箱からティッシュを取り出し、目を拭いた。

「ええと……私……なんて言っていいのかわからない。全部深刻すぎて。ユリウス先生、言葉が出てきません。先生は冷静すぎて、頭がクラクラしそう」

「人は誰でも死ぬ、ボニー。私は、自分がいつまで生きるかということをキミたちより知っているだけだよ」

　ユリウスは言った。

「そういうところです、ユリウス先生。先生のいい意味での不真面目さは大好きだけど、この状況だと違います。何かを避けているような。トニーが捕まって週末を刑務所で過ごしたときのことを思い出す。そのことについて私たちは触れなかったけれど、先生は【グループ内で何か大事なことが無視されているなら、他に重要なことも話されない】、そう言ったと思う」

「二つ言いたいことがあるわ」

レベッカがすかさず口を挟んだ。

「ボニーに言いたいわ。まず、私たちは今ちゃんと重要なことを話していたわ。次に、ええと、ボニーは大事なことについて話す以外に、ユリウスに何をしてもらいたいの？」

トニーが続いた。

「ほんと、俺たちがフィリップから話を聞いたことに、ユリウスは怒ったしね」

「同感ですね」

スチュアートはトニーに賛同した。

「それで、ボニーさんはユリウス先生に何をしてもらいたいのですか？　先生は病気に関する気持ちの整理をしています。それを手伝ってくれる人たちがいるとも言っていました」

ユリウスはスチュアートの発言を否定するように言った。

「わかってると思うが、キミたちからの気遣いには感謝をしたい。ただ、その気遣いが大きすぎると心配にさえなる。たぶん私は気持ちが緩んできているのかもしれないが、例えばルー・ゲーリッグがいつ引退することを決めたか知っているだろうか？　凡打をうまくさばいたときに、チームの全員が歓声をあげて褒めたときだった。たぶん、キミは私が自分のことを語れないほど脆い人間だと思っているのではないかな？」

「では、これからどうしましょうか？」

スチュアートが神妙に述べた。

「まず、ボニー、キミは頑張って、誰もが言及したくないことに触れた。それだけの勇気がキミにはある。さらに、キミは間違いなく正しい。私は、病気についてあまり触れようとはしてこなかったし、キミたちにもそう振る舞うよう仕向けてきたのだから」

「これから少しキミたちに話をしよう。最近、眠れない夜があり、クライアントやこのグループをどうするかなど、いろいろ考えていた。人生の終わりなど誰も経験したことがないから、私はどうすればよいかわからない。死は一度しか起こらない。この状況について教科書には書かれていない。全部自分で試行錯誤する必要がある」

「残された時間で何をするかを決めなければならないと思っている。残された選択肢は？　クライアントとの関係をすべて終わらせて、このグループを終了する？　いや、それはまだだ。少なくとも一年は健康でいられるから。それに、私にとって仕事はすごく意味があるし、私にとっても役立つからだ。それだけじゃなく、仕事をやめれば、自分を社会から切り離すことになる。病気に伴う孤立が病気の最悪の部分だと語ったクライアントをたくさん見てきた」

「孤立というのは、二重の意味合いを持つ。まず、末期の者は他人を巻き込みたくないから、自らを孤立させる。これが私が懸念することの一つだ。そして、他人は何を話してよいかわからないし、死については考えたくないので、末期の者を避ける」

「だから、私がキミたちから離れることは、私にとっては良い選択肢ではない。さらに、それがキミたちにとっても良いとは思わない。私は、末期患者が変化を遂げ、より賢く、より成熟するのを見てきたし、彼らから、他の人たちはたくさんのことを学んでいた。それはすでに私にも起こり始めている。だから、私はこれからの数カ月でたくさんのことをキミたちに与えられると思う。一方で、グループを続けるのであれば、不安は避けられないだろう。キミたちは、私に迫る死に直面しなければならないし、キミたち自身の死に向き合うことにもなるかもしれない。これで話は終わりだ。よく考えて、どうしたいかを考えてもらいたい」

「もう決まってる」

　ボニーが間髪をいれずに述べた。

「このグループ、ユリウス先生、そしてメンバーのみんなが大好きです。だから、できるだけ長く続けたい」

　メンバーがボニーと同じように肯定的な意見を述べた後、ユリウスは懐疑的に、現実的なことを述べた。

「キミたちは、グループ・セラピーの初心者の心得を知っているだろう。集団圧力がいかに恐ろしいかということだ。みんなの前でグループの決断に反することは難しい。【悪いがユリウス、私にはちょっと無理なので、健康的なセラピストを見つけたいと思う】などとこの場で言えるとしたら、それには超人的な意志の力が必要だ」

「だから、これに関しては今はまだ保留にしておこう。また気を取り直して、それぞれの取り組みに立ち戻り、数週間、様子を見てみようではないか。ボニーが今日話してくれたように、キミたちの問題が取るに足らないと感じられて、話せなくなってしまうことは問題だ。つまり、キミたちの問題に取り組み続けるための最善の方法を見出す必要がありそうだ」

「すでにできていると思いますよ。情報を提供してくれています」

とスチュアート。

「ありがとう。それなら、キミたちの問題に戻ろうではないか」

長い沈黙。

「まだ話したい気分ではないようだ。何かやってみよう。スチュアートでも他の人でも構わないが、今日これまでに話し合われていた内容を確認させてもらえるかね？」

スチュアートはグループの歴史を記録しているような人物だ。ユリウスが過去や今現在の出来事の説明を依頼できるほどの記憶力を有している。ユリウスはそんなスチュアートを、出来事の記録者ではなく、他の人と関わる方法を学んでいる者として極力扱おうとはしていた。スチュアートは子どもの患者とはうまく関われていたが、小児科医の役割を離れると、どう人と関わってよいのかわからない。このグループのときでさえ、シャツのポケットに小児科用の道具をしのばせている。舌圧子やペンライト、棒付きの飴玉や薬の試供品などだ。過去一年間、グループで安定した力を発揮していたスチュアートは、彼が言うように【人間化計画】においては大きな進歩を遂げた。しかし、対人関係での感受性はまだ育まれてはおらず、グループで起きた出来事を語るのに、まったく悪びれるところがなかった。

彼は椅子にもたれかかり、目を閉じ、そして口を開いた。

「そうですね、まず、ボニーさんが子ども時代について話したいというところからグループが始まりましたね」

スチュアートはちらっとボニーを見た。ボニーはスチュアートに意見を述べることが多かったので、自分の発言の結果を気にしたのだ。

「そうじゃない。スチュアートさん。事実としては正しいけど、言い方が違う。話したことが単なる思いつきだったみたいに軽く聞こえる。子どもの頃の辛い思い出がたくさんあって、それが頭から離れないの。違いがわかる?」

「あまりよくわかりませんね。思いつきで話をされたとも言っていないし。妻もそういった感じで不平を言うんですよね。それは置いておいて、今は先に進みます。次に、フィリップさんに対して良い印象を与えようとしているとボニーさんがレベッカさんの行動を指摘。それに対してレベッカさんは侮辱されたと感じ、そして怒りました」

額を手でピシャリと打ち「なんなのよ」とつぶやくレベッカを尻目に、スチュアートは続けた。

「次に、私たちがフィリップさんに対して良い印象を与えたいと思って、普段より難しい言葉を使っているとトニーさんが感じました。そのトニーさんは、フィリップさんが賢さを誇示しているとコメントしました。そしてフィリップさんがそれに対して鋭く反応しました。次に、ギルさんに対する【女性を怒らせないようにしている】という私のコメントがありました」

「他に何がありましたかね……」

スチュアートは部屋を見回した。

「ああ、フィリップさんがいます。フィリップさんが言ったことではなく、言わなかったことです。フィリップさんのことは、まるでタブーででもあるかのように、私たちは話題にしません。考えてみると、誰もフィリップさんのことを話さない、ということすら話しません。そしてもちろん、ユリウス先生。けれどユリウス先生のことについては十分話し合いました。ボニーさんはユリウス先生についてたびたび話していましたね。ボニーさんは特に、ユリウス先生のことを心配して保護的になっていました。実際、ユリウス先生についての話はボニーさんの夢から始まりました」

「すごいね、スチュアート」

とレベッカ。

「かなり正確だよね。でも一つ省略してると思うわ」

「それは？」

「スチュアート、あなた自身のこと。またグループのカメラになって、入り込むのではなくて、写真を撮っていたということ」

スチュアートの人間味のない参加スタイルについてはたびたび指摘されていた。数カ月前、スチュアートは、娘が流砂に足を踏み入れた夢を見たと話した。その光景をカメラに収めようとしたのだが、リュックからカメラを取り出すのに時間がかかり、娘を救えなかったという悪夢だ。その時に、レベッカはスチュアートを【グループのカメラ】と名付けた。

「そうです、レベッカさん。今すぐカメラを片付けましょう。私はボニーさんと同意見です。レベッカさんは綺麗な女性だと思います。それはわかりきったこと。レベッカさんご自身もそれを知っているはずですし、私がそう思っていることも知っているはずです。そしてもちろん、あなたはフィリップさんに印象付けようとしていました。髪をほどいたり、結び直したり、撫でたり。あからさまでしたよ。で、私はそれについてどのように感じたのかと言えば……。少し嫉妬しました。いや、すごく嫉妬しました。私のためにそんなことをしたことなんてないですから。そもそも誰も私のためにそんなことをしたことはないのです」

「刑務所に入れられた気分だわ」

レベッカは反撃した。

「することなすこと監視されているみたい。……男の人がこんなふうに私を思い通りにしようとするの、大っ嫌い」

レベッカは一言ずつ鋭く区切るように言葉を発し、長い間覆い隠されていた脆さと激しい怒りを示した。

ユリウスはレベッカの第一印象を思い出した。レベッカがグループに参加する10年ほど前に、ユリウスは一年間レベッカの個人セラピーを行っていた。彼女はオードリー・ヘップバーンのような気品と細身の体型、そして大きな目を持つ見目麗しい女性だった。そんな彼女が治療の初回に言い放った言葉をユリウスは今でも鮮明に覚えていた。【30歳になってからは、レストランに入っても誰も食べるのをやめないの。誰も私を見ようとしない。私はもうだめ】
ユリウスは、二つの理由から、個人とグループの両方でレベッカのセラピーを行うようになった。まずフロイトの助言だ。フロイトはかつて【セラピストは美しい女性にも平等に手を差し伸べるべきであり、美しいという理由だけでその人を遠ざけたり罰したりしないように】と述べた。二つ目は、学生時代に読んだ【美しくも空虚な女性】という論文からの助言だ。その論文は、真に美しい女性は、見た目だけでもてはやされ報われることが多いので、自分の他の部分を発達させることを怠っていると指摘していた。レベッカの自信と成功者であるという自負は表面的なもので、美しさが失われた途端、レベッカは自分には何もないと感じた。レベッカには、彼女らしい独特さも、他者への関心も未発達なままであった。

「観察を行い、カメラと呼ばれ……」

スチュアートは冷静に言った。

「意見を言えば支配的と言われるのが私という男ですが、今、レベッカさんはどんな気持ちでしょうか？」

「わからないね、レベッカ」

トニーが言った。

「何が問題なんだい？　なんで怒っているの？　スチュアートはあんたが自分で言ったことを繰り返しているだけなのに。男をひっかける方法は学ばなくてもわかってると何回言った？　性の力で男性を操って、大学や法律事務所でも楽勝だったたって言ってたよね」

「水商売してる女のように言わないでよ」

レベッカは突然フィリップの方を向いて必死の形相で尋ねた。

「私のこと、商売女だと思ってるの？」

フィリップは天井のある点をじっと見つめたまま、即座に答えた。

「ショーペンハウアーは、非常に知的な男性と同じように、非常に魅力的な女性は孤立した人生を送る運命にあると言いました。人は嫉妬に目がくらんで、優れた人を恨むとも指摘しました。そのため、そのような人々には同性の親しい友人がめったにいないのです」

「それは必ずしも正しいとは思わないわ」

とボニー。

「パムのことを考えているの。パムも綺麗なんだけど、親しい女性友だちがたくさんいるわ」

「てことは、フィリップ」

トニーが言った。

「あんたは、人気者になるにはバカかブスでないといけないって言ってんの？」

「その通りです」

フィリップは即答した。

「そして賢い人は、自分の人生を費やしてまで人気を追求することはありません。それは人を惑わすものです。人気は、何が真実で何が良いかを定義するものではありません。それは知的レベルを低下させる概念です。自分の価値観や目標を内面に探すほうがはるかに良いのです」

「そんなら、あんたの目標と価値観はどうなの？」

トニーは尋ねた。

フィリップはトニーのむっとした態度に気づいた様子もなく、巧みに答えた。

「ショーペンハウアーのように、私はできる限り望むものを減らし、できるだけ多くのことを知りたい」

トニーは頷いたものの、明らかに困惑しているようだった。

レベッカが口を挟んだ。

「フィリップ、さっき言った友だちのこと、当たってると思う。私には親しい女友だちがほとんどいなかった。けど、同じような興味と能力を持つ人がいるとしたら、友情もあり得るかしら？」

フィリップが答える前に、ユリウスが口を開いた。

「そろそろ終了時間が近づいている。最後の15分間、キミたちが今の時点でどう感じているかを確認しよう」

「横道に逸れた感じで、何を話しているかよくわからない。何かごまかしが起きている気がします」

とギル。続けてレベッカが言った。

「私は集中しているわ」

「いや、頭ん中がごちゃごちゃしてる」

トニーは言った。

「私も」

とスチュアート。

「私は、考え込んでるわけではないけど……」

ボニーの様子には切迫感があった。

「破裂寸前。悲鳴を上げる寸前。それに……」

そこまで言うと、ボニーは突然立ち上がり、ハンドバッグと上着をつかんで部屋から出ていった。すぐにギルが立ち上がって部屋を飛び出し、彼女を追いかけた。ぎこちない沈黙の中で、皆は戻ってくる足音を聞きつつ座り込んでいた。すぐにギルが戻り、着座し、そして皆に告げた。

「ボニーさんは大丈夫。申し訳ないけど、落ち着くために外に出ないといけなかっただけだと。来週話すと言ってました」

「嫌になる」

レベッカは、ハンドバッグを開け、サングラスと車の鍵を取り出した。

「ほんと嫌。ムカつくわ」

「何か知っているのかね?」

ユリウスは尋ねた。

「PMSよ」

トニーは困惑の表情を浮かべながら、フィリップに向けて、「PMSってのは月経前症候群のこと」と言った。フィリップが頷くと、トニーは拳をぎゅっと握り、両手の親指を上に突き出した。

「どうだ、あんたに教えてやったぞ」

「そろそろ終わりにしよう」

ユリウスが言った。

「ボニーに何が起こっているのか、ある程度推測はできる。スチュアートの要約に戻ろう。ボニーがグループの初めに言ったことを覚えているかな? 学校のぽっちゃりした女の子のことだ。彼女は人気がなく、他の女の子、特に魅力的な女の子とは競争することができない。さて、それは今日のグループでも再現されなかっただろうか? ボニーは意を決して話を切り出したが、すぐに話題はレベッカに向けられた。言い換えれば、ボニーが話したかった問題は、全員が劇の一部を演じるという生々しさを伴って、今日ここで再現されたのではないかな」

第11章

数日後の午前3時。パムは目を覚まし、暗闇をのぞき込んだ。パムの学生である大学院生のマージョリーは、パムのためにVIP待遇を手配してくれていた。おかげで、パムはドミトリーではなく半個室で夜を過ごすことができた。そこはドミトリーのそばのトイレ付きの小空間であったが、音を遮断する仕切りはなかったので、向こう側に眠る150名ほどの瞑想の生徒たちの息遣いが耳に届いた。その音はボルチモアに住んでいたときの屋根裏部屋の寝室を想起させ、その当時もパムは眠れないまま、窓をガタガタと鳴らす3月の風の音に耳を澄ませたものだった。

パムはリトリートでの難しい規則に大方は耐えていた。午前4時に起き、一日に一食だけ質素な野菜のみの食事を摂り、長時間にわたって瞑想し、沈黙を保ち、質素な宿舎で床に就く。しかし、睡眠が十分にとれないことがパムを疲弊させていった。眠りにつくメカニズムが完全に機能しなくなっていたのだ。今までどうやっていたのだろう。いや、それは間違った疑問だ。彼女は思った。睡眠は意志の力でするものではないので、その類の疑問は問題をこじらせるだけだ。突然、児童書の『フレディ・ザ・ピッグ』が四半世紀ぶりに思い出された。その中で、探偵であるフレディは、ムカデから助けを求められる。ムカデは百本の足の動きのバランスが悪くなり、歩けなくなったのだ。最終的にフレディは、ムカデに足を見ずに、あるいは足のことを考えずに歩くように指示することで問題を解決した。解決策は、意識をせず身体の知恵に任せること。寝ることも同じである。

パムは、ワークショップで教えられた技術を使って、無理に寝ようとする雑念を払い、ただ考えを漂わせようとした。ゴエンカは、小太りで褐色の肌を持つ、非常に真面目で教えに厳格な立派な指導者である。ゴエンカによると、ヴィパッサナーを習得するためには、まず心を静める方法を身につけなければならない（パムは彼の男尊主義的な言葉遣いには我慢ならなかった。フェミニズムの波はまだインドには渡ってきていないようだ）。

最初の3日間、ゴエンカは梵（アーナーパーナ・サティ）、つまり呼吸のマインドフルネスについて指導した。その3日間は特に時間の流れが遅く感じた。毎日の講義と簡単な質疑応答の時間を除いて、午前4時から午後9時30分までは座る瞑想に勤しんだ。呼吸のマインドフルネスを完全に会得するために、息を吸うことと吐くことを検証するようゴエンカは説いた。

「聞いてください。皆さんの呼吸の音を聞いてください」

ゴエンカは説いた。

「呼吸の持続時間と温度に気づいてください。息を吸うときの冷たさと息を吐くときの暖かさの違いに気を止めましょう。門を守る見張り番のようになります。鼻孔へ、そして空気が出入りする正確な解剖学上の場所へ注意を向けてください」

ゴエンカは続けた。

「やがて息はどんどん細くなり、完全に消えてしまうかのようですが、さらに深く注意を向けることで、その微細で繊細な形を識別できるようになります。私の指導に忠実に従うなら……」

天を指差して言った。

「もし皆さんが熱心に学ぶようであれば、呼吸の瞑想は心を静めてくれるでしょう。そうすれば、落ち着きのなさ、怒り、疑い、官能的な欲求、眠気など、マインドフルネスを妨げるあらゆる物事から解放されます。鋭敏でありながら静かで、喜びに満ちた状態へと目覚めるでしょう」

心を静めることは確かにパムの目的であり、そのためにイガットプリを訪れたのだった。この数週間、パムの心は戦場のようであり、夫のアールと恋人のジョンについての記憶や空想が騒々しく強迫的に侵入してきて、パムはそれを押しのけようとしていた。7年前に妊娠し、そして中絶を決意したとき、アールはパムの婦人科医であった。父親はパムと肉体関係を持つだけのパムの友人だった。その男とは将来的なことを考えていなかったので、妊娠のことを知らせないことにした。アールはとても優しく思いやりのある男で、中絶手術を手際よく行った。その後、自宅に2回電話をかけて状態を尋ねるなど、熱心に経過観察も行ってくれた。アールの過度な献身的医療の提供には何か裏があると思ったのも束の間、3回目の電話でランチに誘われた。その間、アールは医者から求婚者へと巧みに姿を変えていった。ニューオーリンズで開かれる医療学会に同行することに決めたのは、4回目の電話の時であった。

二人の恋愛は驚くべき速さで進展した。アールほどパムのことを知り、慰めを与え、性的な喜びを与えた男性は過去にはいなかった。アールは有能で、ハンサムで、精神的に大人であった。それ以上に、今では認めるものの、アールは実際よりも大きな存在として当時は見えていた。アールに選ばれたことに目がくらみ、彼から癒されることを求めて、彼の診察を受けたがる女性たちの列の先頭に立ったとき、パムは完全に恋に落ちた。そして数週間後にアールとの結婚に同意した。

結婚生活もはじめのうちは素晴らしかった。しかし、2年目も半ばになると、27歳も年上の男性との結婚という現実がはっきりしてきた。アールにはもっと休養が必要だった。身体は正直なもので、アールの身体は60代のそれであったし、髪を染めているにもかかわらず、白髪が見え始めた。肩の腱を怪我したために、一緒にしていた日曜日のテニスができなくなったし、ひざの軟骨の断裂でスキーができなくなった。彼らはカリフォルニア州のタホに住んでいたが、アールはパムへの相談なしに住まいを売りに出した。親友で大学のルームメイトであったシーラは、かねてから年上の男性とは結婚しないようにとアドバイスしていたが、結婚した後では、自分のアイデンティティーを維持し、できるだけ若くいるようにとパムを励ました。アールの老化はパムの若さを呑み込み、パムは人生が早送りされたように感じた。アールは疲れ切った様子で帰宅し、その後はマティーニを3杯飲みながらテレビを見ることしかできなかった。

その中でも一番ひどかったのが、アールは本を読まないということだった。彼はかつて文学について、とても流暢に自信たっぷりに語っていたのだ。エリオットによるミドルマーチやダニエル・デロンダへの情熱を有するアールを、パムは愛おしく感じてもいた。そしてほどなく、パムは自分が誤解していたことに気づき、とてもショックを受けた。アールは文学的な知識を丸暗記していただけでなく、彼の本のレパートリーは限られており、面白みがなかった。これが最も大きな、精神的な痛手であった。本を読まない男を愛することなどできない。ジョージ・エリオット、ウルフ、マードック、ギャスケル、バイアットを知らないなんて。

そこに現れたのがジョンだ。ジョンはバークレー校の准教授で、たくさんの本を読み、赤毛で、優雅な長い首、そして立派な喉仏が特徴的だった。英文学の教授には本の知識が期待されているが、古典的作品の枠を抜け出て新しいフィクション作品を知る者は多くはなかった。しかし、ジョンはなんでも好んで読んだ。そして3年前、彼のとても魅力的な2冊の著書を基に、パムはジョンの終身在職権を支持した。

パムとジョンの友情は、教職員や学部委員会の会議、教職員クラブの昼食会、詩人や小説家によるノリス講堂での毎月の朗読など、大学内の恋愛ではおなじみの場所で芽生えた。それは協力して取り組んだ仕事によってより深まった。そこには西洋文明の授業で19世紀の偉人について協力して指導したり、お互いの授業で特別講師として指導したりすることなどが含まれていたが、そこで恋も花開き、そして実った。教授会でのいざこざや、地位と給与の駆け引きや、残忍な昇進委員会の混乱の最中で、強固な絆も形作られていった。その頃には、二人はお互いの好みを信頼していたので、他の人から小説や詩を推薦してもらうことはなくなった。また二人の間のEメールには、好奇心をそそる哲学的文学の一節が飛び交ったが、どちらも単に装飾的な引用は避けた。彼らは崇高なもの、つまり美と時代を超えた知恵以外のものは容認しなかった。二人ともフィッツジェラルドとヘミングウェイを嫌い、どちらもディキンソンとエマーソンを好んだ。

二人が共有する書籍が重なるにつれ、二人の関係はますます深まった。二人は同じ作家の同じ深遠な考えに感動し、二人一緒のひらめきを体験した。要するに、この二人の英文学教授は恋に落ちていたのだ。

「キミ（あなた）が離婚したら、僕（私）も離婚する」

どちらが最初に言ったのであろうか。どちらも思い出せなかったが、共同で指導を始めた2年目のあるときに、二人はこのリスクの高い決断に至った。パムは準備ができていたが、二人の小学生の娘がいたジョンは、当然もっと時間が必要であった。パムは辛抱強く待った。パムの男、ジョンはまさに善良な男であり、結婚の誓いの意味など、道徳的な問題に取り組むための時間を必要とした。そして、子どもを見捨てることに対する罪悪感の克服と、かつての恋人から単調な妻に変わった女性のもとを去る術を見出すのに苦労した。ジョンは繰り返しパムに、問題が何であるかがわかったが、まだ途中であると伝えた。そして、あとはただ決意を固め、行動を起こす時を見定める必要があるだけだとパムに説明した。

しかし数カ月が経っても好機は訪れなかった。パムは、ジョンは多くの結婚生活に満足していない夫たちと同じように、不道徳な行為に伴う罪悪感と重荷を避けようとしているのではないか、そして、妻を操作して決断させようとしているのではないかと疑った。ジョンは妻と距離を取り、妻への性的関心を失い、静かに、時には声を出して妻を批判した。それは昔からある、【私は去ることができないが、彼女が去ることを祈る】作戦だった。しかし、それはうまくいっていないようであった。この妻はその手には乗らなかった。

結局、パムは一方的に行動を起こした。それはアールに関する二度の電話がきっかけとなった。まず一つ目は、アールの患者のうち二人が、パムのためと称して、アールの性的略奪行為についてパムに警告した。もう一つは、アールがさらに別の患者から専門家にあるまじき行為で訴えられているという知らせだった。パムは子どもがいないことに感謝し、離婚専門の弁護士に連絡した。

パムの行動はジョンに行動を起こさせただろうか。人生にジョンがいなかったとしても、パムはアールと離婚をしていただろう。だが、パムは事実を否認し、恋人のためにアールと離婚をしたのだと自分に言い聞かせた。しかし、ジョンはぐずぐずしていた。まだ準備ができていなかったのだ。そしてある日、ジョンは行動を起こした。夏休み前の授業の最終日に、ジョンのオフィスにある机の下に敷いた蒼のマットレスの上で、二人が愛し合った直後だった（英文学教授のオフィスにはソファがなかった。大学では、女子学生に手を出す教授がいるという告発が相次いだため、ソファは禁止されていた)。ジョンはズボンのチャックをあげた後、悲しげに彼女を見つめた。

「パム、愛してるよ。愛しているから決心したんだ。キミにとっては不公平であると思う。けど、キミの肩から、そして僕の肩から重荷をおろさないと。しばらく会うのをやめたい」

パムは唖然とし、ジョンの言葉がほとんど耳に入らなかった。その後何日たっても、ジョンから言われたことは、胃腸の中に大きな食べ物の塊があるかのように、消化するには大きすぎ、吐き出すには重すぎるものとして居座った。パムはジョンへの憎しみ、愛、渇望、そして彼の死を願う気持ちの間を行き来した。心の中では次々と妄想が湧き出てきた。ジョンと家族が交通事故で亡くなる。飛行機墜落事故でジョンの妻が亡くなり、ジョンはパムの玄関先に、子どもたちと、または一人で現れる。パムがジョンの腕に落ちる。悲しさを分かち合って一緒に泣く。あるいは、自分のアパートに男がいるふりをして、ジョンを追い返す。

2年間、パムは個人セラピーとグループ・セラピーを受けており、それらはとても役立っていた。しかし、この危機に関しては、セラピーで救われることはなかった。パムの圧倒的で強迫的な思考を前に、ユリウスは果敢にさまざまな方法を試みたが、それらはすべて失敗に終わった。それでもユリウスは諦めず、知っている技法を次々と試した。まず、自分自身を観察してもらい、強迫的な考えに費やしている時間をグラフ化するよう求めた。その結果、一日200分から300分という驚異的な事実が確認された。それは完全にパムがコントロールできる範囲を超えていた。強迫はとても強力だった。その強力さに対して、パムがコントロール感を取り戻せるよう、ユリウスは妄想の時間を構造的に減らすことをパムに提案した。それがうまくいかなかったので、ユリウスは逆説的なアプローチに目を向け、最も頻繁に現れる妄想をあえて毎朝考えるようパムに指示した。パムはその指示に従ったが、手に負えない強迫は収まることもなく、それまでと同じように頭の中にあふれ出てきた。その後もユリウスは思考を止めるための方法をいくつか提案した。パムは自分に対して心の中で【止めて】と叫んだり、手首に輪ゴムをはめたりした。

また、ユリウスは強迫の根底にある意味を明らかにすることで、それを和らげようとも試みた。【強迫は気晴らしであり、それは何か別のことを考えてしまうことから自分を守ってくれるものだ】とユリウスはパムに伝えた。【何が隠されているのだろうか。もし強迫がなかったら、何を考えているだろうか。強迫がそれを止めているのかもしれない】。だが、強迫は屈しなかった。

グループのメンバーも協力した。各自の強迫をめぐる体験を開示し、パムの話し相手を自ら進んで引き受けた。圧倒されたときに、パムはいつでも電話をかけることができた。メンバーはパムにさまざまな助言をした。人生を充実させること、友だちに電話すること、毎日社会的な活動をすること、男性を見つけ抱かれることなど。トニーがその最後の助言の相手役をすると申し出たことは、パムに束の間の笑顔をもたらした。しかし、どれもうまくいかなかった。強迫の巨大な力に対して、これらの介入は、怒ったサイにBBガンで対抗するのと同じくらいの効果しかなかった。

そんなとき、パムはマージョリーと出会った。マージョリーは煌めくような眼をした大学院生で、ヴィパッサナー瞑想の経験者であった。マージョリーが偶然にも修士論文のテーマを変更したいとパムに相談をしたのが事の始まりであった。マージョリーは、プラトンが提唱した愛の概念の影響を受けたジューナ・バーンズの作品に興味を失い、その代わりにサマセット・モームの『剃刀の刃』に登場する主人公のラリーに心を奪われた、とパムに話した。そして、「モームとヘルマン・ヘッセの東洋思想の起源」というテーマに変えたいと申し出た。マージョリーとの会話の中で、パムはモームの（あるいはマージョリーのものとなった）口癖である【心の落ち着き】というフレーズに心を打たれた。このフレーズは魅力的でもあった。それについて考えれば考えるほど、パムは【心の落ち着き】がまさに自分に必要なものであると気がついた。

ユリウスとの個人セラピーもグループ・セラピーも【心の落ち着き】を与えてくれそうには

思えなかったため、パムはマージョリーのアドバイスに耳を傾けることに決めた。そして、インドの【心の落ち着き】のメッカである、ゴエンカのヴィパッサナー修行所に向けて、飛行機のチケットを予約した。

修行所での習慣は、確実にパムの心に落ち着きを与え始めていた。パムの心はジョンに囚われなくなってきた。一方で、ジョンへの執着よりも、不眠が心身を蝕み始めていると思うようになった。パムは周囲に響く夜の音によって、毎晩目を覚ましていた。リズミカルな呼吸音を伴奏としたうめき声といびき。そして約15分ごとに窓の外で鳴る、警察のホイッスルの鋭い高音にもいちいち動揺させられていた。

どうしてパムは眠れなかったのか。一日12時間も瞑想をしなければならないことは無関係ではなかった。他に考えられる要因はない。それでも、他の１５０人の修行者は、眠りの女神に優しく抱かれて快適に休んでいるようであった。パムはビジェイに聞いてみたいとも思った。そう思ったので、瞑想用の広間で密かにビジェイを探そうとすると、修行所の付き人であるマニルが近寄ってきて、竹の棒で彼女を突き、【内面だけを見よ】と合図した。パムは男性たちの後ろにビジェイを見つけたが、彼は蓮華座で静かに座っていた。その様は深く集中しているようで、まるで仏陀のようであった。そのビジェイは、おそらく瞑想の間にいるパムに気がついていたであろう。修行者300人のうち、洋風の椅子に座っているのはパムだけだったからだ。屈辱的に感じたものの、何日も床に座っていたためか腰痛がひどくなり、付き人のマニルに椅子を頼むしかなかった。

その背が高くて細身のインド人は努めて平静を装っていたが、パムの要求には不満を感じているようだった。遠くに目を向けたまま、「腰ですか？　過去生ではどんなことをしていたのでしょうか」と言った。

特定の宗教的伝統とは無関係のものであると、自らの方法を主張していたゴエンカの言葉が、マニルの返答によって覆された。それにはパムはひどく落胆した。次第にパムは、仏教の非有神論的立場と大衆の迷信的信念との隔たりを理解するようになった。付き人でさえ、魔法や、謎、そして権威への欲望を克服することはできていなかったのだから。

午前11時の食事の際にビジェイを見つけたパムは、彼の隣に座った。ビジェイはパムの香りを吸い込むかのように深呼吸したが、パムに顔を向けたり、話しかけたりはしなかった。実際、誰も話をしていなかった。高貴な沈黙という規則は絶対的だった。

3日目の朝、奇妙な出来事が起きた。瞑想中、誰かが大きな音でオナラをした。それに対して数人の修行者がクスクスと笑い出した。笑いは伝染し、すぐに他の数名もゲラゲラと笑い出した。ゴエンカは気分を害し、瞑想の間からすぐに出て行った。ほどなく、付き人の一人が全体に向かって、【ゴエンカは名誉を汚されたと感じ、問題のある修行者全員が修行所から離れるまで、修行を中断する】旨を厳粛に知らせた。数人の修行者が去ったが、しばらくの間、窓から顔を現してフクロウのような声を発していた。そのため、瞑想が妨げられた。

この事件については、その日は二度と言及されなかった。しかしパムは翌朝、座っている修行者がはるかに少なかったことで、深夜にさらに追い出された者がいたのではないかと思った。

言葉を発してもよいのは、付き人に対して具体的な質問をすることができる正午の時間だけだった。4日目の正午、パムは不眠症についてマニルに質問をした。

「心配する必要はありません」

と彼は遠くを見つめながら答えた。

「体は必要な睡眠を取っています」

「それなら」

パムはもう一度試みた

「どうして夜中ずっと、警察の笛が外で聞こえるのか教えてくれないかしら?」

「そのような質問は忘れてください。呼吸の瞑想にのみ集中してください。ただあなたの呼吸を観察してください。観察への集中がうまくいったときには、そのような些細な出来事はもはや邪魔になりません」

パムは呼吸の瞑想を非常に退屈に感じていた。そのため、10日間も続けられるかどうか疑問に思っていた。座っている以外の活動としては、夜に予定されているゴエンカの退屈な講義を聞くことしかなかった。キラリと光る白い衣服に身を包んだゴエンカは、他のスタッフと同様に雄弁に語ろうと努力していた。しかし、根底にある強烈な権威主義が透けてみえて、物足りないところがあった。ゴエンカの話は練習されておらず、磨かれてもいなかった。ゴエンカの講義は、ヴィパッサナー瞑想の美徳を称賛するものであったが、何度も同じ話を繰り返しているようだった。彼の教えは、ヴィパッサナー瞑想を正しく実践することで精神が浄化され、悟りへと導かれ、落ち着きとバランスのある生活、そして心身症の改善が得られるというものだ。さらにすべての不幸は渇望、嫌悪、無知が原因であり、ヴィパッサナー瞑想はそれらを根絶するという。ゴエンカはその仕組みを、不純な思考の雑草を摘み取る心のガーデニングのようなものである、とたとえている。それだけでなく、ヴィパッサナー瞑想はいつでも実践できるので、例えば他の人がバス停で退屈にバスを待っている間、瞑想者は思考の雑草を熱心に取り除くことができる、とも説いた。

ヴィパッサナー瞑想のコースで渡された配布資料には、表面上はわかりやすく合理的な規則が多く記載されていた。しかし、問題はその数だった。盗まない、生き物を殺さない、嘘をつかない、性的行為をしない、中毒性のあるものを摂取しない、官能的な娯楽にふけらない、書かない、メモを取らない、ペンや鉛筆を使わない、読書をしない、音楽やラジオを聴かない、電話をかけない、快適な寝具を使わない、身体を飾らない、控えめな服装をする、正午以降の食事はない（初めての修行者には午後5時にお茶と果物が提供される）。さらに、修行者は指導者の指導と指示に質問してはならない。修行者は規則を守り、言われた通りに瞑想するしかなかった。この従順さにより悟りが訪れる、とゴエンカは説いた。

パムはゴエンカのことを好意的に解釈し直した。結局のところ、ゴエンカはヴィパッサナー瞑想の指導に人生を捧げた男だ。そしてもちろんのこと、ゴエンカは生まれ育った文化に縛られている。誰でもそうだ。インドは宗教的儀式と厳格な社会階層で成り立っている。それであっても、パムはゴエンカの豊かな声を好んだ。毎晩行われる古代パーリ語による響きある詠唱に、パムは魅了されていたのだ。初期のキリスト教の祈りの音楽、特に先唱者によるビザンティン聖歌にパムは同じように心動かされたことがある。また、トルコ旅行の際に田園の村で目撃した、人々に祈りを呼びかける催眠的な祈祷にも同様に心を動かされたことがあった。熱心に学んではいたが、15分以上続けて呼吸を観察することはパムにとっては難しかった。

ジョンがどうしても頭に浮ぶのだ。それでも、パムに少しずつ変化が起こり始めた。以前浮かんでいたいろいろな妄想が一つにまとまり始めたのだ。それは次のようなものであった。【テレビ、ラジオ、新聞などから、ジョンの家族が飛行機事故で亡くなったことを知る】。パムの脳裏にそのイメージが何度も浮かんだ。もちろん、パムはそれにうんざりしたが、それはその後も続いた。

退屈感と落ち着きのなさが増すなかで、パムは小さな計画に強く関心を持った。この修行所に訪れた際、（10日間の修行が無料であることに驚きもしたが）施設内にある雑貨屋に、使い切り量の洗剤が置いてあることに気づいた。3日目にその洗剤を購入し、時間をかけて衣服を何度か洗濯した。そして寮の後ろの懐かしさいっぱいの物干し竿に衣服を掛け、一時間おきに乾き具合を確認した。どの下着が一番乾きやすいのだろう。夜間の乾燥は日中の乾燥の何時間分に相当するのだろう。陰干しと天日干しではどうか。手で絞った服と絞っていない服では、乾き具合はどう違うだろうか。

4日目には待ちに待った出来事が起きた。ヴィパッサナー瞑想の教えが始まったのだ。やり方はシンプルかつ簡単で次のようなものであった。まず、かゆみやうずき、熱感、また頭皮に小さな風が吹くような感覚が得られるようになるまで頭皮を観察する。そして感覚に気がついたらそれを観察し、それ以外は何もしない。かゆみに集中するとしたら、それがどのようなものであり、それがあると他に何が生じ、そしてそれがどのくらい続くのか。それが消えたら（いつも必ず消えていく）、次に顔に意識を向ける。鼻やまぶたのかゆみなどの刺激を詳しく調べる。これらの刺激が大きくなり、弱まり、そして消えた後に、続けて首、肩へと進み、足の裏まで身体のすべての部分を観察する。そしてまた頭皮に戻り、同じプロセスを何度も繰り返す。

ゴエンカによる夜の講義では、このテクニックの理論が説かれた。ここで重要となる考え方は【無常】であった。物理的刺激の無常性を十分に理解することで、人生上の出来事や不快感に無常の原理を応用できる。観察の姿勢を保ち、そして過ぎゆく劇のように物事を見ることで、誰でも平静を体験することができる。

ヴィパッサナー瞑想を始めてから数日後には、パムは自分の身体の感覚に集中するスキルとスピードを身につけていたので、このプロセスにそれほど負担を感じなかった。7日目には、驚いたことに身体感覚を感じていくプロセスが自動的になり、ゴエンカが説く【全体的な見方】ができるようになってきた。それはまるで頭から蜂蜜が注がれ、それがゆっくりと心地よく足の裏まで広がるかのようであった。ゆっくりと流れ落ちるその様は、感動的であり、ほとんど性的でもあり、マルハナバチが自分の周りを包み込むように飛んでいるかのような感覚をパムは覚えた。また、時間が圧縮されているようにも感じた。まもなくパムは椅子を捨て、ゴエンカと共に蓮華座で座っている他の300人の修行者と一体となった。

次の2日間はあっという間に過ぎた。そして9日目の夜は眠れなかった。パムの睡眠はあまり良くはなっていなかったが、今やあまり気にはしていなかった。ヴィパッサナー瞑想のワークショップでは、不眠は一般的であるとビルマ出身の助手の女性から知らされたことが良かったようだ。どうやら、瞑想状態が長く続くと、睡眠の必要性は減るようだった。その助手はまた、警察の笛についても教えてくれた。インド南部では夜の警備の際、地域を一周パトロールするごとに笛を一回吹くことになっているそうだ。車でたとえると、ダッシュボードの上の小さな赤いアラームライトが車泥棒に警告するのと同じである。泥棒に対して予防的に警告をしているということだ。

繰り返される考えは、それが消えたときに最も存在感を示すことがしばしばである。パムは、2日間ジョンのことを考えていないと気がついたことで、ジョンのことを繰り返し考えていたことを思い出した。ジョンはパムの頭の中から消えた。甘い蜜に包まれるような感覚が、ジョンに関する終わりのない妄想に取って代わったのだ。エンドルフィンが分泌されるように訓練され、今や自分で快楽を作り出せるようになったことに気づき、パムは奇妙な感覚を覚えた。

なぜヴィパッサナー瞑想に夢中になる人たちがいるのか、なぜ時には数カ月、時には数年かけてリトリートに参加するのかがわかったような気がした。

今、パムはついに心を清めた。しかし、なぜ喜びを感じないのだろう。それどころか、得られた達成感に影が差してきた。はき掃除を楽しんでいるうちに、どこか暗い考えに陥ってしまったようだ。そんなことを考えながら、パムは薄明りの中でうとうとし始めた。そして特別奇妙な夢を見て、目を覚ました。小さな足をした、シルクハットをかぶり、杖を持った星が、パムの心の舞台上でタップダンスをするという夢だ。踊る星！　その夢が何を意味するのか、パムには見当がついていた。パムとジョンが共に好きだった、ニーチェの『ツァラトゥストラはこう言った』からのフレーズに【踊る星を産むには、自身が混乱していなければならない】というものがある。

なるほど。パムはヴィパッサナー瞑想に対して気持ちが定まらない理由がわかった。ゴエンカは彼の言葉に忠実で、約束したことを確かに実現した。平静、静けさ、また彼がよく言うように、平衡である。しかしその代わりに何かを差し出さないといけない。シェイクスピアがヴィパッサナー瞑想を学んでいたら、リア王やハムレットは生まれていただろうか。西洋文化の傑作が書かれていただろうか。パムの脳裏にチャップマンの詩が浮かんだ。

夜のユーモアに浸らずに
永遠なものを書くことはできない

夜のユーモアに浸る。それは偉大な作家の仕事である。それは夜のユーモアに身を浸し、闇の力を芸術的創造に活用することを意味する。それなしには、カフカ、ドストエフスキー、ヴァージニア・ウルフ、ハーディ、カミュ、プラス、ポーなどの崇高な闇の作家たちが人間の悲劇を巧みに照らし出すことはできなかったであろう。つまり、それは人生から身を引いたり、過ぎゆく劇を傍観したりすることによってはできないのだ。

ゴエンカは、自分の教えは宗教に由来するものではないと公言してはいたが、その教えの中では仏教が際立っていた。彼の売りである夜の講義で、ゴエンカは、ヴィパッサナー瞑想は仏陀自身が実施していた瞑想法であり、それを紹介するものだと堂々と言ってしまっていた。パムはそれに反論はなかった。仏教についての知識は限られていたが、インド行きの飛行機で初歩的なテキストを読み、仏陀の四諦に心を打たれたのだ。

1. 人生は苦しみである。
2. 苦しみは（物、考え、人、そして生存への）執着によって引き起こされる。

3. 苦しみは、欲望、執着、自己を無くすことでなくなる。
4. 苦しみのない存在になるためには、悟りへの8つの道を進む必要がある。

パムは改めて考えてみた。自分の周りにいる、ヴィパッサナー瞑想に捧げた人生に満足している、うっとりとした修行者たち、静けさを身にまとう付き人たち、そして洞窟の禁欲主義者たちのことを考えると、4つの真実は正しいのだろうかと疑問がわいてくる。仏陀は正しかったのだろうか。治療薬の代価は病気自体より悪いものではないだろうか。翌朝の夜明けに、ジャイナ教徒の女性の一行が浴場に歩いていくのを見て、パムの疑いは深まった。ジャイナ教徒は、徹底的に殺さないという決まりを守ることになっている。その女性たちは昆虫を踏まないように最初に砂利をそっと掃き、そして痛みが伴うような、ゆっくりとしたカニ歩きで小道を歩いていた。女性たちが身につけるガーゼマスクは、どんな小さな生き物の侵入も防いでいた。

どこを見ても、自制、犠牲、制限、そして諦めがある。人生はどうなったのだろう。喜び、発展、情熱、そして今を楽しむことは？　平静のために犠牲にしないといけないほど、人生には苦しみがあるのだろうか。おそらく、4つの真実は、文化的な産物なのではないだろうか。たぶん、ひどい貧困や、過密、飢餓、病気、階級的な抑圧、そして未来への希望を持てない

2千5百年前のインドでは真実だったのかもしれない。しかし、今のパムにとっても真実なのだろうか。マルクスは正しかったのだろうか。宗教は解放またはより良い未来を目指すものだが、それらは貧しい人々、苦しみ、奴隷にされた人々を対象としているのではないだろうか。

でも、とパムは考えた。これでは恩知らずではないだろうか。現実をしっかりと見るべきだ。ヴィパッサナー瞑想は効果的だった。心を落ち着かせ、強迫観念を打ち砕いた。自分やユリウス、そしてグループの努力が失敗に終わった、そういった状況でヴィパッサナー瞑想は成功をもたらした。でもそれは公正な比較とは言えない。結局のところ、この強迫観念に関しては、ユリウスとは合計で約8回のグループ（12時間）を行ったが、パムはヴィパッサナー瞑想に数百時間（10日間と、世界の裏側まで旅する時間と労力）を費やした。ユリウスとグループでもっと多くの時間を費やしていたら、どうなっていただろうか。

パムの疑いは大きくなり、それは瞑想を妨げた。そしてあの心地の良い満足感にあふれた【全体的な見方】が消滅した。どこに行ってしまったのだろうか。日に日に、瞑想の質は損なわれていった。頭皮の感覚を感じるステップから先には進まなくなった。頭皮の小さなかゆみは、以前はすぐに消えていた。それが今や、続く痛みや熱感に変化し、瞑想を続けても消えなくなった。

呼吸の瞑想の初歩的な取り組みさえ、パムはできなくなっていた。呼吸の瞑想による静けさがなくなり、夫、ジョン、または復讐や飛行機墜落事故などについての手に負えない考えの波が押し寄せてきた。来るなら来い。パムはアールが何者であるかを知っていた。彼は年をとった子どもであった。自分の周囲にいる女性の尻を追いかけ回すだけの男であった。そして、可哀想なほど元気のない、臆病なジョンは、【ノー】なしには【イエス】があり得ないことをまだ理解したくないようだった。そして、ビジェイもまた、人生や目前の楽しさ、スリル、友情を犠牲に、絶対的な神である平静に自身を捧げることを選んだ。彼らにふさわしい言葉を使おう。パムは思った。臆病者。道徳に対する臆病者たちよ。この男たちの誰一人として私にはふさわしくない。流してしまおう。するとパムの脳裏に鮮明なイメージが浮かんだ。巨大な便器の中に立っているジョン、アール、ビジェイ。彼らの腕はすがるように伸びていたが、助けを求める彼らの悲鳴は、流れる水の轟音の中に消えていった。深く考察してみるに値するイメージだ。パムはそう思った。

第12章

次のグループはボニーの謝罪で始まった。

「先週はごめんなさい。あんなことしないほうがよかったけど、もうどうしようもなくて」

「妖怪かなんかの仕業だよ」

トニーはにっこり笑った。

「ありがとう、トニー。でも正直にならないと。私は怒ってた。それでああしようと思った」

トニーは微笑み、親指を立てて合図をした。ギルは、グループ内の女性に話しかけるときの優しい声で、ボニーに語りかけた。

「ここで無視されていることに怒っているかもしれないと、あの後皆で話し合ったんですよ。グループはキミが話していたことを再現した形になるって。子どもの頃に日常的に起きていたように」

「そう。でも、それに対して怒ってはいない。傷つきはしたけど」

「そう。でも、私に対しては怒ってるわよね」

とレベッカ。レベッカの方を向いたとき、ボニーの顔は曇っていた。

「先週、レベッカさんは、自分に女友だちがいない理由をフィリップさんがはっきりさせた、そう言ったよね。でも、私はそうは思わない。美貌への嫉妬は女友だちがいない理由でも、少なくとも私と仲良くなれない理由でもないと思う。本当の理由は、あなたは基本的に女の人に興味がないということ。少なくとも、私には興味がないよね。レベッカさんがグループで私に何か言うとしたら、それは話を自分の方に持っていくため」

「ならあえて言うわ。ボニーがどうやって怒りに対処しているか。というか、ほとんどの場合は何もしない。それで私を【自己中心的】だと責める」

レベッカは苛立っていた。

「他人の意見を聞きたくないの？　このグループの目的はそれじゃないの？」

「私についてのフィードバックはもらいたい。または私と他の誰かについて。レベッカさんはいつも自分のことばかり。レベッカさんは魅力的だから、話があなたに戻っていって、私から遠ざかってしまう。あなたには勝てない。けど、それはあなただけのせいじゃないわ。他の人たちも関与している。だからみんなに聞きたいの」

　ボニーは首を回して順番に一人一人を見た。

「どうして私に関心を持ってくれないの？」

　部屋にいる男性たちはうつむいた。ボニーは答えを十分に待つことなく、話を続けた。

「他にもある。レベッカさん、女性の友だちについての話は、あなたにとって初めてのことじゃない。パムさんとレベッカさんがこのことについて同じように話していたのをはっきりと覚えてるわ」

　ボニーはユリウスに目を向け、話題を変えた。

「パムさんのこと、何か聞いてないですか？　彼女はいつ戻ってくるの？　いなくなってさみしい」

「展開が速くて皆ついていけなさそうだ、ボニー」

　ユリウスは指摘した。

「けれど今のところは、それは置いておこう。パムについての質問に答える。というのは、ボンベイのパムからメールを受け取った。瞑想のリトリートを終え、まもなくアメリカに戻るそうだ。次のミーティングではここにいるはずだ」

　ユリウスはフィリップに目を向けた。

「パムについて話したことは覚えているね？」

フィリップは小さく頷いた。

「フィリップ、あんたは頷くのが速いね」

とトニー。

「誰とも目を合わせず、何も言わないまま、よく話の中心にいられるね。驚きだよ。今何が起きているかわかってる？　ボニーとレベッカはあんたのことで言い争ってるんだよ。これ、どう思う？　グループについてはどう思ってるの？」

フィリップがすぐに返事をしないので、トニーは落ち着かない様子でグループを見回した。

「何これ？　俺何か悪いことしたの？　授業中に屁をこいたみたいな？　おかしな質問だった？」

フィリップが沈黙を破った。

「いいでしょう。考えをまとめるのに時間がかかっていました。では話しましょう。彼女たちは似たような悩みを抱えています。ボニーさんは注目されないことを容認できませんが、レベッカさんは注目されなくなったことを容認できません。どちらも気まぐれな他人の考えに囚われています。言い換えると、二人とも自分の幸福が他人の手中にあるというわけです。そして、二人への解決策も同じです。自分の中にあるものが多ければ多いほど、他人から欲しがることは少なくなります」

しばらく沈黙が続いた。その静寂の中では、フィリップの言葉を消化しようする脳の咀嚼音が聞こえてくるかのようだった。

「フィリップにコメントしたい人はいないか？」

ユリウスの落ち着いた言葉が響いた。

「では、数分前に犯した自分の過ちに戻ろう。ボニー、パムについて先に触れたが、私はその流れに乗るべきではなかった。キミのニーズが満たされなかった先週のような事態が繰り返されることを私は望んでいない。数分前、キミはメンバーがキミを見落としがちな理由について話していた。なぜキミが皆の興味を引くことができないのかを皆に尋ねた。勇気ある一歩を踏み出したと私は思った。けれど、そのとき何が起こったかを振り返ろう。キミは瞬時に話題をパムの復帰に切り替えた。数分で、私たちへの質問は流れ去ってしまった」

「私もそれに気づきました」

とスチュアート。

「ボニーさん、言い方が悪いですが、ボニーさん自身が、私たちにあなたを無視するよう仕向けているようにも思えます」

「……そうかもしれない。聞かせてくれてありがとう」

ボニーは頷いた。

「その通りね。たぶんよくそうしてる。考えてみないといけなさそうね」

ユリウスは推し進めた。

「ボニー、ありがとう。でも、キミは今も同じことをしていると感じずにはいられない。【自分に焦点が当てられるのはこれで十分】とキミに言ってもらいたいのではない。ここに呼び鈴を置いて、自分から話題が逸れるたびにそれを鳴らしてもらいたいくらいだ」

「私はどうすればいいの？」

ボニーは尋ねた。

「私たちからのフィードバックを要求してはいけないように感じる理由を教えてもらえるかな」

ユリウスは尋ねた。

「たぶん、自分のことを重要だとは感じていないんだと思う」

「では、ここにいる他のメンバーがこの種の要求をしても大丈夫なのか？」

「大丈夫です」

「つまり、ここにいる他の人は、キミよりも重要だということ？」

ボニーは頷いた。

「ボニー、皆を見回して、次の質問に答えてもらえるか。つまり、このグループの誰がキミより重要であるかという質問だ。そして、その理由も聞かせてもらいたい」

ユリウスは口角がやや上がっているのを感じた。お得意の展開になっていたからだ。フィリップがグループに参加して以来、久しぶりにユリウスは自分が強い自信を持って取り組めていると感じた。それは優れたセラピストができることであり、ユリウスはクライアントの中心的な問題を、直接作業可能な【今ここ】の問題に変換したのだ。過去または現在のセラピー外の出来事から取り組むよりも、今ここに焦点を合わせるほうが常に生産的である。

ボニーは一人一人を見て、そして言った。

「ここにいる全員が私よりも重要。はるかに重要」

ボニーは顔を赤らめ、浅く呼吸をしていた。他人からの注目を切望したのと同じくらい、ボニーは【あったら入りたい穴】を欲していた。

「具体的に、ボニー」

ユリウスは促した。

「誰がより重要で、それはなぜ？」

ボニーは再度皆を見回した。

「ユリウス先生、先生はみんなの手助けをしてる。レベッカさんはきらびやかで、成功した弁護士。素晴らしい子どもたちの母親でもある。ギルさんは大規模な病院の財務管理者で、魅力的な男性。スチュアートさんは忙しいお医者さんで、子どもやその親を手助けして、たくさんの成功を収めてる。それからトニーさん……」

ボニーはしばらく沈黙した。

「おいおい？　どうしちゃったの？」

いつものように青いジーンズ、黒のTシャツ、ペンキの染みが飛び散ったスニーカーを履いているトニーが椅子にもたれかかった。

「第一に、トニーさん、あなたはあなた。飾らない人。純粋で正直。自分の職業を悪く言うけど、でも普通の大工ではない。あなたは仕事では芸術的な作品を作っていると思います。BMWのロードスターに乗っているのを知ってますし。そして魅力的な男性です。タイトなTシャツを着てるトニーさんは素敵。これでどう？」

ボニーはメンバーを見回した。

「他に誰？　フィリップさんね。あなたは教師のように賢くてなんでも知っている。そしてあなたはセラピストになると思う。あなたの言葉はみんなを魅了してる。そしてパムさん？　パムさんは大学教授で自由な精神を持つ素晴らしい人。注目に値する。顔が広いし、たくさんの本を読んでいるし、誰にもひるまない」

「キミたちはどう感じる？　ボニーが誰よりも重要性が低い理由について述べたが、それに対して。誰か？」

　ユリウスは皆を見回した。

「私にはちょっと理解できません」

　とギル。

「ボニーに直接に言えるかな？」

　ユリウスは言った。

「そうでした。私が言いたいのは、気分を害してもらいたくないのですが、ボニーさん、あなたの答えは後戻りしているように聞こえます……」

「どういうこと？」

　ボニーは困惑して顔をしかめた。

「このグループの目的は、私たち全員がただの人間として、人間らしく互いに関係を築くこと。自分たちの役割や、学歴、財産、そしてＢＭＷのロードスターは関係ありません」

「その通り」

　とユリウス。

「まったくだ」

とトニーも続いた。

「ギルと一緒。誤解がないように言うけど、3年ローンで中古のロードスターを買ったんだ」

「それに、ボニーさん」

ギルは続けた。

「あなたが言ったのは、職業、財産、成功している子どもなど、外的なことばかりでした。そのどれもが、あなたがこの部屋で一番重要でない人間である理由ではないと思います。私はあなたが重要だと思う。あなたは重要なメンバーです。あなたは私たち全員と関わっています。あなたはあたたかさを与えてくれます。数週間前、私が家に帰りたくなかったとき、あなたは私に寝る場所さえ提供しようとしてくれました。みんなをグループでの取り組みに集中させてくれています。とてもよくやっています」

ボニーは引かなかった。

「私は依存症者の家系の人間。アルコール依存症の両親を恥じるだけの人生なんです。いつも家族のことで嘘をつかないといけなかった。ギルさん、あなたを家に招待することは私にとっては一大事でした。子どもの頃は、父が酔っ払って現れるのではないかと恐れて、友だちを家に連れてくることはできなかった。それに加えて、元夫は酔っぱらいで、娘はヘロイン中毒で……」

「ボニー、だがキミはまだ大事なところを避けているようだ」

ユリウスが優しい声で厳しく指摘した。

「キミは過去、娘、元夫、家族について話している……でもキミ、キミはどこにいる？」

「私はこれらのもの、これらが集まったもの。それ以外ではないわ。私は退屈な太った司書。私がしていることは、本をカタログ化することだけ……。わからない。自分がどこにいるのか、誰なのか、私にはわかりません」

ボニーは泣き始め、ティッシュを取り出し、大きな音を立てて鼻をかみ、目を閉じた。そしてすすり泣きの合間に両手を上げて交差させ、空にバツマークを作り、つぶやいた。

「もうこれで十分。私の話はもう結構です」

ユリウスはさらに内容を深めようと、グループに向かって次のように呼びかけた。

「今の数分で何が起きたのか、振り返ってみようではないか。何か感じたこと、気づいたことは？」

今ここへの体験へと話題を転換することに成功したユリウスは、さらに彼の意図を推し進めた。彼の見解では、セラピーの仕事は二つの段階で構成されている。最初の段階では、感情的なやりとりを行い、次の段階では、やりとりを理解する。それがユリウスにとってのセラピーの進め方であり、それは感情の喚起と理解が交互に起こるプロセスである。

「ここで振り返ってみて、今起こったことを冷静に見てみよう」

こう言って、ユリウスはグループの視点を2段階目へと切り替えることを試みた。

スチュアートが一連の出来事について説明しようとした際に、レベッカが口を挟んだ。

「ボニーは自分が重要でないと感じる理由を話していたけど、私たち全員がそれに同意すると思い込んでいたことが重要だと思うわ。その時よね、ボニーが混乱して泣き出して、もう十分だと言ったのは。前にもそういうことがあったわよね」

「俺も同感」

トニーは続けた。

「ボニー、あんたは人から注目されると感情的になるみたいだね。注目の的になるのは恥ずかしい？」

ボニーはまだすすり泣いているが、言葉を絞り出した。

「感謝しないといけないのかもしれないけど、もう最悪。こんなことに時間使わせちゃって、本当に申し訳なく思う」

ユリウスは間髪をいれずに話し始めた。

「先日、同僚と彼のクライアントの一人について話をした。そのクライアントは、自分に向けて投じられた槍を取り、それでもって自分を刺す癖があると彼は話していた。ボニー、多少曖味で申し訳ないが、キミが自分を罰するのを見たとき、そのことが頭に浮かんだ」

「こんな私、退屈で我慢できないでしょ。グループの使い方がまだわからなくて、本当にごめんなさい」

「ボニー、私がこれから言おうとしていることが何だかわかるかな。はっきりと言ってもらいたいんだが、誰がキミに我慢できないと思っていた？　部屋を見回してみてくれないか」

グループのメンバーは、こうボニーに問いかけるユリウスを頼れる存在だと感じた。

「ええと、レベッカさん。私に黙ってもらいたいと思っていたと思う」

「ええっ？　どうして私が……」

「ちょっと待ってくれるか、レベッカ」

ユリウスは慌てるレベッカ制した。ユリウスは今日、いつもとは違って指示的だった。

「ボニー、キミは具体的に、どのような根拠を見出したのかね？」

「レベッカさんは黙っていて、一言も話さなかった」

「私はあなたからみんなの注目を取り上げたと言われないために、一生懸命に黙っていたわ。わかる？」

ボニーがそれに応えようしたとき、ユリウスは、ボニーが皆を退屈させているように感じたことについて、もっと話すよう促した。

「ええと、具体的にはうまく話せない。けど、退屈させているってなんとなくわかる。自分でも退屈な人間だと思う。フィリップさんは私を見ていませんでしたけど、でも彼は誰のことも見ていません。みんながフィリップさんから何か聞きたいと思っていたことはわかる。人気があるとかないとかについてのフィリップさんの話は、私の泣き言なんかよりも、ずっとみんなにとって興味深いものだったと思う」

「でも、俺はあんたを退屈だとは思わないよ」

とトニー。

「それに誰も退屈しているようには思わなかったよ。それと、フィリップが言ったことは、俺にとってはそれほど面白くはなかった。フィリップは頭で考えているだけじゃない？　あまりワクワクもしない。どんなこと言ってたかも覚えてないよ」

「私は覚えています」

とスチュアート。

「トニーさん、あなたがフィリップさんはほとんど何も言わないのに皆の注目を集めているとコメントした後、フィリップさんは、ボニーさんとレベッカさんはとても似た問題を抱えていると言いました。二人とも、他の人の意見に過剰に反応していると。レベッカさんは膨らみすぎ、ボニーさんはしぼみすぎ。そんな感じだったと思います」

「スチュアート、あんたまたやってるよ」

トニーはカメラを持って写真を撮る真似をしながら言った。

「そうですね。わかってます。観察は控えて、もっと感じるようにしないと。ええと、フィリップさんは多くのことを言わないのに、中心的であることには同意します」

「それは観察と意見だ、スチュアート」

とユリウス。

「どう感じるかを話せるかね？」

「まあ、私はレベッカさんがフィリップさんに対して関心を持つことにうらやましさを感じますね。フィリップさんにそれについてどう感じているか、誰も尋ねないのは奇妙だとも感じました。まあ、それは気持ちではないかな」

「いや、かなり近い」

とユリウスは言った。

「そのまま続けてみて」

「私はフィリップさんに脅威を感じています。彼は頭が良すぎる。また、私は彼に無視されているとも感じています。そして、無視されるのは嫌なものです」

「そう、それだ。スチュアート、いい感じだ」

とユリウス。

「フィリップに聞きたいことは？」

ユリウスは口調を柔らかく丁寧に保とうと努力した。ユリウスの仕事は、フィリップを脅したり排除したりするのではなく、グループに加わるのを援助することであった。ユリウスが、フィリップに対立的なトニーにではなく、スチュアートに呼びかけたのはそのためであった。

「ですが、フィリップさんに質問するのは難しく感じます」

「フィリップはここにいる、スチュアート」

これが基本的なユリウスのルールの一つだ。目の前にいるメンバーのことを三人称で話すことを許さない。

「それが問題なんです。彼に話しかけるのはちょっと難しい」

スチュアートはフィリップの方を向いた。

「ええと、フィリップさん。私のことを見てくれないから、話しかけ辛いです。そんなふうだと。どうして？」

「私は自分の考えは人に明かさないでおきたいのです」

フィリップは天井を見つめたままそう言った。

ユリウスは必要に応じて会話に飛び込む準備ができていたが、スチュアートは辛抱強く、諦めなかった。

「よくわからないのですが」

「何かを尋ねられたら、最善の答えを提供したいと思います。だから気を散らすことなく自分の中で検索したいということです」

「けれど、私を見てもらえないと会話をしているようには感じられません」

「一方で、私の言葉は違った形で何かを伝えているはずです」

「ちょっとガムでも噛みながら散歩でもしない？」

トニーは口を挟んだ。

「何と？」

フィリップは戸惑い、トニーの方に頭を向けたが目は向けなかった。

「つまり、両方を同時にするってのはどうよ。スチュアートを見ながら、良い答えを出す」

「集中して自分の頭の中を探りたいと思っています。視線が合うと邪魔されて、他の人が聞きたいと思う答えを探せなくなります」

しばらくの沈黙。トニーを含め、皆がフィリップの言葉について考えていたが、スチュアートが別の質問を投げかけた。

「では、フィリップさん、レベッカさんがあなたの気を引こうとしていたこと、それについてはどのように感じましたか?」

「いい加減にしてもらいたいんだけど」

レベッカの目が火を噴いたように見えた。

「スチュアート、私、本当にムカついてるわ。ボニーの妄想がまかりとおるなんて」

「わかりました、わかりました。今の質問は撤回します。フィリップさん、では、改めてお聞きします。前回のミーティングでの、あなたに関する話し合いについてはどう思いましたか?」

「非常に興味深いものでした。今も注意深く聞いています」

フィリップはスチュアートを見て続けた。

「しかし、それがあなたの質問であるならば、私には感情的な反応はありません」

「ない? それはあり得ないんじゃないですかね」

とスチュアート。

「グループを始める前に、私はグループ・セラピーに関するユリウスさんの本を読み、グループで生じ得る出来事に十分に備えました。私は特定のことが起こるであろうと考えていました。つまり、私が関心の的になったり、受け入れてくれるメンバーもいれば、そうでないメンバーもいたり、私が入ることで力関係が不安定になったり、女性が私を気に入る一方で男性が嫌ったり、中心的なメンバーが私を忌み嫌い、周辺的なメンバーが私を守ったり。これらの出来事を予測していたので、生じた出来事を冷静に見ることができました」

「少し葛藤を感じる」

ユリウスはそう言って少し間を置いた。

「フィリップについて話していくことは重要だと感じるが、一方でレベッカのことも気がかりだ。レベッカ、どうかな？　苦痛があるように見えるし、さっきもっと話したいことがあったように思うのだが」

「今日は少し傷ついたわ。やじられて無視もされた。ボニーとスチュアートに」

「そのまま続けて」

「嫌なことばかり。自己中心的だとか、女性の友人に興味がないとか、フィリップの気を引こうとしているとか言われて。心が折れそうだし、ムカつくわ」

「私にもその気持ちはわかる」

とユリウス。

「私も批判されると同じようにダメージを受ける。だが、一つ私が学んだことを話させてくれないか。フィードバックを贈り物として考えるということだ。でも最初にそのフィードバックが正確かどうかを判断する必要がある。私がとる方法は、自分自身で確かめ、自分の経験がそれを支持するかどうか自問することだ。少しでも、たとえ5%でも、真実であるかどうか。私の場合は、過去に同じようなことを言った人がいたかどうかを思い出そうとする。それについて一緒に確かめてくれる人を割り出そうとする。私の死角を見てくれる人がいるのではないかと考えてみる。やってみられそうかな？」

「難しそうね、ユリウス。締めつけられる感じ」

レベッカは胸骨あたりに握りしめた手を置いた。

「ここ」

「その締めつけを声に出してみられるかね。何と言っている？」

「私が他人からどう見えるか気にしているみたい。恥ずかしいわ。バレてる。髪の毛をいじっていることで何か言われるのは、本当に胸糞が悪くて。あんたたちに関係ないでしょって言いたくなる。何したっていいじゃないって」

ユリウスは、教師が生徒に話しかけるように言った。

「かつて、ゲシュタルト療法と呼ばれる方法を始めたフリッツ・パールズというセラピストがいた。今ではあまり耳にしないかもしれないが、彼は身体に着目する方法を使っていた。例えば、今、左手が何をしているのか見てくれ、だとか、あごひげをたくさん撫でているのが見える、だとか。彼はクライアントにそういった動きを誇張してやるように頼んだりする。あごひげをもっと強く撫で続け、何が引き起こされるか注目してくれ、というふうに」

「無意識の活動の多くは身体の動きに現れるため、パールズのやり方は奥が深いといつも感じていた。だが、私はセラピーであまりそれを利用したことがない。なぜかって？　レベッカ、それは今まさにこんなことが起きているからだ。自分で気がついていないことを指摘されると、誰でも防衛的になる。だから私はキミがどれほど不快に感じているかを理解しているつもりだ。しかしそれでも、そこにとどまって何か学んでみないかね？」

「つまり、大人になれってことね。やってみるわ」

レベッカは背筋を伸ばして息を吸い、決然とした態度で話し始めた。

「まず、私は注目されるのが好きで、老けてきて男の人にあまり注目されなくなったことに動揺してセラピーに来たのは事実。だから、私はフィリップの気を引こうとしていたかもしれないけど、それは意識的ではないの」

レベッカは皆の方に向いて続けた。

「認めるわ。私は称賛されるのが好き。愛され、慕われるのが好き。愛が好き」

「プラトンは……」

フィリップが口を挟んだ。

「愛は愛される人にではなく、愛する人の中にあることを見出しました」

「愛は愛される人ではなく、愛する人の中にある。それは素晴らしい言葉だわ、フィリップ」

レベッカは笑顔を浮かべて言った。

「ほら、そういうところがすごく好き。目が覚めるようなコメント。フィリップ、あなたは興味深いし、魅力的でもあるわ」

レベッカは皆に目を向けた。

「彼と関係を持ちたいという意味じゃないわよ？　私は結婚してるし、トラブルはごめんだわ」

「それでフィリップ」

とトニー。

「レベッカが今言ったことで、何か感じる？」

「私の人生の目標は、できる限り望むものを減らし、できるだけ多くのことを知ることだと前に言いました。愛や情熱や誘惑。これらは強力な感情であり、私たちの種を永続させるために遺伝子に組み込まれたものであり、レベッカさんが明らかにしたように、無意識のうちに働きもします。しかし、全体として、これらの活動は理性を失わせ、私の学問的追求を妨げます。私はそういったことは望んでいません」

「あんたに何か聞くと、反論できない答えがいつも返ってくる。けどよ、結局あんたは俺の質問には答えていない」

とトニー。

「フィリップはちゃんと答えたと思うわ」

レベッカは続けた。

「フィリップは感情的な関与を望んでいない。自由で率直なままでいることを望んでいるわ。そうはっきりと言ってる。ユリウスも同じことを言っているわ。だからこそ、グループ内での恋愛はタブーなのよ」

「何のことだ？」

トニーはユリウスに答えを求めた。

「そんなルール、聞いたことないなぁ」

「そんなふうに言った覚えはないな。グループ外の関係について私が言ったのは、隠し事はしないこと。グループの外で会った場合は、関係するメンバーがそれをグループで話す必要があるということだ。もし秘密にすることがあるなら、それはグループでの取り組みを妨げ、皆の前進を妨害することになる。それが外部での接触について唯一守ってもらいたいことだ。ところでレベッカ、ボニーとの間で起こっていることも見失わないようにしたい。ボニーに対するキミの気持ちを確かめてみてもらえないか」

「ボニーのおかげで嫌なことを思い出すことになったわ。私には女性との関係がないというのは本当？　なわけないでしょ、って言いたい。妹とは仲がいいし、事務所の数人の女性弁護士ともそれなりに仲がいいの。でもボニー、きっと何か言いたいことがあるんじゃないかしら？　私の男性関係とか？」

「大学のことがぱっと浮かぶ」

とボニー。

「デートもあまりしたことないし、女友だちは男と遊ぶために、私との約束を直前になってキャンセルして、それでも何とも思っていないようだったから、私ってなんなんだろうって思ってた」

「ええ、私もたぶんそういうことをしたわ。その通り。男たちとのデート、それがすべてだった。その時はそれなりに意味があったけど、今はそうじゃないわ」

トニーはフィリップの観察を続けていて、再び彼に近づいた。

「フィリップ、あんたもレベッカと同じじゃないかな。あんたも気を引こうとしてる。でもレベッカとは違って、意味ありげな言葉でやってるんだ」

「あなたは……」

とフィリップは目を閉じ、深く集中して話し始めた。

「私が観察に基づいて述べるのは、レベッカさんや他の人の興味と賞賛を得るためだと言っているように聞こえます。それは正しいですか？」

ユリウスはかすかな苛立ちを感じた。何をしてもフィリップに話題が戻ってしまうからだ。ユリウスは少なくとも三つの相反する欲求を感じた。まずフィリップを過度の対立から守ること。次に、フィリップの人を遠ざけるような態度が親密なやりとりを邪魔しないようにすること。最後に、トニーを援護しフィリップに喝を入れること。しかし、グループは全体として状況をうまく乗り越えているので、しばらくは傍観者にとどまることに決めた。フィリップが初めて、個人的に誰かに直接応答したという重要なことが起きたばかりということもある。

トニーは頷いた。

「そう、それそれ。単に興味や賞賛じゃない、それ以上のものかもしれないけどね。誘惑かも？」

「それは良い修正です。あなたの『気を引く』という言葉に暗示されている通りです。だとすると、私の動機はレベッカさんの動機と似ている、つまり私が彼女を誘惑したがっているとあなたは示唆しているようです。まあ、それは実質的で合理的な仮説です。それを調べる方法を探ってみましょう」

沈黙が漂う。誰も応答しないが、フィリップは応答を待っているようには見えなかった。何かを考えているかのように目を瞑った後、フィリップは口を開いた。

「おそらく、ハーツフェルド博士の手順に従うのが最善でしょう……」

「ユリウスと呼んでくれるかな」

「そうでした。では、ユリウスさんの手順に従うと、最初にトニーさんの仮説が私の内面の経験と一致しているかどうかを確認する必要があります」

フィリップは少し間を置いてから、首を横に振った。

「これについての証拠は見つかりません。何年も前、私は世俗への執着から解放されました。人間の中で一番幸せなのは、孤独以外には何も求めていない人だと固く信じています。ニーチェとカント、そして我が師たるショーペンハウアーのことを言っています。彼らにとって大事なことは、それは私にとってもそうですが、内なる富を持つ者は、知的能力を楽しめる邪魔のない時間という恵み以外は、外から何も望まないということです」

「要するに、私のここでの貢献は、誰かを誘惑したり、自分をよく見せようとする試みから生じたものではないということです。おそらく、過去のこの種の欲求の名残は残っているかもしれません。しかし、意識的には経験していないとしか言いようがありません」

何十年にもわたってグループを続けてきたなかで、ユリウスは多くの沈黙を経験した。しかしフィリップが何か述べた後のグループの沈黙は、他とは違っていた。それは大きな感情を伴う沈黙ではなかったし、依存や、恥ずかしさや、困惑を意味するものでもなかった。

そう、この沈黙は違った。まるでグループが新しい生き物、おそらく翼と6つの目を持つサンショウウオに出くわし、注意深くかつ慎重にそれを取り囲んで見守っているかのようだった。

レベッカが最初に口を開いた。

「他の人から何も求めず、他の人と一緒にいたくないなんて、すっごく孤独に聞こえるわ、フィリップ」

「それとは反対に……」

フィリップは続けた。

「他人と共にいたいと望んだ時、そして望むものが他人から得られなかった時、その時が孤独を感じた時でした。そのことがよくわかったので、人を必要としないことが孤独だとは思いません。祝福された孤立、それが私の求めているものです」

「それでもフィリップさん、あなたはここにいますよね」

スチュアートが口を挟んだ。

「このグループは孤立の大敵。どうしてあえてここにいるのですか？」

「思想家は習慣を維持するものです。カントやヘーゲルのように幸運にも大学の奨学金をもらったり、ショーペンハウアーのように支援を得られたりする者もいますが、スピノザのように眼鏡のレンズを磨く日雇いの仕事をしたりする者もいます。私は日常の仕事として哲学的カウンセリングを選びました。このグループでの経験は、私の資格認定の一部です」

「つまり、あなたはこのグループで私たちと関わっていますが、あなたは他人がそのような関わりを必要としないように援助したいと思っているのでしょうか」

とスチュアート。それに対して、フィリップはしばらく考えてから頷いた。

「聞いてもいいかい？」

トニーがフィリップに向かって話し始めた。

「レベッカがあんたのところにやってきて、彼女が持っている魅力すべてで、あんたにいかした笑顔を見せたとしたら、あんたにとって、それはなんでもないことだと言えるのかい？　まったくのゼロ？」

「いいえ、【なんでもない】とは言わないでしょう。美しさはその人物に好感を持たせるとショーペンハウアーは言っていますが、私はそれに同意します。私は美しい人を見るのは嫌いではありません。一方で、他人が私をどう思うかということで、私は意見を変えない、変えてはならないと言っているのです」

「ロボットみたいだねぇ。人間味がない」

とトニー。

「本当に非人間的だと感じたのは、自分の価値観が、取るに足らない他人の意見に応じて揺さぶられた時でした」

ユリウスはフィリップの口元を観察した。その動きは、まったく驚くことに、フィリップの落ち着きを反映していた。彼の心に動揺や迷いがないことを正確に反映している。その正確な唇の動きから、各単語が同じ高さと大きさで発せられている。それに対して、フィリップを動揺させたいというトニーの高まりつつある欲求に共感することは簡単だった。しかし、トニーの衝動性を知っていたユリウスは、穏やかな方向に流れを誘導するべきだと判断した。今はフィリップと対峙する時ではない。フィリップにとっては、まだ4回目のミーティングなのだから。

「フィリップ、キミは先ほどのボニーへのコメントで、キミの目的は彼女を助けることだと言っていた。そして、キミは他のメンバー、つまりギルとレベッカにも助言を与えた。なぜそうするのか、もっと話してもらえるか？　その日の仕事以上のカウンセリングをしたいという願望があるように私には思える。そもそも、ここで何をしてもお金にはならないのだから」

「私たちは、避けようのない悲惨さに満ちた存在です。事前にこの事実を知っていれば、誰も選択しないような存在でしょう。このことを常に心に留めています。その意味で、ショーペンハウアーが言ったように、私たちは皆苦しんでいる仲間であり、他人からの寛容さと愛を必要としています」

「またショーペンハウアー！　フィリップ、あんたはショーペンハウアーとかいう誰だかわからない奴のことばかり話していて、自分のことはほとんど話さないな」

トニーは、フィリップの口調を模倣しているかのように静かに話した。だが、トニーの呼吸は浅くて速いものであった。トニーはとても喧嘩っ早く、セラピーを開始した頃は、飲み屋、公共の交通機関、職場、またはバスケットボールのコートで喧嘩騒ぎを起こしてばかりいた。トニーは大きな男ではなかったが、どんな状況でも恐れを知らなかった。しかし、フィリップのような、高学歴のいじめっ子との頭での対決は別であった。

フィリップがトニーに返答する様子を見せなかったので、ユリウスが沈黙を破った。

「トニー、何か考えているようだね。何が頭の中にある？」

「ミーティングの前半で、ボニーがパムについて言ったことを思い出してたんだ。俺も、今日はパムがいなくて寂しく感じる」

ユリウスは驚かなかった。トニーはパムから教わること、また守ってもらうことが多かった。トニーとパムは奇妙な関係だった。英文学の教授と、入れ墨の暴れん坊。

「トニー、さっきの【誰だかわからない奴】と口に出すのは、なかなか簡単なことではなかったと思う」

ユリウスはトニーに語りかけた。

「まあ、俺らは事実を話し合うためにここにいるからね」

とトニー。

「その通りです、トニーさん」

とギルが賛同した。

「私も声を大にして言いたい。ショーペンハウアーが誰なのか、私にもさっぱりわかりません」

「私が知っているのは、彼が有名な哲学者だということだけです」

とスチュアート。

「ドイツ人で、悲観主義者。19世紀の人でしたか？」

「はい、彼は1860年にフランクフルトで亡くなりました」

フィリップが応じた。

「悲観論に関しては、私はそれをリアリズムと考えることを好みます。そして、トニーさん、私がショーペンハウアーについて頻繁に話すのは事実かもしれませんが、そうするだけの正当な理由があります」

トニーは、フィリップが彼に個人的に話しかけたことに衝撃を受けたようだった。それでもなお、フィリップは目を合わせようとはしなかった。もはや天井を見つめていなかった彼は、まるで庭の何かに興味をそそられたかのように、窓の外を見ていた。

フィリップは続けた。

「まず、ショーペンハウアーを知ることは私を知ることでもあります。私は彼の考えに深く賛同しています。第二に、ショーペンハウアーは、私にとってセラピストのような存在であり、私にかけがえのない助力を与えてくれました。あなた方の多くがハーツフェルド博士を相手にそうしたように、私は彼の考えを内面に取り入れました。これは失礼、ユリウスさんでした」

フィリップはユリウスをちらっと見て、かすかに微笑んだ。初めて、堅苦しさが抜けた彼が垣間見えた。

「最後に、ショーペンハウアーの考えのいくつかが私にとってそうであったように、あなた方にとっても有益になることを願っているからです」

ユリウスは時計をちらっと見ながら、フィリップの発言に続く沈黙を破った。

「実り多いミーティングなので名残惜しいところだが、終わりの時間だ」

「実り多い？　そうだったかなぁ」

トニーはそうつぶやきながら席から立ち上がり、夕日に染まる出口へと向かった。

第13章

次のミーティング開始時、パムの帰国について、ボニーがユリウスに尋ねていた。まさにその時だった。

「久しぶり！」

とパムが大声を上げながら扉を開け、両腕を大きく広げた。フィリップを除いた全員が立ち上がり、パムが、パムを出迎えた。パムは独特の可愛らしさを振りまきながら、メンバーの一人一人を回って挨拶のハグをした。レベッカとボニーに頬を合わせ、トニーの髪をグシャグシャにした。そしてユリウスをそっと抱きしめ、ささやいた。

「正直に話してくれてありがとう。私自身、ショックで打ちのめされてる。とても心苦しいし、ユリウスのことが心配だわ」

ユリウスはパムを見た。彼女のなじみのある笑顔は勇気とエネルギーを放っていた。

「おかえり、パム」

ユリウスは優しく応じた。

「ああ、また会えて嬉しいよ。みんなも、私も、キミに会いたかった」

そして、パムの視線がフィリップを認めると、パムの様子が一変した。笑顔が消え、凍りついたようだった。ユリウスは、パムが新しいメンバーに戸惑っていると思い、すぐにフィリップを紹介した。

「パム、こちらは新しいメンバーのフィリップ・スレートだ」

「あら、スレート……？」

パムはフィリップに目を向けずに続けた。

「フィリップ・スリーズ（低俗なやつ）じゃないの？　それともスライムボール（道徳的に不快である存在）？」

パムは部屋の出入り口を一瞥した。

「ユリウス、申し訳ないけど、この嫌な人と一緒の空気を吸いたくないわ」

唖然としたグループのメンバーたちは、興奮したパム、そして無言のフィリップに視線が釘付けとなった。ユリウスが仲介に入った。

「まあ、パム、まずは座って」

トニーが誰も座っていない椅子に着席を促すと、パムは冷たく「彼の隣は嫌」と言い放った。空いている席はフィリップの隣だったので、レベッカが気を利かせて立ち上がり、パムを自分が座っていた椅子に座るよう促した。

しばしの沈黙。

「どうしたの、パム？」

トニーが意を決したように尋ねた。

「本当に信じられないし、悪夢のようにも感じる。最悪の状況よ。このドブネズミとは二度と会いたくなかった」

「まったく状況が呑み込めません」

スチュアートはフィリップに向かって尋ねた。

「フィリップさん、あなたはどうですか？　この状況について教えてもらえませんか？」

フィリップは黙ったまま、小さく首を横に振った。しかし、紅潮した彼の顔が何かを物語っているのは明らかだった。ユリウスは、フィリップもやはり他の人と同じように自律神経系がちゃんと機能しているのだと思った。

「パム、話してくれないかい」

トニーがパムを促した。

「仲間だろ?」

「この男は私に最悪なことをした。そんな奴がここに座っているのが信じられない。叫び出したい気分だけど、この男の前では絶対しない」

パムは沈黙の中でゆっくりと頭を振り、視線を落とした。

レベッカがユリウスに呼びかけた。

「私、緊張してる。すごく居心地が悪いわ。何が起こっているの?」

「パムとフィリップの間に何かあったのは間違いなさそうだ。私もまったく予想していなかった」

少しの沈黙の後、パムはユリウスに向かって口を開いた。

「このグループのこと、旅行中もずっと考えていたわ。ここに戻ってきたいと思っていて、どうやって旅行のことを話せばいいか考えてたし、練習もしたのよ。でも、ユリウス、ごめんなさい。無理そう。ここにいたくないのよ」

パムは立ち上がり、そのままドアの方へと歩き始めた。とっさにトニーが飛び上がってパムの手を取った。

「パム、頼むよ。このまま離れたりしないでくれよ。あんたにはたくさん恩がある。俺があんたの隣に座って、それからフィリップの奴を連れ出せばいいんだな？」

パムは少し微笑むと、トニーに促されて自分の席に戻った。ギルが立ち上がり、トニーの隣の席を空けた。

「私も気持ちはトニーさんと一緒です。助けになりたい」

するとユリウスが続けた。

「皆同じ気持ちだと思う。ただ、キミが私たちの手助けを受け入れる気にならなければ何も始まらない。パム、明らかに、キミとフィリップの間には何らかの嫌な歴史があるように思える。教えてはくれないだろうか。話してもらえれば、やりようがある」

パムはゆっくりと頷き、目を閉じ、そして口を開いた。しかし言葉は発せられなかった。それから立ち上がり、窓に向かい、額を窓に押し当てた。そして心配して近寄ろうとするトニーを手で制した。振り返り、深呼吸をして、力ない声で話し始めた。

「学生の時のことだけど、幼なじみの女友だち、モリーと一緒にニューヨークに行って楽しい経験をしようと思ったの。私たちはアマースト大学の一年生を終えたばかりで、コロンビア大学の夏期講習に参加したいと考えていたわ。モリーと同じクラスに登録したんだけど、その中の一つがソクラテス以前の哲学者に関する授業だった。そのクラスのTAは誰だったと思う？」

「TA？」

トニーが尋ねた。

フィリップが静かに、しかし瞬時に介入し、今回のミーティングで初めて口を開いた。

「TA、つまりティーチング・アシスタントは、少人数のディスカッショングループを主導したり、論文を読んだり、試験を採点したりして、教授を手伝う大学院生です」

パムはフィリップの予想外のコメントにめまいを覚えたようだった。トニーがパムに説明した。

「フィリップは質問が出るといつも答えてくれるんだ。悪かったね。黙っているべきだった。続けてもらえるかな？」

パムは頷き、席に戻ってから再び目を閉じて続けた。

「私とモリーはコロンビア校にいた。ここに座っているこの男が私たちのTAだったの。授業が始まるちょっと前に、モリーは長年付き合っていた彼と別れたばかりだった。すごくタイミングが悪かった。授業が始まってすぐにこの男がモリーを口説き始めた。私たちはまだほんの18歳で、彼が講師。教授は週に2回の講義には出てたけど、TAが私たちの成績も含めて、事実上授業を完全に任されていた。この男は手際がよかった。おまけにモリーは男性に対しては無防備な状態だった。モリーはこの男を好きになり、一週間程度は幸せそうに見えた。それからある土曜日の午後、この男は私が試験で書いた論文について話し合いたいから会おうと電話をかけてきた。この男は言葉巧みで容赦なかったわ。私はまんまと騙されて、気がついたら彼のオフィスで裸になってた。そしてこの男は、18歳の処女に対して乱暴に……やったわ。しかも数日後にもう一回。そして最後に、この豚は私を捨てた。その2回の行為以降、私に目を合わせることもなく、私を完全無視。もちろん、なぜ私を捨てたのかなんて説明はなかった。この男は権力を持っていたから、怖すぎて聞くこともできなかった。それが私の【素晴らしい】初体験。私は荒れたし、腹が立ったし、恥ずかしかった。最悪なのは、モリーを裏切るようなことをしてしまったこと。女性としての自信を持てなくもなったわ」

「なんてこと……」

ボニーはゆっくりと頭を振りながら言った。

「パムが今動揺しているとしても当然だわ」

「まだよ。まだこの化け物がした最悪のことを言ってないわ」

パムは声を張り上げた。ユリウスは部屋を見回した。当然のように静かに目を閉じているフィリップ以外は、誰もが前かがみになってパムに注目していた。

「この男とモリーは二週間付き合ってた。その後【一緒にいてももう楽しめない】【別れたい】と言って、彼はモリーのことも捨てたわ。人間とは思えない。講師が若い学生とそんな関わりを持つなんて、信じられる？　この男はそれ以上何も言わず、モリーがこの男のアパートに置いてきたものを片付ける手伝いもしなかった。別れ際に、この男はやった13人の女性のリストをモリーに手渡した。リストに載せられた女性の多くは同じクラスにいた子たち。私の名前はリストの一番上にあった」

「その男はその女性にリストを渡すようなことはしませんでした」

フィリップは目を閉じたまま言った。

「その女性がその男性のアパートに忍び込んだときに、そのリストを見つけて奪っていきました」

「そんなリストを作るなんていかれたこと、普通の人間はしないわ」

パムは言い返した。

フィリップは抑揚のない声で答えた。

「男性の遺伝子は子孫を残すよう指示します。種を蒔いた畑の目録を作った男性は、その男だけではありません」

パムは手のひらを上に向けて首を横に振り、解せぬ心境を示すかのように「こういうことなの」とつぶやいた。そしてフィリップを無視して改めて話し始めた。

「痛みと喪失があった。モリーはすっごく苦しんだし、別の男性を信頼できるようになるまで、長い時間がかかったわ。でも二度と私を信頼することはなかったし、私たちの友情はそこで終わった。モリーは私の裏切りを許さなかった。お互い大きなものを失ったわ。私たちはそれを埋め合わせようと、今でも時々メールでやりとりをしているけど、モリーはその夏のことはもう一切触れたがらない」

おそらく今までで一番長い沈黙であっただろう。誰も何も言えなかった。その沈黙を破り、ユリウスが口を開いた。

「パム、18歳でその体験は本当に辛かっただろう。このこと、今まで個人セッションでもグループでも話したことがなかったと思う。この事実こそ、トラウマの深刻さを裏付けている。それに、そういった形で親友を失ったのも辛いことだ。ひどいと言ってもいいだろう。ただ、それ以上に、これだけは言わせてもらいたい。今日ここにいてくれてよかった。キミがその話をしたのは、とても良いことだと思っている。私がこんなふうに言うのは気に入らないと思う。ただ、フィリップがここにいることは、キミにとって悪いことではないかもしれない。たぶん、やり残している仕事に対して癒しをもたらすことが可能なように思える。キミたち二人にとって」

「ごもっともだわ、ユリウス。でも、そんなこと言われたくない。私はこの虫ケラにはもう二度と会いたくない。居心地の良かったグループが汚される」

ユリウスの頭は激しく回転し始め、捉えきれないほどの多くの考えが浮かび始めた。フィリップはどれくらい耐えられるだろうか。彼にも限界があるはずだ。この場を立ち去って二度と戻らなくなるまで、あとどれくらいの時間がかかるだろうか。そして、フィリップが去ることを想像しながら、フィリップとパムに起こる結末を考え始めた。パムはユリウスにとってはるかに重要であるから、パムのことが主に頭に浮かんだ。パムは心の広い女性であり、ユリウスはパムがより良い未来を見つけられるよう手助けする約束をした。では、フィリップがここを去ることはパムの役に立つであろうか。パムはある程度の復讐を果たしたことになるだろうが、それはなんという皮肉な勝利であろうか。パムがフィリップを【許す】。これを実現する方法を見出すことができれば、パムもフィリップも癒すことになるだろう。

セラピー分野で流行した言葉、【許し】が頭に浮かび、ユリウスはその言葉にひるんだ。この分野で巻き起こる近年のさまざまな動向の中で、【許し】をめぐる論争こそが、ユリウスを悩ませるものだった。過去の事象を手放すことができず、恨みを抱き、穏やかさを見出すことのできないクライアントを、セラピストであれば誰でも援助した経験はあるだろう。そして、クライアントが【許す】ことができるように、怒りと恨みから離れさせるためのさまざまな援助をする。実際、経験豊富なセラピストは【手放す】ための技法を豊富に備えていた。しかし、単純でビジネス化した【許し】の業界は、セラピーのこの一つの側面を拡大し、持ち上げ、そして社会全体に売り込むために、まったく新しいものであるかのように提示した。そして、そのマーケティング戦略は、民族虐殺、奴隷制、植民地搾取などのさまざまな犯罪に対する現在の社会的および政治的な【許し】の風潮と暗黙のうちに融合した。こうして【許し】は大きな支持を集めていったのだ。ローマ法王でさえ、近年になり、過去の十字軍による13世紀のコンスタンティノープル略奪について許しを請うたくらいだ。

では、フィリップが去った場合、セラピストとして彼はどう感じるだろうか。フィリップを見捨てる選択肢はないと考えるものの、彼を思いやることはどうしてもできなかった。ユリウスは学生だったおおよそ40年前、2千年以上前に書かれたテレンティウスの風刺詩を引用したエーリヒ・フロムの講演を聞いたことがある。

「私は人間であり、人間が体験しうることにはなじみを感じている」

優れたセラピストは不確実さに飛び込み、クライアントの空想や衝動のすべてを認めようとする意思が必要であるとフロムは強調した。それを思い出し、ユリウスは目下の状況でそれを試みた。フィリップはベッドを共にした女性のリストを作った。それは彼がまだ若かったからではないか？　確かにそうかもしれない。そして、他の男性も同じようなことをしている。

ユリウスは、フィリップと彼の将来のクライアントに対して責任があることを思い出した。ユリウス自身が、フィリップを自分のクライアントとして、そしてその後に指導を与える者として受け入れたのだ。好みとは別に、フィリップは将来多くのクライアントと出会うことになるだろうから、今ここでフィリップを見捨てることは、セラピストとして教育者として、そしてモデルとして望ましくない。何より道徳的ではない。

これらを念頭に置きながら、ユリウスは何を言うべきか考えた。そしておなじみの、彼自身が抱えるジレンマの説明から始めたいと考えた。その切り出し方を幾通りかイメージした。しかし今の状況はあまりにも緊迫しすぎており、どんな戦略も有効には思えなかった。意を決して、ユリウスはフィリップに向けて口を開いた。

「フィリップ、パムに応じたときに、キミはキミ自身を【その男】と第三者的に言及していた。【私】とは言わず【その男】と。その男は彼女にリストを渡さなかった、と。それで私は思った。今のキミは当時のキミとは別人であると言いたかったのだろうか、と」

今まで見つめ合うということが一切なかったにもかかわらず、フィリップは目を開けてユリウスの目を見た。その視線に感謝の気持ちは含まれていたのだろうか。

フィリップは答えた。

「その通りです。昔から知られているように、身体の細胞は老化して死に、そして定期的に入れ替わります。数年前までは、生涯を通じて脳細胞だけは、女性の場合は卵子もですが、変わらずに保たれると考えられていました。しかし研究により、神経細胞もまた死滅し、私の大脳皮質を形成する細胞を含め、新しいニューロンが継続的に生成されていることが示されました。15年前に私の名前を名乗っていたその男の細胞は、今の私には一つも存在していないと言っても過言ではありません」

「なので裁判長、その男は私ではありませんでした」

トニーが強い口調で言い放った。

「率直に言って、私は無罪です。私ではなく、他の誰か、または他の脳細胞がそれをやったのです」

「ねえ、そういう皮肉ってフェアじゃないわ、トニー」

レベッカが言った。

「私たち全員、パムを手助けしたいと思っているけど、フィリップを責めるだけじゃ、どうにもならないわ。彼に何をしてもらえばいいと思う？」

「おう、それなら最初に謝ったらどう？」

トニーはフィリップに目を向けた。

「難しい？　それを言ったら顎が外れるとか？」

そしてスチュアート。

「私はあなた方お二人に言いたいことがあります。まず、フィリップさん。私は最新の脳研究を常に把握しておりますが、細胞再生についての見解は正しくないと言いたいです。別の個人に移植された骨髄幹細胞が、脳の限定された領域、例えば海馬や小脳のプルキンエ細胞で神経細胞になる可能性があることを示す最近の研究はありますが、大脳皮質で新しい神経細胞が形成されるという証拠はまだありません」

「誤りを認めます」

とフィリップ。

「参考文献をいくつかいただければ幸いです。電子メールで送ってもらえますか？」

フィリップは財布から名刺を取り出し、スチュアートに渡した。スチュアートは受け取った名刺をそのままポケットにしまい込んだ。

「そして、トニーさん」

スチュアートは続けた。

「私はあなたに反論するつもりはありません。あなたの正直さは好きですが、今回はレベッカさんに同意します。少し言いすぎでしょう。私が最初にグループに加わったとき、トニーさんは性的暴行容疑で、週末は刑務所に入る代わりに高速道路の清掃作業に従事していましたね」

「いや、傷害罪だ。性的暴行の容疑はでたらめで、相手は取り下げた。それと傷害罪もでっち上げ。けど、あんた、何が言いたい？」

「私の言いたいことは、トニーさんが何かに対して謝罪したという話を聞いたことがないということです。でも、あなたはここではたくさん手を差し伸べられてきました。このグループの女性たちから」

スチュアートはパムに目を向けた。

「あなたも、トニーさんの、何でしょう、無秩序さに惹かれて。例えば、トニーさんが高速道路の清掃作業をしているときに、パムさんとボニーさんはサンドイッチの差し入れをしていました。それで私とギルさんが、あなたには勝てないと話していたこともあります。あなたの……なんでしたっけ？」

「野生の精神」

とギル。

「そりゃそうさ」

トニーはニンマリと笑った。

「野生の生き物。原始的な人間。かっこいいじゃない？」

「だとしたら、フィリップさんに少し手加減をしたらどうですか？　野生の精神はトニーさんにとっては良いかもしれませんが、フィリップさんにとってはそうではない。フィリップさんからも話を聞きましょう。パムさんが体験したことはひどく辛いことだったと思いますが、ペースを落としましょう。集中攻撃はいけない。15年前です。かなり昔のことですから」

「う～ん」

トニーは続けた。

「俺にとっちゃ、昔じゃなくて今が大事なんだよね」

トニーはフィリップに目を向けた。

「先週みたいに……フィリップ……くそー、目を見て聞いてくれよ。イライラする！　あんたは、レベッカがあんたに気があるって言っても、何も感じないと言ったよな。なんて言葉だっけ……ええと……いちゃつくじゃなくて……ああ、思い出せねぇ」

「気を引く」

ボニーがそう言うと、レベッカは両手で頭を抱えた。

「いつまでこのことを話すつもり？　髪を下ろすというおぞましい罪に時効はないの？　いつまでやれば気が済むの？」

「もうしばらくはかかるよ」

と、トニーはフィリップに向き直った。

「フィリップ、質問に答えてくれるかい？　あんたは修行僧みたいな奴だってところを見せているが、いかした女にさえ興味がないのかい？」

「こういうことです」

フィリップはトニーではなく、ユリウスに向かって話し始めた。

「私がグループに参加するのを渋ったのは」

「こうなると思っていた？」

「そう。十分検証された方程式のようなものですが」

フィリップは続けた。

「人と関わらなければ関わらないほど、私は幸せです。人生を生きようとしましたが、ただ動揺するだけでした。人生から離れて、何も欲しがらず、何も期待せず、思索的な探求に身を投じることだけが、穏やかな生活への唯一の道です」

「キミの言うことはわかった、フィリップ」

ユリウスは続けた。

「しかし、グループに参加したりグループを開いたり、またクライアントの人間関係を手助けしたりするなら、人と関わることは絶対に避けられないことだ」

ユリウスは、パムが困惑しながらゆっくりと頭を振っていることに気づいた。

「いったいなんなの？　おかしすぎるじゃない。フィリップがここにいて、レベッカがその男の気を引こうとしている？　フィリップがグループを開いてクライアントの手助けをする？

いったいどういうこと？」

「そうだな、パムに教えてあげないといけない」

ユリウスは言った。

「スチュアート、得意だよね」

とボニー。

「やってみます」

とスチュアート。

「ええと……パムさん、あなたがここを離れていた2カ月の間に……」

そこでユリウスが口を挟んだ。

「スチュアート、今は私たち皆でやってみよう。キミに全部やってもらうのは不公平というものだ」

「そうですね。でも、やらせてくれますか、概要を説明するだけでも」

ユリウスが口を挟もうとしたのを見て、スチュアートは慌てて言った。

「一つだけ言ったら黙ります。パムさん、あなたが離れてしまったことは、私にとってはショッキングなことでした。私たちが力不足だったので、失望させたと感じました。助けを求めてのことでしょうが、インドには行ってもらいたくなかった。終わりです。次どうぞ」

ボニーがすぐに口を開いた。

「一番大きかった出来事は、ユリウス先生が病気だって話してくれたこと。パムさん、これは知ってる？」

パムはゆっくりと頷いた。

「先週、インドから戻ってきたことを伝えたときに聞いたわ」

ギルが割って入った。

「ボニーさん、悪く思わないでもらいたいですが、少し修正させてください。本当は、ユリウスさんが教えてくれたのではなく、フィリップさんが加わった最初のミーティングの後、皆でお茶をしに行ったときでした。ユリウスさんは個人的にフィリップさんに病気のことを伝えていたので、その時に、フィリップさんが私たちにそのことを話してくれたんです。ユリウスさんは、フィリップさんが先に言ってしまったことにかなり腹を立てていました。次は誰が話しますか？」

「フィリップはここに5回来ていて、セラピストになるためのトレーニングを受けてる途中。それと私の理解では、ユリウスのセラピーを何年も前に受けていたようだわ」

とレベッカ。次にトニーが口を開いた。

「俺らはユリウスの、その……身体の状態について話してきたんだけど、なんて言えばいいか……」

「癌だ。口に出すのも勇気がいる言葉だ。わかるよ、トニー。しかし、顔を見て、しっかり言うのがベストだ」

「あんたはタフな爺さんだ、ユリウス」

トニーは続けた。

「俺たちはユリウスの癌について話してた。それと比べると、なかなか誰も自分のことを話せない。そういうことを話してた」

フィリップを除いて皆が話をした。そのフィリップが口を開いた。

「ユリウスさん、私が最初にあなたに会いに行った理由をグループに話してもらってもよいでしょうか」

「もちろんだ、フィリップ。だが、心の準備ができたら自分で説明してもらいたい」

フィリップは頷いた。

その後もフィリップに話す様子がみられないので、スチュアートが様子を窺った。

「よし、そしたら私に戻って、第2ラウンドと行きますか？」

皆が頷くのを見て、スチュアートは続けた。

「ある回に、レベッカさんがフィリップさんに色目を使っていることが気になる、とボニーさんが話しました」

そこでスチュアートは間を置き、ちらっとレベッカを見て、そして付け加えた。

「あくまでもボニーさんにはそう見えたということですが。そしてボニーさんが自分のことを魅力的ではないと思っていることに関して、皆で話し合いました」

「それに不器用なことと、パムさんやレベッカさんのような女性と張り合うこともできないこと」

ボニーは付け加えた。

「パムさん、あなたがいない間、フィリップさんはたくさん役立つコメントをしてくれたわ」

「んでも、自分のことは何も話してないんだよね」

とレベッカに続きトニー。

「それと最後にですが……」

スチュアートが話し始めた。

「……ギルさんが妻と真剣に向き合い、そして一時的に別れることまで考えた、ということがありました」

「そんなに大したことじゃないですよ、スチュアートさん。別れるって言ったって、4時間しか続かなかったことですし」

とギル。

「振り返りありがとう」

ユリウスがそう言いながら時計を見た。

「終わる前に、パム、聞かせてくれるか。どう思った？」

「まだ実感がわかないわ。頑張ろうとはしているけど、ここで終わってくれて助かった気もする。もう頭がパンクしそうな感じよ」

荷物をまとめながらパムはそう答えた。

「これだけは言わせて」

とボニーが硬い表情で。

「私がこのグループを好きなのは知っていると思う。でも、ほんと怖くて。グループが爆発して、バラバラになっちゃいそうな気がする。パムさんも、フィリップさんも、みんなも、次回も来てくれるよね？」

「直接的な質問に直接的に答えます」

フィリップは素早く答えた。

「このグループに6カ月間留まることに同意しましたし、その後のスーパービジョンも受けることになっています。セッション代も払いますし、契約は守るつもりです。ですから、辞めるつもりはありません」

「パムさんは?」

ボニーに問われたパムは即座に立ち上がった。

「もう今日はこれ以上考えられないから」


帰り際に、グループのメンバーがカフェに行く旨の話をしているのがユリウスの耳に入った。何を話すのだろう。フィリップは誘われたのだろうか。メンバーは、全員が揃わないのであれば、セッション外で集まるのは望ましくないということは知っている。そう思っているうちに、フィリップとパムが同じタイミングでドアに向かっていることに気がついた。ユリウスは注意深くその様子を見た。フィリップは、ドアが二人いっぺんに通るには狭すぎることに気がつき、立ち止まった。そして【どうぞお先に】とパムにささやき、一歩下がってパムが先にドアを通れるようにした。パムは、まるでその姿が目に入っていないかのように、フィリップの目の前を足早に通り過ぎていった。

第14章

ボニーの心配は杞憂に終わった。次のグループでは、全員が定刻より早く席についていた。ただし、フィリップだけは、ちょうど4時30分に席についた。

グループ開始時の短い沈黙は珍しいことではない。最初に話題を提供するメンバーに多くの時間が割かれ、皆が注目する傾向にあるからだ。そのためメンバーは注意深く発言したほうがよいことを、グループに参加してすぐに学ぶ。しかし、フィリップは空気を読むということがなく、すぐに口を開いた。目を合わせないようにしながら、感情のこもっていない機械的な声で話し始めた。

「先週帰国したメンバーの件ですが……」

「あんた、名前忘れたのかい？　パムだよ」

トニーが割り込んだ。

フィリップは顔を上げることなく頷いた。

「リストに関するパムさんの説明は、十分に正しいものではありませんでした。そこには私がその月に性交をした女性の名前だけではなく、電話番号もありました」

パムが皮肉たっぷりに口を挟んだ。

「電話番号！　ああ、そんなに大事なことを忘れていたなんて！　これはこれは失礼しました！」

それに動じることなく、フィリップは続けた。

「そのリストには、各女性の性行為の好みについての簡単な記述もありました」

「性行為の好み？」

トニーは尋ねた。

「そうです。各女性が性交の際に好んだ行為です。例えば、バックから。シックスティー・ナイン。長い前戯。背中のマッサージから始める。マッサージオイル。叩かれるのに夢中になる。乳首を吸われる。手錠を好む。ベッドに縛られる」

ユリウスは顔をしかめた。いったい何のつもりだ。パムの好みをここで言うつもりなのか？

それはまずいことになる。

ユリウスがフィリップを制止しようとする前に、パムが叫び声をあげた。

「ほんと気持ち悪い。最低！」

パムが前かがみになったので、皆はパムが立ち上がってそのまま立ち去ってしまうのではないかと思った。

ボニーはパムを制するように、彼女の腕に手を置いた。そしてフィリップに言い放った。

「フィリップさん、おかしいよ？　どうしてそんなこと言い出すの？　自慢したいわけですか？」

「私もボニーさんに同感です」

ギルも賛同した。

「私にはわかりません。見てください、今、総スカンを食らっていますよね。私も動揺しています。私には到底そんなことはできない。いったい何をしたいんです？　火に油を注いで【俺を丸焦げにしてくれ】とでも言っているかのようです。責めるつもりはありませんが、常人にはできないと思います」

「ええ、私も同感です」

スチュアートも賛同した。

「もし私がフィリップさんの状況にあったら、敵に弾薬を与えないで、可能な限り自分に敵意がないことを示すと思います」

ユリウスはその場を落ち着かせようと試みた。

「フィリップ、この数分で何を感じている?」

「私はそのリストについて説明する必要があると感じたので、そうしました。当然のことながら私は、この結果に完全に満足しています」

ユリウスは踏みとどまった。そして、出せる限りの穏やかな声で言った。

「数人がキミにフィードバックを与えた。それについてどう思う?」

「それは私が気にするものではありません、ユリウスさん。人からの意見を取り入れることには絶望が伴います。自分自身を信じることが最善です」

ユリウスは頭の引き出しから別のツールを取り出した。それは、条件付きの声を引き出すという戦略だ。

「フィリップ、思考実験を試してみようではないか。哲学者の十八番だろう。キミが心の平静を保ちたいと考えていることは理解している。だが、少しの間だけ、私の機嫌をとるつもりで考えてみてくれ。キミが今日、他の人の反応について感情を抱いているとしたら、それは何か想像してみてくれるか?」

フィリップはユリウスの質問について考え、わずかに微笑んだ。ユリウスの創意工夫に対する賞賛の印だろうか。フィリップは頷いた。

「思考実験？　いいでしょう。もし私が感情を抱くとしたら、パムさんが獰猛にも私の邪魔をしたことに対する慄きでしょう。彼女が私に危害を加えたがっていることに気づいていないわけではありません」

それを聞いてパムはすぐに口を挟もうとしたが、ユリウスが素早くそれを制し、フィリップに話を続けさせた。

「ボニーさんはなぜ私が自慢をするのかと尋ねました。そしてギルさんとスチュアートさんは、なぜ私が【焼身自殺】をしようとするのかと尋ねました」

「なんて？」

トニーが尋ねた。

パムは口を開けて言葉を発しようとしたが、それより先にフィリップが反応した。

「焼身自殺、火によって自分の身を滅ぼすこと」

「よし、もう一息だ」

ユリウスがフィリップに言った。

「キミは起こったこと、つまりボニー、ギル、スチュアートが言ったことを正確に説明した。もしそれらのコメントに対して仮に感情を抱くとしたらどうだろう？　思考実験を続けてみてくれるか」

「そうです、私は軌道から外れました。このことに対して、私の無意識が現れていると、ユリウスさんなら思うでしょう」

ユリウスは頷いた。

「続けてくれるか、フィリップ」

「私は完全に誤解されていると感じるでしょう。まずパムさんには『それで不問に付そうとしたわけではありません』と言うでしょう。ボニーさんに対しては『自慢しようなんて一切思っていませんでした』と。ギルさんとスチュアートさんに対しては『警告に感謝します。けれど私は自分を傷つけようとはしていませんでした』と言うでしょう」

「フィリップさん、あなたが何をしていないかはわかった。でも、私はちょっと混乱してる。だから、どんなつもりだったのか教えてくれる？」

とボニー。

「私は単に間違っていた記録を正しました。論理学が命じることに従っていたということです。それ以上でもそれ以下でもありません」

グループは、フィリップとのやりとりの後にはお決まりの精神状態に陥った。フィリップは実に理性的であり、日常のもめごととは無縁の存在であった。誰もがうつむき、当惑し、そして混乱していた。トニーは首を横に振った。

「キミが言ったことは理解した」

ユリウスが口を開いた。

「最後の言葉【それ以上でも以下でもない】を除いてだが。そこは理解しかねる。どうして今日、この時点で、私たちとの関係においてそれを望む？　キミはそれをやりたがっていたし、待ちきれなかった。私にはキミのそのプレッシャーが感じられた。グループが指摘したような、明確な否定的結果にもかかわらず、キミは今日すぐに飛び込む決心をした。どうしてそうしたのか、一緒に探ってみようではないか。キミが得られたものはなんだったのかね？」

「簡単な質問ですね」

フィリップは答えた。

「その理由は明確です」

沈黙。みながフィリップの次の言葉を待っていた。

「あんたムカつくよ」

トニーが口を挟んだ。

「フィリップ、もったいぶるなよ。いつもそうだ。お願いしないと次が出てこないのか？」

「どういうことですか？」

フィリップは困惑した顔で尋ねた。

「私たち全員、フィリップさんが言った【明確な理由】を聞こうとして待ってるのよ。わざと私たちを惑わそうとしているの?」

とボニーが説明を加えた。

「私たちは知りたくない、または知りたいとも思わないと思ってる?」

とレベッカ。

「そういうことでもありません」

フィリップは答えた。

「これは単純に私の問題です。集中が切れて、いつものように内側を見始めただけです」

「それは注目に値する」

ユリウスは言った。

「集中が切れるのには理由があるはずだ。そしてその理由には、グループとのやりとりが含まれる。自分の行動が気まぐれで、勝手に降り出す雨のようなものだと思っているなら、キミは無力な存在であると自分自身思っているはずだ。キミが定期的に私たちを避けて、内向きになるのには理由があるはずだ。それはキミに不安が湧き上がっているためだと私は推測している。今回の場合、キミが集中を欠いたのは、今日の初めのキミの言動と関連があるように思える。

それについてもっと考えられるかね？」

　フィリップは黙って、ユリウスの言葉を噛みしめていた。

　ユリウスは、他のセラピストを治療する際に、ハードルを徐々に上げていく彼独自の方法を持っていた。

「もう一つ、フィリップ、もしキミが将来クライアントに会ったり、グループを率いたりするときに、集中力を失って内向きになってしまっては困ったことになるだろう」

　ビンゴ！　ユリウスのこの介入は効果的で、フィリップはすぐさま答えた。

「私は自己防衛のために自分がしたことを明らかにしたのです。パムさんはリストについて知っていたので、彼女はいつでもその爆弾を落とすことができる状況でした。それで私は落ち着いていられず、自分で先に語ってしまおうと思いました。そのほうがましだったということです」

　フィリップはためらいを見せたが、息を吸い込んでさらに続けた。

「ボニーさんの言及についてですが、その年、私は性的にかなり活発でした。だからそのリストを持ち続けていました。パムさんの友人との3週間の関係は、私にとっては珍しかった。私は一夜限りの関係を好んでいましたが、特に性的な衝動が強く、新しい人に会うことができなかったときは、複数回会うこともありました。同じ女性に再度会うときは、記憶を呼び起こすために、そしてその人のことを私が覚えていると思わせるために、メモが必要でした。もし会う女性が、自分はたくさんいる中の一人であるとわかってしまったら、うまくはいかなかったでしょう。ですから、そのメモは自慢でもなんでもなく、私が個人的に使用していたにすぎません。けれどモリーさんが私の留守中にアパートの部屋に押し入り、鍵のかかった机の引き出しを壊して、そしてそのリストを盗んだのです」

目を丸くしたトニーは尋ねた。

「それじゃ、こういうことか？　あんたはたくさんの女とやって、誰が誰だかわからなくならないようにメモを取った。そういうことをここで話しているのか？　いったい何人とやった？　本当にどうやってやりのけたんだ？」

ユリウスは心の中で唸った。トニーの妬みが表現されなかったとしても、事はすでに十分に複雑であり、かつ、パムとフィリップの間の緊張は耐え難いほどだった。その緊張を和らげる必要があったが、ユリウスはどうすればよいのか思いつかなかった。そんな状況下で、予期せぬ助っ人が現れた。レベッカだ。レベッカがミーティングの流れを一変させた。

「中断させてしまって悪いけど、少し時間をもらえるかしら」

レベッカは続けた。

「この一週間、まだ誰にも言ってないことを話そうかどうか考えていたの。ユリウスにも話してないことよ。私の闇歴史」

レベッカは間を置いてグループを見回した。皆の目が彼女に向けられていた。

「いい？」

ユリウスはパムとフィリップに目を向けた。

「二人はどうかね？　解消されていない感情もあるだろうが」

「大丈夫です。少し時間が欲しいし」

とパム。

「キミは？　フィリップ」

フィリップは頷いた。

「私はもちろんかまわない」

ユリウスは続けた。

「ただ、今日そのことを話そうと決めた理由を説明してもらえるかな？」

「勇気があるうちに突き進んだほうがいいと思ったから。始めるわよ。10年くらい前、結婚の約2週間前。私はラスベガスのコンピューター博覧会で新製品のプレゼンテーションをしたの。

その時はすでに退社届を提出していて、このプレゼンテーションが私の最後の仕事だった。その会社での最後の仕事というだけじゃなくて、人生の最後の仕事になるって考えてた。妊娠2カ月だったし、夫のジャックと私は一カ月の新婚旅行を計画してた。仕事から離れて、その後は家のことと赤ちゃんの世話をすることになっていたわ。法学部に入るずっと前の話よ。もう二度と働くことはないだろうと思っていたわ」

「そのラスベガスで、ちょっと私はおかしくなっていたのかもしれない。ある晩、なんとなくホテルのバーに行ってしまったの。飲み物を頼んで、それからすぐに綺麗な身なりの男性と楽しい会話を始めたわ」

「彼は私が【ワーキング・ガール】（売春婦の意）かどうか尋ねた。あまり聞きなれない言葉で、訳もわからず肯定したわ。私の仕事について話すまもなく、彼は料金を尋ねた。私は息を呑んで彼の顔を見たわ。ハンサムだった。それで『150ドル』と答えた。彼は頷いた。その後、彼の部屋に行った。次の夜、ホテルを変えてもう一度同じ料金で。そして最後の夜はお金をもらわずに身体の関係を持った」

レベッカは深呼吸し、大きく息を吐いた。

「それだけよ。誰にも話したことがなかった。ジャックに話そうかとも考えたけど、結局話さなかった。誰が得するの？　彼は悲しむだろうし、私にだってちょっとした罪滅ぼしにしかならない……って、バカ、トニー。つまらない冗談やめて」

財布を取り出して紙幣を数えていたトニーは手を止めて、おどおどした笑顔で言った。

「ちょっと場を明るくしようとしただけだよ」

「軽いことだと思われたくはないわ。これは私にとっては深刻な問題よ」

レベッカは笑顔を見せた。気持ちとは関係なく、レベッカは思いのままにそのような笑顔を人に見せることができた。

「それです。それが本当の開示だと思います」

レベッカは、そう言い放つスチュアートに目を向けた。スチュアートが過去に何度も、レベッカのことを磁器人形と呼び、人工的な完璧さについて言及していたことをレベッカは思い出していた。

「それで、スチュアート、あなたはどう思うの？　たぶん、本当のレベッカは可憐な人形のように完璧ではない？」

「そんなふうに考えてはいませんでしたよ。数日前にレンタルした映画『グリーンマイル』を思い出していました。有罪判決を受けた囚人が最後の食事をしている光景が忘れられません。ラスベガスであなたは、結婚する前に最後の自由を味わおうとしたのだと私は思いました」

スチュアートの発言に頷くユリウス。

「私も同意する。キミとずっと前に話したことのようにも思えたよ、レベッカ」

ユリウスはグループの方を向いて話し始めた。

「何年も前に、レベッカと私は個人セラピーで、結婚の決断に関して一年ほど取り組んだことがある」

ユリウスはレベッカに向き直って話しかけた。

「そう、何週間にもわたって、自由を失ってしまうことへの恐れについて、自分の可能性が閉ざされてしまう感覚について話し合った。スチュアートが言うように、ラスベガスで起きたことは、それらの懸念の表れだったのだと私も思う」

「ユリウス、その時のことで、一つ思い浮かぶことがあるの。【すべての肯定には否定が必要であり、片方を選ぶことでもう片方が排除される】と言った賢人を誰かが探しているという小説があるって教えてくれたこと、覚えてる？」

「ねえ、その本知ってるわ。それってジョン・ガードナーの『グレンデル』よ」

パムが口を挟んだ。

「賢者を探していたのはグレンデル、悪魔よ」

「どこでつながっているかわからんな」

ユリウスは言った。

「ほぼ同時期に数カ月間、パムの個人セラピーをしていたが、その時にパムがその小説を紹介してくれた。レベッカ、もしそのコメントが役に立ったなら、感謝はパムにすべきだ」

レベッカはパムに大きな感謝の笑顔を見せた。

「パム、あなたは間接的に私を癒してくれたわ。そのフレーズ【もう片方は排除される】を書いたメモを鏡に貼り付けて毎日見てた。その言葉は、ジャックに対して【はい】と言うのが難しいわけを説明してくれたわ。ジャックは悪い人ではなかったのに」

そして次に、ユリウスに向けてレベッカが話した。

「優雅に年をとるためには、可能性の限界を受け入れなければならないと言ったわよね。そのことを思い出した」

「ガードナーのずっと前に……」

フィリップが口を開いた。トニーをちらっと見ながら言った。

「ハイデガー、つまり20世紀前半の重要なドイツの哲学者ですが……」

「重要なナチスの一員でもあるわ」

パムが口を挟んだが、フィリップはそれを無視して続けた。

「ハイデガーは、可能性の限界に立ち向かうことについて述べています。実際、彼はそれを死への恐れと結びつけました。彼は、死はそれ以上の可能性が不可能であること、と示唆しました」

「死とは、さらなる可能性が不可能であるということ」

とユリウスは繰り返した。

「心に迫る言葉だ。私もそれを鏡に貼り付けるとしよう。ありがとう、フィリップ。触れておきたいたくさんのことが今起きている。それにはもちろんフィリップ、キミの感じていること、そしてパムのことも含まれる。ただその前に、レベッカ、キミに言いたいことがある。ラスベガスでのそのエピソードは、私と個人セラピーをしている期間内に起こったことだ。そしてキミは、私にそのことについて何も言わなかった。つまり、それはキミがそのことをとても恥じていたということを物語っているように思える」

レベッカは頷いた。

「ええ、私はこのことを封印するつもりだったわ」

一呼吸置いて、他に何か言うべきかどうか考えた後、レベッカはさらに付け加えた。

「恥ずかしいだけじゃないの、ユリウス。ちょっと話したくないけど……すごく恥ずかしいんだけど、その後にそのことを何度も空想した。空想すると、信じられないほどの興奮があって。性的な興奮だけじゃなくて、【法の外にいる】っていう、原始的であることの興奮」

レベッカはトニーに向き直って続けた。

「トニー、それがあなたの魅力の一つよ。刑務所に入ったり、バーで喧嘩したり、規則を無視していつも自分でいられるところ。でもさっきのはやりすぎ。お金を出そうとしていたのは不快だったわ」

トニーが口を開く前に、スチュアートが話し始めた。

「勇気がありますね、レベッカさん。尊敬に値します。そのおかげで、私も今まで話さなかったことを話したいと思いました。ユリウス先生にも、前の精神科医にも、誰にも話していないことです」

スチュアートはためらいがちに、それぞれのメンバーの目を見た。

「安全かどうか確かめたい……リスクを伴うことなので。ここは安全だと感じていますが、フィリップさん、あなたのことを私はまだよく知りません。ユリウス先生からはグループの守秘義務について聞いていると思いますが……」

誰も何も言えなかった。

「フィリップさん、何も言ってもらえないと、息が詰まります」

フィリップに直接向き合い、スチュアートはそう言った。

「何か言ってくれませんか?」

フィリップは見上げた。

「答えが必要だとは知りませんでした」

「ユリウス先生が、あなたに守秘義務について話したかどうかと聞きました。語尾も上がっていましたよね。それは質問であることを意味します。それに、信頼に関する文脈が、あなたからの回答を必要としているということがわかりませんでしたか?」

「わかりました」

フィリップは語り始めた。

「はい、ユリウスさんは私に守秘義務について話してくれました。そして、守秘義務を含むグループの基本的なルールのすべてを尊重すると約束しました」

「ありがとうございます」

スチュアートは言った。

「フィリップさん、以前はあなたを単に傲慢な人だと思っていました。でも今では、あなたは単に人に慣れていないだけ、飼いならされていないだけだと思い始めています。それと、その点に関しては答えを必要としていません」

「言うねぇ、スチュアート！　そうでなくちゃ」

トニーはにやにやしながら言った。

スチュアートは頷いた。

「フィリップさん、あなたを否定するつもりはありませんでしたが、ここが完全に安全であることを確かめたかったんです」

スチュアートは深呼吸をした。

「では始めます。13年か14年前、研修を終えたばかりの私が医師として働き始めようとしていた頃です。その頃、私はジャマイカの小児科学会に行きました。このような大会の目的は、最新の医学研究に遅れずについていくことですが、多くの医師が他の理由で行くことはご存じの通りです。医師としての働き口、あるいは大学での職を探すということです……またはただ楽しい時間を過ごしたり。ところが私にとってはどれもうまくいかず、さらに悪いことに、マイアミに戻る飛行機が遅れて、カリフォルニアへの便に乗り遅れてしまいました。最悪な気分で、その夜は空港のホテルで夜を過ごすことになりました」

グループのメンバーからは、このように自己開示するスチュアートに大きな注目が集まった。スチュアートは今までに見せたことのない彼の一面を今明らかにしているのだ。

「私は夜の11時30分頃にホテルにチェックインし、エレベーターで7階まで上がりました。この時のことは、おかしいくらい鮮明に覚えています。長く静かな廊下を自分の部屋に向かって歩いていると、突然ドアが開いて、錯乱状態の、ナイトガウンをだらしなく着た女性が廊下に出てきました。当時の私より10歳から15歳くらい年上だったでしょうか。魅力的な、スタイルの良い女性でした。その人は私の腕をつかみました。吐息からはアルコールの匂いがしていました。その人は、ホールで誰か見たかどうかと私に尋ねました」

「『誰も、なぜ?』。私は答えました。それからその人は6千ドルを配達人からだまし取られたと話したので、私はフロントや警察に電話するよう勧めました。ですが不思議なことに、その人にはそうする気はなさそうでした。それからその人は私に彼女の部屋に入るように言いました。部屋の中で私はその人を落ち着かせようとしました。その人の言っていることは明らかにおかしく、妄想であると私は判断したからです。それから話が転じて、最終的にベッドを共にするに至りました。本当にそうしたいのかどうか、私はその人に何度も尋ねました。そうだと彼女は何度も答えました。だから私はその人を抱きました。そして彼女が眠っている間に自分の部屋に戻り、数時間眠り、そして早朝の飛行機に乗りました。飛行機に乗る直前に、ホテルに匿名で電話をかけ、7階の12号室に医療処置が必要な客がいることを伝えました」

しばらく沈黙した後、スチュアートは「それだけです」と付け加えた。

「それだけ?」

トニーがやや不満げに言った。

「酔っ払ったエロい女が、ホテルの自室にあんたを招き入れ、そこであんたを求めた。マジか。拒むことなんてできるはずないだろ」

「違います、トニーさん」

スチュアートは興奮したように言った。

「私は医者です。病気の人、おそらく初期の、または本格的なアルコール性の幻覚を起こしている人が目の前に現れた。そして、私はその人を食い物にしてしまった。それはヒポクラテスの誓いに反する行為であり、ひどい犯罪であり、私はそれを許せない。心に焼きついてしまい、その夜のことを手放すことができないんです」

「スチュアートさん、そんなに自分を責めないで」

とボニー。

「その女性は一人で寂しくお酒を飲んで、たまたま廊下に出たときに、魅力的な若い男性を見つけて、彼をベッドに招待した。彼女が欲しかったもの、そしてたぶん、彼女が必要としていたものをスチュアートさんが提供しただけだと思う。きっと彼女にとって良いことをしたのだと思うし、彼女は幸運な夜だったと思っていると思う」

他のメンバーであるギル、レベッカ、そしてパムも話す準備ができていたが、スチュアートは素早く口を挟んだ。

「そんなふうに言ってくれてありがとう。自分でも何度も同じように言い聞かせましたよ。でも、今はそういうことを言ってもらいたいんじゃないんです。ただ聞いてもらいたかっただけなんです。何年も隠し続けたこの浅ましい行為を明るみに出した。それだけで十分です」

それを聞いてボニーが言った。

「話してくれてありがとう、スチュアートさん。でもこれって、前に話していた、あなたが私たちの助けを受け入れようとしない、ということと関係していると思う。スチュアートさんは、他人を助けることに関しては優れているけど、助けを得ることはあまり得意じゃない」

「たぶん医師特有の性質だと思います。医学部では、患者になるための授業など受けたことがありませんし」

スチュアートはボニーにそう答えた。

「あんた、仕事のこと忘れられない？」

トニーが尋ねた。

「マイアミのホテルにいたその夜は、あんたは勤務時間外。深夜にほろ酔いのエロい女がいて、そいつが求めてきたら拒む必要はないよね。やっちゃえばいいんだよ。何も考えずにさ」

スチュアートは首を横に振った。

「少し前、ダライ・ラマが仏教の老師たちに話している録音テープを聞いたんですが、そのうちの一人がダライ・ラマに、燃え尽き症候群について尋ねていました。燃え尽き症候群を避けるために、定期的に休みをとるべきかどうかといった趣旨の質問。それに対するダライ・ラマの返事に感銘を受けたのを覚えています。『休み？　例えば仏陀が【申し訳ない。今日は勤務しておりません】だとか、苦しみを抱える人に対してイエスが【すみませんが、今日はお休みをとっています】と答えますかね』。ダライ・ラマは笑いが絶えない人ですが、休みをとるという考えは特におかしかったらしく、笑いをこらえられないようでした」

「食えないね」

トニーは言い放った。

「あんたは自分の医学博士という肩書きを、人生を避けるために使っているとしか思えないね」

「そのホテルで私がしたことは間違いでした。それに関しては、誰から何を言われようとも変わりません」

ユリウスが口を挟んだ。

「14年前のことをキミは今も手放していない。その事件の後遺症はあるかね？」

「自責と自己嫌悪以外に？」

そう確認するスチュアートにユリウスは頷いた。

「私はまさに医師としての任務を果たしてきました。今まで一瞬たりとも、倫理に反する行為はしていません」

「スチュアート、キミは罪を償ったと思う。一件落着だよ」

ユリウスがそう言うと、他のメンバーからも同意の声が上がった。

スチュアートは微笑んだ。

「子どもの頃によく行っていたミサを思い出しますね。今まさに懺悔をしたばかりのようだ」

「話をしていいかな」

ユリウスが言った。

「数年前、上海でさびれた大聖堂を訪れたことがある。私は無神論者だが、宗教的な場所を訪ねるのは嫌いではない。そこでの話だが、あたりを少し歩き回り、懺悔室の聖職者側に座ってみた。すると、聖職者がとても羨ましく思えてきた。その力にだ。そこで【あなたは許されている】という言葉を口にしようとした。【天の男】からの許しの言葉を伝えるのが彼らの役割だ。どれだけ自信に満ちていることだろうか。それに比べると、私自身のやっていることがとてもちっぽけに思えた。しかし教会を出てから、少なくとも理性の原則に従って生きていることと、クライアントに神話を信じさせて、自分で考えるのをやめさせたりはしていないことを思い出した」

短い沈黙の後、パムがユリウスに言った。

「ユリウス、あなた少し変わったわ。私がインドに行く前のあなたと少し違う。自分の人生について話をし、宗教的信念についての考えを言う。昔はしなかったこと。病気の影響だと思うけど、そういうところも嫌いじゃないわ。ユリウス個人としての在り方がもっと好きになったわ」

ユリウスは頷いた。

「ありがとう。しばらく皆黙っていたので、誰かの宗教的な価値観を傷つけたかと、気が重くなっていたところだ」

「もし私のことを心配しているのなら、心配いらないです、ユリウス先生」

とスチュアート。

「アメリカ人の90％が神を信じているという世論調査もありますが、それはおかしい。私は10代で教会からは離れました。その時離れていなかったとしても、聖職者の小児性愛の件が明るみになったときに、間違いなく離れていたと思います」

「私も構いません」

フィリップが口を開いた。

「ユリウスさん、あなたとショーペンハウアーには、宗教に関して共通点があります。教会の指導者たちは、人が形而上学に何かを求めるという性質を利用したとショーペンハウアーは述べています。指導者たちは、事実を寓話で覆っていることを認めず、大衆に考えることをやめさせ、偽りの中で繁栄している、というのがショーペンハウアーの考えです」

これに対してユリウスは興味を持ったが、残りわずか数分であることに気づき、グループの注意を今ここでの現象に戻すことにした。

「今日はたくさんのことが起きたし、リスクを犯して皆が頑張ってくれた。どう感じているだろうか？　あまり語らなかったパム、そしてフィリップ？」

「やはり、苦しみから逃れることはできません」

とフィリップはすぐに応じた。

「今日ここで話されたことや、私や他人を不必要に苦しめてきたことは、性の大きく普遍的な力によってもたらされます。ショーペンハウアーは、性の力は私たちに組み込まれていると述べています」

「私は講義で頻繁にショーペンハウアーを引用しているので、性の力に関する彼の言葉を数多く知っています。いくつか引用させてください。性の力はすべての動機の中で最も強く最も活発である。それは人間が努力する究極の目標である。それは……大事な仕事を一時間ごとに中断させ、時には最も崇高な人の心をかき乱す。……性の力は躊躇なく人の心に侵入し、博識ある人間の思考の邪魔をする……」

「フィリップ、これは重要なことだが、今日終わる前に、ショーペンハウアーではなく、キミが感じていることを話してくれないか」

ユリウスがフィリップを制した。

「心がけますが、最後にもう一つだけ言わせてください。それは日々、価値ある関係を破壊する。立派で正直だった人の良心を奪い去る」

フィリップはここまで言うと、いったん口を閉じた。

「これが言いたかったことです。終わります」

「それだけかい、あんた」

トニーはフィリップと対決できるチャンスにニヤリと笑った。

フィリップは頷いた。

「残念なことに、私たちは生物学の犠牲者であり、スチュアートさんやレベッカさんが行ったような自然な行為に罪悪感を抱きながら生きています。そして、私たちは皆、性への服従から解放されるという目標を持っているのです」

フィリップの発言には決まって沈黙が続くが、その沈黙の後、スチュアートはパムに目を向けた。

「私がグループで明かしたことについてどう思いますか？　パムさん。ここで告白しようと考えたとき、あなたのことも念頭にありました。私を許すには、私と同じようなことをしたフィリップさんをも許さないといけないと思うので、パムさんを追い詰めてしまうのではないかと考えています」

「スチュアート、今まで通りあなたを尊敬しているわ。でも、私がこの問題に敏感であることを忘れてもらいたくない。私は婦人科医である元夫に搾取されたんだから」

「そうですね」

スチュアートは続けた。

「事態はもっと悪そうです。フィリップとアールの両方を許さずに、私が許されることはないでしょう」

「それは違うわ、スチュアート。あなたは道徳的な人。今日のあなたの話を、そしてあなたの後悔を聞いて、もっとそう思うわ。そして、マイアミのホテルでのその事件にはなんとも思わないわ。『飛ぶのが怖い』(Fear of Flying)を読んだことある?」

スチュアートが首を横に振るのを見て、パムは続けた。

「読んでみるといいわ。著者のエリカ・ジョングなら、あなたの体験を単なる【放埒なファック】(zipless fuck)と呼ぶでしょうね。相互的で自然に生まれたつながり。あなたは親切で、誰も傷を負うことはなかった。それにその人が無事であるか、後に確認もした。そしてそれ以来、あなたはその出来事を繰り返してはいけない行動として、道徳的に生きてきた。一方でフィリップは? ハイデガーとショーペンハウアーをモデルにした男について何が言える?

郵便はがき

料金受取人払郵便

杉並南局承認

1825

差出有効期間
2024年11月
30日まで

（切手をお貼りになる必要はございません）

168-8790

（受取人）
東京都杉並区
上高井戸1—2—5

星和書店
愛読者カード係行

ご住所（a.ご勤務先　b.ご自宅）
〒

(フリガナ)

お名前　　（　　）歳

電話　（　　）

★お買い上げいただいた本のタイトル

★本書についてのご意見・ご感想（質問はお控えください）

★今後どのような出版物を期待されますか

ご専門

所属学会

〈e-mail〉

星和書店メールマガジンを
(http://www.seiwa-pb.co.jp/magazine/)
配信してもよろしいでしょうか　（a. 良い　b. 良くない）

図書目録をお送りしても
よろしいでしょうか　（a. 良い　b. 良くない）

その二人は、哲学者史上、最悪の人間。フィリップがしたことは許しがたい。自分勝手だし、悪いなんて絶対に思ってないんだわ」

ボニーが口を挟んだ。

「パムさん、ちょっと待って。ユリウス先生がフィリップさんを止めようとしたとき、フィリップさんはもう一つだけ言わせてもらいたいと言ったわ。セックスが良心を奪い、人間関係を破壊するって。それって、後悔についての引用だったんじゃないかな。そして、それはあなたに向けられていたと思うの」

「何か言いたいなら、言えばいいのよ。私は、ショーペンハウアーからは聞きたくない」

「私にも言わせて」

レベッカが言った。

「前回の終わり、あなたとフィリップを含む私たち全員が惨めに思えたわ。家に帰ってから【罪のない者だけが石を投げよ】というイエスの言葉について考え始めた。それって、今日私が話したこととすごく関係があるの」

「時間なので終わりにしよう」

ユリウスが場を制した。

「しかし、フィリップ、キミの気持ちについて尋ねたが、まさにこういったことを引き出そうとしていたんだ」

フィリップは戸惑いながら首を横に振った。

「今日、キミはレベッカとスチュアートの両方から、大切なものを与えてもらったこと、わかっているかね？」

「わかりません」

フィリップは首を振り続けた。

「それがキミの宿題だ、フィリップ。今日与えられた大切なものについて考えてもらいたい」

第15章

フィリップはグループが終了してからしばらく一人で歩いた。1915年の万国博覧会のために建てられたパレス・オブ・ファインアーツの古びた列柱の前を通り過ぎた。そして白鳥を見ながら隣接する湖を二周し、マリーナ地区からクリッシー・フィールドへの小道を歩いた。さらにサンフランシスコ湾のそばをゴールデン・ゲート・ブリッジまで歩いた。ユリウスは何について考えるよう指示した？　スチュアートとレベッカの【贈り物】について考えるようにとの指示を思い出したが、集中しようとすると、すぐにその課題を忘れるではないか。フィリップは何度も頭を振り、白鳥が湖に優雅に浮かんでいる様子、ゴールデン・ゲートの下で渦巻く太平洋の波など、落ち着かせてくれるイメージを思い浮かべようとしたが、奇妙なことに注意散漫な状態が続いた。

フィリップは湾口を見下ろす元軍事基地のプレシディオを通り抜け、アジア料理店が建ち並ぶクレメント・ストリートまで歩いた。そして、フォーが食べられるベトナムのレストランに入った。注文した牛すじのスープが到着すると、しばらくスープから立ち上るレモングラスの香りを楽しみ、そして透き通ってツヤツヤと輝くフォーを目で楽しんだ。ほんの数口だけ食べた後、犬に食べさせるために、残りをタッパーに入れてもらった。

フィリップは食べ物にあまり関心がなく、毎日の習慣として食事をしていた。朝食はマーマレードジャムを塗ったトーストとコーヒー。昼食は大学のカフェテリア、そして夜の食事はシンプルなスープかサラダ。フィリップは好んで一人で食事をした。誰とも食事のテーブルを共にしたくなかったので、二人分の席を支払っていたというショーペンハウアーの習慣を思い出して、時にフィリップは食事の場で独り笑いをすることもあった。

フィリップは、ユリウスの住まいからそう遠くないパシフィック・ハイツの豪邸が建ち並ぶ地域にある小さな家に戻った。彼が住むコテージは、オフィスと同様、必要最低限の家具しか置かれていない。そのコテージを所有する豪邸の家主は夫を亡くした未亡人であったが、ほどほどの家賃でそのコテージを彼に貸していた。彼女はプライバシーを大事にする一方で、誰かうるさくない人にそばにいてもらいたかったので、フィリップがその役割を担っていた。そういう訳で、フィリップは家主の近くに、孤立した形で数年間住んでいた。

フィリップはラグビーという名の犬を飼っていた。フィリップの帰宅時には、ラグビーは高らかに声をあげ、尻尾を大きく振り、元気に飛び跳ねて、主人の帰りを喜ぶ。その様子にフィリップは通常なら元気づけられるのだが、今夜はそうではなかった。ラグビーとの夜の散歩も、その他の通常なら楽しめる活動も、フィリップを落ち着かせることはなかった。ベートーベンの第4交響曲を聴きながらパイプに火をつけ、ショーペンハウアーとエピクテトスをパラパラと流し読みした。そういった注意散漫な状態で、あるエピクテトスの一節がほんの一瞬だけ彼の気を引いた。

哲学に真剣に取り組みたいのなら、笑われること、嘲笑されることを予期しなさい。粘り強く続けられるようであれば、あなたを笑う者たちは、後にあなたを賞賛するようになることを忘れてはならない……誰かの喜びのために外を見始めたとしたら、あなたは自分の人生設計を台無しにしてしまうことになるだろう。

それでも、フィリップの不安感は消えなかった。しばらく経験していなかった不安であり、かつてなら性的に狂った獣のように彼をうろつかせたような精神状態であった。流しに立ち、テーブルに置きっぱなしであった朝食の皿を洗い、その後コンピューターの電源を入れた。彼にとって唯一中毒的であるとも言える悪癖に身を浸そうとした。ネット上のチェス・クラブにログインし、5分間の匿名対戦を3時間続けた。多くの試合は彼の勝利で終わった。不注意により負けたときでも、次の対戦をすることで、すぐに苛立ちからは解放された。新しい対戦が始まると、彼の目は子どものような輝きを取り戻すのであった。

第16章

次のグループ開始前、ギルはドカッと音を立てて椅子に座り、全員が集まるのを待っていた。そしてグループが始まった。

「何か言いたい人がいないなら、前回からの【隠し事】の取り組みの続きをしたいです」

ギルの発言に対してユリウスが反応した。

「一つ確認しておきたいのだが、これを定番のようにするのはあまり良い考えではない。開示は役立つが、プレッシャーを感じることなく、それぞれのペースで行うことが大事だ」

「そうですね。でも、私はプレッシャーを感じてはいないし、話したいと思っています。レベッカさんとスチュアートさんを宙ぶらりんの状態にしたくないです。それでもいいですか？」

グループの頷きを見て、ギルは続けた。

「私の秘密は、13歳の時の体験です。私は思春期にやっと入ったくらいで、顔はニキビだらけ。当然まだ性的な体験はありませんでした。そんな時、父の妹のヴァレリーおばさん、当時は20代後半か30代前半でしたが、そのおばさんが仕事の合間をぬってしょっちゅう遊びに来ていました。私たちは仲が良くて、レスリングとか、くすぐりとか、カードゲームとか、家族がいないときによく遊んでいました。それがある時、負けたら服を脱ぐというルールのポーカーでいかさまをして、おばさんを裸にしたことがありました。裸を見て、遊びだけの気分じゃいられない衝動が湧き出てきて。未経験でしたし、興奮していて、何が起きているかすら把握できていなかったと思います。でもおばさんに『入れて』と言われて『わかりました』と私は言い、おばさんの指示に従いました。それから数カ月の間、私たちはやりまくりましたよ。ある日、家族がいつもより早く帰ってきて、やっている真っ最中に目撃されて。なんて言ったかな、フラグラントなんとか……」

ギルはフィリップに目をやった。フィリップは答えようと口を開けたが、パムのほうが早かった。パムは早口で言った。

「フラグランティ・ディリクト（現行犯）」

「そうか、二人も教授がいることを忘れてた」

ギルはつぶやき、説明を続けた。

「このことで、家族が滅茶苦茶になったんです。父はそんなに怒りませんでしたが、母はカンカンでした。ヴァルおばさんはそれ以降、うちには来なくなりましたし、それに母は、父がおばさんに寛大であることにもいつも怒っていました」

ギルは話すのを止めて、グループを見回した。そして付け加えた。

「母が怒る気持ちもわかります。でも、おばさんと同じく、私にも責任があった」

「あなたのせい？　13歳で？　冗談よね？」

ボニーは言った。その他（スチュアート、トニー、レベッカ）も同意して頷いた。

ギルが応じる前に、パムが口を開いた。

「これから言おうとすることを、あなたは気に入らないかもしれない。今まで言わずにいたこと、それは私がインドに行く前から言いたかったこと。ギル、それをオブラートに包んで遠回しに言う術を私は知らないの。だから率直に言うわ。私はあなたの話を聞いても、正直何も感じない。レベッカやスチュアートのように自己開示しているけど、個人的なことを話しているようには感じられないの」

「グループに対して積極的に努力しているのはわかるわ」

パムは続けた。

「あなたは一生懸命取り組んでいるように見えるし、人を手助けしたいとも思っている。誰かが飛び出してしまったら、追いかけるのは大抵あなた。けど、一見自分をさらけ出しているようでも、私には嘘っぽく見えるの。あなたには明かさない部分がある。そう、あなたには隠し事があるように見えるわ。さっきのおばさんの話はその典型。自分のことのようだけど違っていて、おばさんの話。みんなが口を揃えて【でも、まだ子どもで13歳だった。あなたは被害者だ】という話よ。ローズとの結婚生活についての話は、これもあなたについてではなく、いつもローズについての話だったわ。こっちでも同じように【なぜそんな馬鹿げたことをされて耐えてるんだ】と皆に言われる」

「インドでの瞑想中、退屈になってこのグループのこと、たくさん考えてた。本当にたくさん。グループの一人一人のことを考えてたわ。でも、ギル、あなたを除いてなの。言いにくいけど、あなたのことは頭に浮かばなかった。あなたはそもそも、誰に話しているのかがわかりにくいの。個人的に話してもらっているようには感じない」

沈黙。皆どう反応していいのかわからず戸惑っているようだった。それから、トニーが喜びの声をあげて言った。

「おかえり、パム」

「正直にならないと、ここにいる気がしないわ」

パムは答えた。

「どうかね、ギル？」

　というユリウスの促しにギルは、

「えっと、腹にドロップキックをくらったような感覚……臓腑を吐き出しそうです。パムさん、こんな感じ？　いや、待って、すみません。答えないでもらいたいです。正直に言ってくれてありがとう。まったくその通りだと思います」

「パムが正しいと思っているギルについて、もっと聞かせてくれるかね」

　ユリウスはプロセスを促進した。

「パムさんは正しいです。もっと私の秘密を打ち明けることはできます。皆になら、言える」

「例えば、誰に？」

　ボニーは尋ねた。

「ああ、例えばボニーさん。ボニーさんといると気楽でいられます」

「よかった、ギル。でもそれもあまり個人的には感じられない」

「数週間前だったか、私のことを【男前】と呼んでくれましたよね。あれにはドキッとしました。それと、自分を【地味な女】と決めつけて、レベッカさんの【イケてる女】組に入れないのはいかがかと思います。おばさんとの体験以来、私は自分より年上の女性が気になっているんです。正直に言うと、ローズが待つ家に帰りたくないという話の時に、ボニーさんは家に泊まってもいいと言いましたよね？　その時いろいろと良からぬ空想をしてしまいました」

「それで、あんた、ボニーの申し出に応じなかった？」

トニーは尋ねた。

「他にもあります……」

それ以上ギルが説明しないように見えたので、トニーが尋ねた。

「あんた、それ話せる？」

ギルは微動だにせず座っていた。禿げ上がった額は汗で濡れているようだった。それからギルは決心したように言った。

「こうしましょう。まず他の人たちへの気持ちを話させてくれますか」

ギルはボニーの隣に座っていたスチュアートに目を向けて話し始めた。

「スチュアートさん、賞賛しか感じられません。もし子どもがいたら、スチュアートさん、必ずあなたに診てもらうと思います。そして先週話してくれたことを聞いても、この気持ちは変わりません」

「そしてレベッカさん。正直に言うと、自分がちっぽけに感じられます。レベッカさんは完璧な人間です。綺麗だし社会に完璧に適応しているから。ラスベガスの話を聞きましたが、私の考えは変わりません。汚れていない。今慌てているせいですが、あなたがどうしてセラピーを受けているのかすら思い出せません。スチュアートさんが言っていた磁器人形というイメージは、とてもぴったりしていると思います。少しもろすぎたり、尖ったところがあったりするかもしれませんが」

「そして、パムさん、率直な人です。フィリップさんはあなたと同じくらい賢いので、フィリップさんがグループに加わるまでは、パムさんは私の知る限りで一番賢い人でした。フィリップさんとのことは気の毒に思いますが、パムさん、あなたは男性関連の問題を抱えているように思います。苦しい思いをしてきたことは確かでしょうが、あなたは男性を恨み続けています。鶏が先か卵が先か、どちらが問題の発端なのか、私にはわかりません」

「フィリップさん、あなたは別の次元にいるように感じます。一方で疑問も。あなたには友人がいますか。友人と一緒にダラダラとビールを飲んだり、野球について話したりしている姿が想像できません。楽しい時間を過ごしている様子や、誰かを好きになっている様子も想像できない。率直に伺いますが、どうして孤独を感じずにいられるんですか?」

ギルは続けた。

「トニーさん、刺激を与えてくれる人です。自分の手で稼ぎ、本当の仕事をしています。私のように数字を見ているような仕事ではありません。自分の仕事を恥ずかしく思わなかったらいいのに、と思います」

「これで全員でしょうか」

「まだよ」

レベッカはユリウスをちらっと見ながら言った。

「ユリウスさん？　ユリウスさんはグループの指導者だから、グループの一員ではないと思っていました」

「グループの指導者って？」

レベッカは尋ねた。

「そうですね、本当はどういうことなのでしょう。ユリウスさんは私たちのために、みんなのためにいてくれて、見守ってくれているような存在です。彼は……」

「彼？」

ユリウスはグループを見回して、探す真似をした。

「その【彼】はどこにいるのかね？」

「そう、つまりあなた、ユリウスさん。病気に向き合うあなたの姿勢は本当に驚きです。今後絶対に忘れないと思います」

ギルは口を閉じた。誰もが彼に注意を向けたままだったが、彼は大きく息を吐き出し、椅子にもたれかかった。明らかに疲れている様子だった。ギルはハンカチを取り出して顔と頭を拭った。

「よくやった」「リスクを負って頑張った」などの声がレベッカ、スチュアート、トニー、そしてボニーから挙がった。フィリップとパムは口を閉じたままだった。

「どうだった？　気分はどうかね？」

ユリウスはギルに尋ねた。

「新しい境地に立った感じです。誰も傷つけていなければよいのですが」

ギルは頷きながら言った。

「パム、キミはどうかね？」

「もう十分話したからパス」

ユリウスはギルに向き直って、話しかけた。

「ギル、ちょっとやってもらいたいんだが、いいかな。まず自己開示に関する数直線をイメージしてもらいたい。片方の端を数字の『1』とし、これは大勢の知らない人が集まる場でも安心して話せる程度の自己開示。もう片方の端を数字の『10』として、それを考えられる限りで一番リスクのある自己開示だとする。できるかね？」

ギルは頷いた。

「では、先のメンバー一人一人に対する自己開示を振り返ってみよう。それらに対して数字をつけるとしたら、どのくらいになるだろうか？」

ギルは頷き、「4か5」と素早く答えた。

ユリウスは、ギルが防衛的になるのを避けたいと思い、ギルに考える間を与えぬよう、即座にこう続けた。

「もしそれより1つか2つ分、数字の高い自己開示をするとしたら、どうなるだろう？」

ギルはためらうことなく答えた。

「1つか2つあげるとしたら、アルコールに依存していて、毎晩酩酊するまで飲んでいることを話すと思います」

グループは唖然とした。他のメンバーと同じくらいユリウスも唖然とした。ギルにグループを紹介する前、ユリウスは2年間ギルの個人セラピーをしていた。そのセラピーの中で、ギルはアルコールの問題について一度も触れたことがなかったのだ。（いったいどういうことだ……）。ユリウスは概してクライアントを信頼していた。またそもそも楽観的な人間であったが、ギルの二枚舌に対しては、動揺せずにはいられなかった。そのため、ギルに対して何をすべきか、考えをまとめる時間が必要となった。ユリウスが自身のナイーブさと現実の見誤りに言葉を失うと、グループのムードは暗くなり、疑いから騒々しさへと移り変わっていった。

「マジか？　冗談だろ！」

「信じられない。どうして今までそれを言わずにいたの？」

「ギルさん、あなたは飲みに誘っても断りますよね。どういうことですか？」

「あり得んな。今まであんたのためにしてきたこと、全部無駄だったんじゃない？」

「いったいなんなの。全部うそ？　ローズが悪態ついたり、セックスを拒んだり、子どもを欲しがらなかったり。本当の問題については何も言ってないわよね。飲酒のこと」


状況をようやく把握すると、ユリウスは次にすべきことを理解し始めた。ユリウスがグループ・セラピーの学生に教える基本的な原則は次の通りだ。自己開示をしたことに対して、誰も罰せられるべきではない。むしろ、リスクを負ったことは常に支持され、強化されなければならない。


このことを念頭に置いて、ユリウスはグループ全体に向けて次のように述べた。

「ギルが今までこのことを話してくれなかったことに対して、動揺するのはわかるが、重要なことを一つ忘れないでもらいたい。今日、ギルは心を開き、私たちを信頼した」


こう話す間、ユリウスはフィリップを一瞬だけちらっと見た。フィリップがこのやりとりから、セラピーについて何かを学んでくれることを望んだのだ。それからギルに尋ねた。

「私が疑問なのは、どうして今日このことを言おうと思ったかだ」

ギルは恥ずかしさのあまりメンバーに向き合うことができなかったので、ユリウスに注意を集中した。そして控えめな口調で答えた。

「ここ何回か、皆のリスクを負った告白が続きました。パムさんとフィリップさんに始まり、レベッカさんとスチュアートさんの順で。それが理由だと思っています……」

「どのくらい？」

レベッカが割り込んだ。

「どのくらいの期間、アルコール依存症だったのよ？」

「気がついたら、という感じで。私にもよくわからない。酒は好きでしたが、たぶん5年くらい前からアルコール依存症の基準を満たし始めたと思います」

「どんなふうに酒を飲むんだい？」

トニーが尋ねた。

「お気に入りの【毒】はスコッチ、カベルネ、それとブラック・ルシアン。だからと言って、ウォッカやジンを飲まないというわけでもないです。なんでもいけます」

「いや、聞きたかったのはいつ飲むか、どのくらい金をかけるかってことだったんだけど」

とトニー。

ギルは一切防衛的にならず、どんな質問にも答える準備ができているようだった。

「ほとんどの場合、仕事が終わってからです。家に帰るとすぐにスコッチを飲みます。ローズの機嫌が悪い場合は、家に帰る前に飲む。それから夜の残りの時間、テレビの前で酔っ払って意識がなくなるまで、少なくとも1本、時には2本まで良質のワインを飲みます」

「ローズはどうしてるの」

パムが尋ねた。

「ええ、まあ、妻と私は共にワインの愛好家だったんです。大きなワインセラーを作って、そこに2千本ほど保管していました。オークションに参加したりして集めましたが、今はもう妻は私が飲むのをよく思っていません。妻が夕食時にワインを飲むことも滅多にないし、お気に入りの大規模な試飲イベントを除いて、ワイン関連の活動はしていません」

ユリウスは流れを今ここに戻そうと介入した。

「このことについて話すことなく、ここに繰り返し来ているなかで、ギルはどう感じていたのか、私は今、それを想像しようとしているのだが……」

「正直辛かったです」

ギルは首を横に振ってそう言った。

ユリウスは指導者として、垂直方向と水平方向の自己開示の違いを生徒に教えることがよくあった。グループは予想通り、垂直方向の開示（飲酒の範囲や期間などの質問を含む、過去の詳細）を求めていたが、水平方向の開示、つまり開示に関する開示は、大抵はるかに生産的であった。

ユリウスは今回のミーティングがヴィンテージワインのように、将来的な講義や執筆のネタになり得ると思い、この一連の流れを覚えておこうと考えた。と同時に、彼にとって未来はもはや無関係であることも思い出し、それが胸に重くのしかかった。有毒な黒いイボは肩から取り除かれたが、身体のどこかに命に関わる黒色腫のコロニーが残っていることはわかっていた。そいつらは、痩せ衰えた自らの細胞の命を食い荒らすだけでは物足りず、もっともっと別の細胞の命をも渇望していた。そいつらはそこにいて、脈動し、酸素と栄養素を呑み込み、成長し、力を蓄えていたのだった。そしてそれを知っているユリウスの暗い考えもまた意識の下に常にあり、機会があれば顔を出そうとしていた。このグループにみられる大きな命のうねりは、ユリウスにとってはとても良い薬だった。恐怖を静めるため、無理にでも人生に踏み込んでいく。こういった方法を授けられたことに、ユリウスは感謝を覚えずにはいられなかった。

ユリウスはギルにさらなる開示を促した。

「このことを隠したままグループに通い続けているときに、キミはどう思っていたか、どう感じていたか、もっと話してくれないか」

「もっと何を？」

「先に『辛かった』と言っただろう。それについてだ」

「いつでも心の準備ができているつもりだったんです。けれど、何かがいつも止めている感じでした」

「それを掘り下げてみようではないか。何が止めたのか」

ユリウスは滅多に指示的にはならないセラピストだが、この場合は方向性を示すことによって、グループに生産的な議論が生まれるであろうと確信していた。

「私はこのグループを気に入っています」

ギルは語り始めた。

「グループのみんなのことはとても大切に思ってます。しかし、私は今まで本当のメンバーではなかった。今とまったく同じように、自分の居場所を失い、信頼を失うのではないかと恐れていたと思います。誰だって酔っぱらいを嫌うから。みんな私を追い出したいと思うかもしれない。ＡＡに行くように言うかもしれない。私は助けられるのではなく裁かれるだけだと思っていました」

それはまさにユリウスが待ち望んでいた手がかりだった。ユリウスは素早く動いた。

「ギル、部屋を見回してくれないか。ここの裁判官は誰かな？」

「みんなです」

「皆が同じ？　疑わしいな。一人一人違うだろう？　周りを見てみたまえ。主な裁判官は誰だ？」

ギルはユリウスから目を離さなかった。

「まあ、トニーさんは人をひどく非難することもありますが、このことではそうではないです。酒好きだから。こんな感じで？」

ユリウスは大きく頷いた。

「ボニー？」

ギルはユリウスに向かって話し続けた。

「いえ、ボニーさんは自分自身と、たまにレベッカさんに対して以外、裁判官ではないです。ボニーさんはいつも私に優しい。スチュアートさん、まあ、裁判官の一人でしょう。スチュアートさんは間違いなく独善的なところを持っています。いわゆる優等生。そしてレベッカさんには指示的なところがあります。私のようになりなさい。確信を持ちなさい。徹底しなさい。正しい服を着なさい。清潔にして、きちんとしなさい。だからこそ、レベッカさんとスチュアートさんが弱いところを見せたことで、解放されたと感じました。それが今回の開示につながりました。そしてパムさん。パムさんは裁判官、首席判事です。間違いない。パムさんは私を弱い人間だと思っているし、ローズに対して不誠実で、私が間違っていると思っています。パムさんを満足させることはできないだろうし、希望を感じません」

彼はここまで言うと口を閉じた。

「他には……」

彼はグループを見回しながら言った。

「ああ、フィリップさん」

ギルは他のメンバーにはそうしなかったが、フィリップには直接語りかけた。

「ええと、あなたが私を裁くとは思いません。それが褒め言葉であるのかもわかりません。あなたとは親しくないし、関わりもないし、だから裁く立場にないと思います」


ユリウスは内心、満足していた。ユリウスは、ギルの裏切りとそれに関するギルへの厳しい詰問の嵐を払拭した。ギルの開示はタイミングの問題でしかなかった。遅かれ早かれ、ギルのアルコール問題は浮上するはずで、今回のこの形以外にもあり得ただろう。

それに加えて、ユリウスは開示をめぐる思いにフォーカスしていたが、そこにボーナスが生まれた。ギルの10分にもわたる勇気あるメンバーに対する開示は、数回の良質なセッションの材料にもなる掘り出し物だ。

全員に目を向け、ユリウスは皆からの反応を窺った。だが、ユリウスの予想とは裏腹に、皆が躊躇していた。言いたいことがたくさんありすぎるからだろう。議題はそれ自体の重みでうめいているかのようだ。メンバーは、ギルの告白、アルコール依存症、そして先に見せたギルの勇気に反応しなければならなかった。ユリウスは期待して待とうと思った。次第に出てくるだろうと。

ふと、ユリウスはフィリップが彼を見ていることに気がついた。珍しく、しばらくの間視線が合った。フィリップはこのミーティングがうまくいっていることを評価しているのでは、とユリウスは考えた。あるいは、フィリップはギルから言われたことについて考えていたのかもしれない。ユリウスは聞いてみようと思い、発言を促すつもりでフィリップに対して頷いた。しかしフィリップからの応答はなかった。そのため口頭で直接尋ねた。

「フィリップ、今回のミーティングについて、キミはどのように感じている？」

「ユリウスさん、あなたが参加するのかどうか疑問に思っていました」

「参加？」

ユリウスは驚いた。

「今日は、いつもより積極的で指示的であり、それを心配すらしていたところだが」

「いえ、秘密を打ち明けないのかということです」

フィリップはいつかしら、何か漠然とでも、場に合ったことを言えるようになるのだろうか、ユリウスはそう思わざるを得なかった。

「フィリップ、キミの質問をはぐらかすつもりはないが、今ここに切迫した問題があり、その解決を優先したい」

ユリウスはギルに目を向けた。

「どんな状態かね」

「ストレスが重くのしかかっています。一番気にしているのは、私はアルコールの問題を持ったメンバーとして、このグループにいていいのだろうかということ……」

額が汗で輝いているギルが言った。

「今こそ、キミにとってグループが最も必要な時だと思われるが。ただ聞きたいのだが、今日キミがこの話題を持ち出したということは、回復に向けて何かしようと決意していることを示しているのだろうか。例えば、回復プログラムに入るだとか？」

「そうですね。こう話した手前、このミーティングの後は、今まで通りではいられないですね。個別セッションが必要ですし、ユリウスさんに予約の電話をするかもしれません」

「もちろん、必要とあらば」

ユリウスは、次の回のグループで個人セッションの詳細を共有するという条件で、個別セッションを受け入れていた。

ユリウスはフィリップの質問に戻った。

「フィリップ、キミの質問に戻る。難しい質問を優雅に回避する、昔からのトリックがある。それは【どうしてその質問をするのか】と尋ねるトリックだ。まあ、まずはそれをキミに尋ねたい。だが私は回避するつもりもない。むしろ、キミに条件を出そう。もしキミが自分の質問の動機についてもう少し模索してくれるなら、私もキミの質問に十分に答えよう。いいかな?」

フィリップは躊躇したが、ほどなく答えた。

「それで結構です。質問への動機は複雑ではありません。私はあなたのカウンセリング方法を理解し、私のやり方を改善できそうな部分があればそれを取り入れたいと思っています。私はあなたとは非常に異なったアプローチをとっており、私のセラピーには感情的なやりとりはありません。私はクライアントを愛するためにそこにいるわけではなく、私は知的ガイドであり続けます。私はクライアントに、より明確に考え、理性に従って生きるよう指導します。ようやくではありますが、あなたが何を目指しているのかがわかりかけています。つまりそれは、ブーバーの『汝と我』のような……」

「ブーバー? 誰?」

トニーは尋ねた。

「馬鹿だと思われるのは嫌だが、何もわからずここに座っていたくない」

「私もそう思うわ、トニー」

レベッカは言った。

「私もブーバーが何者か知らないわ」

他のメンバーも頷いた。

「『我と汝』や名前だけは聞いたことがありますが」

とスチュアート。

するとパムが説明を始めた。

「ブーバーは40年ほど前に亡くなったドイツのユダヤ人哲学者。彼の作品は、二つの存在が出会う現象や意味について探究しているわ。それは【我と汝】という、完全にそこにいる、お互いに思いやりのある関係で説明される。これはもう一つの関わり方である【我とそれ】とは対照的な考え。【我とそれ】は相手の【我】の部分を無視して、関わるのではなく利用するというあり方よ。この場でも、この考えはよく出てきているし、フィリップが何年も前に私にしたことも、私を【それ】として扱ったことになるわ」

「ありがとう、パム、わかった」

とトニーは言い、フィリップの方を向いた。

「みんな、情報シェアできた？」

けげんな表情でフィリップはトニーを見た。

「どうだ、あんたわからないだろ？」

トニーは言った。

「最新の口語辞典を読んだほうがいいぞ。ネットはやらないのか？」

「インターネットはやりません」

フィリップは防衛的になることなく平坦な口調で言った。

「しかし、トニーさん、もしブーバーに関するパムさんの回答に同意するかどうかを尋ねているのなら、答えはイエスです。同じようには説明できなかったと思います」

好奇心が生まれるのと同時に、ユリウスの鼓動が高鳴った。フィリップがトニーとパムの名前を呼んだだと？　それにフィリップがパムを褒めただなんて？　これらは単なる一時的な出来事だろうか？　それとも大きな変化を告げているのだろうか？　ユリウスは、生きていてよかったと改めて思った。このグループと共に。

「フィリップ、まだあんたの番だ。邪魔をして悪かった」

トニーが促し、フィリップは続けた。

「そうです。私はユリウスさんに話をしていました……つまり、あなたに」

フィリップはユリウスの方を向いた。

「これでいいですよね?」

「そうだ、フィリップ。わかってくれたみたいだな」

ユリウスは答えた。

「それで……」

フィリップは数学者のような冷静な口調で話し始めた。

「最初の命題として、ユリウスさんはすべてのメンバーに対して【我と汝】の関係を希望している。二つ目の命題として、【我と汝】は完全な相互関係で成り立っている。定義上、一方的な関係にすることはできません。そして三つ目の命題として、ここ数回のミーティングで、自分についての開示が立て続けに起きた。したがって、あなたへの私の質問は完全に正当なものですが、あなたも開示をする必要があるのでは、ということです」

しばらくの沈黙の後、フィリップは付け加えた。

「それが私の質問です。私は、カウンセラーがいかに平等にクライアントに対処するかを観察しようとしてきましたので」

「とすると、キミは主に私に一貫性があるかどうかを見ている?」

「はい、ユリウスさん自身に一貫性があるかではなく、その方法に一貫性があるかどうかを見たいと思っています」

「では先の質問は、キミの知的理解のためのものであるという立場は尊重しよう。あと一つだけ質問してから、回答したいと思う。なぜ今なのか？　なぜこのタイミングでこの特定の質問をしたのだろうか？」

「先ほどようやくそれが可能となりました」

「納得できんな。もっとあるだろう。繰り返すが、なぜ今？」

ユリウスは繰り返した。

フィリップは混乱して首を横に振った。

「これはあなたが求めていることではないかもしれませんが、私はショーペンハウアーがかつて述べたことについて考えていました。ショーペンハウアーは、他人の不幸を聞くことほど、人を楽しませることはないと指摘しました。その点について、ショーペンハウアーはルクレティウスの詩を引用しています。彼は紀元前1世紀のローマの詩人です」

フィリップはトニーのために言った。

「その詩では、海岸に立って、海で他人がひどい嵐に苦しんでいるのを見て楽しむ人のことがうたわれています。【自分たちには関わりのない悪を観察することは、私たちにとって喜びである】。これはグループで生じている強い力の一つではありませんか？」

「それは面白い、フィリップ」

とユリウス。

「しかし、完全に論点がずれている。【なぜ今なのか】という質問に再度集中してみようではないか」

フィリップはまだ混乱しているように見えた。

「手助けをしよう、フィリップ」

ユリウスは言った。

「私はこれを意味があることとして聞いているつもりだ。二つのアプローチの違いを特に明確にするために。【なぜ今なのか】に対する答えは、キミの対人関係の問題と密接に関連しているだろう。説明するために、まず過去数回のミーティングでのキミの経験を要約してもらえるか？」

沈黙。フィリップは当惑しているように見えた。

「教授、俺にははっきりとしていますがね」

トニーが言った。

フィリップは眉を上げてトニーを見た。

「はっきり？」

「まあ、聞きたい？　それなら言うよ。あんたはこのグループに入り、深い発言をたくさんした。あんたは哲学の袋からいくつかのものを取り出し、俺らはそれらの意味を紐解こうとした。ここにいる人の中には、あんたがかなり賢いと思っている人もいる。例えば、レベッカやボニー。あと俺も。あんたはすべての答えを与えてくれる。あんたはあんた自身がカウンセラーであり、ユリウスと競争しているように見える。情報シェアできた？」

軽く頷いたフィリップを疑わしく見て、トニーは続けた。

「それで、ここに懐かしきパムが戻ってきた。そしてパムは何をした？　あんたの化けの皮を剥いだ。それであんたに厄介な過去があることがわかった。本当に厄介。結局のところ、あんたは純白なやつじゃない。実際、あんたは本当にパムをめちゃくちゃにした。あんたの台座が崩れ去ったわけだ。今、あんたはこれに動揺している。それで、あんたは何をした？　今日ここに来て、ユリウスに言った。あんたの秘密は何だ？　あんたはユリウスを台座から引きずり下ろし、戦いの場を水平にしたい。情報シェアできた？」

フィリップはわずかに頷いた。

「それが俺の見方だ。他にどんな説明があるってんだ？」

フィリップはトニーに目を向けて答えた。

「あなたの見立ては、必ずしも間違っているわけではないと思います」

そしてフィリップは振り返り、ユリウスに次のように述べた。

「謝りたいと思います。ショーペンハウアーは常に、私たちの主観的な体験に客観的な観察を汚染させてしまわないようにと警告しています」

「そしたらパムさんに謝罪する？　パムさんはどう？」

ボニーが尋ねた。

「はい、そうです。それも」

フィリップは一瞬、パムの方をちらっと見た。パムは目を逸らした。

パムが返答するつもりがなさそうなので、ユリウスは言った。

「フィリップ、パムには自分のペースで話してもらいたいと思っているが、私に関して言えば、謝罪はいらない。キミがここにいるまさにその理由は、キミ自身が何を言っているのか、そしてなぜそれを言うかを理解することだ。そして、トニーの観察については、的を射ていると感じる」

「フィリップさん、聞いていい？」

ボニーがフィリップに向かって言った。

「ユリウス先生が何度も私にした質問。ここ数回のセッションが終わった後、この場を離れた後にどう感じていたの？」

「良くない。気が散る。動揺さえしました」

「私の想像通り。私には見えていたの」

「先週のユリウス先生からの最後のコメントについてだけど、スチュアートさんとレベッカさんからプレゼントをもらったということについて、何か考えはある？」

「それについては考えていません。試してみましたが、ただ緊張しました。ここでの争いや騒動はすべて、私が本当に大切にしている探求から私を遠ざける破壊的な気晴らしなのではないかと不安に思うことがあります。過去にこだわり未来の変化ばかりを求めていると、人生は今この瞬間にすぎず、永遠に消えていくものという根本的な事実を忘れてしまいます。人生の究極の目的を考えると、ここで起きる混乱はいったい何のためなのか、理解し難いです」

「トニーさんが、あなたは決して楽しんでいないと言ったけど、それもなんとなくわかる。とても殺伐としてる」

とボニー。

「私はそれをリアリズムと呼んでいます」

「ええ、人生は今この瞬間にすぎないということに話を戻したい」

とボニーが主張した。

「私は今この瞬間、贈り物を与えられたことに関するあなたの今の反応について尋ねてる。それと、グループ後のカフェでの話し合いについても質問があります。ここ2回のミーティングの後、あなたは急いで帰ったけど、呼ばれていないと思ったの？　言い方を変えます。このミーティングの後のカフェでの話し合いについて、今この瞬間はどのように感じていますか？」

「参加しません。私は多く話をすることに慣れていないので、回復する必要があります。このミーティングが終われば、私は今日一日を終えることができて、とても嬉しく思います」

ユリウスは腕時計を見た。

「時間なので終わりにしようではないか。時間が過ぎている。フィリップ、キミとの契約を忘れてはいない。キミは自分の役割を果たした。次は私の役割を果たす番だ」

第17章

セッションの後、ユニオン・ストリート沿いのいつものカフェに皆が集まり、一時間弱の話し合いが行われた。フィリップが不在だったので、メンバーたちはフィリップの話はもちろん、ミーティングで語られた問題については一切話し合わなかった。その代わりに、パムのインド旅行の土産話に皆が興味を持って耳を傾けた。ボニーとレベッカはどちらも、金色に輝き始めそうな、神秘的で、シナモンの香りが漂ってきそうなビジェイに興味をそそられ、彼からのメールに返信するようパムに勧めた。ギルは機嫌が良かった。メンバーたちのサポートに感謝し、禁酒に真剣に取り組むためにユリウスとの個人セッションを受け、またAAに通い始めるつもりだと話した。ギルはパムのミーティング内での関わりに感謝した。

「あの強くて愛にあふれるパムが帰ってきた」

と言ったのはトニーだ。

その後、パムは大学のすぐ北にあるバークレー・ヒルズ内のコンドミニアムに戻った。アールと結婚したとき、この財産を保持しようと判断したことは正しかったとパムは思った。おそらく、無意識のうちに、再びこの物件が必要になることを知っていたかのようだ。コンドミニアムは、部屋のすべてが白木のフローリングで覆われ、その上にはチベット風の敷物が敷かれており、逢魔時になるとリビングルームに暖色の日差しが入り、床を照らす。パムは金色のプロセッコを口に含みながら、リビング・デッキに座って、サンフランシスコに沈みつつある夕陽を眺めた。

すると、グループのことが頭に浮かんだ。トニーがグループで演じていたお馬鹿さんの仮面を脱ぎ、そしてピンポイントでフィリップの冷酷さを曝露した。あれは貴重な瞬間だった。録画されていたらよかったのに。そう思わざるを得なかった。トニーは、まさに加工前の原石のような人だ。パムにはトニーの本当の輝きが少しずつ目に見えるようになってきた。ところで、その彼が【強くて愛にあふれる】と自分のことを評価することは？　トニー、または他の誰かは、自分のギルに対する接し方から【強さ】が【愛】を上回っていることを感じ取っただろうか？　ギルを打ちのめしたのはちょっとした快感だった。それが彼の役に立ったことで、喜びがわずかに減少してしまったくらいだ。ギルはパムを【首席判事】と呼んだ。少なくともそう言うだけの勇気があったということだ。しかし、後にパムを不意に褒めた。それでバランスを戻そうと思ったのか。

パムはギルと最初に会ったときのことを思い出した。ギルの筋肉質なプロポーションに瞬時に惹かれたが、人の顔色を気にする軟弱さを知り、また妻のローズに対する泣き言を聞いて、すぐに失望した。今では、華奢だが、冷たく意志が強いローズは、酔っ払いの子は宿さないという良識を持っていることすらわかった。

ほんの数回のミーティングで、パムは、ギルが【負け犬の男性】に属するものだと感じた。パムの人生における【負け犬の男性】は、パムの父親から始まっていた。彼は、弁護士の競争的な生活に耐えることができず、法律の学位を無駄にした。安全な公務員に落ち着き、秘書にビジネスレターの書き方を教えていた。そして年金を受け取り始める前に、肺炎にあっけなく敗れて亡くなったのだ。パムの父親に続くのはアーロン。ニキビ顔の高校時代の気弱なボーイフレンドで、一人暮らしが怖くてスワースモア大学を蹴り、自宅に近いメリーランド大学に通った。次の負け犬のウラジミールは、終身在職権を取得したことがなく、永遠に日雇いの講師であるにもかかわらず、パムと結婚したいと考えていた。すでに過去の人となったアールは偽りの存在であった。ギリシャの髪染め剤の話から、古典作品に詳しいという話まで、すべて偽りであった。パム自身もそうだが、女性患者がたくさんいたので、女性と親しくなる機会はいくらでもあった。そして臆病者のジョンは、冷め切った結婚生活から離れて、パムと一緒になれなかった。そして【負け犬の男性】に最近追加されたのがビジェイ。ボニーとレベッカに譲るわ。パムは、朝食を注文するストレスから回復するために、一日中平穏な心を保たないといけない男性に対して、それほど熱意を抱くことはできなかった。

この人たちへの考えは、あくまでもおまけだった。パムの意識を強力に奪う対象は、彼らではなくフィリップだった。ショーペンハウアー気取りのペテン師が、人間を装ってグループに参加し、馬鹿げたことをほざいている。

夕食後、パムは本棚に歩み寄り、ショーペンハウアーの作品が何冊か並んだ部分をじっくりと眺めた。パムは哲学を専攻していたことがあり、ショーペンハウアーがベケットとジッドに与えた影響について、学位論文を書く予定でいた。パムはショーペンハウアーの散文をとても気に入っていた。それはニーチェを除けば、哲学者の中で最高の文体であると感じていた。パムはショーペンハウアーの知性、思考の領域、そして超自然的な信念に挑戦する勇気を賞賛していた。一方で、人としてのショーペンハウアーについて知れば知るほど、パムは嫌悪感を覚えた。パムは本棚からショーペンハウアーの古いエッセイ集を取り出して【他者との関係】というタイトルのエッセイのページを開き、かつて赤線を引いた文章のいくつかを声に出して読み始めた。

- 人との関係において優越性を獲得する唯一の方法は、あなたが彼らから独立していると知らしめることである。
- 無視することは、尊敬を勝ち取ることである。
- 礼儀正しく友好的であることにより、人々を柔軟にして親切にすることができる。したがって、人間の本性における礼儀正しさは、蝋燭における暖かさと同じである。

読み終えた後、パムはどうしてショーペンハウアーを嫌っていたのかを思い出した。フィリップがカウンセラー？　ショーペンハウアーが彼のモデル？　ユリウスが彼に教えている？　どれもパムの理解の範囲を超えていることだった。

パムは最後の文章に再度目を移した。【人間の本性における礼儀正しさは、蝋燭における暖かさと同じである】。だとしたら、フィリップは私を蝋燭のように扱えると思っているのだろうか。ブーバーについての私のコメントを褒めたり、最初にドアで道を譲ったり。そんなことで、私にしたことを元に戻せると考えている？　ふざけるな！

その後、パムはジャグジーに浸かりながら、ゴエンカの詠唱のテープを流し、心の落ち着きを取り戻そうとした。その催眠的で軽快なメロディー、突然の停止と開始、テンポと音色の変化のおかげで、パムは落ち着きを取り戻すことがよくあった。パムはヴィパッサナー瞑想に数分間ふけってみたが、以前得られたような心の平静を取り戻すことはできなかった。浴槽から出て、パムは鏡で自分の身体をよく見た。お腹をへこませ、胸を上げ、身体の輪郭を見た。それからアンダーヘアに軽く触れ、魅力的なポーズで足を組んだ。40近い女性としては、かなりいけてる。パムはそう思った。

15年前に初めてフィリップを見たときのことが不意に思い出された。机の上に腰かけ、部屋に入る学生にシラバスをさりげなく配り、笑顔を見せていた。フィリップは当時、人目を引く、素敵で、知的な、異世界にいるかのような男で、他者からの影響がまったくなさそうに見えた。あの男に何が起こったの？　そして、あのセックス、あの力、下着をはぎ取り、窒息するほど強く抱きしめられた。パム、自分に嘘をついちゃいけない。それ自体はとても良かった。彼は西洋の知的歴史に精通した学者であり、優れた教師でもあり、おそらくそれまでで最高の人物。それが最初に哲学の専攻を考えた理由だった。しかし、パムがそう思っていることをフィリップが知ることはなかった。

散漫な、不安や怒りを誘う考えを終えた後、パムの心はより柔らかく、より悲しい領域に移っていった。ユリウスの死。愛されるべき人がそこにいる。死にかけているが、いつものようにそこにいてくれる。いったいどうやって？　ユリウスはどうやって集中できるのか。どうやって他人を気にかけることができるのか。そしてあの嫌な奴、フィリップはユリウスに開示をするよう持ちかけた。ユリウスのフィリップへの忍耐と、フィリップに教えようとする試み。ユリウスは、フィリップには受け皿がないということを知らないのだろうか。

パムは、弱ってゆくユリウスを看病するという空想を楽しんだ。ユリウスに食事を運び、温かいタオルでユリウスの身体を拭き、スキンケアをし、シーツを交換し、そしてベッドの中に入って夜通し彼を抱きしめる。パムは思った。今、このグループには深刻な何かがある。グループで起きている小さなドラマはすべて、ユリウスの最後の時へと向かって演じられているのではないか。ユリウスが死にゆくのは、本当に不公平なことだ。怒りの波が押し寄せたが、パムは誰にそれを向けることができただろうか？

ベッドサイドの読書灯を消し、睡眠薬が効くのを待っていると、急に気づきが生まれた。今の混乱した生活がもたらした恩恵がある。それは、ヴィパッサナー瞑想中に消えたものの、インドを去った後にすぐに戻ってきたジョンへの執着だ。それが今は消えている。そして、それはおそらく永久に戻ってこないだろう。

第18章

「前回終わったところから始めたい」

ユリウスは次のミーティングをこう言って始めた。準備されたテキストを読み上げているかのように堅苦しかったが、急いで続けた。

「私が知っているセラピストは皆そうだが、親しい友人に対してはかなりオープンだ。私も例外ではない。何人かが最近打ち明けたような、生のままの手つかずな、そしてすぐそこにあるような開示すべき出来事はなかなか思いつかない。しかし、私が人生で一度だけしか明らかにしたことがない事件がある。それは何年も前に親しい友人にだけ話したことだ」

ユリウスの隣に座っていたパムは、ユリウスの腕に手を置き、ユリウスを制止しようと口を挟んだ。

「ねえ、ユリウス。こんなことしなくていいのよ。これはフィリップのいじわるな策略よ。トニーがフィリップの動機を暴露した後、フィリップも謝罪したでしょ。こんなことしてもらいたくない」

他のメンバーも同じ意見だった。ユリウスはグループ内でいつも自分たちと気持ちを共有していること、そしてフィリップの【我と汝】は、仕組まれたものであることを彼らは指摘した。

ギルは次のように付け加えた。

「皆、助けを求めてここに来ています。ご存じの通り、私の人生はめちゃくちゃですよね。でも、私が知る限りでは、ユリウスさんには人間関係の問題はありません。どうして打ち明けないといけないんですか?」

次にレベッカが端的かつ的確に述べた。

「ラスベガスのこと、ユリウスは私がフィリップに何かわかってもらいたくて話したのだと言ったわよね。少しはそうだけど、それがすべてではないわ。今なら、パムの怒りからフィリップを守りたかったたっていう気持ちもあったんだってことがわかる。それを言ったうえで、私が言いたいのは……なんだろう。言いたかったのは、ラスベガスのことを話して、癒された感じがあるってことだわ。外に出せてよかったと思ってる。でも、ユリウスは私たちを助けるためにここにいるのよね。だから、ユリウスの秘密を知っても、それは私たちの助けにはならないと思うわ」

　ユリウスは驚いた。皆が強く同じように思っているというのは、何かおかしい。ユリウスは何かが起きているのでは、と直感した。

「私の病気について、皆が気にかけてくれているように感じる。私にストレスを感じてもらいたくない。そうだろう？」

「たぶん」

　とパム。

「でも、私にとっては、他にももっと何かある……。それが、あなたの開示を拒んでいるように思うわ」

　他のメンバーも同意していることに気づいたユリウスは、誰かに向かってというわけでもなく、次のように言った。

「おかしいな。セラピストは距離を置きすぎていて私生活をほとんど話さないとクライアントがいつも不平を言うというのがこの業界の通例だ。だから、私がまさにそれをやろうとしているところなのだが。でも【聞きたくない】【言わないでくれ】【おかしいよ】と言われている」

　音のない数秒がグループを包んだ。

「私を汚れのないものとして見たいかね？」

ユリウスは尋ねた。

誰も答えなかった。

「今日はうまくいっていないようだから、リードさせてもらいたい。続ければ、何かが起こるだろう。私の話は10年前に妻が亡くなった時までさかのぼる。私は医学部にいる間に高校からの恋人だったミリアムと結婚した。そして10年前に、彼女はメキシコで交通事故に遭って他界した。私は一時的におかしくなった。それに、その事故の恐怖から未だ立ち直ったかどうかもわからない。しかし、驚いたことに、私の悲しみは奇妙なところに向かった。性的な欲求が急激に増えるということが起きた。当時の私は、死に直面すると性的な欲求が高まるのが一般的な反応だと知らなかった。それからというもの、悲しみに暮れる人々が性的エネルギーに満ちているのを見てきた。例えば、私は非常に悪い状態の心筋梗塞の男性たちと話をしたことがあるのだが、彼らは救急治療室へと運ばれる救急車の中で、付き添いの女性を手探りで求めていたと話してくれた。喪に服していた私は、セックスに取りつかれ、女性との関係を求めてやまなかった。しかもたくさん。私たち夫婦の友人には既婚者も未婚の者もいたが、彼女らが慰めに訪ねてきてくれたときは、私はその状況を利用して、何人かと身体の関係を持った。ミリアムの親戚もその中には含まれていた」

グループの誰も何も言えなかった。誰もが不安そうで、視線をユリウスや他の誰かに合わせることを避けた。窓の外では、朱に染まるイロハモミジの枝にメジロがとまり、さえずりを奏でている。ユリウスは、何年にもわたるグループの仕事の中で、時折他のセラピストと一緒にグループをリードできたらと望んだこともあった。特にこういった状況になったときだ。

しばらくのバツの悪い沈黙の後、やっとトニーが言葉を絞り出した。

「それで、その女たちとの友人関係はどうなったんだい？」

「その人たちは、だんだんと離れていった。一人、一人と、徐々に私の周りから消えていった。何年か後、偶然再会した人もいるが、誰もそのことについて話しはしなかった。とても気まずかったし、とても恥ずかしかった」

「大変だったわね、ユリウス」

パムは言った。

「それに奥さんのことも。知らなかったわ。そういった関係についても、当然だけど……」

「ユリウス先生、どう慰めていいのか、言葉が見つからない」

とボニー。

「今、すごく気まずく感じてる」

「ボニー、その気まずさについてもっと話してくれるか」

ユリウスは、グループ内では、自分自身のセラピストでもなければならないという重荷を感じながらそう言った。

「その、初めてというか。グループの中で、先生がこんな形で自分をさらけ出すのは初めてで」

「そのまま続けて。どんな気持ち?」

「とても緊張してる。これはとても曖昧なことだからだと思う。もしメンバーの一人が何か辛いことを話した場合は、私たちは何をすればいいのかわかってる。でも話した人が先生だから、私はどうすればいいのか……」

「そう、わからないのは、どうしてあんたがそれを俺たちに話すかってこと」

トニーは前かがみになり、ふさふさした眉毛の下で目を細めながら言った。

「俺が質問してやる。ユリウスから先週盗んだやり方だけどね。なぜ今なのか? それはフィリップと取引したから? ここのみんなは【ノー】って言うだろうね。その取引は意味ないって。それとも、その事件のことでまだ残っている感情を消化したい? つまり、ユリウスがその話をする理由がはっきりしてないってこと。俺が話を聞いてどう思ったか知りたい? ユリウスがしたことは、まったく問題ないね。正直言うと、スチュアートや、ギル、レベッカに対しても同じように感じる。俺に言わせりゃ、あんたがしたことは、大したことじゃない。自分でもそうしていただろうって思う。あんたは寂しかった。やりたかった。女が慰めに来た。そうさせた。いい時間を過ごした。その女たちも、いい気分だったと思うよ。だって、俺たち、女は利用されたり搾取されたりするだけだって話ばかりしてるだろ。玉座に座った女に、男が乞食みたいにセックスの切れ端を恵んでもらおうとしてるみたいなイメージ、最高に興奮するんだよね」

パムは頭を抱えていた。レベッカも同じようだった。それに気がついたトニーはハッとした。

「悪い悪い、言いすぎた。最初の質問に戻ったほうがいいだろうね。なぜ今なのか？」

「いい質問だ、トニー。始めてくれてありがとう。少し前までは、別のセラピストがいて助けてくれたらと思っていた。キミがその仕事をしてくれた。上手だったと思う。セラピストに向いているかもしれないな。さて、なぜ今なのか？　グループで、私は何度もその質問をしてきた。ただ、私に向けられたのは初めてだ。まず、フィリップとの取引のためでは、とキミは推測したが、そうではない。けれど、完全にそうとも言い切れない。フィリップの【我と汝】には何かしらあるように思える。フィリップの言葉を借りれば、その考えは【必ずしも間違っているわけではない】ということだ」

ユリウスはフィリップに微笑んだが、それに対しては何も返ってこなかった。ユリウスは続けた。

「私が言いたいのは、本物のセラピー関係に互恵性がないのは問題だということだ。厄介な問いだ。したがって、その問題に対処するためにフィリップの挑戦を受け入れた、というのも理由の一つだ」

ユリウスは返答を求めていた。話しすぎたと感じていたためだ。ユリウスはフィリップに目を向けて言った。

「今私が言ったことに対して、どう思うかね？」

フィリップはその質問に驚いてビクッとした。しばらく考えた末、口を開いた。

「ここでは、私は自らの選択によって自分の過去を開示したのだと思われているようですが、それは違います。グループの誰かが自分の経験について話をしました。そして私は過去の事実の正確を期すために、必要なことを話しました」

「それが何とどんな関係があるのか教えてくれないかい？」

トニーは尋ねた。

「その通り」

とスチュアート。

「正確さについて話すのでしたら、フィリップさん！　私はあなたがあえて自己開示したとは思っていません。言いたいことは、あなたの回答は見当違いだということです。ユリウス先生からの質問とは何の関係もないと思えます」

フィリップが気を悪くした様子はなかった。

「そうですね。ユリウスさんの質問に戻りましょう。たぶん、私が何も感じなかったので、ユリウスさんの質問に戸惑ったのだと思います。感情的な反応はまったくありませんでした」

「それは少なくとも関連性がありますね」

スチュアートは言った。

「あなたの先ほどの回答は突拍子もないものでしたが」

「こんな偽認知症ゲーム、反吐が出るわ！」

パムは怒りを露わにして自分の太ももを叩き、フィリップに向かって言葉を吐き出した。

「それと、この男は私を名前で呼ばず、【グループの誰か】と呼んだのよ。腹が立つ！　侮辱的だし、幼稚よ」

「偽認知症と言いますが、私が無知であると言っているのでしょうか？」

フィリップはパムの睨みの利いた視線を避けて言った。

「頑張って」

ボニーが腕を上げて言った。

「二人がお互いの存在を認めて、実際に話している」

パムはボニーの発言を無視し、フィリップと話し続けた。

「偽認知症は、認知症と比べての褒め言葉よ。ユリウスの発言に対して反応すべきものが何もないと言ったわよね。ユリウスに反応しないなんて、絶対あり得ないし！」

パムの目は燃え上がった。

「例えば？」

フィリップは尋ねた。

「私が何を感じるべきだと思うのですか？」

「まず、あなた自身とあなたの浅はかで配慮のない質問に対して真剣に向き合ってくれていることへの感謝。【我と汝】の約束を守ってくれていることへの敬意。それに、ユリウスが負うことになった悲しみはどう？　あるいは彼の手に負えない性的欲求に対する興味や、自分の体験との共通点もあるかもしれない。それに、癌にもかかわらず、私たち全員、そしてあなたに援助をしてくれるユリウスの意欲に対して賞賛を感じてもおかしくない。このあたりが手始めでしょうね」

パムは声を上げた。

「なぜあなたは感情を持たないの？」

パムはフィリップから目を逸らし、つながりを切った。

フィリップは答えなかった。修行僧のように微動だにせず座り、床を見つめていた。

パムの爆発に続く重い沈黙の中で、ユリウスはこの後をどう続けるのが最善か悩んだ。多くの場合、待つのがベターだ。……が、一方で、ユリウスのお気に入りのセラピーの方針は【冷たいときに鉄は打て】だった。

ユリウスはセラピーを、感情の活性化とそれに続く統合の連続だと見なしていた。今日のグループには感情体験が豊富にあった。豊富というより多すぎたとも言える。今は、感情体験をする段階から、理解と統合へと移るときが来たようにユリウスには思えた。遠回しのルートを選んで、ユリウスはボニーに顔を向けた。

「頑張ってというのはどういうことかな?」

「私の考えていること、わかっちゃってるの? ユリウス先生。ちょうどそのことを考えていて、後悔していたところなの。馬鹿にしているように聞こえたんじゃないかって心配。どうだった?」

ボニーはパム、次にフィリップを見た。

「その時はそうは思わなかったわ」

とパム。

「でも、よく考えてみると、ちょっと小馬鹿にされた感じもあるかな」

「ごめんなさい」

ボニーは言った。

「でも、パムさんとフィリップさんが、緊迫した中で直接話し合っていることに、私はなぜだかちょっとほっとしたの。フィリップさん、あなたも？」

ボニーはフィリップの方を向いた。

「私のコメントに対して怒ってる？」

「すみません」

フィリップは下を向いたまま話し続けた。

「聞こえていませんでした。私は彼女の目の鋭さ以外には何も気がついていませんでした」

「彼女？」

トニーは言った。

「パムさんの目です」

フィリップはパムの方を向いた。彼の声が一瞬震えた。

「あなたの目です、パムさん」

「あんた、よくやった」

トニーは言った。

「これで完璧」

「怖くはなかったかな、フィリップさん？」

ギルは尋ねた。

「あれを受け止めるのは、簡単なことではないと思います」

「いいえ、私は彼女の目つき、言葉、意見をどうしたら気にせずにいられるのか、その方法を夢中で探していました。つまり、パムさん、あなたの言葉、あなたの意見です」

「似ているところがあるみたいですね、フィリップさん」

ギルは言った。

「あなたは私のようです。私たちは二人とも、パムさんとの間で問題を抱えています」

フィリップはギルを見て頷いた。おそらく感謝の頷きであろうとユリウスは思った。フィリップがこれ以上何も話さないように思えたので、ユリウスは他のメンバーの発言を促すため、グループを見回した。お互いの関わりを広げる機会を決して逃したくなかったのだ。関わるメンバーが多ければ多いほど、グループはより効果的であると信じていることもある。ユリウスはパムを関わりに含めたかった。彼女のフィリップに対する感情の爆発は、まだこのグループ内に燻っている。総合的に考え、ユリウスはギルを選んだ。

「ギル、パムのコメントを受け止めるのは簡単ではないと言ったね。……そして先週、キミはパムを【首席判事】と呼んだ。それについてもっと話せるかね？」

「ええと、大した意味はありません。自分でもよくわからないし、うまく判断できません。けれど……」

ユリウスは口を挟んだ。

「ちょっとここで立ち止まろうではないか。今この瞬間に」

ユリウスはパムに目を向けた。

「ギルが今言ったことを考えてみてくれるか。キミはギルの言うことは聞かない、または聞けないと以前言ったと思うが、それと関係があるだろうか？」

「まったくそうね」

パムは言った。

「典型的なギル。ほら、ギル、今言ったことは【これから言うことに注意を払わないで】【それは重要ではない】【私自身も重要ではない】ということ。もっと言うと、【つまらぬ人間の言うことだから気にしないで】【傷つけたくない】【私の言うことなんて聞かないで】ということじゃないかしら。あなたは自分自身を過剰に低めているし、言っていることに生気を感じない。退屈で死にそうよ！　何か言いたいことがある？　言ってよ！」

「ギル」

ユリウスは優しく尋ね始めた。

「その使い古された前置きなしに率直に言うとしたら、どう言っていた？」

「私は彼女に、いやあなた、パムさんに言いたい。あなたは私がここで恐れている裁判官です。あなたは私を裁く。不安に感じる。いや、私は怯えている」

「率直ね、ギル。ちゃんと聞いているわ」

パムは言った。

「それで、パム」

ユリウスは方向転換を試みた。

「ここにキミを恐れている人が二人、フィリップとギルがいる。それに対してどう思う？」

「ええ、思うことがあるわ。それは【彼らの問題だ】ということよ」

「それがあなたの問題でもある可能性は？」

レベッカは言った。

「たぶんあなたの人生に登場した他の男性たちもそんなふうに感じてたんじゃないかしら」

「後でちゃんと考えてみるわ」

「今のこのやりとりについてフィードバックはあるかね、誰か？」

ユリウスは尋ねた。

「パムさんは、少し危なっかしいと思います」

スチュアートが言った。

「私もそう思う。【彼らの問題だ】というのは、もう少し考えた方がいい気がする」

ボニーは言った。

「ええ、それはそうね。私の中では、さっきレベッカが言った【フィリップを私の怒りから守りたい】というのがまだ気になってるから」

「ジレンマだな、パム」

ユリウスは言った。

「キミが今ギルに言ったように、キミには飾り立てられたフィードバックは必要じゃない。でもそうじゃないものを受け取ると、痛っ！　それがとても気になる」

「そう。だから、私は見た目ほどタフじゃないかもね。レベッカ、さっきのは痛かったわ」

レベッカは言った。

「ごめんなさい、パム。そういうつもりじゃなかったの。フィリップを擁護することは、あなたを攻撃することと同じじゃない」

ユリウスはしばらく待っていた。そしてグループをどの方向に導こうかと考えていた。あまりにも多くの可能性がそこにはあった。パムの怒りと決めつけの傾向。他の男性陣、トニーとスチュアートは？　彼らの思いはどうだろう？　そして、パムとレベッカの間の緊張も。ボニーと、彼女の小馬鹿にしたとされる発言についてもまだ終わってはいない。それとも、フィリップへのパムの怒りにもっと焦点を当てる？　ユリウスは待つことが最善であることを知っていた。早すぎる介入はうまくいかない。たった数回のミーティングで、緊張の緩和に向けてのはっきりとした進展があった。今日は十分に進んだのではないか。ただし、推し量るのは難しい。フィリップはまだ十分に正体を見せていない。しかし、驚くべきことに、ほどなくグループはまったく予期せぬ方向へと進み始めた。

「ユリウス」

トニーは言った。

「あんたがさっき打ち明けてくれたことに対して、ひとこと言ってもいいかい？」

「そうだな。そこから今に至るまでに起きたことを振り返ってみようではないか。皆は私の話を受けてどう感じたかを話した。パムもそうした。そして、フィリップが私の開示に対して何も感じないことに関して、パムとフィリップが話を深めた。だがトニー、キミの【なぜ今なのか】についてちゃんとは答えていなかったな。そこに戻ろう」

ユリウスはしばらく時間をとって考えをまとめた。自分の開示、またはセラピストの開示には常に二重の意味合いがある。まず、何であれ、開示したことからセラピスト自身が得るもの、そして次に、それがグループへの模範となるということ。

「確かに言えるのは、開示したことを有耶無耶にするつもりはなかったということだ。多くのメンバーが私を止めようとしたが、私は固く心に決めて続けた。これは稀なことだ。だから私自身、完全に理解しているかどうかはわからないのだが、そこには何か重要なことがあるように思える。トニー、キミは私が助けを求めていたり、許しを求めていたりするのではないかと尋ねた。それは違う。友人や他のセラピストと何年も一緒に取り組んだ末、私は自分自身を許した。確かなことは、今日のグループで言ったことを、もっと前なら、メラノーマができるより前のことだが、決して話そうとは思わなかったということだ」

「メラノーマができる前には……」

ユリウスは続けた。

「それが鍵だと思う。誰でも死の宣告を受ける時が必ず来る。皮肉だが、キミたちはこのような陽気な説教に対してお金を払っているのだ。しかし死の宣告を実際に体験し、確証され、刻印され、そして期日を与えられるという経験は注目に値するものだった。メラノーマのおかげで、奇妙な解放感を感じている。それは今日の開示と大いに関係があるようだ。たぶんそれが、別のセラピストをこのグループに欲していた理由だ。つまり、キミたちが望むもののために動き続けられる、客観的な視点を持つ誰かが必要ということだ」

ユリウスはここでいったん口を閉じた。そしてほどなく付け加えた。

「先に、私に対してどう向き合っているのかと尋ねたとき、キミたちは誰も答えなかったな」

しばらくの沈黙の後、ユリウスはさらに付け加えた。

「未だ何も話してくれない。これが、共同セラピストを恋しく思う理由だ。語られない大きな何かがあるようであれば、他の重要なことにも取り組めないと私は思う。私の仕事は障害物を取り除くことであり、私自身が障害物になることはまったく望んでいない。今、自分で自分の外に出るのは難しいのだが、キミたちが私を避けているように感じる。あるいは、私の死に至る病を避けている」

それに反応したのがボニーだった。

「ユリウス先生の気持ちについて話し合いたい。でも、傷ついてもらいたくない」

他のメンバーも同意した。

「そう、今キミはそれに触れたよ。よく聞いてもらえるか。キミたちが私を傷つけるとしたら、それはキミたちが私から離れていくことだ。命を脅かす病気の人と話すのは難しい。私にもよくわかる。穏やかに歩み寄りたいのだが、そういう人たちには、何を言っていいのかわからない」

「まったくその通り」

トニーは言った。

「何を言えばいいかわからない。けど、あんたと一緒にいるように努める」

「トニー、キミの気持ちは感じられる」

「別の考えがあります」

フィリップが言った。

「人々は、それぞれを待ち受けている死に直面したくないので、苦しんでいる人との接触を恐れている」

ユリウスは頷いた。

「大事なことだと思う、フィリップ。ここで皆に聞いてみようではないか」

フィリップ以外の誰かが言ったとしたら、ユリウスはその人が自分の本当の気持ちを表現しているかどうかを必ず尋ねたであろう。しかし、この段階ではユリウスはフィリップが言ったことが適切であることを支持したかった。グループを見回し、応答を待った。

「たぶん……」

ボニーは言った。

「最近、殺されそうになる悪夢を何度か見たの。フィリップさんが言ったことには何かがあると思う。前に話したバラバラになっていく電車を追いかける悪夢もあった」

「無意識下で、いつもより怖さを感じています」

スチュアートが言った。

「テニス友だちの一人が皮膚科医です。私は先月2回も、皮膚の診察を依頼しました。メラノーマを恐れてのことです」

「ユリウス」

とパムはユリウスに顔を向けた。

「メラノーマについて聞いて以来、あなたのことをよく考えているわ。私は男性に対して厳しいところがあるかもしれないけど、ユリウス、あなたは例外よ。あなたは今まで会った男性の中で、一番素敵な男性。だから、あなたを守りたいと感じてるわ」

「フィリップがあなたを追い詰めたとき、そう強く感じた。なんて冷淡で無神経なんだろうとも思ったわ。今でもそう思うけど。それに、私自身が自分の死をより強く意識しているかどうかで言うと、そうかもしれないけど、自分では気がついていないわ。言えるのは、慰めになるような言葉を探しているということ。昨夜、ナボコフの回想録『スピーク、メモリー』を読んだのだけど、その中に、人生は二つの暗闇の間の火花のようなものだという一節があったわ。つまり、生まれる前の暗闇と死んだ後の暗闇。私たちは後者についてとても心配するけど、前者についてはほとんど関心を持たない。これはおかしなことよね。どういうわけか、これがとても心強く感じられて、すぐにあなたに知らせるためにタグ付けしたわ」

「しっかり受け取ったよ、パム。ありがとう。並外れた考えだ。理由はよくわからないが、心強く感じられる。出産前の最初の闇のほうが快適そうに思える。もっと友好的というか、おそらく将来の可能性を約束しているような感じがするからだろう」

フィリップがすかさず口を挟んだ。

「その考えは、ショーペンハウアーにとっても心強いものでした。ショーペンハウアーから、偶然とはいえ、ナボコフは間違いなくそれを盗用しました。ショーペンハウアーは、死後、私たちは生まれる前の状態になると述べています。そしてそれをもとに、複数の無が存在することは不可能であることを証明しました」

ユリウスがそれに返事をする間もなく、パムはフィリップを睨みつけて言った。

「あなたがカウンセラーになりたいというのはとんでもない冗談だってことが、今はっきりしたわ。私たちは優しい気持ちの真っ只中にいるというのに、あなたにとって最も重要なのは、あなただけに重要なのは、引用の正確さ。ショーペンハウアーがかつて漠然と似たようなことを言った？　本当にどうでもいいことだわ！」

フィリップは目を閉じて、ショーペンハウアーを引用し始めた。

「人は、何千年もの存在しない時間を経て、突然、今、自分が存在していることに気づき、大いに驚く。人はしばらく生きて、そしてまた同様に、長い時間存在しなくてもよい時期が来る。私はショーペンハウアーを繰り返し読みましたので、頭に彼の言葉が焼きついています。この引用は、彼のエッセイ『存在の虚無の教義に関する追加的考察』の第3段落からのものです。これでも漠然としていますか？」

「二人とも、やめて」

ボニーは大声を上げて言った。

「いいね、ボニー」

とトニー。

「他の皆はどう？　誰か？」

ユリウスは尋ねた。

「この厄介ごとには巻き込まれたくないです。すごく傷つけられそうに思えるから」

ギルは言った。

「ええ、そのようです」

スチュアートが続いた。

「二人とも、とても敏感になっているようです。フィリップさんは誰かがショーペンハウアーのフレーズを使ったら何か言わずにはいられないようですし、パムさんはフィリップさんをとんでもない冗談と呼ばずにはいられないようです」

「彼のことをとんでもない冗談だとは言ってないわ。私が言ったのは……」

「やめましょう、パムさん。あなたは揚げ足をとってばかりいるようです。私が意図したことはわかるでしょう?」

スチュアートは折れなかった。

「とにかく、ナボコフについての言動は行きすぎです、パムさん。フィリップさんの大切なヒーローを悪く言い、そのヒーローの言葉を借りている他の誰かを褒め称えています。フィリップさんが正そうとすることの何がいけないのでしょうか。ショーペンハウアーの優先性を指摘することの何がいけないのでしょうか?」

「俺にも言わせてくれ」

トニーは言った。

「いつものように、俺はそいつらが誰だかすら知らない。ナボ……ノボ?」

「ナボコフよ」

パムはトニーのために、優しい声で言った。

「ナボコフは素晴らしいロシアの作家。小説の『ロリータ』については聞いたことがあるかもしれないわね」

「おお、それは知ってる。ええと、こういう話だと悪循環にハマるんだ。知らないことで自分を馬鹿だと思い、それから黙って、さらに馬鹿だと思う。口を挟まないと、そっから抜け出せないんだよ」

トニーはユリウスに目を向けた。

「感情について、あんたの質問に答えるなら、それだな。つまり自分は馬鹿だと感じる。もう一つは、フィリップが『これでも漠然としていますか』と言ったとき、フィリップの歯がちらりと見えたんだ。鋭い歯だった。それと、パムに対する感情」

トニーはパムに向き直って言った。

「パム、あんたは大事な仲間だ。あんたのことはすごく気に入ってる。本当はあんたの悪い部分をとやかく言いたくない」

「大丈夫よ」

パムは言った。

「それから……一番大事なこと忘れてた。俺が話すことは、グループを脇道に逸らすことになるかもしれないということ。さっきは、ユリウスをどうやって守るか、避けるかということを話してたよね。それから、パムとフィリップのことで、すぐに話題がそれた。またあんたを避けてないかい？」

「今は、そうは感じない。今しているような親密な話題の場合、一つの場所に留まることはない。思考の流れは、常に新しいところに向かっていく。そして……」

ユリウスはフィリップに向き直った。

「この【親密な】という言葉は、とても意図的に使っている。キミが見せた怒りは、私たちはそれを初めて見たのだが、親密さの表れだと思う。キミがパムに腹を立てるのは、パムを十分気にかけているからだと思う」

フィリップは積極的にはこれに答えないだろうと思いながらも、ユリウスはフィリップに反応を促した。

フィリップは首を横に振った。

「ユリウスさんの仮説を評価する方法がわかりません。しかし、私は他に言いたいことがあります。白状すると、私もパムさんのようにあなたを慰めるか、少なくとも関連することを何か言いたいと思っていたということです。私は、ショーペンハウアーの習慣に倣い、エピクテトスの作品かウパニシャッドを読んで一日を終わらせています」

フィリップはトニーの方を見た。

「エピクテトスは2世紀のローマの哲学者であり、ウパニシャッドは古代の神聖なヒンドゥー教の聖典です。先日、エピクテトスの一節を読み、価値があると思ったので、そのコピーを作成しました。そしてラテン語から現代語に大まかに翻訳しました」

フィリップはブリーフケースに手を伸ばし、各メンバーにコピーを配り、そして目を閉じて、暗記しているその文章を読み上げた。

航海中の船が錨泊すると、あなたは水を汲みに出て、その途中で植物の根と貝殻を集める。しかしその間、常に船のことを気にしていなければならない。常にあたりを見回し、船長がいつ再び呼び出すか、耳を傾けていなければならない。そしてその呼び出しがあった際には、つながれて収容所に投げ込まれる羊のように扱われないよう、すべてを捨てなければならない。

これは人間の生活にも当てはまる。殻や根の代わりに妻と子供がいたとしても、船長が呼び出したときには、それらを捨てて後ろを振り返ることなく、船に駆け寄らなければならない。そして、もしあなたが年をとっているなら、いつ何時も船から遠く離れないほうがよいだろう。船長が呼び出したときに、準備ができているように。

フィリップはここで口を閉じ、【どうでしょう】と言うかのように腕を伸ばした。グループはその文書を読み解こうとしたが、当惑していた。そんな中、スチュアートが沈黙を破った。

「理解しようとしていますが、フィリップさん、私には難しい。ユリウス先生にとって、これにどんな価値があるのでしょうか。あるいは私たちにとって？」

ユリウスは腕時計を指さした。

「時間切れで申し訳ない。だが、終わる前に一つだけ話をさせてもらいたい。発言や行動を、その内容とプロセスの二つの異なる観点から私は見ている。プロセスとは、関係の本質について、何かを物語るものだ。スチュアート、キミのように、私もフィリップのメッセージの内容をすぐには理解できていない。しっかりと検証する必要があり、おそらくその内容は別のミーティングで話し合うことになるだろう。しかし、私はそのプロセスについては何かしらわかっている。それは、フィリップ、キミはパムのように私のことを考えていて、私に何か提供したいと思っていたということ。そして、その意味は？　キミの思いやりだろう。そして、私はそれについてどう思うか？　感動した。感謝している。そして、その思いやりを、キミが自分の言葉で表現できるときを楽しみにしている」

第19章

メンバーが通りに出ていくのをユリウスは見守った。それぞれ駐車中の車に向かうのではなく、一団となっていたので、間違いなくカフェに向かうのであろう。ああ、ウインドブレーカーをつかみ、階段を下りて皆に加われたら。しかし、それはできないと思った。ユリウスは廊下に出て、ミーティングのメモを入力するためにオフィスのPCに向かった。だが、突然ユリウスは考えを変え、グループ・ルームに戻った。そこでパイプを取り出し、トルコ・タバコの豊かな香りを楽しんだ。彼には、セッションの熱気が残っているこの場で、数分間暖かさを味わう以外に特別な目的はなかった。

今回のミーティングは、最近の3〜4回のミーティングと同様、とても興味深かった。タバコの香りを楽しみながら、ユリウスの思考は、ずっと前に実施した乳がん患者のグループに流れ着いた。患者たちは死を目の前にし、パニックを体験することがしばしばであった。そしてそれを克服した後の、素晴らしい時間のことを何度も話していた。がんと共に余生を過ごすことで、より賢くなり、自己実現した患者もいれば、人生の優先順位を変え、強くなり、もはや価値のない活動はせず、家族や友人を大事にするなど、本当に重要なことするようになった患者もいた。または、身のまわりの美しさを観察したり、季節の移り変わりを味わったりした患者もいた。しかし、多くの人が嘆いたのは、身体が癌で蝕まれて初めて、生き方を学んだということだった。

これらの変化は劇的であり、実際ある患者は【癌はノイローゼを治してくれる】と主張した。そういう体験もあり、ユリウスは2、3回、教え子たちに心理的変化のみを試しに説明し、どのような治療法が関与してその変化が起きたのかを当ててみるよう求めたことがあった。答えを明かし、セラピーや投薬ではなく、死との直面がこういった心理的変化を作り出したことを知った学生たちは驚きを隠せなかった。ユリウスはそういった患者たちから多くを学び、そして彼の番が来た今では、その患者たちはユリウスにとってのモデルとなっていた。彼らにそのことを伝えられなくて残念だ。【正しく生きよう】。ユリウスはそう自分に言い聞かせた。そして自分には知ることができないとしても、自分から何か良いものが他人へときっと流れていくだろう。

今、自分は癌をどう扱っているだろうか。ユリウスは自問した。パニックの段階についてはよく知っている。有難いことに、未だに夜中の3時に得体の知れない恐怖とパニックに襲われることもあるが、このパニックの段階からは抜け出しつつある。幸運なことに、パニックは抗不安薬や夜明けの光、または温かい湯船につかることで落ち着いてくれる。

しかし、私は変わったのだろうか、もしくは賢くなったのだろうか。ユリウスはふと考えた。絶頂の時代はあったのだろうか？　たぶん、自分の感情には近づいている。おそらくそれは成長だ。いや、私はより優れたセラピストになり、耳がより敏感になったのだろう。そう、セラピストとして、私は前とは違う。メラノーマが見つかる前は、グループがとても大事であるなどとは決して言わなかった。ミリアムの死や、その後の性生活など、細かなプライバシーを開示するなんてことは、夢にも思わなかった。そして、今日のグループで感じた、これらを打ち明けたくてたまらないという衝動。それこそ考えるべき不思議なことだ。ユリウスは首を横に振った。自分が受けてきた訓練や教えてきたことに逆らう衝動を感じている。

確かに言えるのは、グループのメンバーは、私に打ち明けてもらいたくなかったということだ。皆は私が抱える傷や闇を少しも知りたくなかった。一方で、そんななかで強行すると、興味深いものが見られた。トニーが今までとはまったく違った。熟練したセラピストのように振る舞い、グループの反応に満足しているかどうかを私に尋ね、私がしたことを認め、そして

【なぜ今なのか】を押し通した。素晴らしいことだ。私がいなくなった後、トニーがグループをリードしている姿が想像できた。大学を中退し、刑務所に幾度か収容された過去を持つセラピスト。そしてギル、スチュアート、パムも進歩しており、私の面倒を見てくれ、グループの集中力を保ってくれた。これに関して、ユングは【傷ついたセラピストだけが真に傷を癒す】とかつて述べたが、患者のスキルを研ぎ澄ますということが、セラピストが自分の傷を開示してもよい十分な理由となるだろう。

ユリウスはオフィスに向かって廊下を歩き始め、ミーティングについて考え続けた。ギル。今日やっと真の彼が見られた。パムを【首席判事】と呼ぶのは最高だし、正確だった。パムがそのフィードバックをしっかりと処理するのを手伝わなければいけないだろう。この点においては、ギルの洞察は私のものより鋭かった。パムは私のお気に入りだったので、彼女の病理を見落としていた。そしてたぶんそれが、ジョンに執着するパムを助けられなかった理由だ。

ユリウスはPCを立ち上げ、【短編小説素材集】というタイトルのフォルダを開いた。このフォルダには、未だ実現していないユリウスの素晴らしい計画が潜んでいた。それは本物の作家になるという計画だ。ユリウスは優れたプロの作家ではあった（2冊の本と、精神医療の分野で百の論文を発表していた）。だが、ユリウスは文学作品を書くことに憧れがあり、何十年もの間、想像から、あるいは実践から、短編小説の素材を集めていた。過去に何度か執筆を始めたが、時間や勇気がなく、最後まで完成させて出版社に持ち込むには至らなかった。

フォルダをスクロールし、素材リストの中から【犠牲者は彼らの敵に立ち向かう】というタイトルのファイルをクリックした。その中から、二つの素材に目を通すことにした。一つ目の対決は、トルコ沿岸を航行する豪華船で行われるものであった。精神科医が船のカジノに入ると、煙が充満した部屋の向こう側に、かつて彼が7万5千ドルをだましとられた、詐欺師である元患者を目撃する。二つ目の対決には、告発されたレイプ犯を弁護するために無償の訴訟を割り当てられた女性弁護士が登場する。刑務所におけるレイプ犯との最初の面会で、女性弁護士はそのレイプ犯が10年前に弁護士自身をレイプした男ではないかと疑い始めるというものだ。

ユリウスは新しいファイルを作成した。【性的に搾取された過去の大学講師にグループ・セラピーで出会う女性】。悪くないな。文学作品としても良さそうだ。そうは考えるものの、ユリウスには、それが決して書かれないということがわかっていた。倫理的な問題がそこにはあった。書くとしたら、パムとフィリップの許可が必要であるし、さらに10年が経過する必要があった。ユリウスにはそれほどの時間がなかった。しかし、良い治療が今後展開していく可能性もあるとユリウスは考えた。もし両者をグループに留めて、古傷を開く痛みに耐えることができれば、何か良いことが起きるであろう。

ユリウスは、フィリップが翻訳した船の乗客の話のコピーを手に取った。そしてそれを何度か読み直し、その意味や関連性を理解しようとした。しかし、ユリウスは首を横に振ることになった。フィリップはこれを慰めとして提供した。しかし、慰めはいったいどこに？

第20章

翌週、グループの部屋に入ると、ユリウスは奇妙なシーンを目撃した。席にどっかりと腰を下ろすメンバーたちは、フィリップのたとえ話を熱心に読んでいた。スチュアートはクリップボードにコピーを挟み、所々アンダーラインを引きながら読んでいた。トニーは自分のコピーを忘れたので、パムのコピーを肩越しに読んでいた。

苛立ちが感じられる声で、レベッカがミーティングを始めた。

「私はこれを真剣に読んだわ」

レベッカはフィリップからの配布プリントを持ち上げ、折りたたんでハンドバッグに入れた。

「時間かけたわよ。かけすぎたくらいよ、フィリップ。今日は絶対に、この話がどう関係しているのか、みんなに話してもらわないと」

「最初にそれについてこのクラスで話し合うなら、より豊かな話し合いになると思います」

フィリップは答えた。

「クラス？　確かに、クラスの宿題みたいに感じられるわ。フィリップ、これがあなたのカウンセリングのやり方？」

レベッカはハンドバッグをパチンと閉めて尋ねた。

「学校の教師のように？　それは違います。私は成人教育のためではなく、治療のためにここに来ています」

フィリップはレベッカの苛立ちに気づかなかった。

「しかしながら、教育と治療の間には漠然とした境界しかありません。ソクラテス、プラトン、アリストテレス、ストア派、エピクロス派のギリシャ人は皆、教育と理性が人間の苦しみと闘うために必要な道具であると信じていました。ほとんどの哲学的なカウンセラーは、教育が治療の基礎であると考えています。ライプニッツのモットーである【賢者の慈愛】は誰もが信奉するところです」

フィリップはトニーの方を向いた。

「ライプニッツは、17世紀のドイツの哲学者です」

パムが意見を述べた。

「退屈で傲慢に感じる。ユリウスを手助けすると見せかけて、あなたは……」

声が高く、大きくなった。

「フィリップ、あなたに言っているのよ……」

静かに上を見つめていたフィリップは、かすかにびくついてパムの方を向いた。

「まずこの気取った宿題を出しておいて、そして今は自分の解釈を言わずにグループの主導権を握ろうとしている」

「また今日もフィリップさんを不当に攻撃しようとしていますね」

ギルは言った。

「パムさん、フィリップさんは哲学者でありカウンセラーです。専門知識を使ってグループに貢献しようとしているだけだと思います。重箱の隅をつつくように、それを一つ一つ調べ上げる必要はないでしょう。彼の言うことなすことに批判的にならなくてもいいのでは？」

パムは口を開いて何か話そうとしたが、口を閉じた。言葉を失ったようだった。パムはギルをじっと見つめた。ギルはさらに付け加えた。

「正直な意見を欲しがっていたはずです。そうしたつもりです。それと、もし私がまだ飲酒していると疑っているのでしたら、それは違います。今日で断酒して14日目です。週に2

回ユリウスさんと会っていますし、火をつけ、ネジを締めてもらい、そして毎日、断酒会に参加しています。毎日、14日中、14回。先週のミーティングでは続けられるか不安で言えませんでした」

フィリップを除くすべてのメンバーが強く頷き、祝福と激励の反応を示した。ボニーはギルを「誇りに思う」と言った。先に対立のあったパムでさえ、「素晴らしいこと」と述べた。

「俺もそうしたほうがいいかな」

トニーは自分の傷ついた頬を指さしながら言った。

「飲みすぎは怪我の元だからね」

「フィリップ、キミはどうかね？　ギルに何か言いたいことはあるかね？」

ユリウスは尋ねた。フィリップは首を横に振り、言った。

「彼はすでに他の人からかなりのサポートを受けています。彼は冷静ですし、意見を述べ、力をつけています。時に多すぎるサポートは逆効果になる場合もあります」

「ところで、キミが引用したライプニッツの言葉、【賢者の慈愛】は悪くない」

ユリウスが述べた。

「しかし【慈愛】の部分を忘れないようにお願いしたい。ギルがサポートを必要としているなら、キミは最後まで待つ必要はない。さらにだ。ギルがキミのためにパムに立ち向かったことについて、キミ以外に誰がその気持ちを表現できる？」

「その通りです」

フィリップは答えた。

「複雑な気持ちです。ギルさんのサポートには助かりましたが、同時にそれが気に入ったことを警戒してもいます。他人に頼って戦いをするなら、自身の筋肉は衰えます」

「じゃ、俺の無知をもっと晒しちゃおうかな」

トニーは配布物を指して言った。

「フィリップ、悪いんだけどこのボートの話、全然わかんない。先週、ユリウスを慰めるつもりだなんて言ってたけど、この話が何になるのか、さっぱりだよ」

「謝らないで、トニーさん」

ボニーが言った。

「前にも言ったけど、あなたは私を代弁してくれることが多いの。私も混乱してる」

スチュアートも賛同した。

「私もよくわからないです」

そこへパムが割って入った。

「私の解釈が手助けになるかもしれないわ。文学を解釈することが私の仕事だし。最初のステップは、具体的なもの、つまり、船、貝殻、羊といったものから抽象へと進むこと。例えば、この船、航海、港は何を表しているのか、考えてみて」

「船は死、または死への旅を表していると思います」

スチュアートはクリップボードをちらっと見ながら言った。

「そうね。それから？」

スチュアートは答えた。

「要点は、海岸の細部にあまり注意を払わないこと。さもないとボートに乗り遅れる」

「だとしたら」

とトニー。

「奥さんや子どもがいたりとかで、陸のことに気を取られてると、ボートは先に行ってしまう。つまり、死を逃すかもしれない？　そんなに大変なこと？」

「私もそう思うわ、トニー」

レベッカが言った。

「ボートが死を意味しているって理解したけど、でもそれだと意味が通らないわ」

「私もそこがわかりません」

とギル。

「でも、死を逃すとは言っていないようだ。羊のように突き出たところに行くとある」

「それがなんであろうと」

レベッカは続けた。

「これが治療に関係あるの？」

レベッカはそう言いながらユリウスに目を向けた。

「これはユリウスのためのもの。何か慰めを感じる？」

「先週キミに言ったことを繰り返す、フィリップ。私が得たのは、キミが私の苦しみを和らげるために何かを提供したいと思っていた、という事実だ。また、それを直接行うことを躊躇しているということも。つまりキミは個人的な方法をとらない。キミが自分の思いやりを、もっと個人的な方法で表現するよう努力することが、キミの今後の課題だと思う」

ユリウスは続けた。

「内容に関して言うと、私も混乱しているが、私なりの解釈はした。ボートはいつでも出航する可能性があるため、つまり、死はいつでも私たちを呼び寄せる可能性があるため、私たちは世俗のものに執着しすぎないでいる必要がある。それは深い愛着があると、死ぬことがより辛くなると警告しているのかもしれない。キミが私に伝えようとしているのはこういうことか？　フィリップ」

「私の考えでは……」

フィリップが答える前にパムが言葉を発した。

「船と航海を死の象徴とせずに、真の生と見たほうがしっくりくると思うわ。言い換えると、存在自体、つまり存在そのものという奇跡に着目し続ければ、私たちはもっと真の生を生きることができる。私たちが存在に着目するなら、人生で起こるさまざまな流れ、つまり島の物質的なものにあまり巻き込まれず、存在自体を見失うことはない」

しばしの沈黙。皆の視線がフィリップに集まった。

フィリップは熱意が感じられる口調で答えた。

「その通りです」

「それがまさに私の見解です。人生上で起こるさまざまなことで、自分を見失わないよう注意しなければならないということです。ハイデガーはそれを落下、あるいは、日常生活に夢中になること、と述べています。さて、パムさん、あなたがハイデガーに賛同しないことは知っていますが、彼の誤った政治的活動のせいで、彼の哲学的洞察まで否定されるべきではないと考えます。つまり、ハイデガーを引用するなら、日常生活に夢中になると、羊のように自由が失われてしまうのです」

フィリップは続けた。

「パムさんが言ったように、このたとえ話は、私たちの過度な愛着に対する警告であり、存在の奇跡に着目し続けるよう促しています。物事の成り行きを気にするのではなく、物事が存在していることに興味を示すことが重要です」

「今やっとわかりかけてきた」

と、ボニー。

「だけど、それは冷たくて抽象的。それが慰めなの？　ユリウスにとって？　あるいは他の誰かにとって？」

「私にとっては、死が生を教えてくれるという考えには慰めがあります」

フィリップは、彼らしからぬ熱意を持って続けた。

「私にとっては、些細なこと、例えばどうでもよい失敗や成功、所有物、または誰かに好かれる、好かれないなどの人気のあるなしが、私の存在の中核を貪り食うのを許容しないところに慰めを感じます。また、存在の奇跡を十分に味わうという選択が可能なところにも慰めを感じます」

「声に熱意が感じられますね」

スチュアートが言った。

「一方で、血の通わない、冷たい慰めについてフィリップさんは語っているように感じられる。身震いがします」

フィリップが何か価値のあるものを提供したとメンバーたちは感じていた。しかし、いつもながら、フィリップの奇妙なやり方に戸惑いを覚えてもいた。

短い沈黙の後、トニーはユリウスに尋ねた。

「あんたの手助けになった？　何か受け取った？」

「あまり手助けにはなっていない、トニー。でも先に言ったように……」

ユリウスはフィリップの方を向いた。

「キミはキミにとって役立つ何かを私に提供してくれた。これが2回目だと思うが、せっかく提供してくれたのに私が活用しなかったことは、キミにとっては歯がゆいことだろう」

フィリップは頷いたが、黙っていた。

「2回目なの？　いつ？　私がいないときのこと？」

パムが口を挟んだ。数名が首を傾けた。誰も一度目のことを覚えていなかった。パムはユリウスに尋ねた。

「みんな知らないみたいね。話してくれる？」

「フィリップと私の間には古い歴史がある」

ユリウスは言った。

「それを話したいと思う。そうすれば、皆の混乱も解消するだろう。でも、フィリップ、それはキミ次第だ。準備ができているなら」

「そうしてください。皆で話し合うのが良いと思います。私のカルテがありますよね」

とフィリップ。

「いや、そうじゃない、フィリップ。キミの言葉を借りるなら、【キミがそれを自分で話すなら、より豊かな話し合いになるだろう】ということだ。それはキミの呼びかけであり、キミの責任だと思うがね」

フィリップはやや上方に頭を傾けて目を閉じ、暗唱するような口調で話し始めた。

「25年前、私は現代の用語で言うところの【性依存】の問題でユリウスさんに相談をしていました。当時の私は貪欲で、略奪的で、衝動に駆られており、他のことはほとんど考えられない状態でした。私の存在全体が女性を求めることに支配されていました。新しい女性、常に新しい女性です。というのも、一度誰かと寝ると、すぐにその人への興味を失ったからです。まるで私の存在の中心が、女性の中で射精するその瞬間にあるかのようでした。女性と寝た後は、少しの間だけ性衝動から離れることができましたが、すぐに、時にはほんの数時間後に、再び別の女性を求めずにはいられなくなり、時に一日に2～3人の女性と寝ることもありました。必死でした。私は自分の心を女性から解放したかった。そして他のことを考えたり、または過去の偉大な知性に触れたかったのです。当時私は化学の教育を受けていましたが、真の知を求めていました。だから私は助けを求めました。最高の援助。最も価値のある援助。そしてユリウスさんと出会い、週に一度、時には週に二度、3年間セラピーを受けました。しかし成果は得られませんでした」

メンバーたちがどよめくなか、フィリップはここで口を閉じた。

「大丈夫か、フィリップ。もっと続けられるか？　それともここでやめておくか？」

ユリウスが尋ねた。

「大丈夫です」

フィリップは答えた。

「目を閉じて話しているから、どう感じているかわかりにくい」

ボニーはそう述べ、さらに尋ねた。

「それって、私たちがフィリップさんを非難するのを恐れているから？」

「いえ、内面を見て考えをまとめるためです。それに、明確に伝えたことですが、私自身の承認だけが私にとって意味のあることです」

フィリップが醸し出す、理解し難い異世界感がグループに再び漂った。トニーは空気を変えようと派手に囁いた。

「いいね～、ボニー！」

フィリップは目を開かずに続けた。

「ユリウスさんとの治療をやめて間もなく、父が私のために作っていた信託口座からかなりの金額を相続しました。この財産のおかげで、私は化学者としての職業を離れ、西洋哲学を読みあさる生活に移ることができました。その分野への強い関心のおかげでもありますが、偉大な思想の智慧の何かが私の状態を改善してくれると信じていたので、読み続けることができたと思っています。私は哲学に親しみを感じ、自分の天職を見つけたと思いました。そしてコロンビア大学の哲学博士課程に受け入れられました。パムさんの人生が私の人生と交わるという不運に見舞われたのは、その時でした」

フィリップは目を閉じたまま深呼吸をした。床を見つめているパムを一瞥する以外は、皆の視線がフィリップに向けられていた。

「時が経つにつれ、私は真に偉大な哲学者であるプラトン、カント、ショーペンハウアーの3人への理解を深めようと考えました。最終的な分析では、助けとなったのはショーペンハウアーだけでした。ショーペンハウアーの言葉は私にとって純金のようなものでした。そして私は、彼に人としての強い親近感を覚えました。理性的な存在として、世俗的な意味での輪廻という考えを受け入れることはできませんが、仮に私に前世があるのならば、それはアーサー・ショーペンハウアーのようであったでしょう。彼の存在を知るだけで、孤独の痛みは和らぎました」

「彼の作品を数年間読み続け、そして私は性的な問題を克服するに至りました。博士号を取得する頃には、父親からの遺産は尽き、生活するために働く必要が出てきました。私は国内のいくつかの場所で教え、数年前にサンフランシスコに戻ってコスタル大学で職を得ました。しかし結局、自分や自分の科目にふさわしい生徒が見つからなかったため、教えることに興味を失いました。そして、3年ほど前からは、哲学が私を癒してくれたので、哲学を使って他の人を癒すことができるかもしれないと思うようになりました。私はカウンセリングのプログラムを修了し、その後、小規模なカウンセリングサービスを始めました。そして、現在に至ります」

「ユリウスは役に立たなかったと言ったわね」

パムが言った。

「なのにどうしてユリウスにまた連絡をしたの?」

「私は連絡していません。ユリウスさんが私に連絡してきました」

「ええ?　ユリウスがどこからともなくあなたに連絡した?」

「違うの、パムさん」

　と、ボニー。

「ユリウス先生が連絡したことについては、あなたがいないときに話し合ったの。でもどうしてだったかは、私もちゃんとはわかってないから説明できないわ」

「では、私に説明させてくれるか。できる限り同じように話そう。医者から悪い知らせを受け取ってからの数日間、私は打ちのめされ、致命的な癌に罹ったことを受け入れる術を見つけようとした。ある晩、自分の人生の意味を考えていると、とても嫌な気分になった。私は無に帰す運命にあり、永遠にそこにとどまるのだろうかと。それでは、誰かが、またはどんな活動をしたところで、何の違いがあるのだろうか、そう考えた」

「病的な思考の全部は思い出せないが、何らかの意味をつかむ必要があることはわかっていた。そうしないと、その時は、そこで干からびて窒息しそうだった。そして自分の人生を振り返り、そこには意味があったことに気づいた。それは常に自分の外に出て、他の人が生き続け、自己実現できるよう援助してきたということだ。セラピストとしての自分の仕事に大きな意義を感じていたことにはっきりと気づき、時間をかけて自分が過去に援助してきた人たちのことを考え始めた。新旧を問わず、すべてのクライアントが私の脳裏に次々と浮かんでは消えていった」

「多くの人を手助けしてきた。しかし、私は彼らの生活に永続的な影響を与えただろうか？ それが私を悩ませた問いだった。パムが戻ってくる前にグループで話したと思うが、私はこの問いに対する答えを見つけなければならないと感じていた。だから過去のクライアント数名に連絡をすることにした。変だと思うだろう」

「そして過去のカルテを眺めているなかで、私が手助けできなかったクライアントのことを考えるようになった。彼らに何が起こったのだろうか？ 私は疑問に思った。もっと何かできただろうか？ 失敗の中には、後から成果が出てくるケースもあったかもしれない。そういう希望が生じた。そしてフィリップのカルテが目に止まった。その瞬間、私はフィリップに連絡をして、彼に何が起こったのかを調べ、何らかの形で私が彼の役に立ったかどうかを確かめたいという衝動に駆られた」

「それで、電話をしたのね……けど、フィリップがグループに入ったのはどうして？」

パムが尋ねた。

「ここから話してくれるか、フィリップ？」

ユリウスが言った。

「あなたが続けてくれれば、より豊かな話し合いになると思います」

フィリップは唇に微笑みを浮かべて言った。

ユリウスはその後の出来事を手短に話した。フィリップが治療に価値を感じなかったこと、ショーペンハウアーが彼を癒したということ、講義への招待、スーパービジョンの依頼など。

「どうしてだい、フィリップ」

トニーが割り込んだ。

「セラピーでユリウスから何も得られなかったというのに、なぜあんたはユリウスにスーパービジョンをしてもらいたいんだ？」

「ユリウスさんにも何度か同じことを聞かれました」

フィリップは続けた。

「私の答えは、彼が私を助けられなかったとしても、彼の優れたスキルを評価することはできたということです。おそらく私は手に負えない反抗的なクライアントであったか、あるいは私の問題は、彼の特定のアプローチでは歯が立たなかったのだと思います」

「そういうことか。わかったよ。邪魔したね、ユリウス」

トニーはやや申し訳なさそうに言った。

「いや、もうすぐ終わるところだった。私はフィリップにグループで6カ月を過ごすという条件を出し、そのうえでスーパーバイズをすることに同意した」

「どうしてその条件なのか、説明はなかったと思うわ」

レベッカが尋ねた。

「私や大学の生徒たちとどう関わるかを観察したところ、彼の人間味や思いやりのない態度がみられた。彼が優れたセラピストになるためには、そこを改善する必要があると彼に話した。そうだったね、フィリップ?」

「より正確な言葉は、【キミと他人との間に何が起きているかがわからずに、どうやってセラピストになれる?】です」

「その通り」

パムは言った。

「ユリウス先生らしい」

とボニー。

「スイッチが入ったときのユリウス先生そのものですね。あなたがスイッチを入れたんですか?」

スチュアートは言った。

「意図的にではありませんが」

フィリップは答えた。

「ユリウス、まだはっきりしていないわ」

と、レベッカ。

「どうしてフィリップに電話したのかはわかった。どうして彼にグループ・セラピーを受けるように助言したのかも。でも、どうしてこのグループに入れたり、彼のスーパービジョンを引き受けたりしたの？　今、自分のことで精一杯のはずなのに、どうしてそんなことまで引き受けたの？」

「今日は皆、なかなか当たりが厳しいな。それは難しい質問だから答えられるかどうかわからない。ただそれは、償いと正しい行いとに関係があるように思う」

「今話していることで、事情がよくわかってきたわ。ありがとう」

パムはそう言い、続けた。

「質問がもう一つあるわ。フィリップは二度、あなたに慰めを提供した、またはしようとしたと言ったわね。まだ一回目のことは聞いてないわ」

「そう、そこに向かって始めたのだが、行き着かなかったな」

ユリウスは答えた。

「私はフィリップの講義に出席したことがある。フィリップは、私を手助けするために、その講義を作り上げていたようだった。ショーペンハウアーの文章を読んで、多くの慰めを得た男が登場する小説について、その講義で詳しく話していた」

「なんていう小説？」

パムが尋ねた。

「『ブッデンブローク家の人々』という小説だ」

ユリウスは答えた。

「それは役に立たなかったの？　どうして？」

ボニーが尋ねた。

「いくつかの理由があった。まず、私を慰めようとするフィリップのあり方が、今回のエピクテトスの船の逸話と同じように、とても間接的だった」

「ユリウス」

トニーが割って入った。

「かしこぶるわけじゃないけど、あんた、フィリップと直接話してみたらどうだい？　これを誰から学んだかは、わかるだろ？」

「ありがとう、トニー。１００％正しいよ」

ユリウスはフィリップの方を向いた。

「キミが講義を通じて私に慰めを与えようとしたやり方は、当惑するものだった。間接的であり、私個人に向けられたようには感じられなかった。それに予想外のことでもあった。というのは、それ以前に小一時間、プライベートで話したのだが、そのときキミは私の病状に対しては無関心なように思えた。それが一つ。もう一つは実際の内容だ。内容を正確には覚えていないが、概要としては、その死にゆく家長が、他人との境界がなくなるような啓示を得るというものだ。その結果、彼はすべての生命とつながり、そして死後は、自分がやってきたところの生命の力に戻り、生きとし生けるものとのつながりを維持する。そういう考えにその家長は慰められる。そんなところだったか？」

ユリウスはフィリップが頷くのを見た。

「まあ、前にも言ったように、フィリップ、その考えには慰めを感じない。全然だ。死後、私の生命エネルギーや体の分子、ＤＮＡが宇宙に漂ったとしても、意識が消えたとしたら、私にとってはなんの意味もない。そして、つながりが求めるとしたら、私はむしろそれを直接、肉体で行いたいと思う」

そう言い終わると、ユリウスはグループを見回し、視線をパムに止めた。

「これがフィリップが提供してくれた最初の慰め。そして、キミの手にあるのが二番目だ」

短い沈黙の後、ユリウスは次のように付け加えた。

「今日はしゃべりすぎたようだ。皆は今日起きたことをどう受けとめている？」

「興味深く感じるわ」

レベッカは言った。ボニーもそれに賛同した。

「かなりハイレベルなことが起きていて、戸惑ってるかな」

トニーが言った。続けてスチュアートが述べた。

「未だ緊張が漂っているように私は感じます」

「誰と誰の間の？」

トニーは尋ねた。

「もちろん、パムさんとフィリップさんの間の緊張です」

「それに、ユリウスさんとフィリップさんの間にもいろいろありそうです」

ギルが言い、さらに付け加えた。

「フィリップさん、話を聞いてもらえていると感じますか？　自分の貢献が、皆に相応に評価されていると思えますか？」

「それは……たぶん……」

フィリップは普段とは違って自信がなさそうに見えたが、すぐに流暢さを取り戻した。

「否定されていると感じます」

「あんた誰に話してるんだ？」

とトニー。

フィリップは改めてユリウスに向かって話し始めた。

「そうでした。ユリウスさん、千年もの間、多くの人に慰めを与えてきた考えをすぐに却下するのは早急すぎませんか？　物質であっても、他人であっても、出来事であっても、あるいは【私】という概念であっても、過度な愛着が苦しみの元であるというのは、エピクテトスの考えであり、ショーペンハウアーの考えでもあります。これに対して、愛着を避けることが苦しみの軽減につながります。これらは、ブッダの教えの核心でもあります」

「それは心に留めたいと思う、フィリップ。キミが与えてくれた良いものを私が却下すると、キミはキミ自身に価値がないと感じてしまう。こういうことかな？」

「価値を感じないということについては言及していませんが」

「声に出されてはいないが、直感でそう思ったのだ。それは人としてあり得る反応だと思う。自分の中を覗いてみれば、そこにそれがあるのではないだろうか」

「パム、なんか、うんざりって顔ね」

レベッカが言い、そして続けた。

「この愛着についての話は、インドの瞑想リトリートを思い出させる？　ユリウスとフィリップはグループ後にカフェに来なかったから知らないと思うけど、そのときパムがリトリートのことを話してくれたの」

「うん、そうね」

とパムは言った。

「リトリートでは執着を少なくすることについて繰り返し説法を受けたわ。それには【自己への愛着を断ち切る】なんていうふざけたものも含まれていた。結局、そういった話は全部【人生を否定する】ということだと私は理解したわ。そういう経緯もあって、フィリップが配ったたとえ話のメッセージは何かって？　つまり、出発に囚われるあまり、周囲や他の人たちと楽しむことができないとしたら、それはどんな航海でどんな人生なんだろうと思うわ。これは、フィリップ、あなたは私にはそう見えているわ」

パムはフィリップに面と向かって話すようになった。

「問題に対するあなたの解決策は、表面的なものでしかない。それは何か他のもの。つまり人生の放棄とも言えるわ。あなたは人生に入り込んでいない。あなたは人の話を聞かないし、あなたの話は、生きて呼吸している人の話とは思えないわ」

「パムさん」

ギルがフィリップを守ろうと割って入った。

「人のことを言えないかもしれません。パムさんもあまり人の話を聞いていないと思います。

フィリップさんは数年前まで、ひどく惨めだったと聞いたでしょう。圧倒される問題、そして衝動がありました。ユリウスさんから3年も治療を受けていましたが、それで改善しなかった。だからパムさんも先月そうしたように、別の方法を模索し、そしてついに彼に合ったアプローチを見つけ、助けを得た。それは気まぐれなニューエイジの偽の解決策ではないでしょう。そして今、自分を助けてくれたアプローチを使って、ユリウスさんに何かを提供しようとしています。それを聞いたはずですが？」

ギルの爆発に、グループには沈黙が生まれた。しばらくの後、トニーが言葉を発した。

「ギル、あんた今日はすげえな。俺のパムをそんなに突っつくなんて。ちょっと気に入らないが、あんたの今日の関わり方は好きだ。ローズとの生活にも活かせるといいんじゃないか」

「フィリップ」

レベッカだ。

「あなたの話を簡単に決めつけてしまってごめんなさい。考えが変わったわ。その話、その……エピ……」

「エピクテトス」

フィリップは柔らかな口調で言った。

「そう、エピクテトス。ありがとう」

レベッカは続けた。

「考えれば考えるほど、私の問題に関係しているような気がするの。私はきっと大きすぎる愛着に苦しんでいる人間なんだと思う。事柄や所有物ではなく、見た目に愛着を持ちすぎているみたい。顔が良かったから、それでいろいろと許されることがあったわ。高校でも、地元でも、そして美人コンテストなんかでも。でも、その綺麗な顔が今、色あせつつある」

「色あせつつある？」

ボニーは言った。

「色あせた残り物をもらいたい」

「私も、いつでも交換したいわ。私のジュエリーを全部あげる。それと子どもがいたとしたら、それも全部あげる」

とパムも続いた。

「ありがとう。本当に。でも、どれも相対的なものだから」

レベッカは続けた。

「私は自分の顔に愛着を持ちすぎてる。顔が私のアイデンティティーみたい。今、それが減り続けている。だから私自身が減ってきてるみたいに感じるの。顔でいろいろと得をするのを諦めきれない」

「私に役立ったショーペンハウアーの原則の一つですが……」

　フィリップが口を挟んだ。

「相対的な幸福には、三つの出所があります。自分が何者であるか、自分が何を持っているか、そして自分が他人にどう映っているか。ショーペンハウアーは、最初のものだけに着目し、二番目と三番目（所有物と評判）に頼らないようにと説いています。あなたの避けられない老化があなたの美しさを奪っているのと同じように、二番目と三番目は私たちにはコントロールできないもので、私たちから奪われる可能性があり、そして奪われるでしょう。実際【持つ】という行為には逆の要素があります。ショーペンハウアーは、持ち物が私たちを持ち始める、と述べています」

「面白いわ、フィリップ。その三つ全部、つまり、私は何者で、何を持っていて、そして人にどう映っているか。目から鱗だわ。私はその最後の部分、つまり他人が私をどう思うかで生きてきたみたい。だから、一つ打ち明けたいの。誰にも話したことがないけど、それは魔法みたいな香水の話。小さいときから、私のエッセンスでできたレベッカという香水を作ることを夢見てた。この香水を振りかけると、その香りはずっと残り、そしてそれを吸い込んだ人は、私の美しさを思い出すのよ」

「レベッカ、あなたは今、とてもがんばっているみたい。素敵よ」

パムが言った。

「私も同感です」

スチュアートが言い、そして続けた。

「一つ言わせてください。きっと今まで誰にも言われたことがないと思います。私はレベッカさん、あなたを見るとうっとりとしますが、でもその美貌は、あなたをより深く知ることへの障壁となっていると思います。おそらく女性が醜いまたは奇形であるときと同じくらいの障壁であることに気づきました」

「うわー、驚き！　ありがとう、スチュアート」

「レベッカ、知っておいてもらいたいことがある」

とユリウス。

「香水についての空想を、私たちを信頼して話してくれたことに私も心を打たれている。その秘密は、キミが築き上げた悪循環を物語っているように思える。キミは美しさと自身の本質を混同しているようだ。そして、スチュアートが指摘するように、他の人はキミの本質ではなく、キミの美しさに関わろうとするだろう」

「いつだったか、ユリウス、あなたは【美しくも空虚な女性】という言葉を言ったけど、私はまだ感銘を受けてる。それは私」

「悪循環が壊れかけているかもしれないことを除いて」

ギルが言い、そして続けた。

「ここ数週間で、その前の一年間よりも多く、レベッカさんについて何か、より深いものが見えてきた気がします」

「俺もそう思う」

トニーがギルに同意した。

「それから、今謝りたいんだけど、ラスベガスの話のとき、お金を数える真似をしたよね。あれ、本当に悪かったと思ってる。馬鹿野郎のすることだよな」

「謝罪は認められ、受け入れられました」

レベッカは言った。

「今日キミは、たくさんのフィードバックを受けた、レベッカ」

ユリウスはそう言うと、続けて尋ねた。

「それについてどう思うかね？」

「最高の気分。いい感じだわ。みんな別人みたい」

「それは俺らじゃないよ」

トニーが言った。

「それはあんただよ。本気を見せれば、本気が返ってくる」

「それ、素敵な言い回しね。気に入ったわ、トニー」

とレベッカ。

「ねえ、トニー、セラピーが上手になってるんじゃない？　今度は私がお金を数えないとね。料金はいくら？」

トニーは大きく笑った。

「俺は順調に行ってるみたいだから、ユリウス、どうしてあんたがフィリップと関わろうとしたか、推測を言ってもいいかい。たぶん、何年も前にフィリップを最初に見たとき、あんたはこの間話したその心の状態に近かったんじゃない？　つまり、女性への性的欲求が強くあった」

ユリウスは頷いた。

「続けてくれるか」

「まあ、わからないが、もしあんたにフィリップと似たような問題があったとしたら、それがフィリップのセラピーの邪魔になった可能性はある？」

ユリウスは背筋を伸ばして椅子に座り直した。フィリップも同じように座り直した。

「それは興味深い、トニー。今、どうしてセラピストは自己開示をためらうのか、思い出し始めてる。つまり、開示したことが何度も戻ってきて、頭から離れなくなるんだ」

「悪いね、ユリウス。そういうつもりじゃなかったんだ」

「いや、大丈夫。本当だ。文句を言ってるわけじゃなく、たぶん行き詰まっている。キミの観察は素晴らしい。たぶんそれは素晴らしすぎて、的確すぎて、だから私は少し抵抗しているんだと思う」

ユリウスは口を閉じた。そしてしばらくの間考えた。

「では、これが思い当たることだ。フィリップを助けられなかったことに驚き、失望したことは覚えている。私はフィリップを助けるべきだった。フィリップのセラピーが始まったとき、私は確信していた。私の個人的経験が、フィリップを手助けする道筋の潤滑油になるだろう、と」

「たぶん、それが、フィリップをこのグループに招いた理由じゃないか。もう一度試させてくれ、そうじゃない？」

「その通りだ、トニー」

ユリウスは言った。

「これはグループで話すつもりだった。たぶん、数カ月前、私が誰かの助けになったのかどうか疑問に思っていたときに、フィリップに執着したのはそのせいだろう。実際、フィリップが頭に浮かんだとき、他のクライアントに連絡する気にはなれなかった」

「ああ、時間を見ないと。このミーティングを終わらせたくはないのだが、やめなければならない。良いミーティングだった。持ち帰って考えることがたくさんある。そしてトニー、キミのおかげで何かが開けた。ありがとう」

「それで、今日はタダでいいってわけじゃないよね」

トニーはにんまりして言った。

「人に与えることで自分が幸せになると言われるじゃないか」

ユリウスは続けた。

「でも、わからんぞ。今日みたいな調子で続けていけば、その日が来るかもしれない」

グループの部屋を出た後、メンバーはユリウスの家の外の階段でおしゃべりをしてから解散した。トニーとパムだけが喫茶店に向かった。

パムはフィリップに執着していた。フィリップに会ったのはパムにとって不運だったというフィリップの言葉には、何も慰めを感じなかった。さらに、船のたとえ話に対するパムの解釈を褒めたことが嫌だったし、褒められて嬉しく感じたのも嫌だった。パムは、グループが彼女やユリウスから離れてフィリップについて行ってしまうのでは、と心配した。

トニーは大喜びだった。自身を今日のMVP、ミーティングの最も価値あるプレーヤーだと確信した。今夜はバーに寄らず、パムが彼にくれた本を読んでもおかしくないくらいだった。

ギルはパムとトニーが一緒に通りを歩いているのを見た。彼（そしてもちろんフィリップ）は、パムがミーティングの終わりにハグをしなかった唯一の人だった。言いすぎたのだろうか。ギルは、ローズが楽しみにしている大きなイベント、ワインの試飲会のことを考え始めた。ローズが属する友だちグループは、毎年この時期に集まり、その年の最高のワインを試飲する。それをやらないで済む方法はあるか？　ワインを口に含んで、そして吐き出す？　それをやってのけるのはかなり難しい。それともカミングアウトするか？　ギルは断酒会のスポンサー（断酒経験の長いメンバーで、相談に乗ってくれる人）のことを考えた。彼らがどう反応するかは目に見えていた。

スポンサー：優先事項は何かを忘れてはいけない。イベントに参加せず、断酒会に参加しなさい。

ギル：でも、ワインの試飲のために友人が集まってくるんですよ。

スポンサー：なるほど。では、別のことをしようと提案してみたらどうだろう？
ギル：うまくいきませんよ。
スポンサー：それなら別の友だちを作ればいい。
ギル：ローズは嫌がると思います。
スポンサー：それで？

レベッカは自分に言い聞かせた。本気を見せれば、本気が返ってくる。本気を見せれば、本気が返ってくる。ラスベガスのことを打ち明け、トニーがお金を数えたときのことを思い出し、レベッカの顔に笑みがこぼれた。密かにレベッカは喜びも得ていたのだ。彼が謝罪をし、それを受け入れたことに、レベッカはかすかな罪悪感すら覚えた。

ボニーはいつものように、ミーティングが終わるのが嫌で仕方がなかった。ミーティングの90分の間だけは、自分はちゃんと生きていると感じられた。残りの人生はぬるま湯のようなものだ。どうして図書館司書の生活は退屈なのだろうか。そして、フィリップの言葉についても考えた。あなたが何者であり、何を持っており、人にどう映っているのか。面白い！

スチュアートはミーティングを楽しんだ。全身全霊でグループに参加していたのだ。彼は、レベッカに対して言った言葉を思い出した。彼女の外見が彼女を知ることへの障壁として機能している。そしてここ最近で、彼女のうわべよりも深い何かを見た。あれは良かった。あれは良かった。そしてフィリップに、その冷たい慰めはスチュアートを震えさせたと言った。これは単なるカメラではなかった。そしてさらに、パムとフィリップの間の緊張を指摘した。いや、あれはカメラがしたことだろう。

フィリップは家に帰る途中、ミーティングのことを考えないようにしようと必死だった。しかし、ミーティングでの出来事は強烈で、考えずにはいられなかった。考えまいとする努力は数分しか持たず、その後は自由に考えが生じるままにした。エピクテトスの話はメンバーの注意を引いていた。それから伸びてくる手、そしてこちらを振り向いている顔のイメージが浮かんだ。その顔はギルのものだったが、真剣に受け止めるべきではないとフィリップは考えた。ギルは彼のためではなく、パムに反対したのであり、パムやローズ、そして他の女性から身を守る方法を学ぼうとしているだけだと思った。レベッカは彼の言ったことを気に入った。レベッカの綺麗な顔が彼の頭を一瞬よぎった。それからトニーのことを考えた。入れ墨があり頬には傷。フィリップはトニーのような人に会ったことがなかった。本当に野生的な人だが、日常を超えた世界を理解し始めているようだった。そしてユリウス。彼は鋭さを失いつつあるのか？　クライアントとしてのフィリップへの過剰な執着の問題を認めながら、なぜ愛着を擁護できるのだろうか。

フィリップはかすかに震え、不快感を覚えた。彼は自分が壊れていく危険にさらされていると感じた。なぜパムに、自分に出会ったことが不運だと言ったのだろうか？　それが、パムが何度も彼の名前を頻繁に出し、向き合うことを要求する理由であろうか。かつての堕落した自分が幽霊のように彼の背後に浮かんでいた。彼はその存在を感じ、人生を渇望した。フィリップは心を静め、歩く瞑想へと戻っていった。

第21章

時が経つにつれ、ユリウスは毎週のグループをますます楽しみに待つようになった。それは、グループでの体験が以前より心に響くようになったからであろう。彼の【一年】はほぼ尽きてきていた。しかし、グループだけではなく、大小を問わず、人生のすべてがより柔らかく鮮やかに見えるようになっていた。もちろん、いずれにしても残された週の数には限りがあったのだが、その数はまだまだ多く、未来にまで広がっているように感じられていたため、ユリウスは未だ終わりに直面してはいなかった。

目に見える最後は、常に私たちにブレーキをかけさせる。読者は、残りのページが12ページになるまで『カラマーゾフの兄弟』の千ページを勢いよく読み続けるが、その後突然失速し、各パラグラフをゆっくりと味わい、各フレーズ、各単語の意味をかみしめるようになる。残りの日々がわずかとなって、ユリウスは時間を大切にするようになった。日常の出来事の奇跡的な流れに驚き、そこに思いをめぐらせるようになった。

最近ユリウスは、芝生の中に存在する宇宙について調べた昆虫学者の作品を読んだ。2メートル四方をロープで囲われたその芝生を深く掘り下げると、線虫、ヤスデ、トビムシ、そして小さなクモといった、捕食者と獲物のダイナミックで豊かな世界が目の当たりにできるという。その作品には、著者のそういった世界に対する畏怖の念が綴られてあった。視点が柔軟で、注意深く、多くの知識があれば、人は尽きることのない好奇心を抱きながら日常生活を送ることができるのだ。

昆虫学者の芝生の世界のように、グループがユリウスにとっての好奇心をくすぐる場であった。そのおかげでメラノーマの再発に対する恐れは薄れ、パニックもそれほど頻繁ではなくなった。それは医者から言われた【健康でいられる一年】を文字通りに受け取っていたことにもよるが、それ以上にユリウスの生活の仕方が、より不安を軽減させるのに役立っていたと言えるだろう。ツァラトゥストラの道をたどり、自分自身の成熟した知識やスキルを分かち合い、他人に手を差し伸べることで自身を超越し、永遠に繰り返すこともいとわない人生を送ってきたのだ。

ユリウスは、グループが次の週にどう展開するかについて、いつも興味深く感じていた。そして今、【健康でいられる一年】が目に見えて少なくなるにつれて、ユリウスのすべての感情は強まっていた。グループに対する興味も同様に強まり、それは熱中する子どもが持つようなワクワク感へと発展していた。何年も前に、ユリウスはグループ・セラピーについて教えていたが、90分間のセッションを観察した学生が退屈だと訴えていたことを思い出した。その後、各クライアントの人生のドラマを聞き、メンバー間に生じるとても複雑な相互作用を理解できるようになると、学生たちの退屈感は解消され、すべての学生は次のセッションを楽しみに待つようになったのだ。

グループに迫り来る終わりは、ますます熱心に自分の中心的な問題に取り組むようメンバーを促した。セラピーの目に見える終わりは、常にそのような効果をもたらす。そのため、オットー・ランクやカール・ロジャーズのような先駆的なセラピストは、セラピーの開始時に終了日を設定することがよくあった。

スチュアートは、過去3年間のセラピーよりも、ここ数カ月で大きな進歩を遂げた。おそらくフィリップが鏡としての役割を果たし、スチュアートをやる気にさせたのであろう。スチュアートは、フィリップの人間不信の中に自分の一部を見て、二人を除くグループのメンバーがミーティングを楽しみ、グループを避難所、つまり支援と思いやりの場所であると見なしていることに気づいた。スチュアートとフィリップだけが、自分の意志ではなく、仕方がなく出席していたという事実もある。フィリップは、ユリウスからスーパービジョンを受けるために、そしてスチュアートは、妻から離婚を迫られていたために。

あるミーティングで、パムは、スチュアートの椅子が常に少し、時には数センチほどだけだが、しかし明らかに下がっているため、グループが真の円になっていない、とコメントした。他のメンバーもそれに同意した。皆が座席の非対称性を感じていたが、それと、スチュアートが親密になることを回避している問題とを結びつけたことはなかった。

また別のミーティングでは、スチュアートは彼の妻が、優秀な医師であり教育者である彼女の父親に近すぎると不平を述べた。その前のミーティングと同じように、その父親と比較されるので、いつまでたっても妻から認めてもらえないのだと不平をこぼしていると、ユリウスは同じ話を以前にもしたことがあると気づいているだろうかとスチュアートに尋ねた。

スチュアートは肯定した後、さらに続けた。

「でも、ここでは悩みを話すべきなのでしょう？」

それに対してユリウスは、スチュアートに鋭い質問を投げかけた。

「キミの繰り返しに対して、私たちがどう感じていると思うかね？」

「それはたぶん、つまらなかったり退屈していたりするのではないでしょうか」

「スチュアート、それについて考えてみよう。つまらなく退屈であることの見返りは何だと思うかね。そして、聞き手に対する思いやりをどうして持たないのかについても、考えてみてくれるか」

スチュアートは次のミーティングまでに、それらの問いについて熟考し、そういったことを今までほとんど考えてこなかったことに自分でも驚いた、と報告した。

「妻は私のことを退屈な男だと思っています。妻は私のことをよく【ここにいない】と言いますが、グループでも同じことを言われているのだと思います。たぶん、私は共感というものを心の奥深くに閉じ込めてしまっているようです」

しばらくして、スチュアートは中心的な問題について打ち明けた。それは、12歳の息子に対する、今もある不可解な怒りであった。トニーは、「その年くらいのとき、あんたはどんな感じだったんだ?」と尋ね、スチュアートのパンドラの箱を開けることになった。

スチュアートは貧困の中で育ったと話した。父親はスチュアートが8歳のときに亡くなり、掛け持ちの仕事をしなければならなかった母親は、スチュアートが学校から帰ってきてもいつも家にはいなかった。つまりスチュアートはカギっ子であり、自分の夕食を準備し、毎日同じ汚れた服を着て学校に通っていたのだ。こういった子どもの頃の記憶はうまく抑圧できていたが、息子の存在が、長く忘れていた恐怖心をよみがえらせることとなった。

「息子を責めるのはおかしい」

スチュアートは言った。

「しかし、苦労を知らない息子の人生を見ていると、私はどうしても羨ましさと怒りを感じてしまいます」

これに対して、効果的なリフレーミングでスチュアートが怒りを打ち砕くのを手助けしたのはトニーであった。

「あんたの息子にいい暮らしをさせていることに誇りを持ってみるのはどうだい？」

ほぼ全員が進歩していた。こういった現象をユリウスは過去にも目撃したことがあった。グループが十分に成熟したとき、メンバーは急に改善を遂げていくのだ。

ボニーは、大きな葛藤の中で、なかなか折り合いをつけることができなかった。その葛藤は、離婚した元夫への怒りと、その関係から離れられた安堵感との間のものであった。

ギルは毎日断酒会のミーティング（70日間で70回のミーティング）に出席した。一方で、結婚生活は断酒とは関係なく悪化していった。もちろん、それはユリウスにとっては不思議なことではなかった。夫婦の片方が前進するたびに、関係性のバランスは崩れ、結婚生活を続けるためには、もう片方も変わる必要が出てくる。ギルとローズはカップル・セラピーを始めていたが、ギルはローズが変われるかどうかには確信を持てなかった。しかし、ギルはもはや離婚を考えることを恐れてはいなかった。そういう状態になり、ギルは初めて、ユリウスがよく使う洒落た言い回し（結婚生活を維持する唯一の方法は、結婚生活を終わらすことをいとわない［そしてそうできる］ことだ）を真に理解した。

トニーは驚異的なペースで問題に取り組んだ。それはまるで、ユリウスの枯れゆく力が彼に注ぎ込まれているかのようであった。パムの励ましや、グループの全員に促されたこともあり、トニーは自分は無知であると嘆くのをやめ、代わりに、それについて何かをすること、つまり教育を受けることに決めた。そして地元の短大の夜間コースに入学した。

これらの幅広い変化に対して、ワクワクするような満足感を得ているものの、ユリウスの関心はフィリップとパムに釘付けにされたままであった。どうしてパムとフィリップの関係が、ユリウスにとって重要であるのかははっきりしなかったが、その理由は何か特別なものであるということは確信していた。パムとフィリップについて考える際には【一人を救うことは全世界を救うことである】というタルムードの言葉が脳裏にたびたび浮かんだ。パムとフィリップの関係を修復することの重要性はすぐに大きくなった。実際、それがユリウスの存在意義となった。それはまるで、何年も前の恐ろしい出会いの残骸から、何か人間的なものを救い出すことで、ユリウス自身の命を救うことができるかのようだった。タルムードのフレーズの意味について考えているうちに、ユリウスはカルロスのことを思い出した。数年前、カルロスという名の若者のセラピーを行ったことがあった。いや、カルロスについてミリアムと話したのを覚えているので、少なくとも10年以上は前だったに違いない。カルロスは、致命的なリンパ腫と診断された後、ユリウスを訪れた。好感を持てない、下品で、自己中心的で、浅はかで、さらには性衝動の強い男であった。ユリウスはカルロスを援助し、カルロスは随分と変わった。特に対人関係において、人とつながれるようになったのだ。その変化とともに過去を振り返ることで、カルロスは自身の人生に意義を見出した。死が訪れる数時間前、カルロスはユリウスに対して【俺の人生を救ってくれてありがとう】と伝えた。この男のことはかつてはよく思い出したものだが、今この瞬間、カルロスとの記憶は新たに重要な意味を帯びるようになった。それはフィリップとパムにとってだけでなく、ユリウス自身の人生を救うという意味でも、である。

多くの面で、フィリップには以前ほどの物々しい様子は見られなくなり、グループではより接しやすくなったように見えた。パムを除いて、他のメンバーたちに時折アイコンタクトをすることもあった。6カ月が過ぎたが、フィリップは、無事6カ月の契約を果たしたのだから、もうグループはやめるとは言わなかった。ユリウスが6カ月間の契約について話を持ち出したとき、フィリップは次のように答えた。

「驚いたことに、グループ・セラピーは私が想像していたよりもずっと複雑でした。ユリウスさんからのスーパービジョンを受けながら、グループにも引き続き参加したいという気持ちがあります。でも、多重関係の問題があるため、それは無理だと思います。ですから、私はグループを一年間続けてから、その後にスーパービジョンをお願いしたいと考えています」

「それで私も問題はない」

ユリウスはその考えに同意した。

「しかし、それはもちろん、私の健康状態次第だろうな。グループはあと4カ月ある。その後は、様子を見ないといけない。私の健康が保障されているのは一年間だけだ」

フィリップが見せたような、グループへの参加に対する考えの変化は稀ではない。メンバーは、例えば、よく眠れるようになること、悪夢を見なくなること、恐怖症を克服することなど、一つの限定された目標を念頭に置いてグループに参加することがよくある。しかし、参加してから数カ月で、例えば愛する方法を学ぶこと、人生への熱意を取り戻すこと、孤独を克服すること、自尊心を高めることなど、当初とは異なった、より幅広い目標を見出すことがある。

ショーペンハウアーからどのように助けを得たかをより正確に説明するよう、グループはフィリップを促すこともあった。フィリップは、必要な哲学的背景を提供せずにショーペンハウアーに関する質問に答えるのが難しかったため、このトピックについて30分間の講義を行う許可をグループに求めた。グループはうめき声を上げ、ユリウスは関連資料をより簡潔かつ会話的に提示するよう促した。

次のセッションでは、ショーペンハウアーがどうフィリップを助けたかという質問に簡潔に答えると約束して、フィリップは短い講義を実施した。

フィリップは資料を手に持ってはいたが、それを参照せずに話した。天井を見つめながら、フィリップは話し始めた。

「ショーペンハウアーを語るためには、カントから始めなければいけません。カントは、プラトンと共に、ショーペンハウアーが誰よりも尊敬していた哲学者です。ショーペンハウアーが16歳のとき、1804年にカントは亡くなりましたが、彼は私たちの知覚、そして感覚のデータは、私たちに備わった神経解剖学的な装置によってフィルターがかけられ、そして処理されるため、真の意味で現実を体験することは不可能であるという洞察を提示し、哲学に革命をもたらしました。すべてのデータは任意の構成要素によって概念化されます。それらの構成要素には、空間や時間、そして……」

「おーい、フィリップ、要点を言ってくれ」

トニーが割り込んだ。

「この男が、どうあんたを助けたんだ?」

「待って、すぐそれについて話します。すでに3分間話しましたが、これはテレビのニュースではありません。ニュース形式で、世界で最も偉大な思想家の結論を説明することはできません」

「そうそう、その調子。フィリップ。その答え方、いいわよ」

レベッカが言った。トニーは微笑み、いったん退いた。

「つまり、カントが発見したのは、私たちは世界をそのまま体験しているのではなく、私たちが自分なりに処理した世界を経験しているということです。空間、時間、量、因果関係などの特性は、外にあるのではなく、私たちの中にあります。私たちはそれらを現実に当てはめます。それでは、処理のされていない純粋な現実とは何でしょうか? そこにある、生の世界とはいったいどういうものなのでしょうか。カントによると、それは私たちには知ることのできないもの、です」

「ショーペンハウアーは？　あんたはどうやって助けられたんだ？　忘れてないよね。そろそろ出てくる？」

トニーは尋ねた。

「あと90秒で出てきます。カントやその他の人々はその後、私たちは現実をどう処理するのか、というテーマに注目し、取り組みました」

「しかし、ショーペンハウアーは、ほら、出てきました。別の道を行きました。ショーペンハウアーは、カントは私たち自身の基本的かつ目前にある種類のデータ、つまり私たち自身の体や感情を見落としていると考えました。そして、私たちは内側から自分自身を知ることができると主張しました。私たちは、カントが言うような『自分なりに処理したバージョンの世界』に依拠しない、直接的でごく身近な知識を持っているのです。したがって、ショーペンハウアーは内面から人間の衝動と感情を見た最初の哲学者であり、その後のキャリアでは、人間の内面的な問題について広範囲に記述しました。そこにはセックス、愛、死、夢、苦しみ、宗教、自殺、他者との関係、虚栄心、自尊心などが含まれます。ショーペンハウアーは他の哲学者があまり扱わなかった、知るにしのびない、したがって抑圧しなければならない、心の奥深くにある暗い衝動に取り組んだ哲学者でした」

「なんだかフロイトみたい」

ボニーが言った。

「いえ、逆に、フロイトがショーペンハウアーのようだと言ったほうがいいでしょう。フロイト心理学の多くは、ショーペンハウアーの著作の中に見られます。フロイトはその影響をほとんど認めませんでしたが、彼がショーペンハウアーに精通していたことは間違いありません。フロイトが学生だった1860年代と70年代のウィーンでは、ショーペンハウアーの名前は誰もが口にしたものでした。ショーペンハウアーがいなければ、フロイトは存在しなかったでしょう。さらに言えば、私たちが知っているニーチェも存在しなかったでしょう。実際、ショーペンハウアーがフロイトに与えた影響、特に夢の理論、無意識、抑圧のメカニズムは、私の博士論文のテーマでした」

「ショーペンハウアーは……」

トニーをちらりと見ながら、邪魔されないように急いで続けた。

「私の性的な感覚を正当化してくれました。私が理解したのは、性的な動機は至る所に潜んでおり、最も深いレベルで、それがすべての行動の中心点であり、すべての人間のやりとりに浸透し、すべての国家的な問題にさえ影響を及ぼしているという考えでした。私は数カ月前にこれについて彼の言葉のいくつかを引用したと思います」

「あんたが言っていることを裏付けたいんだけど」

トニーが割って入った。

「こないだ新聞で読んだんだが、ポルノは音楽と映画産業を合わせたよりも、もっと多く金が動く業界だって。すげえ額だよ」

「フィリップ」

レベッカは尋ねた。

「想像はできるんだけど、でも具体的にはショーペンハウアーはどう役立ったの？　あなたの性的衝動……もしくは依存症の回復に。もしそういう言葉を使ってもよいのなら」

「ちょっと考えさせてください。その言葉が完全に正確だとは思いません」

と、フィリップ。

「どうして？」

レベッカは尋ねた。

「あなたが説明したことは、私には依存症のように聞こえるわ」

「では、トニーが言ったことに関連させて伺いますが、インターネットでポルノを見ている男性の数を知っていますか？」

「ネットのポルノを見てるの？」

レベッカは尋ねた。

「そうではありませんが、男性の大多数と同じように、その方向に進んでもおかしくはなかったと思います」

「そうだな」

とトニーが言った。

「俺は、週に2、3回は見るわな。っていうか、見てない奴を知らないよ」

「私も」

とギルは言った。

「ローズが怒るものの一つです」

皆の顔がスチュアートの方を向いた。

「ええ、ええ、認めますよ。私も少し見ます」

「これが私の言いたいことです」

フィリップが諭すように言った。

「皆が依存症でしょうか？」

「うーん……言いたいことはわかったわ。ポルノだけでなく、ハラスメントの訴訟も今はたくさんある。かなりの人数を擁護したことがあるから。先日、セクハラ容疑で大手法科大学院の学部長が辞任したという記事も見たし」

「みんな、性に関しては、明かしたくない闇を持ってるってわけだ」

トニーが言った。

「たぶん、男はみんなただの男だってことだよ。俺も、リジーにフェラしてもらいたくてちょっと強引に頼んだら、即刑務所入りだ」

「トニー、女性もいるのよ。考えて」

レベッカは言った。

「でも、話を逸らしたくないわ。フィリップ、続けて。あなたはまだ言うべきことを言っていないわ」

「まず第一に……」

フィリップはすぐに続けた。

「このひどく堕落した男たちの行動に対して舌打ちするのではなく、2世紀前にショーペンハウアーは、その根底にある現実、つまり性欲の途方もなく素晴らしい力を理解しました。それは私たちの中にある最も基本的な力であり、生きる意志、繁殖する意志であり、それを止めることはできません。説得して退けるということもできません。あらゆるものに浸透している性をショーペンハウアーがどう説明しているかについては、すでに話しました。カトリック司祭のスキャンダルや、人間の努力のすべての場所、すべての職業、すべての文化、すべての年齢層を見てください。この視点は、ショーペンハウアーの著作に最初に出会ったとき、私にとって非常に重要でした。ここに歴史上最も偉大な精神の持ち主がいて、私は人生で初めて完全に理解されたと感じました」

「それで？」

この話の間ずっと沈黙していたパムが尋ねた。

「それで何でしょうか？」

フィリップは、パムに迫られると、目に見えて緊張した。

「他に何かないの？　それだけ？　ショーペンハウアーに理解された感じがあったから、あなたは良くなったの？」

フィリップはパムの皮肉に気づかず、あるいは気にせず、生真面目な平坦な口調で応じた。

「もっとたくさんあります。ショーペンハウアーは、私たちが意志の輪の中を際限なく回り続ける運命にあると私に気づかせてくれました。私たちは何かを望み、それを手に入れ、束の間の満足感を得るものの、すぐに退屈になり、そして次の【欲しい】がやってきます。人間の欲求を和らげるものはありません。ですから、完全にその輪から抜け出す必要があります。それがショーペンハウアーがしたことであり、私がしていることです」

パムは尋ねた。

「輪から抜け出す？　どういう意味？」

「それは完全に意志から逃れることを意味します。それは、私たちは根本的に自分の意志を抑えることができない性質を持っており、このために、私たちの苦しみは最初から埋め込まれていて、運命も決められているということを完全に受け入れることを意味します。つまり、まずこの幻想世界の本質的な【無】を理解し、次に意志を否定する方法を見つけることに着手しなければならないということです。偉大な芸術家が皆そうであるように、私たちはプラトニックな概念の世界に住むことを目指す必要があります。芸術を通してこれを行う人もいれば、宗教的禁欲主義を通してこれを行う人もいます。ショーペンハウアーは、欲望の世界を避け、歴史上の偉大な精神との交わり、そして美的な思索によってそれを行いました。彼は毎日一、二時間フルートを演奏しましたが、それは演じる者であると同時に観察者になる必要があることを意味します。生の力は、自然のすべてに存在し、一人ひとりの存在を通して現れ、最終的には人が身体をなくしたときにその力を取り戻す、と私たちは認識する必要があるのです」

「私はショーペンハウアーの考えに厳密に従いました。私の主な関係は、私が毎日読んでいる偉大な思想家たちとの関係です。私は日常生活によって心がかき乱されないようにしていますし、チェスをしたり音楽を聴いたりして毎日瞑想の練習をしています。ショーペンハウアーとは異なり、楽器を演奏することはできませんから」

ユリウスはこの対話に魅了された。フィリップはパムの怒りに気づいていたのか？　それとも彼女の怒りに怯えているのだろうか？　そして、依存症に対するフィリップの解決策はどうだ？　聞きながら、ユリウスは静かに驚きに浸ることもあれば嘲笑することもあった。そして、フィリップが言った【ショーペンハウアーを読んで、初めて完全に理解されたと感じた】というコメントには、顔に平手打ちを喰らったようにも感じた。私は何だったんだ？　3年間、フィリップのことを理解しよう、共感しようとして奮闘した。ユリウスは内心そう思いながらも沈黙を保った。フィリップは徐々に変化していた。ただ、今は何も語らず、この先の適切な時に戻ってくるのが最善の場合もある。

数週間後のミーティングで、レベッカとボニーが共に、これらの問題に触れ始めた。レベッカとボニーは、フィリップがグループに参加して以来、パムは悪い方向に変わったと話した。パムの、可愛らしく愛情に満ちた寛大な部分はまったく見えなくなっていた。そしてその代わりに、フィリップとの最初の対決のときほどひどくはないが、パムには怒りが常にあるとボニーは言った。

「フィリップは、この数カ月ですごく変わったわ」

レベッカが続けた。

「けど、ジョンとアールのときと同じように、パム、あなたは行き詰まっているように見える。ずっと怒っていたいわけ？」

他のメンバーは、フィリップは礼儀正しく、皮肉を帯びたものも含めて、パムの問いに完全に答えたと指摘した。

「礼儀正しくすれば」

パムは言った。

「そうすれば、他人を操作できるようになるわ。蝋は温めた後でないと、形を変えられないのと同じよ」

「どういうことですか？」

スチュアートは尋ねた。他のメンバーも怪訝な顔をした。

「フィリップの師匠を引用しているだけよ。ショーペンハウアーからのアドバイスの一つ。フィリップの礼儀正しさはそういうことなんじゃないかって考えてるわ。話したことはないけど、大学院に進むことを最初に考えたとき、ショーペンハウアーに取り組もうかと考えてた。けど、彼の著作と人生を数週間研究して、その男を軽蔑するようになったわ。で、ショーペンハウアーに取り組むことはやめたの」

「それで、フィリップをショーペンハウアーと同一視するの？」

ボニーは言った。

「同一視？　フィリップはショーペンハウアーそのものよ。あの惨めな男の生き写しよ。私はあなたたちの血を凍らすような、ショーペンハウアーの哲学と人生について話すこともできるわ。私はフィリップが人と関わる代わりに、人を操作していると思ってる。それと、これは言っておきたい。フィリップが、ショーペンハウアーの生を憎む教義を人に教え込んでいると思うと、身震いがするわ」

「今現在のフィリップさんを見ることはできませんか？」

スチュアートは続けた。

「フィリップさんは、もはやパムさんが15年前に知っていたのと同じ人物ではありません。あなたたちの間のその出来事がすべてを歪めています。パムさんは、それを乗り越えることができず、そしてフィリップさんを許すこともできません」

「その【出来事】？　ささくれかなんかだと思ってるの？　それは単なる【出来事】じゃないわ。許しについては、許されないものがあると思わないの？」

「あなたが許しを望まないからといって、物事が許されないということにはなりません」

フィリップは、いつもとは違う感情に満ちた声で言った。

「何年も前に、あなたと私は短期間の社会的契約を結びました。私たちはお互いに性的興奮と解放を提供し合いました。私は自分の役割を全うしました。あなたが満足するように努めたので、それ以上の義務を感じませんでした。私もあなたも得るものがあった。私は性的な快楽と解放を得ました。それはあなたも同じです。だから私はあなたに借りはありません。私はその出来事の直後に、とても良い時間を過ごしたが関係を続けるつもりはない、と明確に述べました。とてもはっきりしていたと思います」

「そんなこと話しているんじゃないわ」

パムは言い返した。

「私が言っているのは、慈善や愛、他人への関心とかよ」

「あなたは、私があなたの世界観を共有し、私があなたと同じように人生を経験することを望んでいるように思えます」

「私の苦しみや痛みをあなたとも共有したいだけよ」

「そういうことなら良い知らせがあります。あの事件の後、あなたの友人のモリーさんが、私が所属していた学部のすべてのメンバー、学長、教務局長、そして教授会宛てに私を非難する手紙を書きました。これを知れば喜んでもらえるはずです。私は優秀な成績で博士号を取得し、あなたのものも含め、学生たちから良い評価を得たにもかかわらず、教員の誰一人として私に推薦状を書いたり、教職を見つけるための援助をしてくれませんでした。したがって、私はまともな地位を得ることができず、過去数年間、三流の学校で放浪の講師として苦労してきたのです」

共感の力を高める取り組みをしているスチュアートがコメントした。

「すると、フィリップさん、あなたは自分の務めを果たしたと感じているし、社会的な重い代償も払ったと感じている」

フィリップは驚いたように目を上げてスチュアートを見た。彼は頷いた。

「私が自分に課したものほど重くはありません」

フィリップは疲れ果てた様子で、椅子に背中をあずけた。しばらくして、パムに目を向けた。パムはまだ落ち着かない様子で、グループ全体に話しかけた。

「過去の犯罪行為についてだけ話しているのではないの。さっきフィリップが私たちの愛の行為の中での自分のふるまいを【社会的な契約に基づく義務を果たした】って説明したわよね。私は寒気を感じたわ。そして、ユリウスとの3年間の関わりにもかかわらず、ショーペンハウアーを読んで【初めて】理解されたと感じたというコメントはどう？　みんなユリウスのことを知っているわ。3年間で、ユリウスがフィリップを理解していなかったなんて信じられる？」

グループは黙したままだった。ほどなく、パムはフィリップに向き直って言った。

「どうしてユリウスでなくてショーペンハウアーに理解されたと感じたか、わかってる？　教えてあげる。ショーペンハウアーは百年以上前に死んでいて、ユリウスはまだ生きているからよ。あなたは生きている人間とどう関わっていいのかわからないのよ」

フィリップはそれに対して何も言おうとはしなかった。そこにレベッカが素早く割って入った。

「パム、今日は意地悪ね。どうすればあなたをなだめられるの？」

ボニーも続いた。

「フィリップさんは、悪い人ではないわ。ただ傷ついているの。違いはわかるでしょ」

パムは首を横に振り、そして言った。

「今日はもうこれ以上は無理みたい」

しばらく続いた不穏な沈黙を破ったのは、柄にもなくおとなしかったトニーだった。

「フィリップ、あんたを助けようとしているわけじゃないけど、わからないことがあるんだ。ユリウスが数カ月前に、奥さんが亡くなった後の性的なことについて話してくれたよな。それに対して何か感じたことはあるのかい？」

フィリップは話題がそれたことに感謝しているようだった。

「私はそれに対してどんな感情を持つべきだったのでしょうか」

「【べき】に関しては知らないな。俺はあんたに何を感じたかを尋ねているだけ。俺が疑問に思ってるのは、あんたがユリウスに初めて会ったときに、もしユリウスが性的な衝動を経験したことがあると打ち明けてたら、あんたはユリウスがあんたを理解してくれてるってもっと感じたと思う？」

フィリップは頷いた。

「それは興味深い質問です。答えは、たぶん、イエスです。それは助けになったかもしれません。証拠はありませんが、ショーペンハウアーの著作には、彼が似たような性的感覚を持っていたことが示唆されています。それが、ショーペンハウアーにとても理解されていると感じた理由だと思います」

「けれど、ユリウスさんとの取り組みについて話した際に省略したことがありましたので、事実を明らかにしておきたいと思います。ユリウスさんのセラピーは私にとって何の価値もなかったと言ったとき、少し前にグループで質問されたのと同じことをユリウスさんから質問されました。それは【なぜキミはスーパーバイザーとして、キミの役に立たなかったセラピストを望むのか】というものでした。ユリウスさんの質問は、セラピーで経験したことの中でも、私に残り、実際に役立ったことを二つ思い出させてくれました」

「それはどんなこと？」

トニーは尋ねた。

「性的衝動に駆られた私の典型的な夜（交流、誘い、夕食、性行為の達成）について説明し、ショックを受けたり嫌悪感を抱いたりしたかをユリウスさんに尋ねたところ、非常につまらない夜のように思えたとユリウスさんは回答しました。私はその返答に衝撃を受けました。私がいかに恣意的に繰り返しのパターンに興奮を吹き込んでいたかを思い知らされたのです」

「で、もう一つは？」

トニーは尋ねた。

「墓石にどんな碑文を書きたいかとユリウスさんが私に尋ねたことがあります。何も思いつかなかったので、ユリウスさんが提案してくれました。それは【やりまくった男】というものでした。そして、同じ碑文が私の犬にも使えるだろうと付け加えました」

これに対して、口笛を吹いたり微笑んだりしたメンバーもいた。

「もう、ユリウス先生ったら。意地悪ね」

と、ボニー。それをフィリップは否定した。

「いいえ、意地の悪い言い方ではありませんでした。ユリウスさんは私に衝撃を与え、私を目覚めさせるつもりだったのでしょう。そしてそれは私の中に残りました。それは人生を変えようと決心することに役立ったと思います。しかし、私はこれらの事柄を忘れたかったのだと思います。私が自覚しているのは、ユリウスさんが助けてくれたとはあまり認めたくないということです」

「なんでか知ってるかい?」

トニーが尋ねた。

「それについては考えました。たぶん競争心を感じているのだと思います。ユリウスさんが勝った場合、私は負けます。彼のカウンセリングへのアプローチは、私のものとは大きく異なり、たぶん、そのアプローチがうまくいくことを認めたくないのです。たぶん私は彼に近づきすぎたくないのでしょう。おそらく彼女は……」

フィリップはパムに向かって頷いた。

「正しいです。私は生きている人とは関われないのだと思います」

「少なくとも簡単ではないだろう」

とユリウスは言った

「けれど、キミはそこに近づいている」

グループはそれから数週間続いた。100%の出席率で、生産的に取り組み、そしてユリウスの健康状態を心配する声と、パム - フィリップ間の継続的な緊張状態を除けば、グループはお互いを信頼し、親密で、楽観的で、穏やかでさえあった。だから、大事件がグループを襲うことなど、誰一人として予想していなかった。

第22章

パムがグループの口火を切った。

「みんなに伝えたいことがあるわ」

皆の顔がパムの方を向いた。

「今日は告白の時間よ。どうぞ、トニー」

トニーは背筋を伸ばし、パムをしばらく見つめ、それから椅子にもたれかかり、腕を組んで目を閉じた。もし彼が中折れ帽を持っていたら、深く被って顔を隠していただろう。

パムは、トニーにはコメントするつもりがないのだと思い、はっきりとした声で続けた。

「トニーとここしばらくの間、性的関係を持っていたわ。それを話さずここに来るのが辛かった」

短い沈黙の後、動揺が見て取れる質問がいくつか出された。「どうして?」「何がきっかけで始まった?」「どのくらい続いてるの?」「なんてことしたの?」「どういうつもり?」

素早く、冷静に、パムはそれらの問いに答えた。

「数週間前から続いているわ。この先についてはわからないし、何がきっかけだったかもわからない。そういうつもりじゃなかったけど、ミーティングの後にそうなったわ」

「トニーも何か言って」

レベッカが優しく尋ねた。トニーはゆっくりと目を開けた。

「新鮮だね」

「新鮮? 嘘だってこと?」

「いや違う。告白の日だってことだよ。ただ、この『どうぞ、トニー』っていうのは、俺にとっては初耳だってこと」

「そういうトニーさんは、あまり嬉しそうには見えません」

とスチュアート。

トニーはパムに話しかけた。

「つまり、俺は昨夜あんたの所にいた。そこでイチャイチャした。親密ってことだ。親密と言えば、女は敏感で、昔ながらの性的な親密さよりももっと親密な関係を望んでいるって、ここで何度も聞いたよ。それなら、親密さをたっぷり示して、最初に俺に話をして、この【告白の日】のことを相談してくれてもよかったんじゃないかな」

「ごめんなさい」

と、パムは申し訳なさを感じさせない声で言った。

「納得できないことがあって……。トニーが帰った後、眠れなかった。一晩中ずっと起きていて、落ち込みながらグループのことを考えていたわ。そしたら、時間がもうあまりないことに気づいたの。あと6回だけ。ユリウス、間違いじゃないわよね」

「あっている、あと6回だ」

「それに気がついて、私は、ユリウス、あなたをたくさん裏切ってきたことにも気がついたわ。それに、ここでの契約も破った。そして自分自身を裏切ることにもなったわ」

「全部一緒にするのは良くないと思う」

ボニーが言い、そして続けた。

「でも、ここ数回のミーティングでは、パムさん、何か様子がおかしいと思ったわ。どこか別人のようだった。レベッカさんもそれに気がついていたと思う。自分の問題について全然話さなかったよね。ジョンや元夫のことはどうなっているのか、全然話してない。あなたがしていたのは、フィリップさんを攻撃することばかりだった」

「それにトニーさんも」

とギルは付け加えた。

「今考えてみると、トニーさんも様子が違っていました。隠れていた感じかな。前みたいな、自由奔放なトニーさんが恋しいです」


「いくつか考えがある」

ユリウスが話し始めた。

「最初に、パムが契約という言葉を使って気づいたことがある。繰り返すようだが、将来グループに参加する可能性のある者は覚えておく必要がある」

そう言ってから、次の言葉を発する前にユリウスはフィリップをちらっと見た。

「あるいはグループのリーダーになる者は。私たちの唯一の契約は、グループの全員が自分たちの関係を探求するために最善を尽くすことだ。グループ外の関係の危険性は、それがセラピーの作業を損なうことにある。なぜそうなるのか？　親密な関係にある人たちは、しばしばセラピーでの取り組みよりも、その関係を大切にするからだ。ほら、それがまさにここで起こっている。パムとトニーが彼ら自身の関係を隠しただけでなく、それは理解できるが、結果としてセラピーでの取り組みを止めてしまったではないか」

「今日まで」

　パムは言った。

「もちろん、今日までだ。私はキミがしたことに拍手を送りたい。またそれをグループに持ち込むというキミの決断にも。キミたちへの質問は何か、わかるだろう。どうして今？　ということ。キミたちはグループで約2年半の間、ずっと知り合いだっただろう。しかし今、何かが変わった。どうして？　数週間前に何が起きて、キミたちは性的に関係することになったのだろう？」

　パムはトニーの方を向いて眉を上げ、答えるように合図した。彼はそれに応じた。

「ジェントルマンが先？　また俺の番？　いいよ。何が変わったのか知ってるよ。パムが合図をくれた。実を言うと、グループが始まってから、ずっとパムとやりたいと思ってた。だから、その合図が仮に半年前や2年半前だったとしても、その時にやってただろうね。俺を【いつでもやれる男】と呼んでくれ」

「そう、それが私が知ってるトニーさんです。いい感じです。おかえりなさい」

　ギルは言った。

「なぜいつもと様子が違っていたのか、理解するのは簡単ね。トニー」

　レベッカが続けた。

「パムとうまくやってるから、台無しにしたくない。もっともよね。だから、あなたは隠れた。自分のあまり良くない部分を見せないようにした」

「野生の部分ってこと?」

トニーは続けた。

「たぶんそう。でもたぶん違う。そんな単純じゃないかもね」

「どういうこと?」

レベッカは尋ねた。

「【あまり良くない部分】はパムへの性的な興奮。けど、俺はそのことを追求してもらいたくないんだ」

「どうして?」

「わかるだろ、レベッカ。困らせないでくれ。こんなふうに話してると、パムと別れないといけなくなるだろ」

「そうかな」

レベッカは引かなかった。

「どう思う? パムがグループでそれを話すってことは、彼女はもう決心したということ。もう終わったということじゃないかな。ああ、熱くなってきた」

　ユリウスは、タイミングに関してパムにも尋ねた。これに対して、パムは普段見せないような、あやふやな回答をした。

「近すぎて、よくわからないわ。でも、予測も計画もしてなかったことだけはわかってる。衝動的だったと思う。ミーティングの後、カフェでコーヒーを飲んだわ。みんなそれぞれ帰ったから、私たち二人だけで。トニーは夕食に誘ってくれたわ。前にも何度かあった。その時は、家に招いて手作りのスープをご馳走したいと思ったの。一緒に家に行って、それからは勝手にことが進んだ感じ。なんでもっと前じゃなくてその時かって？　わからないわ。前にも一緒にご飯を食べたりしたこともあったし。文学について話したり、本をあげたり、学校に戻るよう勧めたり。トニーはトニーで、私に木工を教えてくれて、テレビスタンドと小さなテーブルを作るのを手伝ってくれたりしたわ。それはみんな知ってるわよね。でもなんで今になってこんな関係になったのかわからない」

「それを話し合っていっても大丈夫かね？　恋人の前でこんな親密なことを話すのは簡単ではないことはわかっているが」

　ユリウスは言った。

「取り組むために来たの」

「よし、ではは質問だ。グループのことを振り返ってみよう。トニーとの関係が始まったときに起こっていた、グループ内での重要な出来事は何だったかな？」

「私がインドから戻って以来、二つのことが大きく浮かび上がっていたわ。ユリウス、あなたの健康のことがまず一つ。前に雑誌で読んだのだけど、人はグループの中でペアを組んで、無意識のうちに、自分たちの子どもが新しいグループのリーダーになることを望むって。でもそれはないわね。ユリウス、あなたの病気がどうトニーと私の関係を深めさせたのかわらない。もしかしたら、グループが終わることへの恐れが個人的な絆を求めさせたのかもしれない。たぶん、トニーとの関係を深めることで、一年後もグループが続いているだろうって非現実的なことを考えたんだと思うわ」


それを受けてユリウスが話し始めた。

「グループというのは、命を持った人のようなもの。グループとて死にたくはない。おそらく、トニーとの関係は、グループを存続させるための複雑な方法だったのかもしれない。どのセラピー・グループも、メンバーは定期的な再会を目指してグループを継続しようとする。けれど、実際にそうすることはめったにない。ここで何度も言ったように、グループは人生ではない。それは人生の舞台稽古のようなものだ。私たちは皆、ここで学んだことを、現実の生活に移行させる術を見出さなければならない」

「しかし、パム」

ユリウスは続けた。

「二つあると言ったね。一つが私の健康。もう一つは？」

「フィリップです。フィリップに囚われているように感じる。彼にここにいてもらいたくない。彼がいることが、最終的に私にとっての恩恵になるかもしれないと言ったわよね。それを信じたいと思ってる。けど今のところ、彼はただの障害。例外が一つあるけど。それは、彼への憎しみに囚われることで、アールとジョンへの囚われが消えたこと。そして、それはもう戻ってこないと思う」

「つまり」

ユリウスはさらに追求した。

「フィリップが大きく立ちはだかっている。では、フィリップの存在が、トニーとの関係のタイミングにいくらか関係していると思うかね？」

「たくさん可能性はありそうね」

「直感的には何かあるかね？」

パムは首を横に振った。

「わからないけど、単純に性的な刺激じゃないかしら。ここ何カ月も男性と一緒にいなかったし、それは私にとっては稀なことだから。それ以上に複雑ではないかも」

「皆はどう思うかね」

ユリウスは部屋を見回した。

スチュアートが鋭く入り込んできた。

「パムさんとフィリップさんの間には、対立以上のものがあるように思います。つまり、競争です。深読みしすぎかもしれませんが、私の考えを聞いてください。パムさんは常にグループの中心的な位置にあり、教授、博識な人、トニーさんを教育した人でした。そんな中で何が起きましたか？　パムさんが数週間グループを離れて、戻ってみると、フィリップさんが彼女の代わりに座っていました。パムさんはこのことで、立ち位置を見失ったのではないかと思います」

スチュアートはパムに目を向けた。

「それで、15年前にさかのぼるフィリップさんに対する不満が、より悪化したのかもしれません」

「トニーとのつながりは？」

ユリウスは尋ねた。

「それは、競争の一つの手段だったのかもしれません。私の記憶が正しければ、パムさんとフィリップさんの両方が、ユリウス先生に慰めを送ろうとしたのはその頃でした。フィリップさんは船が島に泊まるという話をし、そしてトニーさんは、その話に夢中になっていた」

スチュアートはパムに再度目を向けた。

「たぶんそれがあなたを脅かしました。トニーさんへの影響力を失いたくなかったのかもしれません」

「ありがとう、スチュアート、神の視点からのご意見」

パムは反撃した。

「あなたが言ってるのは、私がこのゾンビと競争するために、グループの皆と性交しなければいけないということ。それが女性に対するあなたの見方なの？」

「これは黙ってはいられないですね」

ギルが割って入った。

「そのゾンビの話は見当外れです。ヒステリックに悪口を言うよりも、フィリップさんの冷静な態度のほうが好ましい。パムさん、あなたは単に怒っている女性にしか見えません。怒る以外に何かできるんじゃないですか？」

「強い感情だな、ギル。何が起こっているのかね？」

ユリウスは尋ねた。

「今までとは違う、怒っているパムさんには、私の妻が重なって見えてしまいます。悪意あるものは許したくないと感じてます」

ギルは付け加えた。

「もっとあると思う。自分がパムさんの目に入らないままの存在であることにも不満を感じているると思います」

ギルはパムの方を向いた。

「率直に言わせてください。私があなたについて感じていることはすでに話しました。首席判事として見ているということ。しかし何も届いていません。あなたにとって、私は未だにどうでもよい存在。あなたはただフィリップさんを、そしてトニーさんだけを見ています。役立つものを与えているはずなのに。関連してもう一つ。ジョンさんが逃げ出した理由がわかる気がします。それは彼が臆病者だからではなく、あなたの怒りのせいです」

パムは黙って考え込んでいた。

「強い感情がたくさん出てきている。それらを見続けて、理解していこうではないか。どうかな?」

ユリウスは皆に尋ねた。

「今日のパムさんはすごく正直で感心してる」

ボニーが述べた。

「パムさんの気持ち、私にも生々しく感じられる。ギルさんがパムさんに向き合ったことにも感心してる。ギルさん、これは大きな変化だと思う。そう思うけど、フィリップさんには自分で自分の身を守ってもらいたいとも思う。どうしてそうしないのかわからない」

ボニーはフィリップの方を向いた。

「どうして？」

フィリップは首を横に振って黙っていた。

「彼が話さないなら、私が答えるわ」

とパム。

「彼はアーサー・ショーペンハウアーの考えに従っているのよ」

パムはハンドバッグからメモを取り出し、それを読み上げた。

- 感情を込めずに話す
- 感情的にならない
- 他人からの独立を維持する
- 町の中で、自分だけが正確な時を刻む時計を持っていると考える
- 無視することは、尊敬を勝ち取ること

フィリップは感謝の気持ちを込めて頷き、そして言った。

「読み上げてくれてありがとう。私にはかなり良いアドバイスのように聞こえます」

「パムさん、どうしました？」

スチュアートが尋ねた。

「ショーペンハウアーの言葉を拾い読みしてるの」

パムはメモを手に持ったまま言った。

しばらくの沈黙の後、グループの行き詰まりをレベッカが打ち破った。

「トニーどこ？　トニーの中では今どんなことが起きてるの？」

「今日はもう話せないな」

トニーは首を横に振って言った。

「固く凍っていて、縛られているようだ」

誰もが驚いたことに、フィリップが次のように言った。

「トニーさん、縛られているようなその感じ、私にもわかる気がします。ユリウスさんが言ったように、あなたは二つの相反する要求の間に挟まれています。つまり、自由に自分を表現し、グループ内で問題に取り組むことが期待されていると同時に、パムさんへの忠誠を守ろうとしているのです」

「そう、それはわかるよ」

トニーは答えた。

「けど、わかるだけじゃ十分じゃない。自由になれない。それでも、ありがとう。それと、お返しをあげるよ。今言ったこと、フィリップがユリウスの意見を支持したのは初めてだよね。ユリウスと競争してないってことだろ。大きな変化だ」

「理解するだけでは十分ではないのでしたら、他に何が必要ですか?」

フィリップは尋ねた。

トニーは首を横に振った。

「今日は難しいな」

「トニーに役立つものがあると思う」

ユリウスはトニーの方を向いて言った。

「キミとパムはお互いを避け、それぞれの気持ちを表現していない。後で話し合うのかもしれないが。大変なことはわかっている。でも、それを始めてみることはできるかね。私たちにではなく、お互いに話してみたらどうだろうか」

トニーは深呼吸をしてパムの方を向いた。

「胸糞悪い。始まり方が悪すぎる。どうして最初に俺に電話をかけて、話をして、共有しようと思わなかった？」

「ごめんなさい。けど、いつかは話さなければならないこと、知ってたでしょ。このことについて話し合ったこともあったし」

「それでおしまい？　それだけ？　そして今夜はどうなの？」

「気まずすぎない？　ここでのルールは全部話すことだし、私はグループとの契約を尊重したいわ。だから、あなたとの関係を続けることはできない。たぶんグループが終わった後で……」

「あなたは契約を都合よく使っているようです」

動揺の兆候を示しながら、フィリップが割り込んだ。

「あなたが契約を尊重するのは、自分の目的にかなったときだけです。私との過去の社会的な契約について話すとき、あなたは私を罵る。一方で、あなたはグループの契約を破り、秘密のゲームを楽しみ、そしてトニーさんを気まぐれに扱っています」

「契約について語るなんて何様のつもり？」

パムは大声で言い返した。

「教師と生徒の間の契約はどうなってたのよ」

フィリップは時計を見て立ち上がった。

「6時です。私は自分の時間の義務を果たしました」

そして「今日は泥だらけだ」とぼやきながら部屋を出て行った。
ユリウス以外の誰かがミーティングを終わらせたのは、これが初めてのことだった。

第23章

グループの部屋を離れても、フィリップの心から泥を取り除くことはできなかった。彼は不安に襲われながら、フィルモア通りを歩いた。自分を落ち着ける技術を持ってはいたのだが、それらは十分に機能しなかった。長きにわたり、フィリップに生き方の指針と落ち着きをもたらしていたもの、つまり精神的な規律や宇宙的な世界観がいまや崩壊しつつあった。落ち着きを取り戻そうと、フィリップは自身に言い聞かせた。「戦ってはいけない」「抵抗してはいけない」「心を澄ませる」「意識を集中して、考えが通り過ぎるのを見よ」「考えが生じるまま、滅するまま」

思考が生じるのはよいのだが、それらが滅していくことはなかった。むしろ、イメージが思考からあふれ出て、どっかと腰を下ろしていった。その中に、パムの顔が見えてきた。フィリップはそのイメージに焦点を合わせた。すると驚くことに、それは若いパムのイメージに変化していった。何年も前に知っていたパムがフィリップの前に立っていた。年をとったパムの中に若いパムを見出すのは、フィリップにとっては奇妙なことだった。彼は反対の流れを想像していたからだ。現在の中に未来を見たり、シミのない若者の肌の下にある頭蓋骨を見たりだ。彼女の顔はなんと輝いているのだろう。驚くほどはっきりとしている。身体を重ねた数百もの女性の顔はとっくに色あせて思い出せないのに、パムの顔が驚くほど鮮明に記憶に残っているのはどうしてだろうか？

さらに驚くことに、若い頃のパムのはっきりとした記憶がフィリップの脳裏に浮かんだ。彼女の美しさ、彼が彼女の手首をベルトで縛ったときの彼女の目がくらむような興奮、立て続けに生じるオルガスム。そして彼自身の性的興奮も、漠然とした身体の記憶として残っていた。下腹部が突き上がり歓喜するような、言葉では言い表せない波打つような感覚。彼はまた、彼女の腕の中で長い時間抱かれていたことを思い出した。まさにその理由で、フィリップはパムを危険だと見なし、二度と彼女に会わないようにその場で決心したのだ。彼女は彼の自由を脅かす存在だった。彼が求めたのは、迅速な性的解放だけだった。それこそが、満ち足りた静けさと孤独をもたらしてくれるものだったからだ。フィリップは肉欲を望んではいなかった。彼は自由を望んでいた。欲望の束縛から逃れ、一時的ではあるだろうが、真の哲学者の自由意志を体験することを望んでいた。性的な解放の後でのみ、フィリップは高尚な考えを持ち、彼の友人たち、つまり過去の偉大な思想家たちに加われる気がしていた。彼らの著作は、フィリップへの私信のようにも思われていた。

さらに空想が生じた。フィリップの情熱が彼を包み込み、大きな音をたてて、彼を哲学者たちのいる遠望台から吸い上げてしまったのだ。彼は渇望した。彼は望んだ。欲しいと思った。何よりも、フィリップはパムをこの手で抱きたかったのだ。思考と思考の間に存在していた緊密な秩序あるつながりが緩んだ。そしてまず、牛のハーレムに囲まれたアシカを想像した。次に、鉄格子の向こうにいるお目当ての雌犬めがけて、檻に何度も体当たりする雑種犬を想像した。また、自分自身が野蛮な、棍棒を振るう原始人であり、うめき声を上げ、競争相手に警告しているように感じた。フィリップはパムを所有し、パムをなめ、パムのにおいを嗅ぎたかった。そして、トニーの筋肉質の腕が頭に浮かび、ポパイがほうれん草を呑み込み、空き缶を放り投げているイメージを見た。さらに、トニーがパムの上に乗っているのが見えた。パムは足を広げ、トニーに腕をまわしていた。彼女のあそこはフィリップのもの、フィリップだけのものでなければならない。トニーに与えることで、それを汚す権利はパムにはない。パムがトニーとしたことは、フィリップの中にあるパムの記憶を汚し、過去の経験を不毛にした。フィリップは胃の具合が悪くなった。

フィリップは向きを変えて湾岸沿いを歩き、次にクリッシー・フィールドを抜けて入り江にたどり着くと、太平洋の端に沿って歩いた。穏やかな波と、時間を超越した海の潮の香りが、彼を落ち着かせた。フィリップは震えを感じ、ジャケットのボタンを留めた。薄れゆく陽の光の中、冷たい太平洋の風がゴールデン・ゲートを通って流れ、フィリップのそばを通り過ぎていった。それは、彼の人生上の時間が、暖かさや喜びなしに永遠に過ぎ去るのと同じように思えた。白く冷たい風は、これから長く続く霜の日々を予感させた。家も、愛も、触れ合いも、喜びもないまま朝を迎える極寒の日々を。フィリップの純粋レベルの思考には暖房が効いていなかった。どうしてこれまで気がつかなかったのか。フィリップは同じように歩き続けた。だがその歩みは、彼の家は、彼の人生全体は、薄っぺらな偽りの土台の上にあったのだ、という洞察がかすかに込められた、今までとは違う歩みであった。

第24章

次のミーティングでは、フィリップは彼の恐ろしい体験も、前回のミーティングを突然去った理由も話さなかった。彼はグループの話し合いに以前より積極的に参加してはいたが、常に自分の都合で話し合いに参加しており、メンバーたちはフィリップを詮索することはエネルギーの無駄であることを学んでいた。そのため、彼らはユリウスに注意を向け、先週、フィリップがグループを終了させたことに関して、役割を奪われた感じがしたかどうかを尋ねた。

「ほろ苦い」

ユリウスは答えた。

「苦い部分は、今は少し違って感じられる。私の影響力と役割を失うことは、これから来る終わりの象徴であると思う。前回のミーティング後、私はひどい夜を過ごした。午前3時、すべてのことが気分悪く感じられた。終わることすべてに悲しみを繰り返し感じた。グループの終わり、他のクライアントたちとのセラピーの終わり、健康でいられる最後の一年の終わり。だから、それらはほろ苦い。一方で、甘美な部分もある。それはキミたちを誇りに思う部分だ。そして、それにはフィリップ、キミも含まれる。成長に誇りを持つといい。セラピストは親のようなものだ。良い親は、子どもが家を出て、そして大人として機能するのに十分な自主性を持てるようにする。同様に、優れたセラピストが目指すのは、クライアントがセラピーをやめられるようにすることだ」

「誤解がないように、事実を明確にしたいと思います」

と、フィリップ。

「先週、あなたの役目を奪うつもりはありませんでした。あれは完全に私自身を守るためのものでした。話し合いで、私はとても落ち着かない状態になりました。ミーティングが終わるまで、なんとかこの場にとどまろうとしましたが、終わり次第離れなくてはならない状態だったのです」

「フィリップ、それはわかっている。ただ、私は今、終わりへの関心が強すぎて、どうということのない状況においても終わりと交代の前触れを見ているのかもしれない。それに、キミの否認の中には私への気遣いがあるようにも感じている。それに関して感謝したい」

それに対して、フィリップは少し頭を下げた。

ユリウスは続けた。

「キミが話した、落ち着きのなさの体験は重要なことのように聞こえる。それについて話し合うべきだろうか？　ミーティングは残すところあと5回だ。まだ時間があるうちに、このグループを利用することをお勧めしたい」

フィリップは、話し合いが難しいことを示すかのように静かに首を横に振ったが、口を閉じ続けることはできなかった。その後のミーティングで、フィリップは否応なしにそこに巻き込まれていった。


パムがギルに話しかけることで、次のミーティングが始まった。

「謝罪の時間よ。ギル、あなたのことを考えていて、私はあなたに借りがあると思う。いえ、私は間違いなくあなたに借りがあるわ」

「聞かせてくれませんか」

ギルは警戒しながらも興味を示した。

「数カ月前、私があなたの存在を感じられなかったこと。それと、あなたが自分を見せないことで、話を聞くのも耐え難かったこと。そういうことで、あなたを攻撃したわ。覚えてる？

やりすぎだったと思う」

「ええ、あれはきつかったです」

　ギルは続けた。

「でも必要なことだった。良い薬でした。それもあって、私は自分の道を歩み始めました。あの日以来、私は酒を飲んでいないのですが、知っていますか？」

「ありがとう、でも謝っているのはそのことではないの。言いたいのは、それ以降のことよ。あなたは確かに変わった。あなたは自分を見せていたわ。ここにいる誰よりも率直だったけど、それでも私は自己中すぎて、あなたの存在を認められなかった。ごめんなさい」

　ギルは謝罪を受け入れた。

「それなら、あのフィードバックはどうでした？　役に立った？」

「あの言葉、【首席判事】で何日も震えが止まらなかった。的を射ていたのよね。考えさせられたわ。けど、一番心に残っているのは、ジョンは臆病だから奥さんと離婚できなかったんじゃなくて、私の怒りに対処したくないために離婚しなかったのだと言われたこと。心に突き刺さったわ。考えさせられた、というより、その言葉が頭から離れなかった。そして、あなたの言う通りだと心から思ったわ。彼に欠点があったからじゃなくて、私のせいで彼を失った。だから数日前、私はジョンに電話をかけ、今話したようなことを伝えたわ」

「どうでしたか？」

「うまくいったわ。最終的には、それぞれが教えている科目や学生について話し合い、共同で授業をすることについても話し合ったわ。いい感じで打ち解けた話ができたの。良かった。ジョンは、私が前とは違う人間のように思えると言ったわ」

「それは素晴らしい、パム」

ユリウスが頷きながら言った。

「怒りを手放すことは大きな進歩だ。キミが憎しみにとても執着していたということに同意する。この解放のプロセスを、心の中で写真に撮っておきたいところだな。将来的に、このプロセスをどうやってやってのけたのかを正確に確認するために、参考にするためにな」

「勝手に起きた感じだったわ。あなたの言葉、【鉄は冷たいときに打て】は関係があると思う。ジョンへの気持ちは一歩下がったら十分に冷えて、それで冷静な思考が可能になったんだと思うわ」

「そしたら……」

レベッカは尋ねた。

「フィリップへの執着はどう？」

「彼がしたモンスター的なことに対しては、絶対に感謝なんてできないと思う」

「それは違う。私は痛みを感じたわ……パムが最初にそれを説明したとき、私の心はひどく痛んだ——ひどい、ひどい痛みだった。でも、15年よ？　通常、物事は15年で風化する。何がその鉄をそんなに真っ赤に保ってるの？」

「昨日の夜、浅い眠りの中で、私はフィリップとの過去について考えていたわ。頭の中に手を伸ばし、彼についてのひどい考えのかたまりを掴み、床に叩きつけるというイメージを思い浮かべたわ。私はかがんで、断片を調べていた。彼の顔、怪しげなアパート、汚された青春、学業への幻滅、失われた友人のモリーの姿が見えた。その残骸の山を見てはっきりとわかったのは、私の身に起こったことは、ただただ許せないことだということよ」

「先日、フィリップさんは【許さない】と【許せない】は、別のことだと言ったと思います」

スチュアートが言った。

「そうですよね？　フィリップさん」

フィリップは頷いた。

「違いがわからないな」

とトニー。

「【許せない】……」

フィリップは続けた。

「それは、自分の外に責任を負わせることであり、【許さない】は自分が許そうとはしないことに責任を負うことを意味します」

トニーは頷いた。

「自分の行動に責任を持つことと、他人のせいにすることの違いということ？」

「その通りです。ユリウスさんが言うように、セラピーは、非難が終わり、責任が生じたときに始まります」

フィリップは言った。

「いいね、フィリップ、ユリウスの引用」

トニーは言った。

「キミは、私の言葉をより良く聞こえさせるな」

ユリウスは言った。

「それに、キミが近づいてきているように感じる。それはとても良いことだ」

フィリップはほとんど気づかれない程度に微笑んだ。それ以上反応する様子がないので、ユリウスはパムに話しかけた。

「パム、キミは今どうかね？」

「正直なところ、フィリップの中に変化の兆しを見つけようとして、みんなが頑張っていることに驚いているわ。彼が鼻をほじれば、みんなが【おお】【ああ】と声を上げる。彼が言う華やかで陳腐な言葉が、そんな畏怖の念を作り上げてる。冗談もほどほどにして」

パムはフィリップを真似して、歌をうたうような調子で言った。

「セラピーは非難が終わり、責任が生じたときに始まりマス」

そして声を上げて言った。

「フィリップ、あなたの責任はどう？ すべての脳細胞が変化することについてのでたらめを除いて、他に何も言ってないじゃない。あなたは何もしなかったし、あなたはそこにすらいなかった」

ぎこちない沈黙の後、レベッカがそっと語り出した。

「パム、あなたは許すことができるんじゃないかしら。あなたは多くのことを許したわ。あなたは私の身売りも許してくれると言ったわ」

「そこには犠牲者はいない。あなたを除いて」

パムはすぐに答えた。

「でも……」

レベッカは続けた。

「あなたはユリウスをすぐに許した。ユリウスの行動で誰が傷ついたか知ることも尋ねることもなく、ユリウスを許したわ」

　パムは声を和らげて言った。

「ユリウスは奥さんを亡くしたばかりだったのよ。ショックを受けてた。高校時代からずっと愛していた人を失うなんて、想像すればわかるでしょ。寛容にならないと」

　ボニーが割って入った。

「パムさんは、旅行中のスチュアートさんが問題ある女性と関係を持ったことも許したし、ギルさんが長い間アルコールの問題を隠していたことも許した。なぜフィリップさんのことは許せないの？」

　パムは首を横に振った。

「誰かを傷つけたことを許すことと、自分が犠牲者であるということはまったく別の話よ」

　グループは同情的に耳を傾けたが、それでも疑問を投げかけることをやめなかった。

「それなら、パム」

　とレベッカ。

「二人の幼い子どもを残して、ジョンを離婚させようとしたこと、私は許すわ」

「私もです」

　ギルが続いた。

「そして、トニーさんに対してここでしたことについても、やがて許すと思います。自分はどうなんですか？　自分だけで【告白の日】を計画し、強行して、トニーさんを皆の前で振った。そんなことをした自分を許せるのですか？　彼にとっては恥ずかしいことだったはずです」

「それについてはみんなの前ですでに謝った。浅はかすぎたわ。完全に私が悪かった」

ギルはさらに続けた。

「もう一つ。トニーさんを使ったことについて、自分自身を許せますか？」

「使った？　私がトニーを使ったですって？」

「トニーさんにとっては、この関係はあなた以上に大事だったんじゃないかってことです。トニーさんとの関係を使って、実際にはフィリップさんと関わっていたんじゃないかって」

「ああ、スチュアートの馬鹿げた考えね。まったく賛成しないわ」

とパム。

「使われた？」

トニーが割って入った。

「俺が使われたと思う？　まったく問題ないね。ってか、いつでもそんなふうに使われたいね」

「ねぇ、トニー」

レベッカは強めの口調で言った。

「お遊びはやめて。小さな頭で考えないで」

「小さな頭？」

「チンコよ！」

トニーはいやらしい笑みを浮かべた。するとレベッカは怒鳴った。

「ろくでなし！　私が言ってること、わかってるでしょ！　私にやらしいことを言わせたかっただけじゃない。真剣になって、トニー！　時間がないの。パムとのことで、何も影響がなかったなんて言えないはずよ」

トニーは笑顔を消して言った。

「急に振られるのは、……捨てられた感じがする。でも終わりじゃないと思ってるよ」

「トニー、あなたは女性との関係について、もっと取り組まないと。物乞いみたいな真似、やめなさいよ。それはあなたの品格を落とすことよ。あなたは、どんな形で使われてもいいから、一緒に寝たいって言ってるのよ。それはあなた自身だけじゃなく、相手のことも見くびっていることになるわ」

「トニーを使っているとは思ってないわ」

パムは言った。

「相互的なものだと思ってた。でも正直、当時はあまり考えていなかった。自動的に行動してただけなの」

「かつての私がそうだったように。自動的に」

フィリップがそっと言った。

パムは驚き、フィリップを数秒間見た。そして目を落とした。

「あなたに質問があります」

フィリップはそう言ったが、パムが顔を上げなかったので言い直した。

「パムさん、あなたへの質問があります」

パムは頭を上げて彼と向き合った。他のメンバーはお互い顔を見合わせた。

「20分前、あなたは【学業への幻滅】と言いました。それでも数週間前、大学院に入学したとき、ショーペンハウアーに取り組んでいて、哲学について真剣に考えていたとおっしゃいました。もしそうなら、私はあなた伺いたい。私はそれほどひどい講師でしたか?」

「あなたがだめな講師だとは言ってないわ」

パムは答えた。

「あなたは、私が知るなかでは今までで一番良い講師だったわ」

驚いた様子で、フィリップは彼女をじっと見つめた。

「フィリップ、キミが感じていることについて話せるか」

ユリウスが促した。

フィリップがそれを拒否したので、ユリウスは続けた。

「キミは、パムが言ったことを全部覚えているようだ。彼女はキミにとって、とても重要なのだろう」

フィリップは黙っていた。

ユリウスはパムの方を向いた。

「キミの言葉について考えている。フィリップは今までで一番良い講師だったという言葉だ。それはキミの失望と裏切りの感覚を悪化させたに違いない」

「そうね、ユリウス。いつもありがとう」

今度はスチュアートが先のパムの言葉を繰り返した。

「一番良い講師。とても驚きました。パムさん、あなたが……それほどまでに寛大な言葉をフィリップさんに言ったことに、本当に驚いています。それは大きな一歩です」

「あまり大げさにとらえないで」

パムは言った。

「ユリウスが言ったことが正しいわ。どちらかと言えば、彼が優れた講師であったことは、彼がしたことをさらにひどいものにしたのよ」

次のミーティングは、トニーがパムに向かって話しかけることから始まった。トニーの念頭にあったのは、パムとの関係についてギルから指摘されたことだった。

「パム……すごく気まずいんだけど、俺は何かを抑えていたみたいなんだ。俺らのことで自分が自覚しているよりも、もっと落ち込んでるみたいだ。俺は、あんたに何も悪いことをしてない。あんたと俺は、そうだった。つまり、一緒にいて……身体の関係については、お互いに望んでいたことで。なのに今、俺は、パーソン・ノン・グラ……なんかに」

「ペルソナ・ノン・グラタ」

フィリップは小声でささやいた。

「ペルソナ・ノン・グラタ（好ましくない人物）になっちまった」

トニーは続けた。

「なんか、罰を受けているような感じがするんだ。今じゃ、昔ほど仲が良いわけじゃなくて、寂しいよ。かつては友だち、そして恋人、それで今は宙ぶらりん……何もなくて、避けられてる。だから、ギルは正しかったんじゃないかな。みんなの前で振られるのは、すげぇ恥ずかしいことだってこと。今はあんたとは、なあんにもない。身体の関係も、友人関係も」

「ああ、トニー、本当にごめんなさい。わかってるわ。間違ってた、私。……私たちは、しないほうがよかったのよ。私にとってもすごく気まずいわ」

「じゃあ、前みたいに戻るのはどう？」

「戻る？」

「そう、ただの友だち、それだけ。みんながしてるように、グループの後に、ただコーヒーを飲んだり。まあ、俺の相棒のフィリップはしてないけど」

トニーはフィリップの肩に手を伸ばし、親しげにフィリップの肩を揉んだ。

「わかるだろ、グループについて話したり、本について話してくれたり、よくやってたじゃん」

「それは大人の対応ね」

パムはそう答え、続けた。

「それに、それって私にとって初めてのことよ。いつもなら、関係が終わると綺麗さっぱり断ち切ってしまうから」

ボニーがあえて言葉を挟んだ。

「パムさん、親しげにすると、トニーさんがそれを性的な誘いだと勘違いするかもって恐れてる？　それでトニーさんとよそよそしくなってる？」

「ええ、そう。それそれ。重要な部分。トニーはひたむきなところがあるから」

「それなら……」

ギルが言った。

「良い方法があります。ただ空気を綺麗にして、もやを取り除くだけ。じゃあ、トニーさんとまっすぐ向き合って。曖昧な態度は事態を悪化させますから。数週間前には、グループが終了したら、またよりを戻す可能性があると言っていましたが、それは本当ですか？　それとも単にショックを和らげるための口先だけのこと？　そういった曖昧さは水を濁らせます。トニーさんを期待させてしまいます」

「そう、その通り！」

トニーは言った。

「数週間前、いつかまたよりを戻す可能性があるとパムが言ったから、そのつもりでいろんなことのバランスをとって今生きてるんだ」

「そして、そうすることで、キミはこのグループと私からまだ援助を受けられるのに、問題に取り組む機会を失っていく」

ユリウスはそうコメントした。

「わかってると思うけど、トニー」

レベッカが言った。

「身体の関係を持つことだけが大事なんじゃないわよ」

「わかってるよ、わかってる。だから今日この話をしてるんだ。頼むよ」

短い沈黙の後、ユリウスはトニーに言った。

「ではトニー、やってみようではないか」

トニーはパムと向かい合った。

「ギルが言ったこと、つまり空気を綺麗にすることを大人としてやってみたい。あんたの望みはなんだ？」

「私が望むのは、以前の関係に戻ることよ。告白の日を強行して恥ずかしい思いをさせたことは許してほしい。あなたは親愛なる人よ、トニー。私はあなたのことを大切に思ってる。先日、学部生が話しているのを小耳に挟んだわ。彼らは【セフレ】っていう新しい言葉を使ってる。たぶん、それが私たちの姿だったと思うし、当時は楽しかったけど、現在または将来にとっては良くないことよ。グループを優先して、それぞれの取り組みに集中しましょう」

「わかった。俺もそうしたいと思う」

「それで、トニー」

ユリウスは言った。

「キミは解放された。キミは今、自分自身、パム、またはグループについて、抑えていたことをなんでも自由に話せる」

残りのミーティングで、解放されたトニーは、グループの中での自分の役割に戻った。彼はパムに、フィリップについての気持ちに対処するよう促した。講師としてのフィリップを称賛した後も期待された進展がみられなかったため、トニーはパムに、グループの他のメンバーに対しては許しを見出せたのに、なぜフィリップに対しては恨みで顔を真っ赤にしたままなのか、その理由を考えてみるよう促したのだ。

「言ったわよね」

パムは答えた。

「犯罪の個人的な犠牲者ではないから、レベッカ、スチュアート、そしてギルを許すほうがはるかに簡単なの。私の人生にはなんら影響はなかった。でもそれだけじゃない。私がメンバーたちを許すことができるのは、みんな後悔して、そして変わったからよ」

「私も変わった。ただし、私は今、人を許すことは可能だけど、行為を許すことはできない。だから、フィリップが変わってるなら、彼を許すことはできるかもしれない。けど、彼は変わってない。なぜ私がユリウスを許すことができるのかと、みんな聞くわ。彼を見ればわかるでしょ。ユリウスは決して与えることをやめない。そして、みんなちゃんとわかっていると思うけど、ユリウスは私たちに、最後の愛の贈り物を与えてくれているわ。ユリウスは私たちに死に方を教えてくれている。私は昔のフィリップを知ってるわ。そして今のフィリップも知ってる。どちらかと言えば、フィリップは前より冷たく、前より傲慢になってるわ」

少し間を置いた後、パムは付け加えた。

「それに、彼からの謝罪はない」

「フィリップが変わってないだって？」

トニーが怒り調子で言った。

「パムは見たいものを見てるだけじゃない？　フィリップは女を追いかけ回していたんだぞ。すごい変化だよ」

トニーはフィリップの方を向いた。

「あんた、詳しくは話してくれてないが、間違ってないよね？」

フィリップは頷いた。

「私の人生は大きく変わりました。この12年間、女性と付き合っていません」

「これを変化って呼ばないの？」

トニーはパムに尋ねた。

「それとも改心？」

ギルが言った。

パムが答える前に、フィリップが口を開いた。

「改心、それは不正確です。改心という考えは何の役割も果たしませんでした。はっきりさせておきますが、道徳的な理由で、私の人生、またはここで語られているように、性依存が変わったわけではありません。私が変わったのは、私の人生が苦痛であり、もはや耐えられなかったからです」

「どうやってその最後の一歩を踏み出した？　きっかけとなった出来事はあったのかね？」

ユリウスが尋ねた。

フィリップは答えるかどうかためらった。それから彼は深く息を吸い込み、ゼンマイ仕掛けのように機械的に話し始めた。

「ある夜、女性と関係を持った後、私は家に向けて車を運転していました。特別美人の女性で、完璧に欲しいものを手に入れたと思える相手でした。欲しいものを存分に得た後で、車内には性の香りが漂っていました。空気、手、髪の毛、服、息など、すべてが肉体の臭気を放っていました。まるで女性の入浴剤を入れた浴槽に浸かったばかりのようでした。しかし、心の地平線上に、見つけてしまったのです。性欲が再び募りつつあり、再び行為をする準備ができていました。でもその時、その瞬間でした。突然、当時の生き方にほとほと嫌気がさして、嘔吐し始めました。その時でした」

フィリップはユリウスに顔を向けた。

「私の墓碑銘に関するあなたのコメントが頭に浮かんだのです。そしてそれが、私がショーペンハウアーは正しいことに気づいた瞬間でした。人生は永遠の苦しみであり、欲望を消すことはできません。苦しみの輪は永遠に回り続けます。私はその輪から抜け出さなければならなかったのです。それから私は、彼に倣い、意図的に私の人生をパターン化し始めました」

「そして、それは役立っていた」

ユリウスは言った。

「今まで、このグループに参加するまでは」

「でも、今はとても良くなってるよ、フィリップさん」

ボニーが言った。

「前よりも、接しやすくて、親しみやすいわ。正直言うと、最初に会ったとき、誰もカウンセラーとしてのあなたには相談しないだろうって考えていたくらいよ」

「残念ながら、ここで【接しやすい】ということは、メンバーの不幸を分かち合う必要があることを意味します。それは単に、私の惨めさを悪化させます。教えてください。その【接しやすさ】は、どのように役立つのでしょうか？　私が【生きて】いたとき、私は惨めでした。過去12年間、私は人生の訪問者であり、目の前を通り過ぎてゆく舞台の観察者でした」

フィリップは指を広げ、腕を上下させながら、抑揚のある声で言った。

「私は静かに暮らしてきました。そして今、このグループが私に再び【生きる】ことを強いるので、私は再び苦しんでいます。数週間前のミーティングの後、私は動揺していたと皆さんに話しました。それ以降、以前の平静を取り戻していません」

「フィリップさん、あなたの推論には誤りがあると思います。それは【生きて】いるという発言と関係があります」

スチュアートが言った。

ボニーが会話に入り込んだ。

「私も同じことを言うつもりだった。フィリップさん、私はあなたが【生きて】いたとは思いません。あまり【生きて】はいなかったのかもしれない。今まで、愛情のある関係を持ったことがあるという話を聞いたことはなかったし、男性の友だちについても何も。女性に関しては、あなたは自分が捕食者だと言う」

「そうなのですか、フィリップさん？」

ギルは尋ねた。

「そういった良い関係は今までなかった？」

フィリップは首を横に振った。

「すべての人が私に苦痛を与えました」

「両親は？」

スチュアートは尋ねた。

「私の父はよそよそしく、慢性的に落ち込んでいたと思います。彼は私が13歳のときに自殺しました。母は数年前に亡くなりましたが、私は20年間、母とは疎遠でした。だから彼女の葬式にも出席しませんでした」

「兄弟姉妹は？」

トニーが尋ねた。

フィリップは首を横に振った。

「私は一人っ子です」

「俺の頭に浮かぶこと、話していいかい？」

トニーが口を挟んだ。

「俺は子どもの頃、おかんが作ったものはほとんど食べなかった。俺はいつも『好きじゃない』って言ってた。するとおかんは『食べたことないからでしょ』って言ってたんだ。あんたの話を聞いてて、そんなこと思ったよ」

「多くのことは……」

フィリップは答えた。

「理性で知ることができます。例えば、外面的な事柄はすべてそうです。あるいは、痛みを伴う経験に部分的にさらされ、そこから全体を推定する人もいるでしょう。また、周りを見て、本を読んで、他人を観察するという人もいるでしょう」

「けどさ、あんたの大将、ショーペンハウアーは、自分の身体の声を聞いたり、なんだっけ……直感の体験に頼る？って言わなかったっけ？」

「直接の経験」

「そう、直接の経験。それで、あんたは、二番目の受け売り情報で、大きな決定をしていると は思わないの？つまり、あんた自身の直接の経験ではない情報のことを言ってんだけど」

「トニーさん、あなたのご指摘はごもっともです。あの【告白の日】のミーティング以降、私は直接の経験に満ちていました」

「もう一度あの日のセッションに戻ろうではないか、フィリップ。それがターニング・ポイントだったのかもしれない」

ユリウスは続けた。

「たぶん、その日にキミに起きたことを説明するときが来たのだろう」

以前のように、フィリップはいったん動きをとめ、深く息を吸い込んだ後、そのミーティングの終了後からの経験を順序立てて話し始めた。落ち着きのなさと、心の乱れを正すことができなかったことについて話すフィリップは、目に見えて動揺していた。それから心のガラクタが流れ去らずに、心に留まっていた旨を説明する際、フィリップの額には汗の滴が輝いていた。そして、フィリップが彼の残忍で貪欲な自己の復活について話したときには、薄紅色のシャツの脇が濡れ、あごと鼻から汗が流れ落ち、そして首に滴り落ちた。部屋はとても静かだった。フィリップが噴き出す言葉と汗に、誰もが釘付けになった。

フィリップはいったん話すのを止め、もう一度深呼吸をした。そして続けた。

「イメージは心の中に魔法のごとくあふれ出しました。私が長い間忘れていた思い出。パムさんとの2回の性的出会いについて、いくつかのことを思い出しました。そして、私は彼女の顔を見ました。今の彼女の顔ではなく、15年前の彼女の顔。おかしいくらいに鮮やかに見えた。それは輝いていた。この手でそれを抱きしめたかった。そして……」

フィリップはもはや何も隠すつもりはなかった。彼の嫉妬心、パムを独占しようとする原始人のイメージ、そしてポパイの腕を持ったトニーのイメージさえも。フィリップは大量に発汗し、肌を汗で濡らしながら、それでも語り尽くしたのだ。彼は立ち上がって歩き出し、部屋を出て行こうとした。

「びしょ濡れだから、行かなければなりません」

トニーは彼の後に付いていった。3、4分後、二人は部屋に戻った。フィリップはトニーのサンフランシスコ・ジャイアンツのセーターを着ており、上着を貸したトニーは、タイトな黒のTシャツを着ていた。

フィリップは誰とも目を合わせようとせず、明らかに疲れ果てた様子で自分の席に倒れ込むように座った。

「生きて帰らせたぜ」

トニーは言った。

「もしまだ結婚していなかったら、両方に恋してたかも」

レベッカが言った。

「俺はそれでもいいよ」

トニーは言った。

「コメントはありません」

とフィリップも言った。

「今日はこれ以上は無理です。干からびたようだ」

「干からびた？　ここでの初めての冗談じゃない？　気に入ったわ」

レベッカは言った。

第25章

メンバーたちは、さまざまな気持ちを抱えて最後から二番目のミーティングに参加した。グループの迫り来る終わりについて悲しみを感じた者、やり残した取り組みについて考えた者、ユリウスの顔を目に焼きつけた者。しかし全員に共通していたのが、フィリップが打ち明けたことに対してパムがどう反応しているのかを知りたい、という思いだった。しかしパムは、みなの期待に応えなかった。代わりに、ハンドバッグから一枚の紙を取り出し、ゆっくりと広げて、声に出してそれを読んだ。

大工は私のところに来て【大工仕事についての私の話を聞きなさい】と言うことはありません。代わりに、彼は私と新居についての契約を結び、そしてそれを建てます……それと同じことをしてください。人間のように食べて、人間のように飲み……結婚し、子をもうけ、市民生活に参加し、侮辱に耐える方法を、そして他の人々を容認することを学びなさい。


読み終わるとパムはフィリップに目を向け、話しかけた。

「誰だと思う?」

フィリップは肩をすくめた。

「あなたの尊敬する男、エピクテトス。だからここに持ってきたの。尊敬してるの知ってるわよ。あなたはユリウスにエピクテトスの寓話を持ってきたわよね。どうして私がエピクテトスを引用しているかって? 私は先週、トニーやスチュアートが話していた、あなたが【生きて】いないという点について話しているだけ。あなたは結局、いろんな哲学者の著作から、自分の立場を支持するものを選んでるだけでしょ? だから……」

ギルが割って入った。

「パムさん、これは私たちの最後から二番目のミーティングです。これがフィリップさんへの攻撃演説であるなら、そんな時間があるとは思えません。あなたが私に言ったこと、それをしましょうよ。現実を直視して、自分の気持ちについて話す。フィリップさんが前回言ったことに対して、あなたは何かを感じましたか?」

「違う違う、聞いてよ」

　パムはすぐに言い返した。

「これは攻撃じゃないわ。私の意図は別のところにあるの。鉄はもう冷めてるわ。フィリップに役立つことを言おうとしているのよ。彼は哲学からの支持を選択的に集めることで、人生の回避を悪化させてきたと思う。必要なときにはエピクテトスを引用し、必要ないときには同じエピクテトスを見落とす」

「それは盲点ね、パム」

　レベッカが言った。

「あなたは何か重要なことを言ってるように思う。この前、古本屋で【ショーペンハウアーの知恵】というタイトルの文庫本を買って、ここ数日、それを読んでるの。パムが言ったことは、その本の至る所にある気がする。素晴らしいものも、とんでもないものもあったけど、昨日読んだ一節に私は驚いたわ。墓地に行って墓石をノックし、そこに住む魂たちに【再び生きたいか】と尋ねると、誰もが断固として拒否するだろうっていう話」

　レベッカはフィリップの方を向いた。

「信じられる?」

レベッカは彼の返事を待たずに続けた。

「私には信じられない。私は納得しないわ。確認したいから投票してもらってもいい？」

「俺はまた生きたいね。人生は厄介だらけだけど、刺激的でもあるからね」

とトニー。【私も】の合唱がグループ全体に広がった。

「躊躇する点が一つだけある」

ユリウスが話し始めた。

「妻の死の痛みにもう一度耐えないといけない。けれど、それでも、私は生きるのが大好きだと言うだろう」

フィリップだけが黙っていた。

「申し訳ありませんが、私はショーペンハウアーに同意します。人生は最初から最後まで苦しみです。人生、すべての人生が一度もなかったら、もっと良かったでしょう」

「誰の人生がなかったほうがいいって？」

パムが尋ねた。

「ショーペンハウアーにとって、ということ？　この部屋の人たちには当てはまらないだろうけど」

「この立場にいるのは、ショーペンハウアーだけではありません。何百万もの仏教徒を考えてみてください。仏陀の四諦の第一は、人生は苦しみである、というものです」

「それが真剣な答え？　フィリップ、どうしちゃったの？　私が学生だったときは、素晴らしい哲学的な議論を展開してくれたじゃない。これはどんな議論なの？　布告による真実？　権威に訴えることによる真実？　それは宗教のやり方。それでもあなたはショーペンハウアーの無神論に従うんでしょうね。でも、ショーペンハウアーは慢性的に落ち込んでいたし、仏陀は疫病だとか飢餓だとか、人間の苦しみが蔓延している時代と地域に住んでいた。実際、人生は当時のほとんどの人にとっては紛れもない苦しみだった。そこには思いが及ばないの？」

「それはどのような哲学的議論でしょうか？」

フィリップは反論した。

「中途半端な識字能力しかない2年生であっても、みな起源と妥当性の違いを知っています」

「待て待て」

ユリウスが割り込んだ。

「ちょっと立ち止まって、みなに聞いてみようではないか」

グループを見回した。

「この数分間、どのように感じたかね？」

「いい感じだ」

トニーは言った。

「やり合ってたね。けど、綿入りのグローブでね」

「そうですね、静かに睨み合ったり、ナイフを隠していたりするより良いです」

とギル。

「ええ、私も同感」

ボニーが同意した。

「火花は飛んでたけど、火傷しない程度の火花だった」

「私も」

スチュアートは言った
「最後の数分までは」

「スチュアート」

ユリウスは呼びかけ、そして言った。

「最初のミーティングで、電子端末でのやりとりばかりしていることで妻に非難されていると言ったね」

「そうよ、もう少し言葉がないとわからないよ」

と、ボニー。

「そうですね。前に戻ってしまったのかもしれません。あと2回しかミーティングがないので……。よくわからないです。悲しくはないのですが、いつものように自分の気持ちを推測しないといけない。でもわかることもあります、ユリウス先生。気にかけてくれてありがとう。信頼してくれてありがとう。私というケースに一緒に取り組んでくれてありがとう。どうでしょう？」

「素晴らしい。これからも続けるつもりだ。キミは、パムとフィリップがやりとりをしていたのは【最後の数分までは】良かったと言ったね。では、それ以降はどうだったのかね？」

「最初は、家族の喧嘩のように、気遣いが感じられました。けれど、フィリップさんが言った最後のコメント、それは厄介な痛烈さがあったように思います。【中途半端な識字能力しかない2年生でも……】で始まる発言です。フィリップさん、あれはいただけません。パムさんをやり込めるためのものでしたよね。もしあなたが私にそう言ったら、侮辱されたと感じたでしょう。脅しのように感じたとも思います。それと、哲学的な議論っていうのが何なのかさえ、私にはわかりません」

「同じ意見よ」

レベッカが言った。

「教えてくれる？　フィリップ。あなたは何を感じていたの？　パムを侮辱したかったの？」

「侮辱？　それはありません。それだけは絶対にしたくありませんでした」

フィリップは答えた。

「私は……ええと……高揚……というか解放されたように感じました。適切な言葉が見つかりませんが。鉄はもう冷めていると聞いたことでそう感じました。他にも何かあるかもしれません。エピクテトスの言葉を持ち出したパムさんの動機の一つは、私を罠にかけ、混乱させることだと私にはわかっていました。それは明らかでした。しかし、私がユリウスさんにボートの話を持ち込んだときに言われた言葉を心に留めていました。ユリウスさんは、その行為の背後にある努力と思いやりに満足していました」

「そしたら、ユリウスを引用しようじゃない。つまりこういうことだよね。あんたはあることを意図していたけど、あんたの言葉はまったく別の結果をもたらしたってこと」

とトニーは言った。

フィリップは不思議そうな顔をした。

「パムを侮辱したくなかった。けど、結果的にはそうなった」

トニーはそう続けた。フィリップはしぶしぶ同意して頷いた。

「てことは……」

トニーは尋問で勝利を勝ち取った弁護士のように続けた。

「あんたは意図に一致した行動をとる必要があるよ。間違ってるかな？」

トニーはユリウスが頷くのを見た。

「キミがセラピーを受ける理由はそれだ。セラピーはそのためのものだから」

「よくわかりました」

とフィリップ。

「私には反論はありません。あなたが正しい。だから私にはセラピーが必要です」

「なんだって？」

トニーは自分の耳を疑った。彼はユリウスが【よくやった】と言わんばかりの顔で頷くのを見た。

「気絶しそうだから手を貸してぇ」

驚きのあまり、わざと椅子に崩れ落ちそうになる真似をしたレベッカが言った。

「私も」

ボニーとギルも同意し、力なく椅子に座っているように見せた。

フィリップは、自分の言葉に反応して、メンバーの半数が驚きと遊び心を示しているのを目にした。そしてグループに入ってから初めて【ニヤリ】と笑った。

フィリップは自分のカウンセリングのアプローチに関する諸問題に話を戻した。グループの悪ふざけはここで終わった。

「レベッカさんが言った、ショーペンハウアーの墓碑銘に関するコメントは、私のアプローチまたは彼の視点に基づくアプローチが無効であることを示唆しています。ただ忘れてもらいたくないのが、ユリウスさんに治せなかった問題に、私は何年も苦しんでいました。そしてショーペンハウアーの考えに従うことでのみ、私はそこから解放されました」

ユリウスはすぐにフィリップをサポートした。

「キミがよくやったということを私は否定しない。ほとんどのセラピストは、深刻な性依存症を自分で克服することは不可能だと言うだろう。現代の依存症の治療では、多くの場合、12ステップの原則に沿って、週に複数回の個人セラピーとグループ・セラピーからなる構造化された回復プログラムで長期的に取り組むことが必要とされている。つまり、何年もかかることが想定されているんだ。しかし、そのような回復プログラムは当時存在していなかった。そして率直に言って、それがキミにあっていたかどうかも疑問だ」

「だから、キミの偉業は驚くべきものだとはっきり述べておきたいと思っている。暴走した車を制御したテクニックは、私が最善を尽くして提供したものよりも優れていた」

「私にもそうとしか思えませんでした」

フィリップは言った。

「しかし、聞きたいのだが、フィリップ。キミの方法は、今は時代錯誤ではないだろうか?」

「時代さく……何?」

トニーは尋ねた。

「時代錯誤」

トニーの隣に座っていたフィリップがささやいた。

「時代と錯誤を合わせたもの。加えたものです。別の表現で言うと、時代遅れ、または古くさい、ということです」

トニーは感謝して頷いた。

ユリウスは続けた。

「先日、このことをどうやってキミに伝えようかと考えていた。そうしたらあるイメージが浮かんだ。それは、隣接する川の荒々しい激流から身を守るために高い壁を建てた古代都市。数世紀後、川は干上がったが、都市は未だにその壁を維持するためにかなりの資源を投じている」

「つまり、切り傷が治ってもずっと包帯を巻くのと同じで、問題が解決した後も何らかの解決策を使い続けるということかい?」

トニーが尋ねた。

「正解」

とユリウス。

「たぶん、包帯はより良いたとえだろう」

「いえ」

フィリップはユリウスとトニーの両方に言った。

「傷が癒された、あるいは封じ込めはもう必要ない、という考えには同意できません。このグループにいて感じる極度の不快感がその証拠です」

「それは尺度としては適当ではないな」

ユリウスは言った。

「キミは、親密さや感情を直接表現すること、フィードバックを得ること、そして自分自身を開示することについて、経験がないだろう。これはキミにとって新しいことだ。キミは何年も隔離されてきた。そしてキミはこの強力なグループに投げ込まれた。当然、不快に感じるだろう。だが、私が言っているのは、性的衝動の問題であり、おそらくそれはなくなっているはずだ。キミは以前より年をとっていて、多くのことを経験していて、生物学的には性欲が落ち着いている領域に足を踏み入れたのではないだろうか。そこは素敵な場所で、日当たりも良い。私はもうすでに何年もそこで快適に過ごしてきた」

「それに……」

トニーは付け加えた。

「ショーペンハウアーはあんたの性の問題を治しはしたが、今あんたはショーペンハウアーの治療から救われる必要があるんじゃないか？」

フィリップは何か答えようとしたが、その口を閉じてトニーの発言について考えた。

「もう一つ言えば……」

ユリウスはさらに付け加えた。

「グループでのストレスについて考えてみると、過去からの人との偶然の再会があり、その結果として味わっている重い痛みと罪悪感を忘れないでもらいたい」

「フィリップから罪悪感については何も聞いてないわ」

パムが口を挟んだ。

フィリップはパムと向き合い、即座に反応した。

「あなたが苦しんできた長年の痛みについて今知っていることを、昔の私が知っていたら、私は決してあのときやってしまったことをしなかったでしょう。前にも言ったように、私に出会ったのが不運でした。あの頃の私は、結果について考えていませんでした。その人は自動的に動いていただけでした」

パムは頷いて彼の視線をとらえた。フィリップはしばらくそれを保持し、それから注意をユリウスに戻した。

「グループ内の対人関係で生じるストレスの大きさについて、あなたの指摘を理解していますが、それは全体像の一部にすぎないでしょう。そして、私たちの基本的な方向性が対立しているのはここです。他人との関係にストレスがあることには同意します。そして、おそらく報酬もあるのでしょう。私自身はそれを知りませんが、そう言えます。それにもかかわらず、存在していること自体に悲劇と苦しみがあると、私は確信しています。ショーペンハウアーを2分間だけ引用することを許してください」

応答を待たずに、フィリップは天井を見つめ、次のように暗唱し始めた。


そもそも、人は決して幸せではない。にもかかわらず、人は自分を幸せにしてくれる何かを追求して一生を費やす。だが、人はめったに自らの目標を達成しない。達成したとしても、すぐに落胆するだけである。最終的には難破したも同然となって、マストや他のパーツがなくなった状態で港に戻る。そして、人が幸せだったのか悲惨だったのかは、どちらも同じことである。人生は今この瞬間にすぎず、常に消え去っていくからである。そして今、それは終わった。

長い沈黙の後、レベッカが言った。

「背中がゾクってするわ」

「何が言いたいのか、わかる気がする」

ボニーが言った。

「お堅い英文学教授のように聞こえると思うけど……」

パムはグループ全体に語りかけた。

「言葉の巧みさに惑わされないでほしいわ。その引用は、フィリップがずっと言ってきたことと同じよ。引用によって説得力があるように聞こえるだけ。ショーペンハウアーは素晴らしい文章家であり、哲学者の中でも最高の散文を書いたわ。もちろん、ニーチェを除いて。ニーチェほど優れた文章を書いた人は他にいないから」

「フィリップ、私たちの基本的な方向性についてのキミのコメントに答えたいと思う」

ユリウスは言った。

「私たちはキミが思っているほど遠く離れているとは思わない。キミとショーペンハウアーが言う、人間の悲劇について否定はしない。キミが東に行き、私が西に行くのは、私たちがそれについて何をすべきかという問題に目を向けるときだ。どのように生きるべきか？　どのように死に向き合うか？　自らが単なる生命体であり、冷淡な宇宙に投げ込まれ、事前に定められた目的がないと知りながら、いったいどうやって生きていけばよいのだろうか？」

「知っての通り、私は他のセラピストよりも哲学に興味がある。だが私は専門家ではない。それでもありのままの人生にひるむことなく、ショーペンハウアーとはまったく異なる解決策に到達した他の大胆な思想家たちがいることを知っている。特に、ショーペンハウアーの悲観的な諦めではなく、人生への関与を提唱しているカミュ、サルトル、ニーチェなどがそうだ。私が最もよく知っているのはニーチェだが、最初に癌の診断を受けてパニック状態に陥ったとき、『ツァラトゥストラはこう言った』を開き、落ち着きと勇気が得られた。とりわけ感銘を受けたのは、人生を祝福するようなコメント、それは何度も同じ人生を送る機会が与えられたら、【はい】と言えるように生きるべきだというコメントだ」

「それはどう役に立ちましたか？」

フィリップは尋ねた。

「自分の人生を振り返り、正しく生きてきたと感じた。内側からの後悔はない。もちろん、妻を奪った外側の出来事は嫌いだがな。それは、残りの人生をどう生きるべきかについても考えさせてくれた。満足感と意味を与え続けてくれた、いつも通りのことをすべきだと教えてくれたんだ」

「あなたがニーチェに詳しいこと、知らなかったわ」

パムが言った。

「『ツァラトゥストラはこう言った』は、今でも大好きな本の一つよ。だから、余計にユリウスに親近感を感じるわ。私のお気に入りを一つ引用してもいいかしら。ツァラトゥストラは言った。【あれが人生だったのか？　なら、もう一度！】よ。私は人生を受け入れている人が好きだし、人生から身を引く人たちは好きになれない。インドのビジェイのことを思い出すわ。新聞に個人広告を載せるとしたら、ニーチェの言葉とショーペンハウアーの墓石についてのコメントを並べて、回答者にどちらかを選択するように依頼してみようかしら。ニーチェが勝つわよね」

「他にもう一つ考えていることがあって、それを共有したいの」

パムはフィリップと向き合った。

「前回のミーティングの後、あなたのことをよく考えた。今、伝記文学の授業のコースを教えてるんだけど、先週読んだエリック・エリクソンの伝記の中で、マルティン・ルターについての素敵な一節を見つけたの。それはこんな感じだった。【ルターは自分の神経症を、患者のレベルにまで高め、自分のためでなく、世界のために解決しようとした】。ショーペンハウアーもルターのように、この過ちに陥ったと思うわ。その過ちに陥った人の先導にあなたは従っている」

「おそらく……」

フィリップは敵対的ではなかった。

「神経症は社会的に構成されたものであり、異なる気質に対して異なる治療法と異なる哲学が必要になる場合があります。人と親密になることで満たされる人もいれば、精神世界に留まるほうがよい人もいます。例えば、仏教の瞑想に惹かれる多くの人々がいることを考えてみてください」

「そういえば、言いたかったことを思い出した、フィリップさん」

ボニーが言った。

「あなたの仏教観は何かを見逃していると思う。私も仏教のリトリートに参加したことがあるの。そこでは、孤独ではなく、愛情のこもった優しさとつながりに焦点が当てられていた。善良な仏教徒は、世の中で活躍することもできるし、政治的に活動することさえできる。すべて他人を愛するための活動だと思うの」

「するとはっきりしてきたのは……」

ユリウスは続けた。

「キミの選択上の過ちは、人間関係の領域にも及んでいるということだ。別の例を挙げると、キミは幾人かの哲学者の死や孤独についての見解を引用したが、同じ哲学者が――例えばギリシャの哲学者について考えているのだが――喜びや友情について語ったことに関しては、何も言っていない。過去に、私のスーパーバイザーがエピクロスからの一節を引用したことがあったが、それは【友情は幸せな生活の最も重要な要素であり、親しい友人なしで食事をすることは、ライオンやオオカミの生活を送っているのと同じである】というものだ。そして、アリストテレスの友人の定義は【相手のより良く、より健全な部分を促進する人】というものであり、私が考える理想的なセラピストに近いものだ」

「フィリップ」

ユリウスが尋ねた。

「どう感じているかな。今日はキミに対して私たち皆がたくさんのことを話しすぎている気がするが」

「自分を正当化したくなっています。多くの偉大な哲学者たちは結婚せず、家族に興味を持ちませんでした。しかし、残りのミーティングは一回のみです。これから何ができるでしょう。私がカウンセラーとしてやろうとしていることが否定されている今、建設的に耳を傾けるのは難しく感じます」

「私は、それは違うと思う。今までメンバーに貢献してきたように、キミが貢献できることはたくさんある。そうではないか？」

ユリウスはグループを見回した。

フィリップを肯定する大きな頷きをグループに見た後、ユリウスは続けた。

「しかし、キミがカウンセラーになるためには、社会の中に入らなければならない。キミに相談に来る人の多くは、必ずや対人関係において助けを必要としているだろう。セラピストとしてやっていきたいなら、キミは対人関係の専門家にならなければならないということをわかってもらいたい。それ以外に術はない。このグループを見てほしい。参加している全員が、対人関係の問題でここに来ている。パムは男性との問題があってやってきた。レベッカは外見が人との関係に影響したから。トニーにはリジーとの破滅的な関係と、他の男性との頻繁な喧嘩があった。他のメンバーも同様だ」

ユリウスはためらいを見せたあと、やはりメンバー全員を含めることにした。

「ギルは夫婦間の対立があってここに来た。スチュアートは妻に離婚を迫られたから。そしてボニーは孤独と、娘と元夫との問題のために。わかるだろう。関係性は見逃すことができないものだ。これがスーパービジョンを引き受ける前にグループに入ってもらいたかった理由だということを忘れないでもらいたい」

「おそらく私には希望がないのかもしれません。過去においても現在においても、私は意味ある関係性を築いたことがありません。家族もなく、友だちもなく、そして恋人もいません。私は孤独をとても大切にしていて、それはあなたからしたら衝撃的なほどでしょう」

「グループの後に何度か……一緒に飯でもどうだと聞いたよね。あんたはいつも断った。他の用事があるんだと思っていたけど……」

トニーは言った。

「私はこの12年間、誰とも食事をしていません。たまにサンドイッチを一緒に食べることもありますが、本当の食事ではありません。そうです、ユリウスさん、エピクロスなら私がオオカミの生活を送っていると言うでしょう。数週間前、あのミーティングの後で私がとても動揺したとき、心にずっと浮かんでいたことがあります。自分の人生のために建てた思考の大邸宅には暖房が入っていなかったということです。グループは暖かいです。この部屋は暖かいのに、私の住んでいる場所は極北の寒さです。そして愛に関しては、私にはまったく縁がない」

「あんたが話したたくさんの女、何百人もの女。あんたは、そこに愛を感じたはずだよ。全員じゃないかもしれないけど、その女たちはあんたを愛していたと思うのに」

トニーが言った。

「それはずっと前のことです。誰かが私を愛していたなら、私は必ずそこから離れるようにしていました。そして、仮に女性たちが愛を感じていたとしても、それは本当の私への愛ではありませんでした。それは私の行為、私の技術に対する愛だったと思います」

「本当のキミとはなんだ？」

ユリウスは尋ねた。

フィリップの声はひどく深刻なものになった。

「私たちが最初に会ったときに私がしていた仕事を覚えていますか？ 私は害虫駆除業者でした。私は、昆虫のホルモンを使って、昆虫を殺したり、不妊にしたりする方法を発明しました。皮肉ですよね。ホルモン銃を持った殺戮者なんて」

「それで、本当のキミとは何なのかね？」

ユリウスは引かなかった。

フィリップはユリウスの目をじっと見つめた。

「モンスター、捕食者。一人者。昆虫殺し」

彼の目は涙でいっぱいだった。

「盲目的な怒りに満ちている。手に負えない。私を知っている人は誰も私を愛さない。誰も私を愛さなかった」

突然、パムが立ち上がり、フィリップに向かって歩き出した。そしてトニーに席を替わるように合図し、フィリップの隣に座った。そこでフィリップの手を取り、穏やかな声で言った。

「私はあなたを愛することができたのに、フィリップ。あなたは美しく、素晴らしい男性だった。もう会えないとわかった後でも、私は何週間もあなたに電話したし、手紙も書いたわ。あなたを愛せたかもしれないのに。それなのにあなたは……」

「しーっ」

ユリウスは手を伸ばし、パムの肩に触れてパムを沈黙させた。

「パム、その話は、今はしないで。最初の部分だけでいい。もう一度言ってみてくれるか」

「あなたを愛することができたわ」

「そしてあなたは……？」

ユリウスはさらにパムを促した。

「そしてあなたは、美しい男性だったわ」

「もう一度」

ユリウスはささやいた。

フィリップの手を握り続け、彼の目から涙があふれ出るのを見ながら、パムは繰り返した。

「フィリップ、私はあなたを愛することができたわ。あなたは美しい男性だった」

これに対してフィリップは、手で顔を覆って立ち上がり、部屋を飛び出していった。

トニーはすぐにドアに向かおうとした。

「俺の出番だ」

ユリウスはうめき声を上げながら立ち上がり、トニーを制した。

「トニー、私が行く」

ユリウスは歩き出し、廊下の隅で壁の方を向いているフィリップを見つけた。彼は腕に額を当てて泣いていた。ユリウスはフィリップの肩に腕をまわし、そして言った。

「すべてを吐き出すのは良いことだ。でも戻らないと」

呼吸を整えようとしながらも、より大声で泣くフィリップは、激しく首を横に振った。

「フィリップ、さあ戻ろう。この瞬間のためにキミはここにいる。これを無駄にしてはいけない。今日キミはよくやった。これは間違いなくセラピストになるためにやらなければいけないことだった。ミーティングの残り時間はあとわずかだ。私と一緒に戻って、他のメンバーと一緒に部屋で終わりを迎えよう。キミのことをちゃんと見てるから」

フィリップは手を伸ばして、ほんの一瞬、ユリウスの手の上に自分の手を重ねて立ち上がり、ユリウスと共に歩いてグループに戻った。フィリップが腰を下ろすと、パムはフィリップの腕に触れて彼を慰め、反対側に座っていたギルは彼の肩を揉んだ。

「ユリウス先生、大丈夫？　ちょっと疲れてるように見える」

ボニーは尋ねた。

「頭の中では本当に素晴らしい気分だし、とても感動した。このグループが行った仕事に感心している。このグループに参加できて、とても嬉しく思う。肉体的には、そう、調子が悪く、疲れ切っていることを認めなければならない。ただ、来週の最後のセッションの分のエネルギーは充分にとってあるから大丈夫だ」

「ユリウス先生、最後のミーティングの記念として、ケーキを持ってきてもいい？」

「もちろん。私たちは十分走った。好きな人参ケーキを自由に持ってきてくれてかまわない」

しかし、最後のセッションは行われなかった。翌日、ユリウスは激しい頭痛に襲われた。数時間のうちに昏睡状態に陥り、それから3日後に亡くなった。いつもの月曜日の午後の時間にグループはカフェに集まり、静かな悲しみの中で、記念の人参ケーキを哀悼の意を込めて分かち合った。

第26章

3年後……。

午後遅くの太陽の光が、カフェ・フロリオの大きなスライド式の窓から差し込んでいた。『セビリアの理髪師』のアリアがアンティークのジューク・ボックスから流れ出し、カプチーノ用のミルクを泡立てるエスプレッソ・マシンのシューという音と共に聞こえてくる。

パム、フィリップ、トニーは、ユリウスの死後、毎週のコーヒーミーティングに使用していたのと同じ窓際のテーブルに座っていた。グループの他のメンバーも最初の1年間は一緒にミーティングに参加していたが、過去2年間はこの3人だけになっていた。フィリップは会話を中断してアリアに耳を傾け、その歌詞を口ずさんだ。

「『今の歌声は』は私のお気に入りの一つです」

フィリップはそう言って会話を再開した。トニーは短大の教育課程の卒業証書を二人に見せた。フィリップは、父親の死後、直接相手と対戦することはなかったのだが、今ではサンフランシスコのチェス・クラブで、週に2回チェスをしていると話した。パムは、ミルトンの学者である彼女の新しい恋人との穏やかな関係について、そして海辺にあるグリーン・ガルチでの日曜日の仏教奉仕への参加についても話した。

パムは時計をちらっと見た。

「さあ、あなたたちのショー・タイムよ」

彼女は彼らをじっと見つめた。

「ハンサムな男性のお二人。二人ともカッコいいけど、フィリップ、そのジャケット……」

彼女は首を横に振った。

「もうボロボロね。来週は買い物に行くわよ」

パムは二人の顔を見て言った。

「さあ、頑張って。きっとうまくいくわよ。緊張したら、フィリップ、椅子のことを思い出して。ユリウスはあなたたちのことが大好きだったってこと、忘れないでね。私も二人のことが大好きよ」

パムは、フィリップとトニーの額にキスをし、テーブルに20ドル札を置いて、「特別な日だから、私のおごり」と言って出て行った。


一時間後、7人のメンバーがフィリップのオフィスに集まった。一回目のセッションだった。フィリップは、ユリウスの椅子に慎重に腰を下ろした。フィリップは大人になってから、二度泣いた。一度目はユリウスのグループ・セラピーの最後のミーティングで。もう一度は、ユリウスが9つの椅子をフィリップに遺してくれたことを知ったとき。


「では……」

フィリップは話し始めた。

「私たちのグループへようこそ。スクリーニング・セッション中に、グループの手順については説明しましたよね。さあ、始めましょう」

「それだけ？　他に何の指示もないの？」

タイトな黒いナイキのTシャツを着た、背が低い筋肉質の中年男性、ジェイソンが言った。

「最初のセッションは、すごく怖かったことを覚えてるよ」

前かがみに座っているトニーが言った。彼は白い半袖シャツとカーキ色のズボンを身につけ、茶色のローファーを綺麗に履いていた。

「【怖い】なんて一言も言ってないぞ」

ジェイソンは答えた。

「ガイダンスが足りないと言ってるだけだ」

「それなら、始めるに当たって何が役立ちそうかい？」

トニーは尋ねた。

「情報だよ。それが今、世界を動かしているものだ。これは哲学的コンサルテーションのグループだったはずだが、キミたちは二人とも哲学者なのか？」

「私は哲学者です。コロンビア大学で博士号を取得しています。共同リーダーであるトニーはカウンセリングの学生です」

フィリップが言った。

「学生？　冗談だろ。キミたち二人はここでどんな活動をするつもりなんだ？」

ジェイソンは言い返した。

「それはだね……」

トニーは答えた。

「フィリップは彼の哲学の知識から役立つアイデアを提供する。そして私はここで学んで、そして可能な限りの援助をする。感情的なつながりの可能性についての専門家とでも言おうか。そうだね、相棒？」

フィリップは頷いた。

「感情的なつながりの可能性？　それが何のことかって知ってなきゃいけないのか？」

ジェイソンは尋ねた。

「ジェイソン」

別のメンバーが割って入った。

「私はマーシャ。言いたいんだけど、最初の5分で5回も突っかかってるよ、あんた」

「だから？」

「だから、あんたは私が嫌いなマッチョ気質の男ってことよ」

「それなら、キミは気取ったおせっかい婆さんだ」

「待って、待って、ちょっと立ち止まってみようじゃない」

トニーが割って入った。

「ここにいる他のメンバーから最初の5分間についてフィードバックをもらえるかい？　その前に、ジェイソンとマーシャにちょっと言いたいことがあるんだ。フィリップと私が、師匠のユリウスから学んだこと。これは嵐の始まりだと二人は感じているかもしれないけど、このグループが終わる頃には、二人はお互いにとってとても価値ある存在になっていると思うよ。どうだい、フィリップ?」

「そうですね、相棒」

訳者あとがき

本書（英タイトル：*The Schopenhauer Cure*, 2005）と出会ったのは、私が米国の大学院（博士課程）に在籍していた頃です。私はカウンセラー教育を専攻しており、カウンセリングを指導することを専門に学んでいました。そのため、カウンセラーの修士課程で教えられる科目についても精通している必要性がありました。そういった経緯があり、グループ・カウンセリングの授業は博士課程においても「カウンセリング及び関連教育プログラムの認定評議会」（CACREP）によって必須科目になっていました。その授業の教材とされていたのが本書でした。

教材として読む本書は「教科書」とは比べ物にならないほど楽しく、学びを促進するものでした。本書を読むだけでなく、毎回の授業で本書について話し合い、自分とそれぞれの登場人物を重ねてグループ・カウンセリングの体験を深く検討する学びは、とても有意義であったように記憶しています。その経験もあり、本書は特に臨床心理学や関連する分野を追求する学生たちへの教材として活用してもらえたらと願っています。また日本ではまだまだ十分に注目されていませんが、経済効率の高い（一度に複数名のケアを提供できる）「グループ・カウンセリング」の日本における発展につながればと願っています。

さて、著者の Irvin D. Yalom（以下ヤーロム）は業界では知らぬ者のない有名人です。スタンフォード大学の精神医学の名誉教授として教鞭を執る傍ら、彼の臨床（実存療法やグループ・カウンセリング）は、長きにわたり多くの学生の興味、憧れ、忠誠、目標、夢の対象となってきました。ヤーロムの実存療法の中で、本書のテーマでもある「死」は大きなテーマの一つです。彼は哲学的な視点から死に関する来談者の体験を明らかにしていくことで、成長や成熟性をもたらしていく援助を得意としています。

トップ・スターのセラピストとしてだけでなく、ヤーロムは執筆活動も盛んに行っており、本書のような小説（ノンフィクション）を含む多くの著作物を世に送り出しています。本書では、彼の臨床が主人公の生き様を通じて克明に描かれています。つまり、本書では死が論じられているのではなく、ストーリーを通じて、簡素な表現で、死に関する主人公の体験が、そして主人公から影響を受けるグループのメンバーの体験が描写されているのです。そういった意味で、特に実存療法について学びたいと思い、そのイメージを持ちたいという学生や臨床家には、うってつけの教材でしょう。

さて、私の博士課程の話に戻りますが、本書が課された授業の講師であったローラ・ブルーネイ博士は「読書セラピー」の専門家でした。読むことを通じて癒しや成長を促す方法ですが、そういった意味で、私が翻訳をしながら改めて本書を読み返した際の癒しや成長について、個人的な体験を共有したいと思います。それが本書を読む学生やその他の方にとって役に立つと信じているためです。

本書は、主人公のユリウスが死の宣告を受けるところから始まります。死の宣告は、私自身の年齢を考えると、まだまだ先の話のように思っていましたが、ユリウスに自分を重ねて読んでいた私は、大きな衝撃を受けました。私にも死がやってくる。そう思うと心が重くなり、気分が沈み、見える世界の光度が大きく下がったように感じました。今まで目を背けていた事実。その事実が何であれ（とりわけ死）そこに直面することが、どれだけ心理的（身体・感情・認知・行動）に影響を与えるのか、ということを改めて実感しました。絶望と混乱に浸るユリウスを翻訳するのは、一番心苦しい場面でした。死が前提となると、抑うつ体験に苦しむ人たちと同じように、そしてユリウスと同じように、しばらくの間は物事が否定的に捉えられていました。

しかしユリウスは結論に至りました。自分の存在の意味や意義を確かめるためにフィリップと再会しました。陥っていた心の泥沼から飛び出そうと動き始めたのです。そして彼自身にとって好きな自分である「セラピストとしての自分」を貫こうと決心しました。どんよりと暗い雲間から陽の光が差したように感じました。ユリウスは死ぬ、そして私も死ぬという事実は変わりませんが、心が定まり方向性が見出されると、その枠組み（あるいは色眼鏡）で物事を捉えられるようになります。ストーリーのフォーカスがユリウスから徐々にグループのメンバーへと移行していく頃、「いつかは死ぬ、でもその時まで頑張って生きよう」、そういう心持ちになっていました。そしてストーリーはさらに「死から生へ」と展開していき、まだ生が残っているグループ・メンバーへと焦点が当てられていきます。

メンバーのパムがインドから戻ってきた頃から、私も「今を生きる者」として、ユリウス（あるいはヤーロム）の施しに感謝をしながら、自身の生により着目できるようになりました。

そのあたりから、フィリップの劇的な成長が描かれ始めました。まるで読者としての私は、死の宣告とユリウスの苦悩で一度死に、ユリウスの決意により生まれ変わり、そしてフィリップの変化とともに改めて成長していくといった心的な過程を踏んでいるかのようにも感じました。そして殻に閉じこもっていたフィリップが、因縁の相手であるパムの「あなたは美しかった」という繰り返しのセリフの中で、殻を破り号泣する場面は、本書の中でも一番心が熱く動かされる場面でもありました。いつの間にか、フィリップに自分を投影していた私は、私自身も深く承認された体験をしました。

そしてユリウスの死が訪れました。あっけなく死んでしまった。やるべき仕事をまっとうし、ありのままの現象としての死が来ました。その死には私自身、妙に納得しました。ああ、死んだか。自分もこのように死にたい。

そんな最後を遂げたユリウスですが、これから生きていくフィリップのために、自身がグループで使っていた椅子をフィリップに託しました。これに対してフィリップは号泣をしたとありましたが、私も涙せずにはいられませんでした。というのは、これが私たちのセラピストの仕事そのものだからだと思うからです。多くの来談者は、訪れては去っていく。私たちの元を去っていった後の彼らの人生の中では、私たちは過去の人、あるいは死んだ人と同じです。

この一期一会の出会いに、私たちは彼らの中に何かを残していく。それは、突き詰めれば「人生は生きるに値する」といった希望なのではないでしょうか。ユリウスが託した椅子は、この希望の象徴のように思え、冒頭で死に、生まれ変わり、成長していった私にも同様に、希望を与えてくれました。

本書は決して楽に読める本ではありませんでしたが、私にとってこういった恩恵をもたらした、素晴らしい著作と言えましょう。本書を翻訳するにあたって、私の心の支えとなったのは、大学院の仲間でした（キャロル、ジョニー、テイラー、メリッサ、リズ）。日本語版の本書では、ショーペンハウアーの解説部が割愛されていますが（そこを楽しみにしていた方はごめんなさい！）それはキャロルの言葉（ショーペンハウアーの部分を除いて、この本は最高だ）に大きく共感したからです。仲間の中でも、特に私が外国人だということで在学中に実際いろいろ困ったことがあったときに気にかけてくれ友好関係を持ってくれたリズの存在は大きいでしょう。そして、そもそもこの企画に真摯に向き合ってくださった星和書店の近藤さんには感謝してもしきれません。

本書を基に、今後学生の学びを手伝い、グループ・カウンセリングを実践し、そして本書の演劇化などを通じて、グループ・カウンセリングが注目されるよう、残された生をまっとうするために、日々精進をしていこうと改めて思いました。

２０２３年５月
熱い珈琲の香りが漂うスターバックスにて

鈴木孝信

●訳者

鈴木孝信（すずき たかのぶ）

1979年、東京都生まれ。

公認心理師、東京多摩ネット心理相談室代表。米国ケンタッキー州立大学で心理学と哲学を、マサチューセッツ州立大学でカウンセリング学を修め、2022年にアダムス州立大学で博士号を取得（カウンセラー教育学）。都内クリニックや大学で臨床や教育に携わる。トラウマの心理療法「ブレインスポッティング」の国際トレーナーであり、BTI-J（ブレインスポッティング・トレーニング・インスティテュート日本）の代表。パニック障害完治を目指すレニハン認知療法やマインドフルネスの実践者でもある。

『一点をボーッと見るだけ！ 脳からトラウマを消す技術 』（講談社）など著書・翻訳書多数。

●著者
アーヴィン・D・ヤーロム（Irvin D. Yalom）
スタンフォード大学名誉教授（精神医学）。
実存療法、集団精神療法を専門とする。
Love's Executioner（『恋の死刑執行人』）、*Momma and the Meaning of Life*、*The Gift of Therapy* などで知られるベストセラー作家であり、*The Theory and Practice of Group Psychotherapy*（『ヤーロム グループサイコセラピー』）を含む、心理療法に関する数々の古典的教科書の著者でもある。カリフォルニア州パロ・アルト在住。

人間嫌いが笑うとき：
ヤーロム博士が描くグループセラピーにおける生と死の物語

2023年7月12日　初版第1刷発行

著　者　アーヴィン・D・ヤーロム
訳　者　鈴木孝信
発行者　石澤雄司
発行所　株式会社 星和書店
〒168-0074　東京都杉並区上高井戸1-2-5
電話　03（3329）0031（営業部）／03（3329）0033（編集部）
FAX　03（5374）7186（営業部）／03（5374）7185（編集部）
URL　http://www.seiwa-pb.co.jp

印刷・製本　中央精版印刷株式会社

Printed in Japan　ISBN978-4-7911-1118-3